J. M. Coetzee

Elizabeth Costello

•

엘리자베스 코스텔로

An earlier version of Lesson 1 appeared under the title "What is Realism?" in *Salmagundi* nos.
114-115 (1997).

An earlier version of Lesson 2 appeared as *The Novel in Africa*, Occasional Paper no. 17 of the
Townsend Center for the Humanities, University of California at Berkeley, 1999.
Cheikh Hamidou Knae is quoted from Phanuel Akubueze Egejuru, *Towards African Literary
Independence* (Westport: Greenwood Press, 1980), by permission of the author.
Paul Zumthor is quoted from Introduction a la poesie orale, by permission of Editions du Seuil.

Lessons 3 and 4 were published with responses by Peter Singer, Marjorie Garber, Wendy Doniger,
and Barbara Smuts, as *The Lives of Animals* (Princeton University Press, 1999).
The Author wishes to acknowledge the Tanner Lectures on Human Values as the original publisher of
The Philosophers and the Animals and The Poets and The Animals (Volume #20).

An earlier version of Lesson 5 appeared as *Die Menschenwissenschaften in Afrika /
The Humanities in Africa* (Munich: Siemens Stiftung, 2001).

An earlier version of Lesson 6 appeared in *Salmagundi* nos. 137-138 (2003).

Letter of Elizabeth, Lady Chandos was published by Intermezzo Press, Austin, Texas, in 2002.

This Korean edition was published by Changbi Publishers, Inc. in 2022
by with J. M. Coetzee c/o Peter Lampack Agency, Inc.
350 Fifth Avenue, Suite 5300, New York, NY 10176-0187 USA
through EYA.

창 비 세 계 문 학

90

•

엘리자베스 코스텔로

•

J. M. 쿳시

김성호 옮김

창비

차례

•

일러두기

1. 이 책은 J. M. Coetzee, *Elizabeth Costello* (Penguin 2004)를 번역 저본으로 삼았다.
2. 본문의 각주는 옮긴이의 것이다.
3. 외국어는 되도록 현지 발음에 가깝게 표기하되 우리말 표기가 굳어진 것은 관용을 따랐다.
4. 원문에서 이탤릭이나 대문자로 강조한 부분은 작은따옴표 안에 넣거나 고딕체로 표기했다.
5. 이 책에 인용된 성경 구절은 개역개정 성서(대한성서공회 1998)를 따랐다.

제1강
리얼리즘

    우선은 시작의 문제가 있다. 지금 있는 데서, 아직은 아무 데도 아닌 이곳에서 저쪽 강기슭으로 어떻게 건너가느냐 하는 것이다. 그저 다리를 놓는 문제, 다리를 뚝딱 만들어내는 문제다. 사람들은 매일같이 그런 문제를 해결한다. 그걸 해결하고 나서 앞으로 나아간다.

    좌우지간 이 일은 끝났다고 치자. 다리가 세워져 그것을 건너갔고, 이제는 신경 쓰지 않아도 된다고 해보자. 우리는 전에 있던 지역을 뒤로하고 떠나왔다. 우리는 이쪽 지역, 우리가 있고 싶은 곳에 와 있다.

    엘리자베스 코스텔로는 작가로, 1928년생이니 나이가 예순여섯이고 곧 예순일곱이 된다. 지금까지 장편소설 아홉편과 시집 두권, 새들의 삶에 관한 책 한권을 냈고 잡문도 꽤 썼다. 그녀는 호주 태생이다. 멜버른에서 태어나 여전히 그곳에 살고 있지만 1951년에

서 1963년까지는 해외에서, 잉글랜드와 프랑스에서 지냈다. 그녀
는 두번 결혼했다. 그 두번에서 각기 하나씩 두명의 자식을 두었다.

엘리자베스 코스텔로는 네번째 장편『에클스가街의 집』(1969)으
로 유명해졌는데, 그 주인공은 다른 소설인 제임스 조이스의『율리
시스』(1922)에서 주인공으로 나오는 레오폴드 블룸의 아내 매리언
블룸이다. 지난 십년간 그녀를 둘러싸고 소규모 비평 산업이 형성
되었다. 뉴멕시코의 앨버커키에 본거지를 둔 엘리자베스 코스텔로
학회까지 있어 여기서 계간으로『엘리자베스 코스텔로 뉴스레터』
를 낸다.

1995년 봄, 엘리자베스 코스텔로는 스토우Stowe상을 수상하러 펜
실베이니아 윌리엄스타운의 앨토나 대학까지 여행을 했다, 아니,
한다(이제부터는 현재시제). 이 상은 2년에 한번, 비평가와 작가로
구성된 심사위원단이 선정하는 세계 주요 작가에게 수여된다. 상
은 스토우가家의 자산에서 나온 유증 기금으로 마련되는 5만 달러
의 상금, 그리고 금메달이다. 미국의 문학상 중에서 비교적 큰 상
이다.

엘리자베스 코스텔로(코스텔로는 결혼 전의 성이다)의 펜실베
이니아 방문에는 아들 존이 동행한다. 존은 매사추세츠의 한 대학
에서 물리학과 천문학 강의를 맡고 있지만 이해에는 개인적인 사
정으로 휴직 중이다. 엘리자베스는 좀 쇠약해졌다. 아들이 도와주
지 않는다면 지구 반바퀴를 도는 이 힘든 여행을 굳이 하고 있지는
않을 것이다.

건너뛴다. 그들은 윌리엄스타운에 도착해 탈것에 실려 호텔까지
왔다. 호텔은 소도시 건물치고는 놀라우리만큼 큰데, 높다란 육각
형에 외벽은 온통 검은 대리석으로 돼 있고 실내에는 크리스털과

거울들이 들어차 있다. 그녀의 방에서 대화가 시작된다.

"지내기 괜찮으시겠어요?" 아들이 묻는다.

"괜찮다마다." 그녀가 답한다. 방은 12층에 있고 창밖으로는 골프장에 이어 숲이 우거진 언덕이 펼쳐져 있다.

"그럼 좀 쉬지 그러세요? 저쪽에서 6시 반에 우릴 데리러 올 거예요. 몇분 전에 연락드릴게요."

그가 나가려고 한다. 그녀가 말한다.

"존, 그 사람들이 나한테 정확히 뭘 바라는 거냐?"

"오늘 저녁에 말이에요? 그런 거 없어요. 그냥 심사위원들하고 식사하는 건데요. 모임이 늘어지지 않게 해야죠. 어머니 피곤하시다고 잘 말할게요."

"그럼 내일은?"

"내일은 다르죠. 내일 일정에는 단단히 대비를 하셔야 할 것 같은데요."

"내가 왜 오겠다고 했나 몰라. 괜히 사서 고생하는 것 같다. 행사는 관두고 수표나 부치라고 할 걸 그랬나보다."

장시간 비행기를 타고 온 어머니에게서 나이가 묻어난다. 어머니는 외모에 신경을 쓴 적이 없다. 그래도 전에는 그런대로 넘어갔다. 이제는 티가 난다. 늙고 피곤한 모습.

"그런 식으로 굴러가진 않죠, 어머니. 돈을 받아들이면 쇼를 해야 하는 거예요."

그녀가 절레절레 고개를 흔든다. 그녀는 공항에서부터 입고 있던 낡은 푸른색 레인코트를 그대로 입고 있다. 머리는 기름기가 끼고 풀 죽은 모습이다. 짐 풀기는 시작도 하지 않았다. 그가 가고 나면 어머니는 무얼 할까? 레인코트와 신발 차림으로 누울까?

그가 여기에, 그녀와 같이 있는 것은 애정 때문이다. 그는 자기가 곁에 없어도 그녀가 이 시련을 끝까지 견뎌내는 것을 상상할 수 없다. 그는 아들, 사랑하는 아들이기에 그녀 곁을 지키고 있다. 하지만 동시에 그는, 거슬리는 말이긴 하지만, 그녀의 조련사가 될 참이다.

그는 그녀를 물개, 늙고 피곤한 서커스 물개라고 생각한다. 그녀는 또 한번 수조 위로 몸을 일으켜 세워야 하고, 또 한번 콧등에 공을 얹어놓을 수 있다는 것을 보여주어야 한다. 그녀를 구슬리고, 용기를 북돋우고, 공연을 완수하게 만드는 것이 그가 할 일이다.

"저쪽 사람들은 늘 이런 식으로 해요." 그가 최대한 부드럽게 이야기한다. "그 사람들은 어머니를 존경해요, 어머니에게 경의를 표하고 싶어 하고. 자기들이 생각해낼 수 있는 최선의 방식이 이거인 거죠. 어머니에게 돈을 주는 것. 어머니 이름을 방송에 내보내는 것. 어머니에게 돈을 줘서 이름을 방송에 내보내는 것."

그녀는 엠파이어 양식의 필기용 탁자 위로 몸을 굽히고 서서 쇼핑할 곳, 식사할 곳, 전화기 사용법 따위가 나와 있는 책자들을 뒤적거리다가 재빨리 특유의 아이러니한 시선을 그에게 던진다. 거기에는 아직도 그를 놀라게 하고 그에게 그녀가 누구인지를 상기시키는 힘이 있다. "최선의 방식?" 하고 그녀가 중얼거린다.

그는 6시 반에 문을 두드린다. 그녀는 채비를 마친 채 기다리고 있고, 의혹은 가득하지만 적에 맞설 준비가 되어 있다. 푸른색 의상에 실크 재킷을 걸치고(그녀의 여성 소설가 유니폼이다), 아무런 문제도 없지만 어쩐지 그녀를 데이지 덕[1]처럼 보이게 만드는 하

---

1 도널드 덕과 짝을 이루는 디즈니 캐릭터.

얀 구두를 신었다. 머리는 감아서 뒤로 빗어 넘겼다. 여전히 기름기가 끼어 보이지만 인부나 기계공의 머리처럼 영예롭게 그렇다. 얼굴은 벌써부터 수동적인 표정인데, 소녀가 그런 표정이라면 내성적이라는 소리를 들을 만하다. 개성 없는 얼굴, 특징 있게 보이도록 사진사가 공을 들여야 하는 그런 유형의 얼굴. 전적인 수용성受容性의 위대한 옹호자 키츠[2] 같다고 그는 생각한다.

푸른색 의상, 기름기가 낀 머리는 세부 사항이고 온건한 리얼리즘의 표지다. 세세한 것들을 제공하라, 의미들이 저절로 나타나게 하라. 대니얼 디포[3]가 선구적으로 개발한 절차. 해변으로 떠밀려온 로빈슨 크루소는 동료 선원들이 있는지 둘러본다. 하지만 아무도 없다. "그뒤로 그들도, 그들의 어떤 흔적도 보지 못했다"라고 그는 말한다. "그들이 썼던 테 두른 모자 세개, 챙모자 하나, 짝이 맞지 않는 신발 두짝만 빼고." 짝이 맞지 않는 신발 두짝. 짝이 맞지 않음으로써 그 신발들은 더이상 신발이 아니라, 물거품 이는 바닷물이 물에 빠져 죽어가는 남자들의 발에서 벗겨내 해변에 내던진 죽음의 증거물이 되었다. 그 어떤 거창한 말도, 절망도 없고 그저 테 두른 모자, 챙모자, 신발뿐.

그의 기억이 가닿는 가장 먼 과거부터 어머니는 아침이면 글을 쓴다고 방에 틀어박혔다. 어떤 경우에도 방해를 해선 안 되었다. 그는 자신이 외롭고 사랑받지 못하는 불운한 아이라고 생각하곤 했다. 그와 그의 누이는 자신들이 특히 불쌍하게 여겨질 때면 잠긴 문 바깥쪽에 주저앉아 조그맣게 칭얼거리는 소리를 내곤 했다. 그러다 그 칭얼기림이 콧노래나 노래로 바뀌기도 했고, 그러면 남매

----

2 John Keats(1795~1821). 영국의 낭만주의 시인.
3 Daniel Defoe(1660~1731). 『로빈슨 크루소』를 쓴 영국의 소설가.

는 버림받은 처지를 잊고 기분이 좋아지곤 했다.

이제는 풍경이 달라졌다. 그는 자라서 어른이 되었다. 이제는 문의 바깥쪽이 아니라 안쪽에서, 검은 머리가 서서히 흰머리로 변해가는 동안 날마다, 해마다 창을 등지고 앉아 백지를 마주하고 있는 어머니를 지켜보는 것이다. 그는 생각한다. 참 집요하시구나! 확실히 메달을 받을 만하다, 이 메달 말고도 많은 메달을. 의무감을 넘어선 용감무쌍함에 대해서.

변화가 찾아온 것은 그가 서른세살이 되었을 때였다. 그때까지는 어머니가 쓴 글을 한 글자도 읽지 않았다. 그것이 어머니에 대한 그의 응답, 그를 바깥에 두고 문을 걸어잠근 어머니에 대한 그의 복수였다. 어머니는 그를 부인했고, 따라서 그도 어머니를 부인했다. 아니, 어쩌면 자신을 지켜내기 위해서 어머니의 글을 읽기를 거부했는지도 모른다. 어쩌면 그것, 내리치는 벼락을 피하려는 것이 더 깊은 동기였는지도. 그러던 어느날, 아무에게도 말하지 않고, 자신에게조차 말하지 않고 그는 어머니가 쓴 책들 중 하나를 도서관에서 가지고 나왔다. 이후로는 모든 걸 읽었고, 드러내놓고, 열차에서, 점심을 먹으면서 읽었다. "뭘 읽고 있어?" "우리 어머니가 쓴 책이야."

그녀의 책들에, 그중 몇몇에 그가 나온다. 그는 다른 사람들도 알아볼 수 있다. 그가 알아보지 못하는 사람들도 많이 있음에 틀림없다. 그를 뒤흔들어놓는 통찰력을 가지고 그녀는 섹스에 대해, 격정과 질투와 시기에 대해 쓴다. 정말이지 망측하다.

그녀는 그를 뒤흔들어놓는다. 어쩌면 그녀가 다른 독자들에게 하는 일도 그것이리라. 더 큰 그림 속에 그녀가 존재하는 이유가 어쩌면 그것이리라. 일평생 사람들을 뒤흔들어놓은 데 대해서라면 참으로 희한한 보상이 아닌가, 펜실베이니아의 이 소도시로 실려와서 돈을 받다니! 그녀는 위안을 주는 작가는 결코 아니란 말이다. 그녀는 잔인하기까지 하다. 여자라면 가능하지만 남자의 경우에는 좀처럼 감당할 배짱이 없는 그런 방식으로. 진짜로 그녀는 무슨 종의 동물일까? 물개는 아니다. 그 정도로 붙임성이 있지는 않다. 하지만 상어도 아니다. 고양잇과 동물. 먹잇감의 내장을 뜯어내다가 가만히 멈추고는 찢겨 벌어진 배를 사이에 두고 노란 눈으로 차갑게 우리를 응시하는 저 대형 고양잇과 동물 중의 하나.

아래층에서는 한 여성이 그들을 기다리고 있다. 공항에서 그들을 태워온 바로 그 젊은 여성으로, 이름은 테리사다. 앨토나 대학의 강사이긴 해도 스토우상과 관련된 사업에서는 잡일꾼, 허드레꾼이고 더 광범위한 사업에서는 비중이 없는 인물이다.

그는 차 앞좌석, 테리사 옆에 앉고 그의 어머니는 뒤에 앉는다. 테리사는 들떠 있고, 너무 들뜬 나머지 진짜 수다를 떤다. 그녀는 그들이 차를 타고 지나고 있는 동네에 대해서, 앨토나 대학과 그 역사에 대해서, 지금 향해 가는 음식점에 대해서 이야기를 늘어놓는다. 그 온갖 수다를 떨어대는 와중에 그녀는 용케도 생쥐처럼 재빨리 자기 질문 두가지를 밀어넣는다. "지난가을에 A. S. 바이엇[4]이 여기 왔었어요." 그녀의 말이다. "코스텔로 선생님, A. S. 바이엇에 대해 어떻게 생각하세요?" 나중에 던지는 질문은 이렇다. "코스텔로 선생님, 도리스 레싱에 대해 어떻게 생각하세요?" 테리사는 여성 작가와 정치에 관한 책을 쓰고 있다. 본인 표현으로 리서치라는 것을 하느라 여름마다 런던에서 지낸다. 그녀가 차에 녹음기를 숨

----

4 A. S. Byatt(1936~). 영국의 소설가.

겨두었다 해도 그는 놀라지 않을 것이다.

그의 어머니가 이런 사람들을 가리켜 쓰는 말이 있다. 그녀는 그들을 금붕어라 부른다. 말인즉슨, 그들은 각자 기껏해야 작디작은 살 한점, 겨우 반의반 밀리그램을 원하기 때문에 우리는 그들이 작고 해를 끼치지 않는다고 생각한다는 것이다. 그녀는 출판사를 통해 매주 그들의 편지를 받는다. 옛날에는 회신을 했다. 관심에 감사드려요. 보내주신 편지에 충분히 답을 해드려야 하는데, 유감스럽게도 제가 너무나 바빠서 그럴 수가 없군요. 그러다 어떤 친구가 그녀의 이 편지들이 자필 서명 시장에서 얼마에 팔리는지 말해줬다. 그다음부터는 답장 쓰는 것을 그만두었다.

죽어가는 고래 주변을 맴돌면서, 쏜살같이 달려들어 재빨리 한입 물어뜯을 기회를 노리는 금빛 점들.

그들은 음식점에 도착한다. 보슬비가 내리고 있다. 테리사는 그들을 문 앞에 내려주고 차를 세우러 간다. 잠시 도로변에 두 사람만 있다. "우리, 아직은 도망칠 수 있어요." 그가 말한다. "늦지 않았어요. 택시를 잡아타고, 호텔에 내려서 짐을 챙기고, 8시 반까지 공항에 가서 첫 비행기를 타고 떠나면 되죠. 기마경찰들이 도착할 때쯤이면 우린 사라지고 없을 거예요."

그가 미소를 짓는다. 그녀도 미소를 짓는다. 그들은 일정을 소화할 것이고, 그 점은 거의 말할 필요도 없다. 그러나 도망간다는 생각을 해보는 것만으로도 즐겁다. 농담, 비밀, 공모. 여기서 눈길 한번, 저기서 말 한마디. 이런 것이 그들이 함께 있는 방식이자 따로 있는 방식이다. 그는 그녀의 종자從者, 그녀는 그의 기사가 될 터이다. 그는 할 수 있는 한 그녀를 보호하리라. 그러곤 그녀가 갑옷을 입는 것을 돕고, 그녀를 들어 말에 앉히고, 그녀의 팔에 방패를 달

14

아매고, 그녀에게 창을 건네고 나서 뒤로 물러나리라.

주로 대화로 이루어진 음식점 장면이 있는데, 이건 건너뛰겠다. 호텔로 돌아와 다시 시작하자면, 여기서 엘리자베스 코스텔로는 아들에게 방금 만나고 온 사람들을 죽 불러보라고 주문한다. 시키는 대로 그는 마치 실제 상황인 듯 각 사람의 이름과 직함을 소개한다. 모임을 주최한 윌리엄 브로터검은 앨토나 대학의 인문대 학장이다. 심사위원장 고든 휘틀리는 캐나다인으로 맥길 대학 교수이며, 캐나다문학과 윌슨 해리스[5]에 관해 글을 썼다. 그녀에게 헨리 핸들 리처드슨[6]에 대해 이야기했던, 사람들이 토니라고 부르는 인물은 앨토나 대학 사람이다. 이 여자는 호주 전문가이고 거기서 가르친 적이 있다. 폴라 색스는 그녀도 아는 사람이다. 케리건이라는 대머리 남자는 소설가로 아일랜드 태생이고 지금은 뉴욕에 살고 있다. 다섯번째 심사위원, 그의 옆자리에 앉았던 사람은 이름이 모비어스다. 이 여자는 캘리포니아에서 가르치며 어떤 잡지의 편집위원으로 일한다. 단편을 몇편 발표하기도 했다.

"너하고 그 여자하고 단둘이서 꽤 많은 이야기를 주고받더구나." 어머니가 말한다. "미인이지, 안 그래?"

"그런 것 같네요."

그녀는 생각에 잠긴다. "그런데 말이야, 넌 그런 느낌 안 드나 모르겠다만 그 사람들, 전체로 놓고 보면 아무래도……"

"아무래도 라이트급인 것 같다고요?"

그녀가 고개를 끄덕인다.

"뭐, 그렇죠. 헤비급들은 이런 종류의 쇼에 끼지 않아요. 헤비급

---

5 Theodore Wilson Harris(1921~2018). 남미 가이아나의 작가.
6 Henry Handel Richardson(1870~1946). 호주의 소설가.

들은 헤비급 문제와 씨름하고 있죠."

"나는 그런 자들이 상대할 만한 헤비급이 아니다?"

"아니, 어머닌 헤비급이 맞아요. 어머니의 약점은 어떤 문젯거리가 아니라는 거예요. 어머니의 글은 아직 문젯거리로 증명되지 않았어요. 어머니가 문젯거리가 되기를 자청하면 그들의 장場으로 옮겨질지도 모르죠. 하지만 지금으로선 어머니는 문젯거리가 아니고, 그저 하나의 본보기예요."

"뭐의 본보기?"

"글쓰기의 본보기죠. 어머니의 지위, 어머니의 세대, 어머니의 출신에 속한 사람은 어떻게 글을 쓰는지를 보여주는 본보기 말이에요. 하나의 사례죠."

"사례라? 이의를 좀 제기해도 될까? 내가 다른 누구와도 같지 않게 글을 쓰려고 그토록 애를 썼는데도 말이냐?"

"어머니, 저를 붙잡고 싸워봐야 아무 의미가 없어요. 학계에서 어머니를 그렇게 보는 건 제 탓이 아니에요. 하지만 어떤 차원에서는 우리가 다른 모든 사람들처럼 말한다는 걸, 따라서 그들처럼 쓴다는 걸 어머니도 분명히 인정하실 거예요. 안 그러면 우리는 모두 사적인 언어를 말하고 쓰고 있을 테니까. 사람들의 차별적인 면보다 공통적인 면에 관여하는 게 부조리한 건 아니죠, 안 그래요?"

다음 날 아침, 존은 또다른 문학 논쟁을 하게 된다. 호텔 피트니스센터에서 그는 심사위원장 고든 휘틀리와 마주친다. 나란히 실내 자전거에 올라탄 그들은 고함을 치며 대화를 나눈다. 휘틀리에게 그는 스토우상이 어머니 차지가 된 이유가 단지 1995년이 오스트랄라시아의 해로 선포되었기 때문인 것을 안다면 어머니가 실망하실 거라고 농반진반 이야기한다.

"어머님께선 이 상이 무슨 의미를 갖길 바라시는 건가요?" 휘틀리도 고함을 치며 말한다.

"당신이 최고라는 거지요." 그가 답한다. "심사위원단의 솔직한 의견으로 말입니다. 최고의 호주인도, 최고의 호주 여성도 아니고 그냥 최고요."

"무한대 없이는 수학도 없을 테지요." 휘틀리가 말한다. "그렇지만 그게 무한대가 존재한다는 뜻은 아닙니다. 무한대란 그저 하나의 구성물, 인간의 구성물이죠. 물론 엘리자베스 코스텔로가 최고라는 우리 생각은 확고합니다. 다만 우리 시대의 맥락에서 그런 진술이 무얼 뜻하는지, 우리 생각을 명확히 할 필요가 있어요."

그는 무한대의 비유가 말이 안 된다고 보지만 따지고 들지는 않는다. 휘틀리의 글은 그의 사고만큼이나 형편없는 것이 아니기를.

리얼리즘은 관념을 편하게 여겼던 적이 없다. 그럴 수밖에 없는 것이, 리얼리즘은 관념이 자율적 존재를 지니지 않으며 사물 속에만 존재할 수 있다는 관념을 전제하는 것이다. 그리하여 여기서처럼 리얼리즘이 관념을 두고 논쟁할 필요가 있을 때 그것은 상황─시골에서의 산책, 대화─을 발명하는데, 그 속에서 인물들은 경합하는 관념들을 말로 표현하고 그럼으로써 어떤 의미에서 그 관념들을 체화한다. 체화 개념은 중추적인 것으로 드러난다. 그런 논쟁에서 관념은 자유롭게 떠다니지 않으며 실로 그럴 수가 없다. 관념은 그것을 발화하는 화자에게 매여 있으며, 그 화자가 세계 속에서 행동할 때 그 동기가 되는 개인적 이해관계, 가령 자기 어머니가 미키 마우스 같은 탈식민지 작가로 취급되지 않았으면 하는 아들의 관심사, 또는 자신이 구닥다리 절대주의자로 보이지 않았으면 하는 휘틀리의 관심사 같은 이해관계를 태반으로 생성되는 것이다.

11시에 그는 그녀의 방문을 똑똑 두드린다. 그녀는 긴 하루를 앞두고 있다. 인터뷰, 대학 라디오 방송국에서 한 세션, 또 저녁에는 시상식과 그에 딸린 연설.

인터뷰 진행자들을 대하는 그녀의 전략은 대담을 주도하는 것, 그들에게 대화의 토막들을 제공하는 것으로, 그가 보기에 그 대화의 토막들은 하도 자주 반복되어서 그녀의 머릿속에서 굳어져 일종의 진실이 되어버리지 않았나 싶다. 멜버른 교외에서 보낸 유년시절에 관한 기다란 단락 하나(정원 안쪽에서 끽끽거리는 앵무새들)와 중산층의 안전에 관한 상상이 맞닥뜨린 위험에 관한 보조 단락 하나. 아버지가 말라야에서 장티푸스에 걸려 돌아가신 일, 그 배경 어딘가에서 어머니가 쇼팽의 왈츠를 피아노로 연주하고 있는 장면, 이어서 마치 즉석에서 떠올랐다는 듯 음악이 자신의 산문에 미친 영향을 되새기는 일련의 발언 등을 담은 단락 하나. 청소년기의 (이것저것 가리지 않는 게걸스러운) 독서, 그다음 버지니아 울프로 건너뛰어, 학생 때 울프를 처음 읽은 것, 울프가 자신에게 끼친 영향 등에 관한 단락 하나. 예술학교 기간에 관해 한 단락, 전후戰後 케임브리지에서 보낸 일년 반에 관해 또 하나("제가 주로 기억하는 것은 어떻게든 몸을 따뜻하게 유지하려고 애썼던 거예요"), 런던에서 지낸 몇년에 관해 또 하나("번역가로 생계를 꾸려갈 수도 있었을 것 같아요. 하지만 제가 제일 잘 아는 언어는 독일어였는데, 짐작하시겠지만 그 시절엔 독일어가 인기가 없었어요"). 그녀 자신은 겸손하게 폄하하지만 처음 쓴 장편치고는 다른 작가들의 경우보다 월등히 뛰어났던 그녀의 첫번째 장편소설, 그 다음에는 프랑스에서 지낸 몇년("짜릿한 시절이었죠"), 아울러 첫번째 결혼에 대한 에두른 언급. 그다음 어린 아들, 그를 데리고 호주로 돌아간 것.

아직도 이런 말을 쓸 수 있다면 말이지만, 전반적으로 장인다운 연기라고 그는 옆에서 들으면서 판단한다. 의도한 대로 그 시간의 대부분을 잡아먹고 겨우 몇분을 남겨놓아 "어떻게 생각하시나요……?"로 시작하는 질문들을 비켜가다니. 그녀는 어떻게 생각하는가, 신자유주의, 여성문제, 원주민 권리, 오늘날의 호주 소설에 대해? 그는 사십년 가까이 그녀 곁을 오가며 주변에서 살았는데도 그녀가 그 큰 질문들에 대해 어떻게 생각하는지 아직도 확실히 알지 못한다. 확실히 알지 못할 뿐 아니라, 그 이야기를 듣지 않아도 된다는 데 대해 대체로 고맙게 생각한다. 대다수 사람들의 생각과 마찬가지로 그녀의 생각 역시 흥미롭지 않으리라 짐작되기 때문이다. 사상가가 아닌 작가. 작가들과 사상가들, 분필과 치즈.[7] 아니, 분필과 치즈가 아니라 물고기와 새. 하지만 어머니는 어느 쪽인가, 물고기인가, 새인가? 어머니의 서식 환경은 어느 쪽인가, 물인가, 공기인가?

오늘 오전의 인터뷰 진행자는 이 일로 보스턴에서 올라온 젊은 사람인데, 그의 어머니는 대개 젊은 사람에게 관대하다. 그런데 이 사람은 낯이 두껍고, 둘러대는 말에 잘 속아넘어가지 않는다. "선생님의 주된 메시지는 뭐라고 해야 할까요?" 여자가 집요하게 묻는다.

"제 메시지요? 꼭 메시지를 전해야 하는 건가요?"

세게 맞받아친 건 아니다. 기선을 잡은 인터뷰 진행자는 더 밀어

---

7 chalk and cheese. 외관상 비슷하나 실은 판이함을 나타내는 관용어.

붙인다.

"『에클스가의 집』에서 선생님이 중심인물로 삼은 매리언 블룸은 남편이 자기가 누구인가에 대한 답을 찾아내기 전까지는 그와 섹스를 하지 않으려고 해요. 선생님이 말씀하신 게 그런 것, 그러니까 남성들이 새로운 탈가부장적 정체성을 찾아내기 전까지는 여성들이 그들에게서 떨어져 있어야 한다는 것인가요?"

그의 어머니가 그를 힐끗 쳐다본다. '도와줘!'라는 익살스러운 호소가 담긴 눈길이다.

"흥미로운 생각이군요." 그녀가 웅얼거리듯이 말한다. "물론 매리언 남편의 경우에 새로운 정체성을 찾아내라는 요구는 특히 가혹할 텐데, 그 남자는, 뭐랄까, 정체성이 박약한 사람, 여러가지 모습을 지닌 사람이기 때문이죠."

『에클스가의 집』은 훌륭한 소설이다. 어쩌면『율리시스』만큼이나 오래도록 살아남으리라. 그 작품의 작가가 무덤에 들어가고 난 뒤에도 오래도록 살아남아 있을 것이 분명하다. 그녀가 그 작품을 썼을 때 그는 아이에 불과했다. 『에클스가의 집』을 낳은 바로 그 존재가 자신을 낳았다고 생각하면 그는 마음이 동요되고 아찔해진다. 이제는 자신이 끼어들어 따분해지려고 하는 심문에서 어머니를 구해낼 시간이다. 그가 일어서며 말한다. "어머니, 아쉽지만 이쯤 하셔야겠어요. 라디오 세션에 모셔가려고 저쪽에서 사람이 와서요." 인터뷰 진행자에게도 말한다. "감사합니다만 여기서 마쳐야겠습니다."

인터뷰 진행자는 못마땅해서 입술을 뾰로통하게 내민다. 이 여자는 자기가 내는 기사에 그의 역할도 하나 마련해줄까, 역량이 떨어져가는 소설가와 거들먹거리는 그 아들 정도로?

라디오 방송국에서 두 사람은 서로 떨어진다. 그는 조정실로 안내된다. 놀랍게도 새 인터뷰 진행자는 저녁식사 때 그의 옆자리에 앉았던 우아한 여자 모비어스다. "수전 모비어스입니다. 이 프로그램은 「작업 중인 작가」이고요, 오늘은 엘리자베스 코스텔로 씨와 이야기를 나누겠습니다." 그녀는 이렇게 운을 떼고, 게스트를 간명하게 소개하고는 계속해서 말한다. "가장 최근에 내신 소설이 '불과 얼음'이라는 제목을 달고 있죠. 1930년대 호주를 배경으로 하고, 한 청년이 가족과 사회의 억압에 맞서서 화가의 길을 가고자 고군분투하는 이야기인데요. 그걸 쓰실 때 누군가 특별히 염두에 둔 사람이 있었는지요? 선생님 자신의 젊은 시절에서 끌어낸 이야기인가요?"

"아니에요, 1930년대에 저는 아직 어린아이였어요. 물론 우리는 늘 우리 자신의 삶에서 뭔가를 끌어내지요. 삶이 우리의 주된 자원, 어떤 의미에서는 유일한 자원이에요. 하지만 말씀하신 건, 그렇지 않아요. 『불과 얼음』은 자서전이 아니에요. 그건 허구적인 작품이에요. 제가 지어낸 거죠."

"우리 청취자들에게 이건 꼭 말해줘야겠는데, 강렬한 작품입니다. 그런데 선생님은 남자 입장에서 글을 쓰는 것이 쉬우신가요?"

판에 박힌 질문으로, 그녀의 판에 박힌 단락들 중 하나에 어서 들어오라고 문을 열어준다. 놀랍게도 그녀는 그 초대에 응하지 않는다.

"쉽냐고요? 아니죠. 쉬우면 할 만한 가치가 없겠죠. 그 타자성이 도전이 되는 거예요. 자기 자신과는 다른 누군가를 지어내는 것. 그 사람이 돌아다닐 세계를 지어내는 것. 하나의 호주를 지어내는 것."

"책을 통해서 하고 계신 일이 그거라고 해야 할까요, 호주를 지어내는 것?"

"예, 그런 것 같아요. 그런데 요즘에는 그게 그렇게 쉽지 않아요. 예전보다 밀쳐내야 할 저항이 많은데, 다른 많은 사람들이 지어낸 호주들이 갖는 무게죠. 우리가 전통, 전통의 시작이라고 말할 때 의미하는 게 그런 거예요."

"이제 『에클스가의 집』과 작중인물인 몰리 블룸에 대한 이야기로 넘어가볼까 합니다. 우리나라에서 선생님은 이 책으로 제일 잘 알려져 있죠. 선구적인 책이고요. 비평가들은 선생님이 조이스에게서 몰리를 찾아오거나 되찾아온 방식에, 몰리를 선생님 자신의 것으로 만든 방식에 주목해왔습니다. 이 책에서 의도하신 것, 특히 현대문학의 아버지 격인 조이스에게, 조이스 자신의 영토에서 도전장을 내밀었을 때 의도하신 것이 무언지 말씀해주실 수 있을까요?"

다시 한번 문이 활짝 열렸고, 이번에는 그녀가 초대에 응한다.

"예, 몰리 블룸은, 조이스의 몰리 말인데요, 이 여자는 매력적인 인물이에요, 그죠? 『율리시스』 전체에 걸쳐서 몰리는 자기 흔적을 남기는데, 마치 발정기의 암캐가 암내를 풍기고 다니는 것 같아요. 이게 유혹적이라고는 말할 수 없는 것이, 그보다는 더 조악한 것이거든요. 남자들은 그 냄새를 맡고 쿵쿵거리고, 주변을 맴돌고, 서로를 향해 으르렁거리죠. 몰리가 그 자리에 없어도 말이에요.

제가 조이스에게 도전한다고는 생각하지 않아요. 그렇지만 어떤 작품들은 창의성이 아주 풍부해서 결국에는 쓰다 남은 재료가 많이 생겨나는데, 마치 이 재료가 저를 좀 데려가서 당신 자신의 뭔가를 만드는 데 써주세요, 하고 청하는 느낌이에요."

"하지만 엘리자베스 코스텔로 선생님, 직접 쓰신 비유를 저도 따라 쓰자면, 선생님은 몰리를 그 집에서 빼내셨어요. 몰리의 남편과 연인과, 또 어떤 의미에서는 작가가 그 여자를 가두고 일종의 날지 못하는 여왕벌로 만들어버린 에클스가의 집에서 여자를 빼내신 거죠. 빼내서 더블린 거리에 풀어놓으셨어요. 이건 선생님 쪽에서 조이스에게 제기하는 도전, 하나의 반응이라고 보지는 않으시나요?"

"여왕벌, 암캐…… 비유를 좀 바꿔서, 그 여자를 차라리 암사자라고 불러보죠. 거리를 어슬렁거리고, 냄새를 맡고, 이것저것 구경하는 암사자. 심지어 먹잇감을 노리는 암사자. 맞아요, 저는 여자를 그 집에서, 특히 스프링이 삐걱거리는 침대가 있는 그 침실에서 해방해주고 싶었고, 말씀하신 대로 더블린에 풀어놔주고 싶었어요."

"몰리를, 조이스의 몰리를 에클스가의 집에 갇힌 포로로 보신다면, 여성들이 일반적으로 결혼과 가정생활의 포로라고 보시는 건가요?"

"설마 지금 여성들이 그렇다고는 못 하겠지요. 하지만 맞아요, 몰리는 어느 정도 결혼의 포로, 1904년에 아일랜드에서 가능했던 그런 종류의 결혼의 포로예요. 남편인 레오폴드도 포로고요. 몰리가 결혼으로 이룬 가정 안에 갇히게 된 경우라면 남자는 문이 닫혀 들어오지 못하게 된 거죠. 그러니 오디세우스는 들어오려고 애쓰고 페넬로페는 나가려고 애쓰는 겁니다. 바로 이게 조이스와 제가 각자 다른 방식으로 경의를 표한 희극이랄까, 희극적 신화죠."

두 여자 모두 헤드폰을 낀 채, 서로에게 말을 한다기보다 마이크에 말을 하고 있어서 그로서는 두 사람 사이의 흐름을 산파하기 어렵다. 그러나 늘 그렇듯 이번에도 그는 어머니가 성공적으로 투영해 보여주는 페르소나에 감탄한다. 악의 없이 온화한 상식을 지닌,

그러면서 명민함도 보여주는 페르소나.

"이 말씀을 드리고 싶은데요." 인터뷰 진행자가 말을 잇는다.(목소리가 침착하다고 그는 생각한다. 결코 라이트급이 아닌, 능력 있고 침착한 여자.) "1970년대에 『에클스가의 집』을 처음 읽었을 때 저는 얼마나 충격을 받았는지 몰라요. 그 당시에는 학생이었고, 조이스의 책에 대해 공부하면서 저 유명한 몰리 블룸 챕터와 거기에 따라오는 정통 비평, 그러니까 조이스가 거기에다 진정한 여성적 목소리니, 여성의 관능적 리얼리티니 하는 것들을 풀어놓았다는 생각을 흡수한 상태였죠. 그런데 선생님 책을 읽고서 몰리가 조이스가 만들어놓은 틀에 제한될 필요는 없겠구나, 음악에 관심이 있고 자기 나름의 교우 관계도 있고 속내를 털어놓는 딸도 있는 지적인 여성이 되지 말란 법이 없겠구나 하는 깨달음이 왔어요. 계시였다고 해야겠지요. 그러자 남성 작가들에게서 목소리를 부여받았다고 여겨지는 다른 여성들의 경우는 어떨지 궁금해졌는데, 목소리가 주어진 것은 명목상 여성들의 해방을 위해서였지만 결국에는 어떤 남성적인 철학을 고취하고 거기에 봉사할 뿐이었지요. 제가 특히 염두에 두고 있는 것은 D. H. 로런스의 여성들인데요, 과거로 더 거슬러 올라가서 두명만 꼽자면 더버빌가³의 테스도 있고 안나 까레니나도 있습니다.⁸ 방대한 문제이긴 한데, 혹시 이에 대해 하실 말씀이 있는지 궁금합니다. 꼭 매리언 블룸과 그밖의 인물들에 대해서만이 아니라 여성들의 삶 전반을 되찾아오는 기획에 대해서 말이죠."

"아뇨, 제가 하고 싶은 말은 딱히 없는 것 같고, 이미 하신 말씀

---

8 차례로 토머스 하디(Thomas Hardy)의 『더버빌가의 테스』(1891)의 주인공, 레프 똘스또이(Lev Tolstoy)의 동명 장편소설(1877)의 주인공이다.

으로 충분하지 않나 싶네요. 물론 공정하게 말해서 남자들도 히스클리프들, 로체스터들을 (안쓰럽게도 늙고 칙칙한 캐소번은[9] 말할 것도 없고요) 낭만적인 정형화에서 되찾아오는 일을 시작해야겠지요. 그건 장관일 거예요. 그런데 말이에요, 정말로 우리가 언제까지나 고전에 기생할 수는 없는 노릇이죠. 저 자신도 그런 비난에서 자유롭지는 않지만요. 우리 스스로 어떤 발명을 시작해야 한다는 거예요."

대본에는 전혀 없던 말이다. 새로운 출발. 그쪽으로 가면 무슨 이야기가 나올까? 그런데 이런, (지금 스튜디오의 시계를 힐끔거리고 있는) 이 모비어스라는 여성은 그쪽으로 이야기를 풀어가지 않는다.

"더 근래에 쓰신 소설들은 다시 호주를 배경으로 합니다. 호주에 대해 어떻게 생각하시는지 좀 말씀해주실 수 있을까요? 호주 작가라는 것이 선생님에게는 어떤 의미일까요? 호주는 여전히 아주 멀리 떨어져 있는 나라, 적어도 미국인들에게는 그런 곳이죠. 글을 쓰실 때 그런 점, 머나먼 변경에서 소식을 전하고 있다는 생각이 의식 한편에 자리하고 있는지요?"

"머나먼 변경이라. 흥미로운 표현이군요. 요즘 호주인들 중에 그런 표현을 선뜻 받아들일 사람은 많지 않을 거예요. '어디에서부터 멀다는 거지?' 하겠죠. 그래도 그 표현에 어떤 의미가 있기는 해요. 역사가 우리에게 강요한 의미일지라도 말이에요. 우린 극단extremes 의 나라는 아니지만 — 제가 보기에 우리는 평화를 애호하는 편이

---

9 차례로 에밀리 브론테(Emily Brontë)의 『폭풍의 언덕』(1847)의 주인공, 샬럿 브론테(Charlotte Brontë)의 『제인 에어』(1847)의 주인공, 조지 엘리엇(George Eliot)의 『미들마치』(1871)의 주인공이다.

에요 ── 극한extremities의 나라이긴 합니다. 우리가 우리의 극한을 겪어온 것은 어느 쪽으로든 저항이 많지 않았기 때문이에요. 추락하기 시작하면 막을 게 별로 없지요.”

두 사람은 낯익은 땅, 진부한 것들 사이로 돌아와 있다. 그로서는 이제 그만 들어도 되겠다.

저녁으로, 주요 행사인 시상식으로 건너뛴다. 연설자의 아들이자 동행인 그의 자리는 청중석 맨 앞줄, 특별 초대 손님들 사이다. 왼편에 앉은 여자가 자신을 소개한다. “우리 딸이 앨토나 대학에 다녀요” 하고 말한다. “그쪽 어머님에 대해서 우등 과정 학위논문을 쓰고 있어요. 열렬한 팬이죠. 우리한테 어머님 작품을 모조리 읽게 만들었다니까요.” 여자가 옆에 앉은 남자의 손목을 토닥인다. 부유한 티, 세습된 부티가 나는 사람들이다. 후원자들이 분명하다. “이 나라에서 어머님은 엄청난 흠모의 대상이죠. 특히 젊은 사람들한테는요. 그 말을 전해주시면 좋겠네요.”

미국 전역에서 젊은 여성들이 어머니에 대한 학위논문을 쓰고 있음. 흠모자, 추종자, 제자. 미국인 제자들이 있다고 하면 어머니는 좋아하실까?

시상식 장면 자체는 건너뛴다. 너무 자주 이야기를 끊는 것은 좋은 생각이 아닌데, 스토리텔링은 독자나 청자를 살살 달래서 실제 세계의 시공간이 점차 사라지고 허구의 시공간이 대신 들어서는 꿈같은 상태에 들어가도록 함으로써 효과를 보기 때문이다. 그 꿈속으로 침입하면 이야기가 만들어진 것이라는 사실이 주목을 받게 되고 리얼리즘적 환상이 망가져버린다. 하지만 어떤 장면들을 건너뛰지 않으면 우리는 오후 내내 여기 있어야 할 것이다. 건너뛰기는 텍스트의 일부가 아니고 수행performance의 일부다.

그리하여 상이 수여되고 이어서 그의 어머니가 수상 연설을 하기 위해 홀로 연단에 남는데, 행사 안내문에는 연설 제목이 '리얼리즘이란 무엇인가?'로 나와 있다. 어머니의 진가를 보여줄 때다.

엘리자베스 코스텔로가 독서용 안경을 낀다. "신사 숙녀 여러분" 하고서 연설문을 읽기 시작한다.

"저는 1955년에 첫번째 책을 출간했는데, 그때는 런던에 살고 있었습니다. 그 당시 런던은 호주인들에게 거대한 문화적 메트로폴리스였죠. 저자용 신간 견본이 들어 있는 소포가 우편으로 도착했던 날이 생생하게 기억납니다. 인쇄되고 장정된 것, 진짜 물건, 부인할 수 없는 그것을 손에 쥐게 되어 당연히 설렜죠. 그런데 불안한 게 있었어요. 출판사에 전화를 했습니다. '납본용 책은 다 발송이 됐나요?' 하고 물었습니다. 바로 그날 오후에 납본용 책들을 스코틀랜드와 보들리 도서관[10] 등지로, 무엇보다 영국박물관으로 우송하겠다는 다짐을 꼭 받아낼 작정이었습니다. 그게 저의 거대한 야망이었던 거죠. 영국박물관 서가에 저의 자리를 마련하는 것, 그래서 성이 C로 시작하는 다른 이들, 칼라일과 초서와 콜리지와 콘래드 같은 위대한 이들과 어울려 지내는 것 말입니다. (웃기는 사실은, 알고 보니 저와 가장 가까운 문학적 이웃은 마리 코렐리였더라는 겁니다.)[11]

지금이야 그런 순진함은 웃음거리죠. 하지만 제 걱정스러운 문

---

10 옥스퍼드 대학교 중앙도서관.

11 칼라일(Thomas Carlyle)은 영국의 사회비평가이자 역사가, 초서(Geoffrey Chaucer)는 중세 영문학을 대표하는 작가, 콜리지(Samuel Taylor Coleridge)는 낭만주의 시대의 시인이자 비평가, 콘래드(Joseph Conrad)는 모더니즘과 리얼리즘을 넘나든 폴란드 출신의 영국 소설가, 마리 코렐리(Marie Corelli)는 한때 큰 인기를 누렸던 대중소설 작가이다.

의의 이면에는 진지한 뭔가가 있었고, 또 그 진지함의 이면에는 인정하기는 그다지 쉽지 않지만 애처로운 뭔가가 있었습니다.

설명을 드리자면 이렇습니다. 써서 찍어낸 책들 중에서 소멸해버릴 것은 전부 무시하고, 다시 말해서 아무도 사지 않아 폐지로 처리될 것들, 펼쳐서 한두면 읽고는 지루하다고 영영 치워버릴 것들, 바닷가 호텔이나 열차 안에 버려질 것들, 이런 잃어버려질 것들은 전부 무시하고, 읽힐 뿐만 아니라 잘 간수될 책, 집을 얻게 될 책, 서가에 영구적으로 자기 차지가 될 자리 하나를 얻을 책이 적어도 한권은 있다고 느낄 수 있어야 합니다. 제가 납본용 책의 행방을 걱정한 것의 이면에는 어떤 소망이 자리하고 있었는데, 설사 제가 그다음 날 버스에 치여 쓰러지더라도 저의 이 첫아이는 집을 얻어서, 만일 그럴 운명이라면 다가올 백년 동안 거기서 선잠을 잘 수 있고, 그게 아직 살아 있는지 확인하려고 다가와서 막대기로 찔러대는 사람은 없으면 하는 것이었습니다.

제가 전화를 걸었던 것의 한가지 측면은 바로 그것이었습니다. 제가, 언젠가는 명이 다할 이 껍데기가 죽을 거라면 제 창조물들을 통해서라도 계속 살아갔으면 하는 거죠."

엘리자베스 코스텔로는 이제 명성의 무상함에 관한 생각을 풀어놓는다. 뒷부분으로 건너뛴다.

"하지만 물론 영국박물관, 또는 (지금으로 말하면) 영국도서관[12]이 영원히 존속하지는 않을 겁니다. 그 역시 무너져서 황폐해지고 서가에 꽂혔던 책들은 먼지로 변하겠지요. 또 어쨌거나 그런 날이

---

[12] 영국도서관의 전신은 1753년에 설립된 영국박물관 도서관(British Museum Library)이며, 1972년의 '영국도서관 법'에 의해 현재 형태의 영국도서관이 설립되었다.

오기 훨씬 전에 산酸이 종이를 갉아먹고, 공간에 대한 요구가 커지면서 볼품없고 사람들이 읽지 않고 찾지 않는 것들은 이런저런 시설로 실려나가거나 불구덩이에 내던져질 테고, 총목록에서 그것들의 흔적은 남김없이 지워져버리겠지요. 이후로 그것들은 전혀 존재하지 않았던 것이나 마찬가지일 겁니다.

이건 바벨의 도서관[13]에 대한 대안적 상상인데, 제게는 호르헤 루이스 보르헤스의 상상보다 더 불편한 느낌을 줍니다. 생각해낼 수 있는 과거·현재·미래의 모든 책들이 공존하는 도서관이 아니라, 실제로 구상되고 글로 쓰여 출판된 책들이 부재하는, 사서의 기억에조차 부재하는 도서관이죠.

자, 제가 전화를 걸었던 것의 또다른 측면, 더 애처로운 측면은 그런 것이었습니다. 명성 자체가 우리를 망각에서 구원해주리라 기대할 수 없듯이 영국도서관이나 미국 의회도서관이 그러리라 기대할 수도 없지요. 앨토나 대학에서 맞는, 제게는 자랑스러운 이 밤에 저는 그 점을 저 자신에게, 그리고 여러분에게 상기시켜야만 합니다.

이제는 제가 준비한 주제, '리얼리즘이란 무엇인가'에 대해 말씀드릴까 합니다.

프란츠 카프카가 쓴 단편 중에, 아마 여러분도 아실 텐데, 한 원숭이[14]가 격식에 맞게 옷을 차려입고 어느 학회를 상대로 연설을 하

---

13 보르헤스(Jorge Luis Borges)의 단편 「바벨의 도서관」(1941)에서 화자는 자신의 우주를 특정 철자들의 조합으로 가능한 모든 410면짜리 책이 비치된 거대한 도서관으로 묘사한다.

14 영어 원어는 ape(유인원)이고, 카프카도 비록 모호한 점은 있지만 「학술원에 보내는 보고서」의 주인공으로 침팬지를 의도한 것으로 보인다. 그러나 우리말 '원숭이'의 쓰임새와 카프카 번역의 관행을 감안하여 '원숭이'로 옮긴다.

는 이야기가 있습니다. 그것은 연설이지만 또한 테스트, 즉 시험, 구술시험이기도 하지요. 원숭이는 자신이 청중의 언어를 말할 수 있다는 것뿐만 아니라 그들의 행동양식과 관습을 완전히 익혔다는 것, 그들의 사회에 들어가기에 적합하다는 것을 보여주어야 합니다.

제가 여러분 앞에서 카프카의 이야기를 다시 꺼내는 이유가 뭘 까요? 제가 바로 그 원숭이, 저의 자연환경에서 억지로 떨어져나와 비판적인 이방인들의 모임에서 연기를 펼치도록 강요되는 원숭이 인 척하려는 걸까요? 그렇진 않겠죠. 저는 여러분과 같은 존재이지 다른 종에 속한 게 아니니까요.

그 이야기를 아신다면 그것이 독백, 원숭이의 독백이라는 형식 으로 되어 있다는 것을 기억하실 겁니다. 이런 형식 속에서는 연설 자와 청중 어느 쪽에 대해서도 외부인의 눈으로 살펴볼 수가 없습 니다. 글쎄요, 어쩌면 연설자가 '정말로' 원숭이인 것은 아닐지도 모르겠는데, 그저 우리와 다름없는 인간이지만 망상에 사로잡혀 자기가 원숭이라고 생각하는 것인지도 모르고, 아니면 어떤 인간 이 수사적인 목적에서 심한 아이러니를 담아 자신을 원숭이로 소 개하는 것인지도 모르지요. 마찬가지로 청중은 우리가 상상할 법 한 신사들, 구레나룻을 기르고 얼굴은 불그스레하며 부시재킷과 토피를 벗고 야회복을 차려입은 신사들이 아니라 동료 원숭이들일 지도 모릅니다. 입 모양을 만들어 독일어로 복잡한 문장을 말할 수 있는 우리 연설자의 수준까지는 아니더라도 최소한 가만히 앉아 귀를 기울이도록 훈련받은 원숭이들, 아니면 그 정도까지 훈련받 지는 않았어도 꽥꽥거리고 벼룩을 잡고 한데서 대소변을 보지 않 도록 훈련되어 자기 자리에 사슬로 묶여 있는 원숭이들 말입니다.

우리는 알지 못합니다. 이 이야기에서 실제로 무슨 일이 벌어지고 있는지 우리는 확실히 알지 못하고 앞으로도 결코 알지 못할 것입니다. 이야기 내용이 사람이 사람들에게 말을 하고 있는 것인지, 원숭이가 원숭이들에게 말을 하고 있는 것인지, 원숭이가 사람들에게 말을 하고 있는 것인지, 아니면 (제가 보기에 그럴 것 같지는 않지만) 사람이 원숭이들에게 말을 하고 있는 것인지, 심지어 그저 앵무새가 앵무새들에게 말을 하고 있는 것인지 모르는 것이죠.

우리가 알던 시절이 있었습니다. 텍스트에서 '탁자 위에 물 한잔이 있었다'고 하면 정말로 탁자가 있고 그 위에 물 한잔이 있다고 믿었으며, 텍스트라는 말-거울을 들여다보기만 하면 그것들이 보였던 겁니다.

하지만 이 모든 것은 종말을 고했습니다. 말-거울은 고쳐볼 도리 없이 깨져버린 것 같습니다. 그 강연장에서 실제로 무슨 일이 벌어지고 있는지에 관해서 저나 여러분이나 잘 모르기는 매한가지입니다. 사람들과 사람들 이야기인지, 사람들과 원숭이들 이야기인지, 원숭이들과 사람들 이야기인지, 원숭이들과 원숭이들 이야기인지 잘 모르는 거죠. 강연장 자체도 동물원에 불과할지 모릅니다. 이제 페이지에 적힌 말이 자기 의도를 확실히 밝히고 각각의 단어가 '내 말뜻은 자명하다!'라고 천명하는 일은 없을 겁니다. 로마의 독실한 가정에서는 벽난로에 집의 수호신을 모셔놓았었죠. 그런 벽난로 위에 성경, 셰익스피어의 작품들과 나란히 서 있던 사전은 이제 그저 여러 암호책 중의 하나가 되어버렸습니다.

이런 상황에서 저는 여러분 앞에 서 있습니다. 설마 제가 이 연단에 서는 특권을 남용해 제가 어떤 존재인지, 원숭이인지 여자인지, 그리고 저의 청중인 여러분은 어떤 존재인지에 관해 한가롭고 허무주의적인 농담이나 하고 있는 건 아니겠지요. 그것이 그 이야기의 초점은 아니라고 하겠는데, 그럼에도 저는 그 이야기의 초점이 무엇인지를 결정할 위치에 있지 않습니다. 우리가 믿기로는, 우리가 누구인지 말할 수 있는 시절이 있었습니다. 이제 우리는 그저 자기 대사를 말하는 연기자일 뿐입니다. 바닥이 꺼져버린 것입니다. 그 꺼져버린 바닥이 무엇이 됐든 그것을 존중하는 것이 어렵지 않다면야 그걸 두고 사태가 비극적으로 흘렀다고 생각할 수도 있겠습니다만, 이제 우리에게 그 바닥은 하나의 환상, 방 안에 있는 모든 사람이 집중해서 응시함으로써만 유지되는 그런 환상들 중의 하나로 보입니다. 단 한순간만이라도 응시를 거두면 거울은 방바닥에 떨어져 박살 나고 마는 것입니다.

그러니 제가 여러분 앞에 서면서 저 자신에 대해 확신을 갖지 못하는 데는 충분한 이유가 있는 셈입니다. 깊이 감사드리는 이 멋진 상과 이 상이 제시하는 전망, 제가 앞서 수상한 이들의 저 빛나는 무리에 합류하여 이제 시간의 시샘하는 손아귀를 벗어나리라는 전망에도 불구하고, 현실적으로 생각한다면 여러분에게서 드높임을 받고 제가 그 탄생에 어느 정도 관여한 책들이 더이상 읽히지 않고 마침내 더이상 기억되지 않는 것은 시간문제일 뿐임을 우리 모두는 알고 있습니다. 당연한 일이지요. 우리가 후손들에게 지우는 기억의 짐에는 어떤 한계가 있어야 합니다. 그들에게는 그들 나름의 세계가 있을 테고, 거기서 우리가 차지하는 몫은 점점 줄어들게 될 것입니다. 감사합니다."

머뭇머뭇 박수가 시작되고 곧 큰 소리로 바뀐다. 그의 어머니가 안경을 벗으며 미소를 짓는다. 매력 있는 미소다. 어머니는 그 순간을 즐기고 있는 것 같다. 배우는 자격이 있든 없든 박수갈채에 흠뻑 취해도 괜찮다. 배우, 가수, 바이올리니스트는 그렇다. 어머니도 나름대로 영광의 순간을 누리면 안 될 이유가 있을까?

박수 소리가 잦아든다. 브로터검 학장이 마이크로 몸을 기울인다. "다과가 마련되어 있……"

"잠깐만요!" 또랑또랑하고 자신감에 찬 젊은 목소리가 학장의 목소리를 끊고 들어온다.

청중이 일순간 동요한다. 고개들이 돌아간다.

"로비에 다과가 마련되어 있고, 엘리자베스 코스텔로 저작들도 전시되어 있습니다. 모두 그리로 오시기 바랍니다. 그럼 이제……"

"잠깐만요!"

"예?"

"질문이 있는데요."

말을 한 사람은 일어서 있다. 흰색과 붉은색으로 된 앨토나 대학 스웨터를 입은 젊은 여성이다. 브로터검은 당황한 기색이 역력하다. 그의 어머니로 말할 것 같으면, 미소는 사라졌다. 그는 저 표정을 안다. 이 정도면 됐고, 어머니는 그만 가고 싶다.

"글쎄요," 얼굴을 찌푸린 브로터검이 도와달라는 듯 주변을 둘러보며 말한다. "오늘 밤 행사에서 질문은 받지 않는 것으로 되어 있어서요. 코스텔로 선생님께 감사……"

"잠깐만요! 연설하신 분께 질문이 있어요. 그분께 직접 질문드려도 될까요?"

장내가 고요해진다. 모든 눈이 엘리자베스 코스텔로에게 쏠려 있다. 그녀는 냉담하게 먼 곳을 응시한다.

브로터검이 침착함을 되찾는다. "코스텔로 선생님께 감사드립니다. 오늘 밤 우리는 코스텔로 선생님께 경의를 표하기 위해 이 자리에 모였지요. 모두 로비로 오시기 바랍니다. 감사합니다." 그러고는 마이크를 꺼버린다.

  사람들이 강당을 나서면서 웅성웅성 얘기를 나누는 소리가 들린다. 역시나 하나의 사건이었던 것이다. 저 앞쪽에 붉은색과 흰색 스웨터를 입은 여자가 무리에 섞여 가고 있는 것이 그의 눈에 띈다. 몸을 곧게 세우고 뻣뻣하게, 화가 난 듯이 걷고 있다. 무슨 질문을 하려고 했을까? 질문을 하도록 놓아두는 편이 낫지 않았을까?

  그는 로비에서 같은 소동이 반복될까봐 두렵다. 하지만 소동은 없다. 여자는 자리를 떠서 어둠 속으로 사라졌는데, 어쩌면 씩씩거리면서 갔을 것이다. 그래도 사건의 뒷맛이 찜찜하다. 어떻게 둘러대도 그날 저녁은 망친 것이다.

  그 여자는 무엇을 물어보려 했을까? 사람들이 옹기종기 모여 소곤거린다. 재빨리 감을 잡은 것 같다. 그도 재빨리 감을 잡았다. 사람들이 이런 경우에 유명 작가인 엘리자베스 코스텔로에게 기대했을 수도 있는, 그런데 그녀가 하지 않은 어떤 말과 관련이 있으리라.

  이제 브로터검 학장과 다른 몇몇이 그의 어머니를 둘러싸고 수선을 떨면서 사태를 무마하려고 애쓰는 모습이 눈에 들어온다. 그녀에게 공을 들인 만큼, 그녀가 자기들과 대학에 대해 좋은 기억을 가지고 집에 돌아가기를 바라는 것이다. 그러나 또한 틀림없이 1997년 상황을 미리 떠올려보면서 그때의 심사위원단은 더 매력 있는 수상자를 선정하기를 바라고 있을 것이다.

  로비 장면의 나머지는 건너뛰고 호텔로 이동한다.

  엘리자베스 코스텔로는 잠자리에 든다. 아들은 잠시 자기 방에서 텔레비전을 본다. 그러다가 점점 더 신경이 곤두서서 라운지로 내려가는데, 거기서 처음 눈에 들어오는 사람은 라디오방송 때문에 어머니와 인터뷰를 했던 여자, 수전 모비어스다. 그녀가 손을 흔들어 그를 부른다. 그녀에게 동행이 있었지만 곧 떠나고 둘만 남게 된다.

그는 수전 모비어스가 매력적이라고 느낀다. 옷차림이 좋다. 대학 사회에서 관습상 일반적으로 용인되는 것보다 멋지다. 짙은 금발을 길게 늘어뜨리고 꼿꼿한 자세로 어깨를 반듯이 편 채 의자에 앉아 있는데, 머리카락을 획 하고 넘길 때의 동작이란 자못 여왕 같다.

그들은 그날 저녁에 있었던 일들은 화제에 올리지 않는다. 그 대신 문화적 매체로서 라디오의 부활에 대해 이야기한다. 존이 말한다. "제 어머니와 진행하신 세션은 재미있었어요. 어머니에 대한 책을 쓰신 걸로 아는데, 유감스럽게도 읽어보진 못했네요. 그분에 대해 좋게 생각하세요?"

"그런 것 같네요. 엘리자베스 코스텔로는 지금까지 우리 시대의 핵심적인 작가였어요. 제 책에 그분 이야기만 나오는 건 아니지만 그분 비중이 크죠."

"핵심적인 작가라…… 우리 모두에게 핵심적인 작가라는 말씀인가요, 아니면 단지 여성들에게만 그렇다는 건가요? 아까 인터뷰 중에 제가 받은 느낌으로는 그분을 단지 여성 작가 또는 여성의 작가로만 보시지 않나 싶은데. 그분이 남자라도 여전히 핵심적인 작가라고 생각하시겠어요?"

"그분이 남자라도?"

"좋아요, 그럼 당신이 남자라도?"

"제가 남자라도? 모르겠네요. 남자였던 적이 없어서. 그거 한번 해보고 난 다음에 말씀드릴게요."

미소가 오간다. 확실히 둘 사이에 뭔가가 있다.

"그런데 제 어머니는 남자였던 적이 있어요." 그가 집요하게 말한다. "개였던 적도 있죠. 그분은 다른 사람들 속으로, 다른 존재들 속으로 생각해 들어갈[15] 수 있어요. 어머니 책들을 읽어봐서 알아요. 그분은 그럴 능력이 있죠. 픽션에서 제일 중요한 게 그거 아닌가요, 픽션이 우리를 우리 자신으로부터 빼내서 타자의 삶 속으로 데리고 들어간다는 것?"

"그럴지 모르죠. 하지만 당신 어머니는 그래도 여전히 여성이에요. 뭘 하든 여성으로서 하는 거죠. 그분이 자기 인물들 속에 들어가 있는 것은 여성이 하는 방식으로 그렇게 하는 거예요, 남성이 아니라."

"그래 보이진 않아요. 그분의 남성 인물들은 영락없는 남자로 느껴지거든요."

"당신이 보려고 하지 않으니까 보이지 않는 거예요. 여자만 보겠죠. 이건 여자들 사이의 일이에요. 그분의 남성 인물들이 남자로 느껴진다면, 잘됐네요, 다행이에요. 하지만 결국 그건 그저 흉내일 뿐이죠. 여자들은 흉내를 잘 내요. 남자들보다 능숙하죠. 패러디까지도 그래요. 우리의 터치가 더 가볍죠."

여자는 또 미소 짓고 있다. '제 터치가 얼마나 가벼울 수 있나 보세요' 하고 그녀의 입술이 말하는 것 같다. 부드러운 입술.

그가 말한다. "어머니한테 패러디가 있다면 너무 미묘해서 제가 알아채지 못한다는 점을 인정해야겠네요." 긴 침묵이 흐른다. 마침내 그가 말한다. "그러니까 우리의 삶, 남자들과 여자들의 삶은 평행을 이룬다, 우린 결코 진정으로 만나지 않는다, 그렇게 생각하시

---

15 '생각해 들어가다'의 영어 표현은 'think one's way into'로, 공감적 상상을 나타내는 이 표현은 제3강 「동물의 삶 1 — 철학자와 동물」에 수차례 다시 등장한다.

는 건가요?"

대화의 흐름이 바뀌었다. 두 사람은 이제 글쓰기에 대해 말하고 있지 않다. 조금 전까지 그랬던 게 맞는다면 말이다.

"어떻게 생각하세요?" 여자가 묻는다. "경험을 떠올려보면 어떠세요? 그리고 차이가 그렇게 나쁜 건가요? 차이가 없다면 욕망은 어떻게 되겠어요?"

여자가 그의 눈을 또렷이 바라본다. 움직일 시간이다. 그가 일어선다. 여자도 잔을 내려놓고 천천히 일어선다. 여자가 그를 지나칠 때 그가 그녀의 팔꿈치를 잡는다. 이 터치에 충격이 그를 관통하고, 그는 아찔해진다. 차이, 대극對極. 펜실베이니아가 자정이면, 멜버른은 몇시일까? 이 이질적인 대륙에서 그는 뭘 하고 있나?

엘리베이터에 탄 사람은 그들뿐이다. 그와 어머니가 이용했던 엘리베이터가 아니고 다른 쪽 것이다. 이 육각형 호텔, 이 벌집에서 어디가 북쪽이고 어디가 남쪽일까? 그는 여자를 엘리베이터 벽에 밀치고 그녀의 숨결에서 담배 냄새를 맡으며 키스한다. '리서치', 나중에 여자는 이걸 그렇게 부를까? '2차 자료의 이용'? 그는 다시 키스하고, 여자 쪽에서도 키스를 한다. 살 중의 살[16]에 하는 키스.

두 사람은 13층에서 내린다. 그는 여자를 따라 복도를 오른쪽, 왼쪽으로 돌며 가다가 위치감각을 잃어버린다. 벌집의 중심부, 그들이 찾고 있는 것이 그걸까? 그의 어머니 방은 1254호다. 그의 방은 1220호다. 여자의 방은 1307호다. 그는 그런 번호가 있다는 데 놀란다. 12층 다음에는 14층이라고, 그게 호텔 세계의 규칙이라고 생각했다. 1307호는 1254호에서 동시남북 중 어느 쪽일까?

---

16 창세기 2:23 "아담이 이르되 이는 내 뼈 중의 뼈요 살 중의 살이라 이것을 남자에게서 취하였은즉 여자라 부르리라 하니라."

다시 건너뛰는데, 이번에는 수행이라기보다 텍스트 안에서 건너뛰는 것이다.

그때를 돌이켜 생각하면 불현듯 하나의 순간이 강렬하게 떠오른다. 여자의 무릎이 그의 팔 밑에서 미끄러져 그의 겨드랑이 안쪽으로 접혀들던 순간. 장면 전체에 대한 기억이 하나의 순간에 지배되다니 희한한 일이다. 눈에 띄게 중요한 순간은 아니지만, 그건 하도 생생해서 지금도 그 실체 없는 허벅지가 피부에 와닿는 감촉이 느껴지는 듯하다. 마음은 본성상 관념보다 감각을, 추상적인 것보다 만질 수 있는 것을 선호할까? 아니면 그 여자의 무릎이 접히는 것은 그저 기억을 돕는 부호여서 그것을 통해 그날 밤의 나머지 장면들이 펼쳐지게 되는 것일까?

기억의 텍스트에서 두 사람은 어둠 속에서 옆구리를 맞대고 누워 이야기를 하고 있다.

"그래서, 이번 방문은 성공적이었나요?" 그녀가 묻는다.

"누구의 관점에서요?"

"당신요."

"제 관점은 중요하지 않아요. 전 엘리자베스 코스텔로를 위해서 온 거니까. 중요한 건 그분의 관점이죠. 그래요, 성공적이었어요. 그런대로 성공적이었죠."

"살짝 뒤틀리신 것 같네요?"

"아니에요. 저야 도와드리러 여기 왔고…… 그게 다예요."

"장하시네요. 그분에 대한 의무감 같은 게 있나요?"

"네. 자식으로서의 의무감이죠. 인류에게 아주 자연스러운 감정이에요."

여자가 그의 머리카락을 만지작거린다. "심통 부리지 말아요."

"안 부려요."

여자는 옆으로 미끄러져 내려가 그를 쓰다듬는다. "그런대로 성공적이다…… 무슨 뜻일까?" 그녀가 중얼거린다. 그녀는 포기하지 않는다. 그녀의 침대에서 보내는 이 시간, 정복이라고 할 만한 것에 대해 아직 대가를 치르지 않았다.

"연설이 잘 안됐잖아요. 어머니가 실망했어요. 공을 많이 들이셨는데."

"연설 자체는 문제가 없었어요. 그런데 제목이 적절하지 않았죠. 게다가 예시로 카프카를 끌어들인 건 잘못하신 거예요. 더 좋은 텍스트들이 있는데."

"그런 게 있나요?"

"있죠, 더 좋은, 더 적당한 것들이. 여기는 1990년대 미국이에요. 사람들은 카프카 같은 것에 대해서 또 듣고 싶어 하지 않아요."

"뭐에 대해 듣고 싶어 하는데요?"

여자가 어깨를 으쓱한다. "뭔가 더 개인적인 거죠. 내밀한 것일 필요는 없어요. 하지만 청중은 이제 묵직한 역사적 자조自嘲에 잘 반응하지 않아요. 남자가 그런 모습을 보인다면 마지못해 받아들일지도 모르지만 여자의 경우는 아니죠. 여자는 그런 갑옷을 걸칠 필요가 없어요."

"그런데 남자는 그럴 필요가 있다?"

"어떤 것 같아요? 만일 그게 문제라면 남자들 문제겠죠. 상을 받은 건 남자가 아니고요."

"세 어머니가 남자는 이렇고 여자는 저렇고 하는 문제를 넘어섰을 가능성에 대해서는 생각해보셨나요? 그 문제는 충분히 탐색했고, 이제 더 큰 것에 매달리고 있을 가능성 말이에요."

"가령 어떤?"

그를 쓰다듬던 손이 동작을 멈춘다. 중요한 순간이라는 걸 그는 느낄 수 있다. 여자는 그의 답을, 그가 약속하는 특권적인 접근을 기다리고 있다. 그 또한 그 순간의 전율을, 짜릿하고 무모한 그 느낌을 느낄 수 있다.

"가령 빛나는 사자死者들에 자신을 견주어보는 것. 가령 자신에게 생명을 불어넣는 힘들에 경의를 표하는 것. 예를 들자면요."

"그분이 그렇게 말씀하시던가요?"

"대가들에 자신을 견줘보는 것이 어머니가 평생 해온 일이라고 생각지 않으세요? 당신과 같은 직종에 있는 분들 중에 그 점을 알아채는 사람이 아무도 없나요?"

이런 식으로 말해서는 안 된다. 어머니와 관련된 일은 피해야 한다. 그가 이 낯선 사람의 침대에 누워 있는 것은 그의 매력적인 푸른 눈 때문이 아니라 그가 그 어머니의 아들이라는 사실 때문이다. 하지만 여기서 그는 머저리처럼 입을 마구 놀리고 있다! 여자 스파이들은 이런 식으로 일을 할 게 틀림없다. 세심할 것도 없다. 남자가 유혹을 당하는 이유는 그에게 저항의 의지가 있고 여자가 그것을 교묘하게 무너뜨리기 때문이 아니라 유혹당하는 것이 그 자체로 즐겁기 때문이다. 굴복을 위해 굴복하는 것이다.

밤사이 한번, 그는 슬픔이 차올라 잠에서 깬다. 슬픔이 하도 깊어 울음이 나올 것 같다. 그는 옆에 누운 여자의 드러난 어깨를 가볍게 건드리지만 반응이 없다. 그의 손이 여자의 몸을 따라 내려간다. 가슴, 옆구리, 엉덩이, 허벅지, 무릎. 흠잡을 데 없이 근사하다. 그건 의심의 여지가 없다. 하지만 그저 그렇다는 것일 뿐, 이제 더는 흥분되지 않는다.

그는 어머니가 큰 더블베드에서 무릎을 접고 등을 드러낸 채 웅크리고 있는 모습을 상상한다. 등에서, 노인의 밀랍 같은[17] 살에서 세개의 바늘이 튀어나와 있다. 침술사나 부두교 주술사가 쓰는 미세한 바늘이 아니라 쇠나 플라스틱으로 된 굵은 회색 바늘, 뜨개바늘이다. 바늘 때문에 어머니가 죽지는 않았다. 그런 걱정은 하지 않아도 된다. 잠든 어머니는 고른 숨을 쉬고 있다. 그래도 바늘에 찔린 채 누워 있는 것이다.

누가 그랬을까? 누가 그런 짓을 하려 했을까?

휑한 방에서 노년의 여성 위로 영이 되어 떠도는 지독한 외로움, 하고 그는 생각한다. 가슴이 미어지고, 머릿속에서 슬픔이 잿빛 폭포수처럼 쏟아져내린다. 여기, 천삼백몇호인가 하는 곳에 오는 게 아니었다. 잘못된 움직임. 당장 일어나서 조용히 나가야 한다. 하지만 그는 그렇게 하지 않는다. 왜? 혼자 있고 싶지 않으니까. 그리고 잠을 자고 싶으니까. '올이 풀린 근심의 소매를 기우는 잠'[18], 하고 그는 생각한다. 이 얼마나 특이한 표현 방식인가! 일평생 타자기 자판을 한자 한자 두드리는 세상의 원숭이들이 모두 이런 단어들을 이런 순서로 생각해내지는 않을 것이다, 어둠 속으로부터, 어디선지 모르게 나타나는 것, 전에는 없었는데 나중에는 있는 것, 마치 심장이 작동하고, 머리가 작동하고, 저 복잡한 전기화학적 미로의 모든 과정이 작동하는 갓난아이처럼. 기적. 그는 눈을 감는다.

틈새.

그가 아침을 먹으러 내려오니 그 여자, 수전 모비어스가 벌써 와 있다. 흰색 옷을 입고 있고, 잘 쉬어 만족스러운 표정이다. 그는 그

---

17 희고 반질거린다는 뜻.
18 셰익스피어의 『맥베스』 2막 2장에 나오는 표현.

녀가 있는 데로 간다.

그녀가 핸드백에서 뭔가를 꺼내더니 탁자 위에 올려놓는다. 그의 시계다. "세시간이 틀리네요." 그녀가 말한다.

"세시간이 아니고 열다섯시간이에요. 캔버라 시간대죠." 그가 말한다.

그녀의 눈이 그의 눈에, 아니면 그의 눈이 그녀의 눈에 머문다. 초록색 반점이 있는 눈. 뭔가 강렬하게 잡아끄는 것이 느껴진다. 탐험해보지 못한, 이제 곧 떠나갈 대륙! 고통이, 상실의 미세한 고통이 찌릿하고 그를 관통한다. 어떤 단계에 이른 치통처럼 쾌감이 없지 않은 고통. 이 여자와 아주 진지한 관계를 맺는 것도 생각해볼 수 있지만, 이 여자를 다시 보게 될 것 같지는 않다.

"무슨 생각을 하는지 알아요." 여자가 말한다. "우리가 다시 보지는 않을 거라고 생각하는 거죠. '무익한 투자', 이렇게 생각하는 거예요."

"또 뭘 알고 있나요?"

"내가 줄곧 당신을 이용하고 있다고 생각하죠. 당신을 통해서 당신 어머니에게 접근하려고 한다고."

여자는 미소를 짓고 있다. 바보가 아니다. 능력 있는 선수다.

"맞아요." 그가 말한다. "아니에요." 그는 숨을 깊이 들이마신다. "내가 정말로 무슨 생각을 하는지 말하죠. 당신은 인정하지 않을지 모르지만, 나는 당신이 인간 안에 있는 신성神性의 신비에 당혹스러워하고 있다고 생각해요. 제 어머니에게 뭔가 특별한 데가 있다는 걸 당신도 알죠. 그래서 그분에게 끌리는 것이고. 그런데 막상 만나보니 그분은 그저 평범한 노년의 여성이란 말이에요. 당신은 이 두가지 사실을 조화시킬 수가 없어요. 설명을 원하죠. 어떤 실마리나

표시가 주어지길 바라는 거예요. 그분한테서가 아니면 나한테서라도 말예요. 지금 벌어지고 있는 일은 바로 그런 거죠. 괜찮아요, 난 상관없어요."

아침식사를 하면서, 커피와 토스트를 앞에 놓고 하기에는 이상한 말이다. 자기한테서 그런 말이 튀어나올 줄은 몰랐다.

"당신 정말 그분 아들이 맞는군요. 글도 쓰세요?"

"당신은 신과 접촉을 하느냐, 그런 뜻인가요? 아니요. 하지만 맞아요, 전 그분 아들이에요. 주워온 자식도 아니고, 입양된 자식도 아니고. 다름 아닌 그분의 몸에서 응애 하면서 나왔죠."

"누이가 있다면서요."

"이부 누이죠, 한배에서 나온. 우리 둘 다 진짜예요. 그분의 살 중의 살, 그분의 피 중의 피."

"결혼한 적은 없죠?"

"틀렸네요. 결혼했다가 이혼했어요. 당신은요?"

"남편이 있어요. 남편이 있고, 애도 있고, 결혼생활 잘하고 있죠."

"잘됐네요."

더 할 말이 없다.

"당신 어머니에게 작별 인사를 할 기회가 있을까요?"

"텔레비전 인터뷰 전에 잠깐 만나면 돼요. 10시에 무도회장에서."

틈새.

텔레비전 방송국 측에서 무도회장을 선택한 것은 붉은색 벨벳 커튼 때문이다. 그들은 그 커튼 앞에다 그의 어머니를 위해 장식이 꽤 화려한 의자를 가져다놓고 인터뷰를 진행할 여성을 위해서는 수수한 의자를 놓았다. 수전은 여기에 도착해 방을 끝에서 끝까지 가로질러야 한다. 그녀는 떠날 준비가 돼 있다. 어깨에 송아지 가죽으로 만든 가방을 걸쳤다. 걸음걸이는 여유롭고, 자신감에 차 있다. 또다시 고통이, 다가올 상실의 고통이 깃털이 스치듯 가볍게 찾아온다.

"뵙게 되어 정말 영광이었어요, 코스텔로 선생님." 수전이 그의 어머니 손을 잡으면서 말한다.

"엘리자베스라고 불러요." 그의 어머니가 말한다. "왕좌에 앉아 있어 미안해요."

"엘리자베스." 수전이 말한다. "이걸 드리고 싶은데요." 그녀는 가방에서 책을 한권 꺼낸다. 표지에 고대 그리스 복장을 하고 두루마리를 든 여성이 그려져 있다. 제목은 '역사 되찾기 — 여성과 기억'이다. '수전 케이 모비어스'.

"고마워요. 어떤 내용일지 기대가 되네요." 그의 어머니가 말한다.

인터뷰가 진행되는 동안 그는 자리를 뜨지 않고 구석에 앉아 어머니가 텔레비전 방송국에서 원하는 바로 그 사람으로 변신하는 모습을 지켜본다. 어젯밤에는 어머니가 좀처럼 내놓으려 하지 않던 진기한 것들이 한껏 모습을 드러낸다. 신랄한 말투, 호주의 오지에서 보낸 유년기 이야기("호주가 얼마나 광활한지 아셔야 해요. 우리들, 나중에 발을 들인 정착민들은 호주의 꽁무니에 들러붙은 벼룩에 지나지 않아요"), 영화계 이야기, 어쩌다 만난 남녀 배우들과 자신의 작품을 각색한 영화들에 관한 이야기와 그 영화들에 대한 생각("영화란 단순화하는 매체지요. 그게 본성이에요. 이 점을 받아들이는 법을 배워야겠죠. 영화는 붓을 크게 놀리면서 작업합니다"). 그다음 오늘날의 세계에 대한 일별("자신이 무엇을 원하는지 아는 젊고 강한 여성들이 많이 눈에 띄어서 기분이 좋네요"). 들새 관찰조차 언급될 기회를 얻는다.

인터뷰가 끝난 뒤에 수전 모비어스의 책은 뒤에 남겨질 뻔한다. 의자 밑에서 책을 집어드는 것은 그다.

"사람들이 책을 주지 않았으면 좋겠어." 어머니가 중얼거린다. "둘 데가 있어야 말이지."

"저한테 둘 만한 데가 있어요."

"그럼 네가 가져가. 그냥 가져. 그 여자가 진짜 관심 있었던 건 너지, 내가 아니잖아."

그는 헌사를 읽는다. '감사와 존경을 담아, 엘리자베스 코스텔로 께.' "저라고요?" 그가 말한다. "아닌 것 같은데요. 전 그저"—그의 목소리는 별로 흔들리지 않는다—"게임판의 졸卒이었죠. 어머니야말로 그 여자가 사랑하고 미워하는 사람이에요."

그는 별로 흔들리지 않는다. 하지만 머리에 처음 떠오른 말은 '졸'이 아니라 '깎은 조각'이었다. 깎은 발톱 조각 하나, 자기 나름 대로 쓸 데가 있어 몰래 휴지에 싸서 가져가는 그런 조각 말이다.

어머니는 응답이 없다. 하지만 그에게 미소를 지어 보이기는 하는데, 순식간에 지나가는 갑작스런 미소, 승리의—그의 눈에는 그렇게밖에 보이지 않는다—미소다.

그들이 윌리엄스타운에서 해야 하는 일들은 끝났다. 텔레비전 방송국 스태프들은 짐을 싸고 있다. 삼십분 뒤면 택시가 와서 그들을 공항에 데려다줄 것이다. 어머니는 이긴 것이나 다름없다. 그것도 타지에서. 원정 승리. 모든 이미지가 그렇듯이 가짜인 어떤 이미지를 뒤에 남겨두고 참된 자아를 잘 간직한 채 집에 돌아갈 수 있는 것이다.

어머니의 진실은 무엇일까? 그는 알지 못하고, 맘속 저 깊은 곳에서는 알고 싶지도 않다. 그가 여기에 있는 목적은 다만 어머니를 보호하는 데, 유물 사냥꾼과 오만불손한 자들과 감상적인 순례객들의 접근을 막는 데 있다. 그도 자기만의 생각이 있지만 그걸 입 밖에 내지는 않을 것이다. 만에 하나 입을 연다면 이렇게 말하리라. '당신들은 이 여자가 무녀라도 되는 양 그녀의 말에 주의를 기울이는데, 이 여자는 사십년 전, 날이면 날마다 햄프스테드의 원룸에 처박혀 혼자 울고, 저녁이면 안개 자욱한 거리로 기어나가 피시 앤드 칩스를 사서 끼니를 해결하고, 입은 옷 그대로 잠에 빠져들던 바로 그 여자입니다. 나중에는 머리카락을 사방으로 휘날리며 아이들에게 '니들 때문에 내가 죽지, 죽어! 니들이 내 몸을 갈기갈기 찢어놓는구나!' 하고 고래고래 소리를 지르면서 멜버른의 집을 뒤집어놓던 바로 그 여자지요.' (그뒤에 그는 흐느끼는 누이를 달래며 어둠 속에 누워 있었다. 일곱살 때였다. 아버지 노릇을 해본 것은 그때가 처음이었다.) '이것이 신탁 받은 이의 은밀한 세계입니다. 그녀가 실제로 어떤 사람인지 알기 전에 어떻게 그녀를 이해하기를 바랄 수 있겠습니까?'

어머니를 증오하는 게 아니다.(그가 속으로 이 말을 떠올리자 마음 저편에서 다른 말이 메아리친다. 남부를 증오하는 게 아니라고, 윌리엄 포크너의 작중인물 중 하나가 광적으로 반복해서 강변하는 말. 그 인물이 누구더라?) 오히려 정반대다. 어머니를 증오했다면 오래전에 어머니에게서 가능한 한 멀리 떨어졌을 것이다. 그는 어머니를 증오하는 게 아니다. 그는 그녀의 신전에서 시중을 들고, 성스러운 날 시끌벅적한 행사가 끝나면 뒷정리를 하고, 꽃잎들을 쓸어담고, 헌금을 모으고, 가난한 과부들의 헌금[19]을 한데 합치고, 은

19 적은 액수의 수입을 말함. 마가복음 12:41~44 참조.

행에 입금할 준비를 한다. 광란에 동참하지는 않을지 모르나 그도 숭배를 하는 것이다.

신성의 대변자. 하지만 '무녀'는 어머니에게 알맞은 말이 아니다. '신탁 받은 이'도 마찬가지다. 너무 그리스-로마적이다. 그의 어머니는 그리스-로마적 유형이 아니다. 티베트나 인도가 더 그럴싸하다. 어린아이의 몸을 입은 신, 탈것에 실려 이 마을 저 마을로 다니며 박수갈채를 받고 추앙을 받는.

그다음에 그들은 택시를 타고 거리를 달리고 있다. 벌써부터 거리는 조만간 잊힐 느낌을 풍긴다.

"자," 어머니가 말한다. "완전히 빠져나온 거네."

"그런 것 같네요. 수표는 잘 챙기셨죠?"

"수표, 메달, 다 있지."

틈새. 그들은 공항 게이트에 있다. 집으로 돌아가는 여정의 첫번째 단계가 될 그들 비행기의 탑승 안내 방송이 나오기를 기다리고 있는 것이다. 빠른 박자로 편곡된 세련되지 못한 「아이네 클라이네 나흐트무지크」가 그들의 머리 위로 희미하게 흐르고 있다. 맞은편에서 어떤 여자가 의자에 앉아 종이 버킷에 담긴 팝콘을 먹고 있는데, 어찌나 살이 쪘는지 발가락이 바닥에 닿을락 말락 한다.

"뭐 하나 물어봐도 돼요?" 그가 말한다. "왜 문학사를 거론하신 거예요? 왜 문학사에서 그렇게 어두운 대목을 거론하신 거고요? 리얼리즘이라니, 여기 사람들 중에 리얼리즘에 대한 이야기를 듣고 싶어 한 사람은 아무도 없었어요."

그녀는 핸드백 안을 뒤적이면서 아무 대답도 하지 않는다.

그가 말을 잇는다. "리얼리즘에 대해 생각하면 얼음 덩어리 속에 얼어붙어 있는 농부들이 생각나요. 냄새 나는 속옷을 입은 노르웨이 사람들이 생각나고. 그런 데 무슨 관심이 있으신 거죠? 카프카는 또 어떻게 연결되는 거고요? 그 모든 것하고 카프카가 무슨 관련이 있어요?"

"뭐하고 말이냐? 냄새 나는 속옷하고?"

"예, 냄새 나는 속옷하고. 코를 후비는 사람들하고. 어머닌 그런 것에 대해 쓰진 않잖아요. 카프카도 그런 것에 대해 쓰진 않았고."

"그래, 카프카가 코를 후비는 사람들에 대해 쓰진 않았지. 하지만 카프카는 교양을 쌓은 자기의 불쌍한 원숭이가 어디서 어떻게 짝을 찾을지 시간을 갖고 자문해봤지. 그리고 사육사들이 마침내 그의 짝으로 만들어낸 반쯤 길들여진, 어리둥절해하는 암컷과 그 원숭이가 어둠 속에 함께 있을 때 과연 어떤 상황이 벌어질지도. 카프카의 원숭이는 삶 속에 박혀 있어. 중요한 건 그 박혀 있음 ᵉᵐᵇᵉᵈᵈᵉᵈⁿᵉˢˢ이지, 삶 자체가 아니야. 카프카의 원숭이는 우리가 박혀 있듯이, 네가 나에게, 내가 너에게 박혀 있듯이 박혀 있지. 페이지에 흔적이 남아 있든 그렇지 않든 그 원숭이는 끝까지, 괴롭고 말로 다 할 수 없는 그 끝까지 추적당하는 거야. 카프카는 우리가 잠들어 있는 틈에도 계속 깨어 있어. 카프카가 연결되는 지점이 바로 거기지."

살찐 여자가 작은 두 눈을 이 사람에서 저 사람으로 휙휙 옮겨가며 그들을 대놓고 바라본다. 레인코트를 입은 늙은 여자와 그 아들로 보이는, 머리 한쪽이 벗어진 남자가 웃기는 억양으로 싸우고 있는 광경.

"글쎄요," 그가 말한다. "말씀하시는 게 사실이라면 혐오스럽네요. 그건 글쓰기가 아니라 동물원 관리잖아요."

"넌 어느 쪽이 좋니? 네가 보고 있지 않으면 동물들이 가수면 상태에 빠져드는, 사육사 없는 동물원? 관념들의 동물원? 고릴라에 대한 관념이 들어 있는 고릴라 우리와 코끼리에 대한 관념이 들어 있는 코끼리 우리? 넌 이십사시간 동안 코끼리 한마리가 똥을 몇킬로그램이나 싸는지 아니? 진짜 코끼리들이 들어 있는 진짜 코끼리 우리를 원하면 그것들 뒤치다꺼리를 할 사육사가 필요한 거야."

"어머니, 논점을 벗어났어요. 그렇게 흥분하지 마시고요." 그는 살찐 여자 쪽을 향한다. "우린 문학에 대해서 토론하는 중이에요. 리얼리즘의 주장과 관념론의 주장이 맞서는 거죠."

살찐 여자는 씹기를 멈추지 않은 채로 그들에게서 눈길을 거둔다. 그는 여자의 입속에 있는 으깨진 팝콘과 침의 범벅을 떠올리고 진저리를 친다. 그건 전부 결국 어디로 가게 될까?

"동물 뒤치다꺼리를 하는 것하고 동물이 저대로 지내는 동안 그 모습을 지켜보는 것은 다르죠." 그의 말이 이어진다. "저는 뒤의 문제에 관해 질문을 드리고 있는 거예요, 앞의 것이 아니라. 동물도 우리 못지않게 사생활을 누릴 자격이 있지 않나요?"

"동물원에 있는 동물이라면 그렇지 않지." 그녀가 말한다. "관람객에게 공개되는 동물이라면 그렇지 않아. 일단 공개가 되면 사생활이란 건 없어. 어쨌거나 너는 망원경으로 별을 들여다보기 전에 별한테 허락을 구하니? 별의 사생활은 어쩌고?"

"어머니, 별은 바윗덩어리예요."

"그러냐? 나는 별이 수백만년 된 빛의 흔적인 줄 알았는데."

그들 머리 위로 안내 방송이 나온다. "로스앤젤레스로 가는 직항 유나이티드 항공 323편 탑승이 시작되겠습니다. 도움이 필요하신 승객과 어린아이를 동반하신 가족은 앞으로 나와주시기 바랍니다."

비행기에서 그녀는 음식에 거의 손을 대지 않는다. 그녀는 브랜디 두잔을 연달아 주문하고 잠에 빠져든다. 몇시간 뒤, 비행기가 로스앤젤레스를 향해 하강을 시작할 때도 깨지 않는다. 승무원이 어깨를 톡톡 두드린다. "손님, 안전벨트를 착용해주세요." 미동도 없다. 그와 승무원이 눈길을 교환한다. 그가 몸을 기울여 어머니의 다리 위로 벨트를 채운다.

그녀는 좌석 깊숙이 파묻혀 누워 있다. 고개를 모로 하고 입을 벌리고 있다. 코도 살짝 곤다. 비행기가 비스듬히 날면서 창문에서 빛이 번쩍한다. 해가 남부 캘리포니아 위로 멋지게 지고 있다. 그녀의 콧구멍 속, 입 안쪽, 목구멍 뒤쪽이 그의 눈에 들어온다. 볼 수 없는 부분은 상상할 수 있다. 비단뱀처럼 배梨 모양의 복낭腹囊으로 먹이를 밀어넣어 꿀꺽 삼키면서 수축하는 보기 흉한 분홍빛 식도. 그는 밀착했던 몸을 떼어내고, 자신의 벨트를 조이고 앞을 보고 똑바로 앉는다. 아니야, 속으로 말한다, 저기는 내가 나온 곳이 아니야, 저기가 아니야.

제2강
아프리카에서의 소설

만찬장에서 그녀는 X를 만난다. 못 본 지 몇년은 됐다. 그녀가 묻는다. 여전히 퀸즐랜드 대학에서 가르치고 있는지? 그가 답한다. 아니, 은퇴해서 지금은 크루즈선에서 일한다. 세계를 돌아다니면서 옛날 영화를 틀고 은퇴한 사람들을 상대로 베리만[1]과 펠리니[2]에 대해 이야기한다. 이 선택을 후회한 적은 없다. "보수 좋지, 세상 구경 하지, 게다가, 그거 알아요? 그 나이대 사람들은 정말로 다른 사람 말을 귀 기울여서 들어요." 그는 그녀도 한번 해보라고 권한다. "당신은 저명인사, 유명 작가잖아요. 내가 일하는 크루즈선에서는 당신을 모셔갈 기회가 생기면 얼씨구나 할 거예요. 당신은 그쪽의 자랑거리가 되겠지. 거기 책임자가 나하고 친구 사이인데, 말만 해요, 내가 잘 말해줄 테니까."

---

1 Ernst Ingmar Bergman(1918~2007). 스웨덴의 영화감독.
2 Federico Fellini(1920~93). 이딸리아의 영화감독.

구미가 당기는 제안이다. 그녀가 마지막으로 배를 탄 것은 1963년으로, 잉글랜드에서, 그러니까 모국에서 집으로 돌아오는 길이었다. 그로부터 얼마 지나지 않아 대양을 오가는 대형 여객선들이 하나둘씩 퇴역해서 폐기되기 시작했다. 한 시대의 종말. 그걸 다시 하는 것, 다시 바다로 나가는 것도 괜찮을 듯싶다. 이스터섬과 나뽈레옹이 유배 생활을 한 세인트헬레나에 들러보고 싶다. 남극대륙에 가보고 싶은데, 그 광활한 지평선을, 그 황량한 불모지를 자기 눈으로 직접 보려는 뜻도 있지만, 일곱번째이자 마지막 대륙인 그곳에 발을 딛고 비인간적으로 추운 공간에 살아 있는, 숨 쉬는 생물체로 존재한다는 것이 어떤 것인지 느껴보기 위해서이기도 하다.

X는 약속을 지킨다. 스톡홀름에 있는 스칸디아 선사 본부에서 팩스가 온다. 12월에 증기선 노던라이츠호가 크라이스트처치에서 로스빙붕까지 갔다가 거기서 다시 케이프타운으로 가는 십오일간의 항해 일정으로 출항할 예정이다. 혹시 교육과 엔터테인먼트 스태프로 함께 일하실 의향이 있는지? 스칸디아 크루즈선의 승객들은, 표현을 그대로 옮기자면, "자신의 여가를 진지하게 받아들이는 안목 있는 사람들"이다. 선상 프로그램은 조류학鳥類學과 한류寒流 생태학에 주안점을 두겠지만, 유명 작가이신 엘리자베스 코스텔로께서 틈을 내어 가령 현대소설에 관한 짧은 강의를 해주신다면 스칸디아 측으로서는 무척 기쁜 일이겠다. 이 강의 및 승객들의 접근을 허용하는 데 대한 대가로 A급 선실을 제공하고, 크라이스트처치로 가는 항공편과 케이프타운에서 돌아오는 항공편을 포함한 일체의 경비와 이에 더해 상당액의 사례금을 지급할 것이다.

거부하기 힘든 제안이다. 12월 10일 아침, 그녀는 크라이스트처치항에 있는 배에 오른다. 가서 보니 그녀의 선실은 작기는 하지만,

그것만 빼고는 아주 만족스럽다. 엔터테인먼트와 자기계발 프로그램을 담당하는 젊은 친구는 공손하다. 점심시간에 같은 탁자에 앉은 승객들은 주로 은퇴자들, 그녀와 같은 세대 사람들로, 유쾌하고 허세가 없다.

다른 강사들의 명단에서 그녀가 알아보는 이름은 딱 하나다. 나이지리아의 작가 이매뉴얼 에구두. 그들의 친분은 기억하고 싶지 않은 시절까지, 그러니까 쿠알라룸푸르에서 열린 국제펜클럽 회의까지 거슬러 올라간다. 당시 에구두는 목소리가 크고 성격이 불같은 정치적인 사람이었다. 그녀가 받은 첫인상은 그가 폼을 잡는 자라는 것이었다. 나중에 그의 작품을 읽고서도 그 생각은 바뀌지 않았다. 하지만 지금 그녀는 자문한다. 폼 잡는 자, 그게 뭘까? 보이는 모습이 실제의 그 자신과 다른 사람? 우리 중에 누가 그의 보이는 모습, 그녀의 보이는 모습 그대로일까? 게다가 어쨌거나 아프리카에서는 상황이 다를지 모른다. 아프리카에서는 우리가 폼을 잡고 있다고 생각하는 것, 떠벌리고 있다고 생각하는 것이 그저 남자다운 것일지 모른다. 그녀가 뭔데 이러쿵저러쿵하겠는가?

그녀는 나이가 들면서 에구두를 포함한 남자들을 대하는 자기 태도가 부드러워졌다고 느낀다. 희한한 일이다. 다른 측면에서는 더 (그녀는 신중하게 단어를 고른다) 신랄해졌으니 말이다.

그녀는 선장의 칵테일파티에서 에구두와 맞닥뜨린다.(그는 늦게 승선했다.) 그는 선명한 녹색 다시키[3]를 입고 매끈한 이딸리아제 구두를 신었다. 턱수염은 희끗희끗하지만 여전히 멋져 보이는 남자다. 함지박 같은 미소를 건네며 그녀를 품에 안는다. "엘리자

---

3 화려한 무늬의 서아프리카 전통의상.

베스!"그가 목소리를 높여 말한다. "이렇게 반가울 데가 있나! 여기서 보게 될 줄이야! 우리 밀린 이야기가 참 많지요!"

그의 사전에서 밀린 이야기란 그 자신의 활동에 관한 이야기를 뜻하는가보다. 이제는 자기 고국에서 많은 시간을 보내지 않는다고 그가 알려준다. 그의 표현을 빌리면 그는 "상습적인 범죄자처럼 상습적인 망명자"가 되었다. 미국 영주권을 얻었다. 순회강연으로 생계를 유지하는데, 도는 범위를 넓히다보니 크루즈선까지 오게 된 모양이다. 노던라이츠호를 타는 건 이번이 세번째다. 해보니 아주 편안하고 마음이 느긋해진단다. 아프리카의 시골 아이가 결국은 이렇게 호사를 누리게 되리라고 누가 상상이나 했겠어요, 하고 그가 말한다. 그리고 다시 그 환한 미소, 특이한 미소를 지어 보인다.

'나도 시골 여자예요'라고 말하고 싶지만, 그리고 그건 부분적으로 사실이지만 그녀는 말하지 않는다. '시골 출신이라는 건 전혀 특별한 일이 못 되죠.'

모든 엔터테인먼트 스태프는 각기 짤막하게 발언을 하게 되어 있다. "그저 자신이 누구고 어디 출신인지를 밝히는 정도입니다." 젊은 프로그램 담당자가 신경 써서 고른 영어 관용구를 써가며 설명한다. 그의 이름은 미카엘이다. 장신의 금발 스웨덴 미남이지만 근엄한 타입이다. 너무 근엄해서 마음에 들지 않는다.

그녀의 연설 제목은 '소설의 미래'로, 에구두의 경우는 '아프리카에서의 소설'로 공지된다. 그녀는 항해 첫날 오전에 연설하게 되어 있고 그는 같은 날 오후에 하게 된다. 저녁에는 녹음된 소리가 같이 나가는 「고래의 생애」가 준비되어 있다.

바로 그 미카엘이 그녀를 소개한다. "호주의 유명 작가이자 『에클스가의 집』을 비롯한 많은 소설의 저자"라고 그녀를 칭한다. "작가님을 우리 중에 모시게 되어 진실로 영광입니다." 또다시 한참 전에 나온 책의 저자로 불려서 떨떠름하지만 어쩔 수가 없다.

'소설의 미래'는 예전에 했던, 실은 여러번 했던 연설로, 경우에 따라 늘리기도 하고 줄이기도 했었다. '아프리카에서의 소설'과 「고래의 생애」도 분명히 늘린 버전과 줄인 버전이 있을 것이다. 이번에 그녀는 줄인 버전을 선택했다.

"소설의 미래는 제가 크게 흥미를 느끼는 주제는 아니에요." 그녀는 청중에게 충격을 줄 심산으로 이렇게 시작한다. "사실 저는 미래라고 하면 별 흥미를 못 느껴요. 따지고 보면 미래란 희망들과 기대들로 이뤄진 하나의 구조물 아니겠어요? 그것의 거처는 마음이에요. 현실성이 없는 거죠.

물론 여러분은 과거도 마찬가지로 허구라고 응수할지 모르겠습니다. 과거는 역사인데, 역사란 우리가 스스로에게 건네는, 공기로 만들어진 이야기 아니겠어요? 그럼에도 과거에는 미래에는 결여된 기적적인 무엇이 있죠. 과거에서 기적적인 게 뭐냐 하면, 수천 수백만가지의 개별적인 허구들, 개별 인간들이 창조해낸 허구들이 서로서로 잘 맞아떨어져서 공통의 과거처럼 보이는 것, 공동의 이야기가 출현하도록 만드는 일을 우리가, 어떻게 한 건지는 몰라도, 이뤄냈다는 거예요.

미래는 다릅니다. 우리에겐 미래에 대한 공동의 이야기가 없어요. 과거의 창조가 우리의 집단적인 창조적 에너지를 소진시키는 것 같아요. 과거에 관한 우리의 허구와 비교할 때 미래에 대한 우리의 허구는 개략적이고 생기가 없습니다. 천국의 비전이 그런 경향을 띠죠. 천국이 그렇고, 심지어 지옥의 비전도 그렇습니다."

계속해서 그녀는 말한다. 소설, 전통적인 소설은 인간의 운명을 한번에 한건씩 이해해보려는 시도, 어떻게 해서 어떤 동료 인간이 A 지점에서 출발해서 B와 C와 D라는 경험을 겪고 결국 Z 지점에 이르는가를 이해해보려는 시도. 그러므로 소설은 역사처럼 과거를 일관되게 만들어보는 행위다. 소설은 역사처럼 인물과 상황이 각기 현재를 형성하는 데 기여한 바를 탐색한다. 그렇게 함으로써 소설은 어떻게 우리가 미래를 생산해내는 현재의 힘을 탐색할지를 암시한다. 우리에게 이것, 소설이라 불리는 이 제도, 이 매체가 있는 이유는 바로 그것이다.

자기 목소리에 귀를 기울이면서 그녀는 자신이 하는 말을 지금도 믿고 있는지 확신하지 못한다. 오래전에 이런 생각을 적어두었을 때는 분명 어느 정도 거기에 사로잡혔을 텐데, 하도 반복하다보니 이제 그것은 닳고 미심쩍은 느낌을 준다. 다른 한편 그녀는 더이상 믿음을 정말로 굳게 믿지는 않는다. 이제는, 어떤 것들은 우리가 그것을 믿지 않더라도 진실할 수 있고 그 반대일 수도 있다고 생각한다. 믿음이란 결국 하나의 에너지원에 불과할지 모른다. 어떤 생각이 돌아가게 하기 위해 끼워넣는 건전지 같은 것 말이다. 글을 쓸 때 이런 일이 발생한다. 즉, 작업을 완수하기 위해 믿어야 하는 것이라면 무엇이든 믿는 것이다.

자신의 주장을 믿기가 어렵다면 그런 확신의 결여가 목소리에 묻어나지 않도록 하는 것은 훨씬 더 어렵다. 미카엘이 말한 대로 그녀가 『에클스가의 집』과 그밖의 작품들을 쓴 유명 작가라는 사실에도 불구하고, 또 청중이 대체로 그녀와 같은 세대이고 따라서 분명 그녀와 같은 과거를 공유한다는 사실에도 불구하고, 강연이 끝나고 나오는 박수 소리에는 열기가 없다.

그녀는 이매뉴얼의 연설을 듣기 위해 뒷좌석에 눈에 띄지 않게 앉아 있다. 그사이에 그들은 점심을 잘 먹었다. 배는 아직은 잔잔한 바다 위에 떠서 남쪽으로 순항 중이다. 오십명쯤으로 짐작되는 청중 가운데 선량한 몇은 졸게 될 확률이 높다. 누가 알겠는가, 실은 그녀 자신도 졸지 모른다. 어차피 졸 바에는 이렇게 보이지 않게 조는 것이 최선이리라.

　"제가 왜 아프리카에서의 소설을 저의 주제로 잡았는지 궁금해하실 것 같은데요." 이매뉴얼이 별 힘을 들이지 않아도 쩌렁쩌렁 울리는 목소리로 연설을 시작한다. "아프리카에서의 소설은 뭐가 그렇게 특별할까요? 어떤 점이 그렇게 유별나서 오늘 우리의 관심을 요구하는 걸까요?

　자, 한번 알아봅시다. 우선 알파벳이, 알파벳의 관념이 아프리카에서 생겨나지 않았다는 것은 우리 모두가 알고 있습니다. 많은 것이, 여러분이 생각하실 만한 것보다 더 많은 것이 아프리카에서 생겨났는데, 알파벳은 아니었습니다. 알파벳은 외부에서 유입되어야 했는데, 처음에는 아랍인이, 그다음에는 서구인이 들여왔습니다. 아프리카에서는 소설 쓰기는 말할 것도 없고 글쓰기 자체가 근래의 일입니다.

　이런 질문을 해볼 수 있겠습니다. 소설은 소설 쓰기 없이도 가능한가? 우리 식민지 개척자 친구들이 우리 문간에 나타나기 전에 우리 아프리카 사람들한테 소설이 있었는가? 일단은 질문만 제기해두겠습니다. 나중에 다시 언급할 기회가 있겠지요.

　두번째로 말씀드릴 것은, 읽기는 아프리카에서 전형적인 오락거리가 아니라는 겁니다. 음악, 맞습니다. 춤, 맞습니다. 먹는 것, 맞습니다. 얘기하는 것, 맞아요. 얘기를 참 많이 하지요. 하지만 읽기, 아니에요. 특히 두툼한 소설책을 읽는 것은 아니죠. 우리 아프리카인들이 느끼기에 읽기란 언제나 묘하게 고독한 활동이었습니다. 읽기는 우리를 불편하게 합니다. 우리 아프리카인들이 빠리, 런던 같은 유럽의 대도시를 방문하면, 열차에 탄 사람들이 가방이나 주머니에서 책을 꺼내 고독한 세계로 빠져드는 모습이 눈에 들어옵니다. 거기서 책이 나올 때마다 표지판이 들어올려지는 것 같습니다. 표지판에는 이렇게 쓰여 있지요. '건드리지 마시오, 책을 읽고 있소. 당신이 아무리 용을 써도 내가 읽고 있는 것보다 더 흥미로울 순 없소.'

자, 우리 아프리카에서는 그렇지 않습니다. 우리는 다른 사람들한테서 단절돼서 사적인 세계로 빠져들고 싶어 하지 않습니다. 우리 이웃이 사적인 세계로 빠져드는 데 익숙하지도 않지요. 아프리카는 사람들이 서로 나누는 대륙입니다. 혼자 책을 읽는 것은 나누는 게 아니죠. 그건 혼자 먹거나 혼자 얘기하는 것과 같습니다. 우리 방식이 아니죠. 우리 눈에 그건 약간 미친 짓으로 보입니다."

'우리, 우리, 우리.' 그녀는 생각한다. '우리 아프리카인' '우리' 방식이 아니다. 그녀는 배타적인 형태의 '우리'가 좋았던 적이 없다. 이매뉴얼은 나이는 더 들었을지 모르나, 또 미국 영주권의 행운을 얻었을지는 모르나 변하지는 않았다. 아프리카성, 특별한 정체성, 특별한 운명.

아프리카에 가본 적이 있다. 케냐의 고원, 짐바브웨, 오카방고 늪지. 아프리카인들, 평범한 아프리카인들이 버스 정류장에서, 열차에서 글을 읽는 것을 본 적이 있다. 물론 소설을 읽고 있던 것은 아니고 신문을 읽고 있었다. 하지만 신문도 소설만큼이나 사적인 세계에 이르는 길이 아니던가?

에구두가 말을 계속한다. "세번째로, 오늘날 우리가 살고 있는 거대하고 자혜로운 세계체제 속에서, 아프리카에는 빈곤의 중심지가 되는 역할이 할당되었습니다. 아프리카인은 사치품을 살 돈이 없습니다. 아프리카에서 책 한권은 그것을 사는 데 쓰는 돈에 대한 보상을 반드시 제공해야 합니다. 아프리카인은 이렇게 물을 겁니다. 내가 이 이야기를 읽어서 무얼 배우게 될까? 그게 내 발전에 어떤 도움이 되지? 신사 숙녀 여러분, 우리는 이런 아프리카인의 태도를 개탄할 수는 있겠지만 무시해버릴 수는 없습니다. 우리는 그 태도를 진지하게 받아들이고 이해하려고 노력해야 합니다.

우리 아프리카에서도 물론 책을 만듭니다. 하지만 우리가 만드는 책은 아동용, 가장 단순한 의미의 교과서입니다. 아프리카에서 책을 출판해서 돈을 벌고 싶으면 교재로 지정될 책, 교육기관에서 대량으로 구매해 교실에서 학생들이 읽고 공부하게 할 책을 내야 합니다. 진지한 야망을 가진 작가, 성인과 성인에 관계된 문제에 관해 쓰는 작가의 책을 출판하는 건 돈이 안 되지요. 그런 작가는 자신을 구원해줄 수단을 다른 데서 알아봐야 합니다.

노던라이츠호의 신사 숙녀 여러분, 제가 오늘 여기서 여러분에게 그려 보이고 있는 것이 그림의 전부는 아닙니다. 전부를 그려 보이려면 오후 시간을 전부 할애해야 할 거예요. 제가 보여드리는 것은 대충 급하게 끄적거린 스케치에 불과합니다. 물론 아프리카에는 설사 돈을 벌지 못하더라도 지역의 작가들을 후원해줄 출판사가 드문드문 존재합니다. 그렇지만 거시적으로 보면 스토리텔링은 출판사에도, 작가에게도 생계유지의 방법이 되지 못합니다.

우울할 수도 있는 일반적인 이야기는 이 정도로 하겠습니다. 이제 우리 자신, 여러분과 저에게 주의를 돌려봅시다. 제 경우를 보면, 제가 누군지는 아시지요. 프로그램에 나와 있습니다. 이매뉴얼 에구두, 나이지리아 출신, 소설과 시와 희곡을 쓰는 작가, 심지어 영연방문학상 (아프리카 부문) 수상자. 그럼 여러분을 보면, 그래 요, 부유하신 분들, 아니면 적어도 넉넉하신 분들(제가 잘못 알고 있는 건 아니겠죠?), 북미와 유럽 출신, 물론 우리 오스트랄라시아 대표도 잊지 말아야죠, 심지어는 복도에서 누군가가 속삭이는 요상한 일본말이 들린 것도 같고요, 그런 분들이 이 화려한 배로 크루즈 여행을 하고 계시고, 지구상의 아주 외진 구석을 살피러, 확인하러, 아마도 확인해서 여러분의 목록에서 지우러 가시는 중이지요. 보시다시피 여러분은 점심을 잘 드시고 이 아프리카 친구가 하는 말에 귀를 기울이고 있습니다.

여러분이 속으로 질문을 던지고 있는 게 상상됩니다. 왜 이 아프리카 친구가 우리 배에 타고 있지? 작가인 게 맞는다면, 왜 자기 태생지에 남아서 책상에 붙어 책이나 쓰면서 자기 직업에 충실하게 살지 않는 거야? 왜 계속 아프리카 소설에 대해서, 우리한테는 지극히 주변적인 관심사밖에 못 되는 주제를 가지고 이야기를 늘어놓고 있는 거야?

신사 숙녀 여러분, 간단히 답을 드리자면, 그 아프리카 친구는 생활비를 벌고 있는 것입니다. 제가 줄곧 말씀드리려고 한 게 이 점인데, 그는 자기 고국에서는 생활비를 벌지 못합니다. 자기 고국에서 그는 사실 별로 환영을 받지 못합니다.(제가 이 점에 대해 자세한 설명을 드리진 않겠는데요, 이걸 언급하는 이유는 오로지 그것이 수많은 동료 아프리카 작가들에게도 해당하는 이야기이기 때문입니다.) 자기 고국에서 그는 이른바 반체제 지식인이고, 반체제 지식인들은 새로운 나이지리아에서조차 조심스럽게 행동해야 합니다.

그래서 이렇게 그는 넓은 세계를 떠돌면서 생활비를 벌고 있습니다. 생활비의 일부는 책을 써서 벌어들이는데, 주로 외국인들이 출판하고 읽고 서평하고 논하고 평가하는 책입니다. 생활비의 나머지는 자기 글쓰기의 부산물에서 벌어들입니다. 가령 유럽과 미국 출판사에서 나온 다른 작가들의 책에 대해 서평을 씁니다. 미국의 대학에서 가르치기도 하는데, 신세계의 젊은이들에게, 코끼리에 대해서는 코끼리가 전문가인 것과 똑같은 의미에서 그가 전문가인 이국적인 주제, 아프리카 소설에 대해 말해주는 것입니다. 학회에서 연설을 하고, 크루즈선을 타고 항해를 합니다. 이런 일을 하는 동안에는 이른바 임시 숙소에 기거합니다. 그의 모든 주소는 임시적입니다. 고정된 거처가 없죠.

신사 숙녀 여러분, 다달이 이 모든 이방인들, 그러니까 다들 글쓰기란 무엇인지 또는 무엇이어야 하는지, 소설은 무엇인지 또는 무엇이어야 하는지, 아프리카는 무엇인지 또는 무엇이어야 하는지, 그뿐 아니라 만족스러움은 무엇인지 또는 무엇이어야 하는지에 대한 자기 나름의 생각으로 무장한 출판업자, 독자, 비평가, 학생 들을 만족시켜야 하는 상황에서, 이 친구가 작가로서의 자기 본질에 충실하기가 얼마나 쉬울 거라 생각하십니까? 그에게 가해지는 온갖 압력, 다른 이들을 만족시키고, 그들을 위해 그들이 그에게 기대하는 모습이 되어주고, 그들을 위해 그들이 그에게 기대하는 물건을 만들어내야 하는 압력에 이 친구가 언제까지나 영향을 받지 않는 것이 가능하다고 생각하십니까?

여러분이 놓치셨을 수도 있지만, 방금 전에 저는 여러분이 귀를 쫑긋 세웠을 만한 단어 하나를 제 발언 중에 살짝 집어넣었습니다.

저의 본질과 그 본질에 충실하기에 관해 말씀드렸지요. 본질과 거기서 따라나오는 것들에 관해서는 많은 말을 할 수 있을 테지만 이 자리에서 풀어놓기는 적절치 않겠지요. 하지만 여러분은 속으로 이런 의문을 제기하고 계실 겁니다. 어떻게 이 반反본질적인 시대, 정체성을 옷처럼 집어들어서 입다 버리는 이 덧없는 정체성의 시대에 아프리카 작가로서의 본질에 대해 말하는 것을 정당화할 수 있는가?

아프리카에는 본질과 본질주의를 둘러싼 사상적 혼란의 기나긴 역사가 있음을 기억하시기 바랍니다. 1940년대와 50년대의 네그리뛰드 운동에 대해 들어보셨을 겁니다. 이 운동의 창시자들에 따르면 네그리뛰드는 모든 아프리카인, 아프리카의 아프리카인들뿐만 아니라 신세계와, 이제는 유럽에도 있는 거대한 아프리카인 디아스포라의 아프리카인들까지 하나로 묶고 그들을 특유의 아프리카적인 존재로 만드는 본질적인 기층基層입니다.

여러분에게 세네갈의 작가이자 사상가 셰끄 아미두 깐이 했던 몇마디를 인용해드리고 싶군요. 셰끄 아미두가 어떤 유럽인 인터뷰 진행자로부터 질문을 받고 있었습니다. 그 진행자가 말했지요. 당신은 어떤 작가들을 두고 진실로 아프리카적이라고 칭송하는데, 저는 잘 이해가 가지 않습니다. 문제의 작가들은 외국어(구체적으로는 프랑스어)로 글을 쓰고 그 사람들 책은 외국(구체적으로는 프랑스)에서 출판되고 또 주로 거기서 읽히는데, 이런 사실을 고려할 때 정말 그들을 아프리카 작가라고 부를 수 있을까요? 아프리카 태생의 프랑스 작가라고 부르는 편이 더 적절하지 않을까요? 언어가 출생보다 더 중요한 모태 아닌가요?

셰끄 아미두의 답변은 이렇습니다. '제가 언급하는 작가들은 아프리카에서 태어나 아프리카에서 살고 아프리카적인 감수성을 지니고 있기 때문에 진실로 아프리카적이에요…… 그들을 구별 짓는 특징은 삶의 경험, 감수성, 리듬, 스타일에 있죠.' 그는 계속해서 말합니다. '프랑스 작가나 영국 작가 뒤에는 수천년에 걸친 기록 전승이 있어요…… 반면에 우리는 구비전승의 후예들입니다.'

셰끄 아미두의 반응에는 어떠한 신비로운 것도, 형이상학적인 것도, 인종차별적인 것도 없습니다. 그저 그는 우리가 말로 쉽게 규정할 수 없어 지나쳐버리곤 하는 저 모호한 문화적 요소들을 정당하게 강조하고 있을 뿐입니다. 사람들이 몸으로 살아가는 방식. 손을 움직이는 방식. 걷는 방식. 미소 짓거나 찡그리는 방식. 말할 때의 경쾌한 리듬. 노래하는 방식. 목소리가 지닌 음색. 춤추는 방식. 서로 접촉하는 방식, 즉 손이 머무는 방식과 손가락의 느낌. 성관계를 하는 방식. 성관계가 끝난 다음 거짓말하는 방식. 생각하는 방식. 잠자는 방식.

우리 아프리카 소설가들은 우리의 글 속에서 이런 특성들을 체화할 수 있습니다. (이 대목에서 다시 말씀드리자면, '노블'novel이라는 단어가 유럽의 언어들에 들어왔을 때 그 의미는 더할 나위 없이 모호했습니다. 그것은 형식이 없는 글쓰기 형식, 법칙이 없는, 나아가면서 자신의 법칙을 만드는 형식을 의미했지요.) 우리 아프리카 소설가들은 다른 누구보다도 이런 특성들을 잘 체화할 수 있는데, 이는 우리가 몸과의 접촉을 상실하지 않았기 때문입니다. 아프리카 소설, 진정한 아프리카 소설은 구비 소설입니다. 그것은 지면紙面에서는 운동이 정지된, 반만 살아 있는 상태에 있습니다. 몸속 깊은 데서부터 나오는 목소리가 단어들에 생명을 불어넣을 때, 단어들을 큰 소리로 말할 때 그것은 비로소 깨어나지요.

아프리카 소설은 그렇게 그 존재 자체에서, 첫 단어가 쓰이기 이전부터, 서구 소설에 대한 비판이라고 저는 주장하고자 합니다. 서구 소설은 탈殼체화의 길을 따라 너무 멀리 가버렸고 — 헨리 제임스를 생각해보세요, 마르셀 프루스뜨를 생각해보시고요 — 서구 소설을 받아들이는 적합한 방식이자 실로 유일한 방식은 침묵 속에서, 고독 속에서 하는 것입니다. 신사 숙녀 여러분, 제게 주어진 시간이 다 되어가는데요, 저와 셰끄 아미두의 입장을 뒷받침해주는 말을 인용하면서 제 발언을 마칠까 합니다. 원래 발언자는 아프리카인이 아니라 캐나다의 눈 덮인 황량한 땅에 사는 구비전승의 대가 뽈 쥠또르입니다.

쥠또르는 이렇게 쓰고 있습니다. '17세기 이후로 유럽은 암처럼 전세계로 퍼져나갔는데, 처음에는 슬그머니 퍼졌으나 이후 한동안 점점 더 속도를 높였고, 급기야 오늘날 유럽은 생명체들, 동물, 식물, 서식지, 언어 들을 마구 파괴하고 있다. 날마다 전세계 언어 중 몇몇이 거부되고 탄압당해 사라지고 있다…… 애초부터 이 질병의 증상 중 하나가 우리가 문학이라고 부르는 것이었다는 데는 의심의 여지가 없다. 문학은 목소리를 부인함으로써 자신을 공고히 했고, 번성했고, 현재의 그것, 즉 인류의 가장 거대한 차원 중 하나가 되었다…… 글에 특권을 부여하기를 그만둘 때가 되었다…… 우리 정치적-산업적 제국주의로 인해 거지 신세로 전락한 위대하고 불행한 아프리카가, 그에 미치는 글의 영향이 덜 심각하기에, 아마도 다른 대륙들에 비해 그 목표에 더 근접해 있음이 드러날 것이다.'"

에구두가 연설을 마치자 터져나온 박수 소리는 크고 힘차다. 그의 발언에는 힘이 실려 있었고, 어쩌면 열정까지 배어 있었다. 그는 자기 자신, 자기 직업, 자기 민족의 대의를 변호했다. 그의 발언 내용이 청중의 삶에 별다른 의미를 지니지 못한다 한들, 그가 보상을 받지 말아야 할 이유가 있을까?

그럼에도 그 연설에는 그녀의 마음에 들지 않는 뭔가가 있는데, 구비전승과 그것의 신비로움에 관련된 것이다. 늘 이런 식이지, 하고 그녀는 생각한다. 강조되고 내세워지는 몸, 그리고 몸속에서부터 솟구쳐오르는 몸의 검은 본질, 목소리. 네그리뛰드라. 그녀는 이 매뉴얼이 나중에는 정신을 차리고 그 사이비 철학에서 벗어나리라 생각했었다. 그러지 않은 게 명백하다. 직업적 자기홍보의 일부로 그것을 간직하기로 작정한 게 명백하다. 뭐, 잘해보라지. 아직 질문 시간이 최소한 십분쯤은 남았다. 그녀는 질문들이 예리하기를, 그의 본모습을 들춰내주기를 바라본다.

첫 질문자는 억양으로 판단하건대 미국 중서부 출신이다. 자기는 수십년 전에 아프리카인이 쓴 소설을 처음 읽어보았는데, 아모스 투투올라의 작품으로 제목은 기억나지 않는다고 여자는 말한다. ("『야자열매술꾼』이겠죠." 에구두가 말한다. "맞아요, 그거예요." 여자가 답한다.) 그녀는 그 소설에 매료되었다. 그 정도면 앞으로 훌륭한 작품들이 더 나오겠다 싶었다. 그래서 투투올라가 자기 고국에서는 존경받지 못한다고, 나이지리아의 식자층은 그를 폄하하고 그가 서구에서 얻은 명성을 온당치 않게 여긴다고 들었을 때 이만저만 실망하지 않았다. 그게 정말인가? 투투올라는 우리 강사께서 염두에 두신 부류의 구비 소설가였는가? 투투올라는 어떻게 되었는가? 그의 책들 중에 번역된 것이 더 있는가?

에구두가 답한다. 아니나, 투부올라의 작품은 더 번역되지 않았다. 사실 그의 작품은 전혀 번역되지 않았다. 적어도 영어로는 안 됐다. 왜냐? 왜냐하면 번역될 필요가 없었기 때문이다. 왜냐하면 그 사람은 내내 영어로 썼기 때문이다. "바로 이게 질문자가 제기하신 문제의 근원입니다. 아모스 투투올라가 쓴 언어는 영어인데, 표준 영어, 1950년대에 나이지리아인들이 중등학교와 대학에 가서 배운 영어는 아니에요. 교육을 받다 만 사무원의 언어, 초등학교 수업 이상을 받지 못한 사람의 언어, 외부인은 거의 이해할 수 없는 그런 것을 가져다 영국의 편집자들이 출판을 위해서 새 단장을 한 거죠. 투투올라의 글에서 못 배운 티가 역력한 부분들은 수정을 했어요. 편집자들이 수정을 꺼린 부분은 자기들이 보기에 진짜 나이지리아적인 것, 다시 말해 자기들 귀에 그림같이 아름답고, 이국적이고, 민속적으로 들린 것이었지요."

에구두가 계속해서 말한다. "방금 제가 한 말을 듣고 여러분은 저도 투투올라나 투투올라 현상을 탐탁지 않게 생각한다고 상상하실지 모르겠습니다. 전혀 그렇지 않습니다. 이른바 나이지리아의 식자층이 투투올라를 거부한 이유는 그들이 그 사람 때문에 당혹스러운 처지에 놓였기 때문입니다. 그와 한데 묶여서 제대로 된 영어를 쓸 줄 모르는 원주민 취급을 당할까봐 당혹스러웠던 거지요. 저로 말씀드리면, 저는 제가 원주민, 나이지리아 원주민, 원주민 나이지리아인이어서 좋습니다. 이 싸움에서 저는 투투올라 편에 서 있습니다. 투투올라는 재능 있는 이야기꾼입니다. 혹은 그랬습니다. 질문하신 분이 투투올라를 좋아하신다니 기분이 좋군요. 그 사람이 쓴 책이 몇권 더 잉글랜드에서 출판됐는데, 제가 보기에는 어느 것도 『야자열매술꾼』만큼 훌륭하진 않습니다. 그리고 네, 그 사람은 제가 말씀드리던 부류의 작가, 구비 작가가 맞습니다.

제가 질문에 길게 답한 이유는 투투올라의 경우가 아주 시사적이기 때문입니다. 투투올라를 돋보이게 만드는 것은 그가 자신의 작품을 읽고 판단할 외국인들의 기대에, 또는 그가 덜 순진했더라면 그들이 자신에게 기대하고 있다고 생각했을 만한 것에 맞춰 자기 언어를 조정하지 않았다는 점입니다. 더 영리하지가 못해서, 그는 말이 나오는 대로 썼습니다. 그래서 그는 서구를 위해서 아프리카의 이국적인 존재로 포장되는 데 유난히 무기력한 방식으로 굴복할 수밖에 없었습니다.

그런데 신사 숙녀 여러분, 아프리카 작가치고 이국적이지 않은 사람이 누가 있습니까? 진실을 말하자면, 서구의 입장에서 우리 아프리카인은 그저 야만적이지 않으면 모두 이국적이지요. 그것이 우리의 운명입니다. 여기서조차, 모든 대륙 중에서 가장 이국적임에, 그리고 가장 야만적임에 틀림없는 대륙, 인간적인 규범이라곤 찾아볼 수 없는 대륙을 향해 항해 중인 이 배 위에서조차, 저는 제 자신이 이국적이라는 걸 느낄 수 있습니다."

웃음이 물결처럼 번진다. 에구두는 특유의 환한 미소를, 매력적이고 어느 모로 보나 자연스럽게 우러나는 미소를 짓는다. 하지만 그녀는 그것이 진실한 미소라고, 만일 미소라는 게 가슴에서 나온다면 그의 것이 가슴에서 나온다고 믿을 수가 없다. 이국적인 존재가 되는 것이 에구두가 자신의 것으로 받아들인 운명이라면 그것은 끔찍한 운명이다. 그가 그 점을 알지 못한다고, 그 점을 알고 가슴속에서 반감을 느끼지 않는다고 믿을 수가 없다. 이 백색의 바다에 있는 단 하나의 검은 얼굴.

에구두가 계속한다. "아까의 질문으로 돌아가지요. 질문자분은 두두올라를 읽었다고 하셨죠. 그럼 저의 동포인 벤 오크리를 읽어보시기 바랍니다. 아모스 투투올라의 경우는 무척 단순하고 생경합니다. 오크리는 그렇지 않습니다. 오크리는 투투올라의 후예, 아니, 두 사람은 공통된 조상의 후예들입니다. 하지만 오크리는 다른 사람들을 위해 그 자신으로 존재하는(난해한 말을 써서 죄송한데, 그냥 원주민이 자신을 과시하는 겁니다) 모순을 훨씬 더 복잡하게 풀어냅니다. 오크리를 읽어보세요. 그 경험을 통해서 깨닫는 게 많으실 겁니다."

선상에서 하는 연설이 다 그렇지만, '아프리카에서의 소설'은 가볍게 들을 만한 것으로 기획되었다. 선상 프로그램에 나와 있는 어느 것도 심각한 분위기를 조장하게 되어 있지 않다. 불행히도 에구두는 심각해지려는 조짐을 보이고 있다. 엔터테인먼트 책임자, 밝은 청색 유니폼을 입은 장신의 스웨덴 청년이 무대 옆에서 조심스럽게 고개를 끄덕여 신호를 보낸다. 그러자 에구두가 그에 순응해 솜씨 좋게, 여유 있게 자기 쇼를 마무리한다.

노던라이츠호의 선원들은 객실 승무원들과 마찬가지로 러시아인이다. 사실 고위급 승무원과 한무리의 가이드, 매니저 들을 제외하면 모두가 러시아인이다. 선상의 음악은 다섯명의 남자와 다섯명의 여자로 구성된 발랄라이까[4] 오케스트라가 제공한다. 저녁식사 시간에 그들이 들려주는 음악은 그녀의 취향에 맞지 않게 너무 감상적이다. 저녁식사 후 무도회장에서는 더 경쾌한 음악을 연주한다.

이따금씩 노래도 하는 오케스트라의 단장은 삼십대 초반의 금발 여성이다. 어설픈 영어를 구사하는데, 곡목을 소개할 정도는 된다. "러시아어로 '나의 귀여운 비둘기'라고 하는 곡을 연주합니다.

---

4 러시아 전통 현악기.

「나의 귀여운 비둘기」입니다." 그녀가 발음하는 '도브'^{dove}는 '러브'^{love}보다는 '스토브'^{stove}와 운이 맞는다. 트릴과 급강하를 선보이는 이 곡은 헝가리 음악으로도, 집시 음악으로도, 유대인 음악으로도 들리지만 결코 러시아 음악으로 들리진 않는다. 하지만 그녀가, 시골 처녀인 엘리자베스 코스텔로가 뭔데 이러쿵저러쿵하겠는가?

그녀는 여기서도 아까 식사 자리를 같이했던 커플과 어울려 술을 한잔 들고 있다. 자기들은 맨체스터에서 왔다고 그들이 말한다. 둘 다 그녀의 소설 강의에 등록했고 그 시간을 고대하고 있단다. 남자는 늘씬하고 날렵한 체구에 은발을 하고 있다. 탐욕스런 사람일 거라고 그녀는 생각한다. 그는 자기가 어떻게 돈을 벌었는지 얘기하지 않고 그녀도 묻지 않는다. 여자는 자그맣고 관능적이다. 그녀의 머릿속에 있던 맨체스터의 이미지와는 딴판이다. 스티브와 셜리. 결혼한 사이는 아닐 거라고 그녀는 짐작한다.

다행스럽게도 곧 대화는 그녀와 그녀가 쓴 책들에서 해류라는 주제로 방향을 트는데, 스티브는 해류에 관해 모르는 게 없는 것 같고, 다음으로 아주 작은 생물들이 화제가 되는데, 그들은 1제곱마일당 몇톤씩이나 있고, 그 삶이란 역사에 무시당한 채로 이 얼음장 같은 바닷물 속에서 고요히 휩쓸려다니고, 먹고 먹히고, 증식하고 죽는 것이다. 생태 관광객, 스티브와 셜리는 자신들을 그렇게 부른다. 지난해에는 아마존강, 올해에는 남극해.

에구두가 입구에 서서 두리번거리고 있다. 그녀가 손을 흔들자 그가 건너온다. "합석하세요." 그녀가 말한다. "이매뉴얼이고, 셜리, 스티브."

그들은 이매뉴얼의 강연을 칭찬한다. "아주 흥미로웠어요." 스티브가 말한다. "덕분에 완전히 새로운 관점을 갖게 됐어요."

"연설하시는 동안 이런 생각이 들었는데요," 셜리가 더 생각을 곱씹는 듯이 말한다. "죄송하지만 제가 선생님 책에 대해서는 잘 모르는데, 작가, 아까 얘기하신 그런 유의 구비 작가로서 선생님께 는 인쇄된 책은 적절한 매체가 아닌 것 같아요. 테이프에다 곧바로 창작하는 것에 대해 생각해보신 적이 있나요? 인쇄를 거쳐서 우회할 이유가 있어요? 심지어 글쓰기를 거쳐서 우회할 이유도 없잖아요? 선생님의 청자들에게 직접 선생님 이야기를 하세요."

"거참 기발한 생각인데요!" 이매뉴얼이 말한다. "그걸로 아프리카 작가의 문제가 다 해결되진 않겠지만 생각해볼 만은 해요."

"왜 선생님 문제는 그걸로 해결이 안 될까요?"

"왜냐하면요, 안타깝지만 아프리카인들은 그냥 조용히 앉아 작은 기계에서 디스크 돌아가는 소리에 귀 기울이는 데 만족하지 않을 테니까요. 그건 너무 우상숭배 같을 거예요. 아프리카인들한테는 살아 있는 현존, 살아 있는 목소리가 필요해요."

살아 있는 목소리. 그들 세 사람이 살아 있는 목소리에 대한 생각에 잠기면서 침묵이 찾아온다.

"정말 그렇게 생각하세요?" 그녀가 처음으로 대화에 끼어들며 말한다. "아프리카인들은 라디오를 귀 기울여 듣는 걸 싫어하지 않아요. 라디오는 목소리지만 살아 있는 목소리, 살아 있는 현존은 아니죠. 이매뉴얼, 당신이 요구하고 있는 건 그냥 목소리가 아니라 연기, 살아 있는 배우가 당신을 위해서 텍스트를 연기하는 것이 아닐까 싶어요. 만일 그렇다면, 만일 그게 아프리카인이 원하는 거라면, 맞아요, 녹음된 것이 그걸 대체할 수는 없죠. 하지만 소설은 결코 연기 대본으로 쓰려고 만들어진 게 아니에요. 처음부터 소설은 연기되는 데 의존하지 않는다는 점을 자신의 장점으로 삼아왔어요. 생생한 연기와 값싸고 간편한 보급을 둘 다 챙길 수는 없어요. 이쪽이나 저쪽 하나만 챙기는 거죠. 정말로 당신이 소설은 그런 것이기를, 그러니까 주머니에 들어갈 만한 크기의 종이 뭉치인 동시에 살아 있는 존재이기를 바란다면, 맞아요, 아프리카에서 소설은 미래가 없어요."

"미래가 없다." 에구두가 그녀의 말을 곱씹으며 말한다. "너무 암울하게 들리네요, 엘리자베스. 당신이 우리한테 출구를 좀 제시해줄 수 있어요?"

"출구라뇨? 내가 당신들 출구를 제시해줄 순 없는 노릇이죠. 질문은 제시할 수 있어요. 주위에 아프리카 소설가가 그렇게나 많은데 왜 언급할 만한 아프리카 소설은 하나도 없는 걸까? 내가 볼 때 진짜 질문은 그거 같은데요. 그리고 아까 연설에서 당신 자신이 그 답에 대한 힌트를 줬어요. 이국풍. 이국풍과 그것의 유혹."

"이국풍과 그것의 유혹? 흥미로운 말이네요, 엘리자베스. 그게 무슨 뜻인지 얘기해봐요."

그저 에구두와 자신 사이의 문제였다면 이 대목에서 나가버렸을 것이다. 은근히 빈정대는 그의 말투에 넌더리가 나고 화까지 치민다. 하지만 모르는 사람들 앞에서, 고객들 앞에서 그들, 그녀와 그는 둘 다 체면을 지켜야 한다.

그녀가 말한다. "영국 소설은 일차적으로 영국인이 영국인을 위해서 써요. 그래서 영국 소설인 거죠. 러시아 소설은 러시아인이 러시아인을 위해 써요. 그런데 아프리카 소설은 아프리카인이 아프리카인을 위해서 쓰지 않아요. 아프리카 소설가는 아프리카에 대해서, 아프리카적 경험에 대해서 쓸지 몰라도, 내가 볼 때는 글을 쓰는 내내 자기들 책을 읽어줄 외국인을 어깨 너머로 힐끔거리고 있는 것 같단 말이에요. 그이들은 좋든 싫든 해석자의 역할, 자기 독자들에게 아프리카를 해석해주는 역할을 받아들인 거예요. 그렇지만 세계를 탐구하면서 동시에 그것을 외부인에게 설명해야만 한다면 어떻게 정말로 심층적인 탐구가 가능하겠어요? 그건 마치 어떤 과학자가 자기 연구에 창조적 에너지를 온통 쏟아부으면서 동시에 수업에서 무지한 학생들에게 자기가 하고 있는 작업을 설명하려고 하는 것과 같아요. 그건 한 사람이 감당하기에 너무 벅차요. 가능하지 않은 일이죠, 정말로 심층적인 차원에서는. 제가 보기에는 이게 당신들한테 있는 문제의 근원이에요. 글을 쓰는 동시에 아프리카성을 연기해야 하는 것 말이에요."

"훌륭해요, 엘리자베스!" 에구두가 말한다. "제대로 이해하고 있네요. 표현도 아주 잘했고. 설명자인 탐구자라." 그가 손을 뻗어 그녀의 어깨를 토닥인다.

'우리끼리만 있었으면 저 작자 뺨을 갈겨줄 텐데' 하고 그녀는 생각한다.

"제가 제대로 이해하고 있다는 말이 맞는다면," (이제 그녀는 에구두는 무시하고 맨체스터에서 온 커플을 향해 말하고 있다) "그건 오로지 우리 호주에서도 비슷한 시련을 겪고 반대편으로 빠져나온 경험이 있기 때문이에요. 진정한 호주 독자층이 형성돼서 성숙했을 때, 이건 1960년대에 일어난 일인데요, 우린 마침내 모르는 사람들을 위해 글을 쓰는 습관에서 벗어나게 된 거죠. 작가층이 아니라 독자층 말이에요, 작가층은 이미 존재했으니까. 우리 시장, 우리 호주 시장이 자생적인 문학을 지원할 여유가 있겠다는 판단을 내렸을 때 우리는 모르는 사람들을 위해 글을 쓰는 습관에서 벗어났어요. 우리가 제시할 수 있는 교훈은 그거예요. 아프리카가 우리한테서 배울 수 있는 게 그거죠."

이매뉴얼은 말이 없다. 입가에서 아이러니한 미소는 사라지지 않았지만.

스티브가 말한다. "두분 얘기를 들으니 재미있네요. 두분은 글쓰기를 사업으로 다루고 계세요. 시장을 발견하고 거기에 물건을 대기 시작하는 거죠. 전 뭔가 좀 다른 걸 기대하고 있었는데."

"그래요? 뭘 기대하고 있었는데요?"

"그거 있잖아요, 작가들이 어디서 영감을 발견하는지, 어떻게 작중인물을 만들어내는지 같은 것들. 미안해요, 저는 신경 쓰지 마세요, 저야 그저 아마추어니까요."

영감. 영혼을 자신의 내부에 받아들이는 것. 이제 이 단어를 입 밖에 낸 탓에 그는 당혹스럽다. 어색한 침묵이 흐른다.

이매뉴얼이 말한다. "엘리자베스와 저는 알고 지낸 지 오래됐어요. 그사이에 의견 충돌이 많았죠. 그렇다고 우리 사이가 달라지는 건 아니고요. 안 그래요, 엘리자베스? 우리는 같은 직업에 종사하는 동료, 동료 작가예요. 거대한 전세계적 작가 동우회[5]의 일원들이죠."

동우회. 그는 그녀에게 도전하고 있는 것이다. 이 낯선 사람들 앞에서 그녀를 도발하려 하고 있는 것이다. 하지만 그녀는 갑자기 그 모든 게 너무 진절머리가 나서 그 도전을 받아들이지 않는다. 속으로 이런 생각을 한다. 동료 작가가 아니라 동료 엔터테이너겠지. 아니면 왜 우리가 이 비싼 배에 올라타서 우리가 따분하게 느끼는 사람들, 우리를 따분하게 느끼기 시작하는 사람들에게, 초청장에 정

----

5 fraternity. 남자 동우회를 뜻함.

말 적나라하게 나와 있는 대로, 우리 자신을 내주고 있는가?

그가 그녀를 자극하고 있는 이유는 안달이 났기 때문이다. 그녀는 그를 너무 잘 알아서 그 점이 훤히 보인다. 그는 아프리카 소설에 대해서도, 그녀와 그녀의 친구들에 대해서도 신물이 났고, 새로운 어떤 것 또는 어떤 사람을 원하는 것이다.

여가수가 자기 무대를 마쳤다. 가볍게 박수 소리가 난다. 여가수는 절을 하고, 또 한번 절을 한 다음 발랄라이까를 집어든다. 밴드가 카자흐스탄 댄스곡을 연주하기 시작한다.

이매뉴얼을 대할 때 짜증이 나는 것은 의견이 충돌할 때마다 그가 그것을 개인적인 일로 받아들이기 때문이다. 이 이야기를 꺼냈다가는 꼴사나워지기 십상이라, 그녀가 분별력을 발휘해 스티브와 셜리 앞에서는 자제하고 있지만 말이다. 그가 사랑해 마지않는 구비 소설을 보자면, 그는 그것을 자기 강연의 곁가지로 마련해놓았는데, 그녀가 보기에 그 발상은 본질적으로 엉망진창이다. 그녀는 이렇게 말하고 싶다. '구비 문화 속에 사는 사람들에 관한 소설이 곧 구비 소설은 아니에요. 여성에 관한 소설이 곧 여성 소설은 아닌 것과 마찬가지죠.'

그녀가 보기에 구비 소설에 관해 이매뉴얼이 늘어놓는 말, 인간의 목소리와의, 따라서 인간의 몸과의 접촉을 잃지 않은 소설, 서구 소설처럼 탈체화되지 않고 몸을, 그리고 몸의 진실을 이야기하는 소설에 관한 그의 모든 말은 원초적인 인간 에너지의 최후의 저장소로서 아프리카적인 것의 신비로움을 지탱하는 또다른 방편일 뿐이다. 이매뉴얼은 아프리카를 이국적으로 제시하도록 서구 출판업자들과 서구 독자들이 자신을 몰아간다고 비난한다. 하지만 이매뉴얼은 자신을 이국적으로 제시하는 데 이해관계가 걸려 있다. 우연히 알게 된 사실이지만, 이매뉴얼은 지난 십년간 중요한 책을 한 권도 쓰지 않았다. 처음 그를 알게 됐을 때 그는 아직 명예롭게 자신을 작가로 내세울 수 있었다. 이제 그는 연설로 생활비를 번다. 그의 책들은 자격증명서로 존재할 뿐 그 이상의 의미는 없다. 그는 동료 엔터테이너일지는 모르나 동료 작가는 아니다. 더이상은 아닌 것이다. 그가 순회강연에 나선 이유는 돈 때문이고, 다른 보상들에도 관심이 있다. 가령 섹스. 그는 피부가 검고, 이국적이고, 삶의 에너지와 맞닿아 있다. 이제 젊지는 않지만 적어도 자기관리는 잘하고, 나이에 비해 꽤나 젊어 보인다. 어느 스웨덴 여자가 쉽게 넘어가지 않겠는가?

그녀는 잔을 비운다. "그만 들어가볼게요. 잘 자요, 스티브, 셜리. 내일 봐요. 이매뉴얼, 잘 자요."

잠에서 깨니 더없이 고요하다. 시계는 4시 30분을 가리키고 있다. 배의 엔진은 멈췄다. 현창 너머를 흘깃 쳐다본다. 밖에는 안개가 깔렸지만 안개 사이로 불과 1킬로미터 정도 되는 곳에 육지가 눈에 들어온다. 매쿼리섬이 틀림없다. 도착하려면 아직 몇시간은 남았을 거라고 생각했는데.

옷을 입고 복도로 나온다. 그와 동시에 A-230 선실 문이 열리면서 러시아인, 그 가수가 나온다. 여자는 어젯밤과 똑같은 복장으로, 포트와인색 블라우스와 통 넓은 검은색 바지를 입고서 부츠를 손에 들고 있다. 머리 위에서 비추는 냉정한 불빛에 드러난 모습은 서른살보다는 마흔살에 가까워 보인다. 두 사람은 지나치면서 서로 눈길을 피한다.

A-230은 에구두의 선실이라는 걸 그녀는 알고 있다.

위층 갑판으로 간다. 벌써 승객 몇이 와 있는데, 추위를 막아줄 포근한 옷을 껴입고 난간에 기대어 아래쪽을 주시하고 있다.

그들 아래 바다는 물고기처럼 보이는 것들로 생기가 넘친다. 커다랗고 등에 윤기가 흐르는 검은 물고기들이 몸을 까닥이고, 재주를 넘고, 너울 속에서 뛰어오른다. 생전 처음 보는 광경이다.

"펭귄이에요." 옆에 있는 남자가 말한다. "킹펭귄. 우리를 맞이하러 온 거죠. 얘들은 우리가 어떤 존재인지 몰라요."

"아," 하고 그녀는 이어 말한다. "그렇게 순진한가요? 얘들이 그렇게 순진해요?"

남자는 그녀를 이상한 눈으로 바라보고는 같이 온 사람에게로 다시 얼굴을 돌린다.

남극해. 포, 에드거 앨런 포는 그곳을 직접 본 적이 없지만 머릿속으로는 그곳을 누볐다. 작은 배들에 들어찬 검은 피부의 섬사람들이 노를 저어서 그를 맞으러 왔다. 그들은 우리와 똑같이 평범한 사람들로 보였지만, 미소를 지어 이가 드러나자 그 이는 희지 않고 검었다. 그 모습에 그는 등골이 오싹했는데, 그도 그럴 만했다. 우리와 비슷해 보이지만 실은 그렇지 않은 것들로 가득 찬 바다. 입을 떡 벌려 집어삼키는 말미잘. 가시 돋친 아가리에서부터 내장이 늘어져 있는 장어. 이는 찢기 위해 있고 혀는 음식 찌꺼기를 휘젓기 위해 있다. 이것이 구강적인 것the oral의 진실이다. 누군가가 이매뉴얼한테 말해줘야 한다. 진화의 우발적 사건인 어떤 기발한 경제에 의해서만 소화기관은 이따금씩 노래하는 데 쓰이게 되는 것이다.

배는 매쿼리섬에서 좀 떨어진 곳에 정오까지 정박해 있을 텐데, 그 섬에 가보고 싶어 안달이 난 승객들에게 충분한 시간을 주는 셈이다. 그녀도 탐방객 명단에 이름을 올렸다.

아침식사 후에 첫번째 보트가 출발한다. 부두에 오르기는 쉽지 않다. 바닥에 두껍게 깔린 켈프⁶ 사이를 지나 경사진 바위를 가로질러야 한다. 결국 선원 중 한 사람이 마치 파파 할머니에게 하듯이 반쯤은 그녀를 도와 뭍에 오르게 하고 반쯤은 그녀를 실어날라야 하는 지경이 된다. 그 선원은 금발에 푸른 눈을 가졌다. 그가 입은 방수복을 통해 젊은 기운이 전해진다. 그의 팔에 안긴 그녀는 아기처럼 안전하게 실려간다. 그가 자기를 내려놓자 그녀는 "고마워요!"라며 감사의 인사를 한다. 하지만 그에게 그 일은 아무것도 아니다. 그저 달러를 받고 하는 봉사로, 병원 간호사의 봉사보다 더 개인적일 것이 없다.

그녀는 매쿼리섬에 관한 글을 읽은 적이 있다. 이곳은 19세기에 펭귄 산업의 중심지였다. 여기서 수십만마리의 펭귄이 몽둥이에 맞아 죽은 다음 무쇠 증기보일러 속으로 내던져져 쓸모 있는 기름과 쓸모없는 잔해로 분해되었다. 몽둥이에 맞아 죽지 않으면 그저 막대기로 몰이를 당해 건널 판자 저쪽으로, 그 너머의 펄펄 끓는 가마솥으로 들어갔다.

하지만 그 녀석들의 20세기 후손들은 깨우친 것이 전혀 없는 듯하다. 여전히 순진하게도 탐방객들을 환영하려고 헤엄을 쳐서 바다로 나간다. 여전히 번식지에 접근하는 사람들에게 소리쳐 인사를 하고("호! 호!" 하고 소리를 내는 것이 꼭 거칠고 땅딸막한 놈들⁷ 같다), 그들이 가까이 다가와 자기를 만지게, 매끈한 가슴을 쓰다듬게 놓아둔다.

11시에 보트가 그들을 태우고 배로 돌아갈 것이다. 그 시간까지

─────────

6 대형 갈색 해조류 가운데 다시마목의 바닷말.
7 gnome. 동화에 나오는 작은키 노인 모습의 요정.

는 자유롭게 섬을 둘러볼 수 있다. 안내에 따르면 언덕 중턱에 앨버트로스 집단 서식지가 있다. 새들의 사진은 얼마든지 찍을 수 있지만 너무 가까이 다가가서 새들을 놀라게 해서는 안 된다고 한다. 번식기라는 것이다.

그녀는 보트에서 같이 내린 다른 사람들한테서 떨어져나와, 조금 뒤에는 해안선 위로 솟은 고지대에 올라서 풀이 빽빽이 들어찬 광활한 초원을 가로지른다.

갑자기, 예상치 않게 무언가가 그녀 앞에 나타난다. 처음에는 회색 반점이 박힌 흰색의 미끈한 바위라고 생각한다. 다음 순간 그것이 새라는 것을, 지금까지 본 어떤 새보다도 큰 새라는 것을 깨닫는다. 그녀는 휘어져 내려간 기다란 부리, 우람한 가슴을 알아본다. 앨버트로스다.

앨버트로스가 그녀를 찬찬히, 흥미롭다는 듯이 쳐다본다. 녀석의 밑에 역시나 길쭉하지만 조금 작은 부리가 삐죽 튀어나와 있다. 새끼는 더 적대적이다. 부리를 벌려 소리 없이 긴 경고를 날린다.

그녀와 두 마리 새는 서로를 살피면서 계속 그런 채로 있다.

'타락 이전', 하고 그녀는 생각한다. '타락 이전에는 틀림없이 이랬을 거야. 보트를 놓치고 여기에 남을 수도 있겠지. 신이 나를 돌봐주기를 기도하면서.'

뒤에서 인기척이 난다. 몸을 돌린다. 러시아 가수다. 이제는 진녹색 파카 차림으로, 후드는 뒤로 젖히고 머리에 스카프를 쓰고 있다.

"앨버트로스예요." 여자에게 나지막하게 말한다. "영어로는 그래요. 스스로는 뭐라고 부르는지 모르지만."

여자가 고개를 끄덕인다. 커다란 새는 그들을 차분하게 쳐다보는데, 사람이 하나일 때나 둘일 때나 겁이 없기는 마찬가지다.

"이매뉴얼도 같이 왔어요?" 그녀가 묻는다.

"아뇨. 배에 있어요."

여자는 별로 얘기하고 싶지 않은 기색이지만 그래도 그녀는 밀어붙인다. "알아요, 그 사람하고 친한 거. 나도 그래요. 뭐, 예전에는 그랬죠. 물어보고 싶은 게 있는데, 그 사람의 어떤 점에 마음이 끌리는 거죠?"

이상한 질문, 주제넘게 친밀하게 구는, 심지어 무례한 질문이다. 하지만 이 섬에서, 다시는 없을 이 방문에서는 무슨 말이든 할 수 있을 것 같다.

"어떤 점에 마음이 끌리냐고요?" 여자가 묻는다.

"그래요. 어떤 점에 마음이 끌리죠? 그 사람의 어떤 면이 마음에 들어요? 그 사람의 매력은 어디서 나오는 걸까요?"

여자는 어깨를 으쓱한다. 머리를 염색한 것이 이제 눈에 들어온다. 적어도 마흔은 됐고, 아마 고향에 부양해야 할 가족이 있으리라. 다리를 저는 어머니와 술에 절어 그녀를 두들겨패는 남편과 빈둥대는 아들과 머리를 밀고 입술에 자줏빛 립스틱을 바른 딸이 있는 저 러시아 가정들 중 하나. 노래를 좀 할 줄 알지만 조만간, 금세 한물가게 될 여자. 외국인들에게 발랄라이까를 연주해주고 러시아의 저속한 노래를 불러주며 팁을 챙기는.

"그 사람은 자유로워요. 러시아어 할 줄 아세요? 못 해요?"

그녀는 고개를 가로젓는다.

"독일어는요?(Deutsch?)"

"조금 해요."

"그분은 너그러워요. 좋은 사람이에요.(Er ist freigebig. Ein guter Mann.)"

러시아어의 강한 g 발음이 들어간 '프라이게비히', 너그럽다. 이
매뉴얼이 너그러운가? 그런지 아닌지 그녀는 알지 못한다. 하지만
그녀의 머릿속에 맨 먼저 떠오를 만한 단어는 아니다. '크다'라면
모를까. 제스처가 크다.

"하지만 별로 믿을 만하진 않죠.(Aber kaum zu vertrauen.)"

그녀가 여자에게 말한다. 이 언어를 마지막으로 사용한 지 여러
해가 됐다. 저들 두 사람이 지난밤 침대에서 함께 썼던 말이 그것
일까, 새로운 유럽의 제국적인 언어, 독일어? '카움 추 페어트라우
엔', 믿을 만하진 않다.

여자가 다시 어깨를 으쓱한다. "시간은 언제나 짧아요. 모든 걸
가질 수는 없죠.(Die Zeit ist immer kurz. Man kann nicht alles
haben.)" 여자는 말을 잠시 멈춘다. 그리고 다시 말한다. "게다가
그 목소리. 그게 사람을(Auch die Stimme. Sie macht daß man)"
──여자가 적당한 단어를 찾는다── "사람을 떨리게 하지요.(man
schaudert.)"

'샤우데른'. 떨다. 목소리가 사람을 떨게 한다. 그럴 테지, 그 목
소리를 직접 들으면. 그녀와 러시아인 사이에 미소의 조짐 같은 게
스쳐 지나간다. 새를 보니, 그들이 그 자리에 오래 머무른 탓에 이
젠 그들에 대한 흥미를 잃고 있다. 제 어미 밑에서 바깥을 내다보
고 있는 새끼만이 여전히 이 침입자들을 경계한다.

그녀는 질투하는 걸까? 어떻게 그럴 수가 있겠는가? 하지만 여
전히, 게임에서 배제된다는 것은 받아들이기 어렵다. 잠잘 시간이
정해져 있는 어린아이로 돌아가는 것처럼.

목소리. 그녀는 쿠알라룸푸르를 떠올린다. 그때 그녀는 젊었고,
아니, 젊은 편이었고, 역시 당시에는 젊었던 이매뉴얼 에구두와 내

리 사흘 밤을 같이 보냈다. "구비ᵒʳᵃˡ 시인." 그녀는 그에게 놀리듯
말했다. "구비 시인이 뭘 할 수 있나 보여줘요." 그러자 그는 그녀
를 눕히고, 그녀 위에 눕고, 그녀의 귀에 입술을 대고, 입술을 열고,
그녀에게 입김을 불어넣고, 그녀에게 보여주었다.

제3강
동물의 삶 1 — 철학자와 동물

그녀가 탄 비행기가 도착할 때 그는 게이트에서 기다리고 있다. 어머니를 마지막으로 본 지 이년이 지났다. 어머니의 나이 든 모습에 그는 자기도 모르게 충격을 받는다. 희끗희끗하던 머리는 이제 완전히 백발이 됐고, 어깨는 굽었고, 살결은 축 늘어졌다.

그들 가족은 감정을 한껏 드러내는 법이 없다. 한번 껴안고 몇마디 중얼거리면 인사는 할 만큼 한 것이다. 그들은 말없이 여행객들의 행렬을 따라 수하물 찾는 곳에 가고, 그녀의 가방을 집어들고, 차로 구십분이 걸리는 목적지를 향해 출발한다.

"비행기를 오래 타셨네요." 그가 말을 던진다. "피곤하시겠어요."

"잠이 오는구나." 그녀가 말한다. 그러고는 도중에 푹 숙인 머리를 차창에 기댄 채 정말로 깜빡 잠이 든다.

6시, 사위가 어둑해질 때 그들의 차는 월섬 교외에 있는 그의 집

앞에 멈춰 선다. 그의 아내 노마와 아이들이 현관에 모습을 드러낸다. 노마는 억지로 하는 게 틀림없는 애정 표현으로 양팔을 크게 벌리고 "엘리자베스!" 하고 말한다. 두 여자가 서로 포옹하고, 이어서 아이들이 교육을 잘 받은 애들답게, 다만 조금 더 차분하게 같은 식으로 인사한다.

소설가 엘리자베스 코스텔로는 애플턴 대학에 방문하는 사흘 동안 그들의 집에서 지낼 예정이다. 그에게는 기다려지는 시간은 아니다. 그의 아내와 어머니는 잘 맞지 않는다. 어머니가 호텔에 묵으면 좋겠지만 차마 그런 말은 꺼낼 수가 없다.

금방 갈등이 재연된다. 노마는 가벼운 저녁식사를 준비해놓았다. 그의 어머니는 자리가 셋만 차려져 있다는 것을 의식한다. 그녀가 묻는다. "아이들은 같이 안 먹는 거야?" 노마가 대답한다. "예, 걔들은 놀이방에서 먹어요." "왜?"

불필요한 질문으로, 그녀는 이미 답을 알고 있다. 아이들이 따로 먹는 이유는, 엘리자베스는 고기가 밥상에 오르는 꼴을 보고 싶어 하지 않는 반면 노마는 그 자신의 표현으로 "당신 어머니의 섬세한 감수성"에 맞춰서 아이들의 식단을 바꿀 생각이 없기 때문이다.

"왜?" 엘리자베스 코스텔로가 또다시 묻는다.

노마가 순간 그에게 화가 치민 눈길을 보낸다. 그는 한숨을 쉰다. 그리고 말한다. "어머니, 애들은 저녁으로 닭고기를 먹어요. 다른 이유는 없어요."

"아, 그러냐." 그녀가 말한다.

그의 어머니는 아들 존이 물리학 및 천문학 조교수로 일하는 애플턴 대학의 초청으로 연례행사인 게이츠 강연의 연사로 나서고 문학 전공 학생들과 만나기로 되어 있다. 코스텔로가 어머니의 결혼 전 성이고 그로서는 그녀와의 관계를 떠벌릴 어떤 이유도 없었기 때문에, 초청 당시에는 애플턴 대학의 구성원 중에 호주 작가 엘리자베스 코스텔로의 가족이 있다는 점을 아무도 알지 못했다. 계속 그랬더라면 좋았을 것이다.

살이 붙고 백발이 성성한 이 여인은 소설가로서 쌓은 명성이 있는 터라 무엇이든 자신이 정한 주제로 강연하도록 애플턴에 초청되었고, 이에 그녀는 분명 자신의 후원자들이 좋아할 주제인 자신과 자신의 소설에 관해서가 아니라 자기 단골 메뉴인 동물에 관해서 말하기로 정했다.

존 버나드가 엘리자베스 코스텔로와의 관계를 떠벌리지 않은 것은 자기의 길을 스스로 개척하고 싶었기 때문이다. 어머니가 부끄러운 건 아니다. 오히려 자랑스럽다. 작품에서 자신과 누이, 돌아가신 아버지가 때로는 보기 민망하게 그려지는 게 사실이지만 말이다. 하지만 동물의 권리를 주제로 한 어머니의 이야기를 또 듣고 싶은 마음은 없고, 나중에 잠자리에서 그걸 깎아내리는 아내의 사설을 들어줘야 할 걸 생각하면 더더욱 내키지 않는다.

그와 노마, 두 사람은 존스홉킨스 대학의 대학원생이던 시절에 만나 결혼했다. 노마는 심리철학 전공의 철학 박사학위 소지자다. 그와 함께 애플턴으로 거처를 옮긴 노마는 교수직을 찾지 못했다. 그 탓에 그녀의 마음에 응어리가 지고 둘 사이에 갈등이 생기기도 했다.

노마와 그의 어머니는 줄곧 서로를 마음에 들어 하지 않았다. 아마 그의 어머니는 그가 결혼하는 여자는 누구도 마음에 들이지 않기로 작정했을 것이다. 노마 쪽에서도 그의 어머니 책은 과대평가되었다고, 동물이나 동물 의식, 동물과의 윤리적 관계에 관한 어머니의 생각은 어설프고 감상적이라고 그에게 언제나 서슴지 않고 말해왔다. 지금 노마는 철학 학술지에 실릴 글을 쓰고 있는데, 영장류를 대상으로 한 언어학습 실험에 대한 논평으로, 각주에서 그의 어머니를 무시하는 투로 언급한다 해도 그는 놀라지 않을 것이다.

그 자신은 이편이든 저편이든 별생각이 없다. 어릴 때 잠깐 햄스터를 몇 마리 키운 적이 있지만 그것을 제외하면 동물은 그다지 친숙하지 않다. 큰아들은 강아지를 키우고 싶어 한다. 그와 노마는 둘 다 반대하고 있다. 강아지는 괜찮지만 그놈이 다 자라면, 다 자라서 발정이 나면 그저 골칫덩어리가 될 것이다.

어머니는 본인의 확신을 고수할 권리가 있다고 그는 믿는다. 동물 학대에 반대하는 선전 활동을 펼치면서 말년을 보내고 싶다면 그건 그분의 권리다. 다행히도 며칠만 지나면 다음 목적지로 떠나실 테고, 자신은 다시 자신의 일로 돌아올 수 있으리라.

월섬에서 처음 맞는 아침에 어머니는 늦잠을 잔다. 그는 강의를 하러 갔다가 점심때 돌아와서 어머니를 차에 태워 도시 여기저기를 다닌다. 강연은 오후 늦게 열릴 예정이다. 그다음에는 총장이 주관하는 공식 만찬이 있을 텐데, 여기에 그와 노마도 참석한다.

영문과의 일레인 마크스가 강연에 대해 소개한다. 그는 그 여자를 모르지만 그녀가 어머니에 관한 글을 썼다는 것은 알고 있다. 일레인이 강연을 소개하면서 그의 어머니의 소설과 강연 주제를 굳이 연결 지으려 하지 않는다는 것을 그는 의식한다.

다음은 엘리자베스 코스텔로 차례다. 그의 눈에 그녀는 늙고 피곤해 보인다. 그는 아내와 함께 앞줄에 있어서 어머니에게 힘을 불어넣어주려고 애쓴다.

그녀가 말을 시작한다. "신사 숙녀 여러분, 제가 미국에서 마지막으로 연단에 선 지 이년이 됐습니다. 그때 했던 강연에서 저는 나름대로 이유가 있어 위대한 우화 작가 프란츠 카프카를, 특히 그의 단편 「학술원에 보내는 보고서」를 언급했습니다. 어느 학회의 회원들 앞에서 자기 삶에 관해, 짐승에서 인간에 가까운 어떤 것으로 올라서는 자신의 향상에 관해 이야기하는 교육받은 원숭이 빨간 페터에 관한 이야기죠. 그 강연을 할 때 저는 저 자신이 좀 빨간 페터처럼 느껴졌고, 또 그렇다고 말하기도 했습니다. 오늘은 그 느낌이 한층 더 강한데요, 나중에 여러분은 그 이유를 더 분명히 아시게 될 것으로 생각합니다.

흔히 강연은 청중을 편안하게 해주려고 가벼운 발언으로 시작하죠. 제가 방금 저 자신과 카프카의 원숭이를 비교한 것을 그런 가벼운 발언, 여러분을 편안하게 해드리려는, 저는 그저 신도, 짐승도 아닌 보통 사람이라고 말하려는 발언으로 생각하실지도 모르겠습니다. 여러분 중에서 인간들 앞에서 연기하는 원숭이에 관한 카프카의 이야기를 비非유대인들을 위해 연기하는 유대인 카프카에 관한 알레고리로 읽은 분들마저도 제가 유대인이 아니라는 사실을 고려해서 그 비교를 액면 그대로, 그러니까 아이러니하게 받아들이는 친절을 제게 베푸셨는지 모릅니다.

제가 그런 의도에서 그 발언, 제가 빨간 페터처럼 느껴진다는 발언을 한 것은 아니라는 점을 우선 말씀드리고 싶습니다. 아이러니한 의도를 가지고 말한 게 아니었어요. 그 발언의 의미는 말한 그대로입니다. 저는 의미하는 그대로 말합니다. 저는 늙은 여자예요. 이제는 의미하지 않는 것을 말할 시간이 없습니다."

그의 어머니는 전달력이 좋지 않다. 자신이 쓴 이야기를 읽을 때조차 활력이 떨어진다. 어렸을 때 그는 책을 써서 생계를 유지하는 여자가 잠자리에서 옛날이야기를 해주는 데는 어떻게 그토록 서툰지 언제나 의아했다.

연설의 어조가 단조로운 탓에, 원고에서 눈을 떼지 않는 탓에 그녀가 하는 말이 강한 인상을 남기지 못한다고 그는 느낀다. 그런데 그녀를 잘 아는 그는 그녀가 무슨 이야기를 하려고 하는지 알아챈다. 그는 이제 나올 말이 기다려지지 않는다. 어머니가 죽음에 관해 말하는 것을 듣고 싶지 않다. 게다가 어쨌든 젊은 사람들이 대부분인 청중은 더더욱 죽음 이야기를 원치 않는다는 느낌을 그는 강하게 받는다.

그녀의 말이 계속된다. "저는 여러분에게 동물이라는 주제에 관해 말씀드리면서, 여러분을 존중하는 뜻에서 동물의 삶과 죽음의 참상을 늘어놓는 일은 건너뛰려고 합니다. 저로서는 바로 이 시간에 전세계의 생산시설(더이상 이것을 농장이라고 부르기가 주저됩니다)에서, 도살장에서, 저인망어선에서, 실험실에서 동물들에게 자행되고 있는 일에 여러분이 큰 관심을 갖고 있다고 믿을 이유는 없지만, 제가 이러한 참상을 환기하고 여러분에게 그 참상을 제대로, 생생하게 전달할 수사적인 힘을 갖추고 있음을 여러분이 인정해주시는 걸로 알고 더는 파고들지 않겠습니다. 다만 제가 여기서 언급하지 않는 참상들이 그럼에도 이 강연의 중심에 있다는 점은 기억해주셨으면 합니다.

1942년에서 45년 사이에 제3제국의 강제수용소에서 수백만명의 사람들이 죽임을 당했습니다. 트레블린카[1]에서만 백오십만명 이상, 어쩌면 무려 삼백만명이나 죽었죠. 이런 숫자를 내하면 성신이

---

1 나치 독일이 폴란드에 만든 집단학살 수용소 중 하나.

멍해집니다. 우리 각자에게 속한 죽음은 단 하나밖에 없습니다. 타인들의 죽음도 한번에 하나씩밖에 이해할 수 없죠. 우리가 추상적으로는 백만까지 셀 수 있겠지만 죽음을 백만개까지 셀 수 있는 것은 아닙니다.

트레블린카 주변 시골 지역에 살던 사람들, 주로 폴란드인들이죠, 이들은 수용소에서 무슨 일이 일어나고 있는지 몰랐다고 말했습니다. 무슨 일이 일어나고 있는지 대충 짐작은 했는지 모르지만 확실히는 몰랐다고 말이죠. 어떤 의미에서는 알았는지도 모르지만 다른 의미에서는 몰랐다고, 그들 자신을 위해 차마 알 수가 없었다고 말한 겁니다.

트레블린카 주변의 사람들은 예외적인 사람들이 아니었습니다. 제3제국 전역에 수용소가 있었는데, 폴란드에만 거의 육천개, 독일 자체에도 정확한 수는 알 수 없지만 수천개가 있었습니다. 모종의 수용소에서 수킬로미터 이상 떨어져 사는 독일인은 얼마 되지 않았습니다. 모든 수용소가 죽음의 수용소, 전적으로 죽음을 생산하기 위해 만들어진 수용소는 아니었지만 모든 수용소에서 참상이, 누군가 자기 자신을 위해 알아도 괜찮은 범위를 훨씬 넘어서는 참상이 벌어지고 있었습니다.

지금도 우리가 특정 세대의 독일인들은 인간성을 약간 벗어난 곳에 있다고, 그들을 다시 인간의 울타리 안에 받아들이려면 먼저 그들이 뭔가 특별한 것을 하거나 특별한 것이 되어야 한다고 생각하는 이유는 그들이 팽창주의적인 전쟁을 벌였다가 졌기 때문이 아닙니다. 우리가 보기에 그들은 그들 쪽의 어떤 고의적 무지 때문에 인간성을 상실한 것입니다. 히틀러식 전쟁이라는 상황하에서 무지는 유용한 생존 기제였을지 모르지만, 그건 하나의 변명, 감탄

할 만한 도덕적 엄격함에 따라 우리가 받아들이기를 거부하는 변명입니다. 우리는 독일에서 사람들이 어떤 선을 넘었고, 전쟁의 일반적인 살기와 잔인함을 넘어 죄악이라고밖에 부를 수 없는 상태로 들어섰다고 말합니다. 항복문서에 서명하고 배상금을 지불했다고 그런 죄악의 상태가 종결된 것은 아니었습니다. 오히려 영혼의 질병이 계속해서 그 세대를 나타내는 특징이 됐죠. 제3제국 시민들 중에 사악한 행위를 저지른 자들도 그렇지만, 어떤 이유에서든 그 행위에 대해 무지했던 자들 역시 그런 특징을 띠었습니다. 그리하여 사실상 제3제국의 모든 시민이 그런 특징을 띠었습니다. 수용소에 있던 이들만이 죄가 없었습니다.

'그들은 양처럼 도살장으로 갔다.' '그들은 동물처럼 죽었다.' '나치 백정들이 그들을 죽였다.' 수용소에 대한 비난은 가축 수용소[2]와 도살장의 언어로 충만해서, 제가 이제 하려고 하는 비교에 대한 사전 작업은 거의 필요가 없겠습니다. 제3제국의 범죄는 사람들을 동물처럼 다룬 데 있다고 고발의 목소리는 말합니다.

우리는, 우리 호주인들조차도, 그리스와 유대기독교 종교 사상에 깊숙이 뿌리내린 문명에 속해 있습니다. 우리가 하나같이 오염을 믿거나 죄를 믿는 것은 아닐지 모르지만, 그에 대한 심적인 상관물은 믿습니다. 우리는 죄의식이 스며든 심령(또는 영혼)은 건강할 수 없다는 것을 이의 없이 받아들입니다. 우리는 범죄로 가책을 느끼는 사람들이 건강하고 행복할 수 있다는 것을 받아들이지 않습니다. 우리가 특정 세대의 독일인들을 미심쩍게 바라보는(또는 한때 그렇게 바라보았던) 이유는 그들이 어떤 의미에서 오염되

---

2 도살되거나 팔리기 전의 가축을 임시로 가둬두는 곳.

었기 때문입니다. 그들의 정상성의 표지들(그들의 건강한 식성, 쾌활한 웃음) 자체에서 우리는 그들이 뼛속까지 오염되어 있다는 증거를 봅니다.

수용소에 관해 (앞서 말한 특별한 의미에서) 몰랐던 사람들이 온전히 인간적일 수 있다는 것은 상상할 수 없는 일이었고 지금도 그렇습니다. 우리가 택한 은유를 밀고 나가자면, 짐승은 그들이지 그들의 희생자들이 아니었습니다. 그들은 동료 인간들, 신의 형상으로 창조된 존재들을 짐승처럼 다룸으로써 그들 자신이 짐승이 되었던 것입니다.

오늘 오전에 저는 다른 사람이 모는 차를 타고 월섬시를 둘러보았습니다. 제법 쾌적한 도시로 보입니다. 어떤 참상도, 어떤 약물검사 실험실도, 어떤 공장식 축산농장도, 어떤 도살장도 눈에 띄지 않았어요. 하지만 저는 그런 것들이 여기에 있다고 확신합니다. 틀림없이 있습니다. 대놓고 자신을 알리지 않을 뿐이죠. 제가 말하는 지금 이때도 그것들은 우리 주변 곳곳에 있는데, 어떤 특정한 의미에서, 단지 우리가 그것들에 관해 모를 뿐입니다.

터놓고 말씀드리겠습니다. 우리는 타락과 잔인함과 도살의 사업에 둘러싸여 있는데, 그것은 제3제국이 벌일 수 있었던 그 어떤 사업에 못지않고 실로 그것을 압도합니다. 우리의 경우는 토끼, 쥐, 닭과 오리, 가축을 결국은 죽이려는 목적으로 끊임없이 태어나게 하는 끝이 없는 자기재생산적 사업이라는 점에서 그렇지요.

또한 따지고 들자면 이 두가지는 비교가 안 된다는 주장, 트레블린카는 오로지 죽음과 말살에 전념하는, 말하자면 형이상학적인 사업이었던 반면 육류 산업은 궁극적으로 삶에 이바지한다(이 산업은 그 희생물들이 결국 죽고 나면 그것들을 재가 되게 태워버리거나 묻어버리기는커녕 우리 가정에서 편안하게 소비될 수 있도록 잘게 잘라 냉장 보관하고 포장한다)는 주장은 그 희생물들에게 별 위로가 되지 않는데, 이는, 저속한 표현을 용서하시기 바랍니다만, 트레블린카에서 죽은 이들한테 그들의 체지방은 비누를 만드는 데 필요했고 그들의 머리카락은 매트리스를 채우는 데 필요했으니 부디 살인자들을 봐주라고 말하는 것이 그 희생자들에게 위로가 되지 않을 것과 마찬가지입니다.

다시 한번 용서를 구합니다. 야비한 공세를 펴는 것은 이것으로 끝입니다. 이런 식의 이야기는 사람들을 양극단으로 분열시키고 야비한 공세는 상황을 악화시킬 뿐이라는 것을 압니다. 제가 동료 인간들에게 격렬하기보다는 차분하게, 논쟁적이기보다는 철학적으로, 우리를 의인과 죄인, 구원받은 자와 저주받은 자, 양과 염소로 나누려고 하기보다는 깨우침을 주도록 말하는 법을 알게 되면 좋겠습니다.

제가 그런 언어를 사용할 수 있다는 것을 저도 압니다. 그것은 아리스토텔레스와 포르피리오스[3], 아우구스티누스와 아퀴나스, 데 까르뜨와 벤담, 우리 시대에는 메리 미즐리[4]와 톰 리건[5]의 언어지요. 그것은 동물이 어떤 종류의 영혼을 가지고 있는지, 동물은 이성적인 추론을 하는지 아니면 반대로 생물학적 자동장치로서 행동하는지, 그들이 우리에 대해 권리를 지니는지 아니면 그저 우리가 그들에 대해 의무를 지니는지 등에 관해 토론하고 논쟁할 때 쓸 수 있는 철학적인 언어입니다. 저는 그런 언어를 쓸 수 있고 실제로

---

3 Porphyrios(234?~305?). 채식주의를 옹호한 신플라톤주의 철학자.
4 Mary Beatrice Midgley(1919~2018). 동물권을 옹호한 영국의 철학자.
5 Tom Regan(1938~2017). 미국의 철학자, 동물권 이론가.

잠시 그런 언어에 의존할 생각입니다. 하지만 사실 여러분이 누군가 여기에 와서 언젠가는 죽어갈 영혼과 불멸의 영혼, 권리와 의무의 차이에 대해 말해주기를 바랐다면 철학자를 부르지, 가공의 인물들에 관한 이야기를 썼다는 것밖에는 여러분의 주목을 받을 권리가 전혀 없는 사람을 부르지는 않았을 테지요.

말씀드린 것처럼 저는 그런 언어에 의지할 수 있을 텐데, 그 의지의 방식은 독창적인 것이 아닌 이차적인 것이 될 테고 저로서는 그것이 최선입니다. 가령 저는, 인간만이 신의 형상으로 만들어지고 신의 본성being에 참여하므로, 동물에게 잔인한 짓을 하다가 자칫 사람에게 잔인한 짓을 하는 데 익숙해질지 모른다는 점을 제외하면 우리가 동물을 어떻게 대하는가는 별로 중요하지 않다고 하는 성 토마스의 논법에 대해 제가 생각하는 바를 여러분에게 말씀드릴 수 있겠습니다. 저는 성 토마스가 무엇을 신의 본성이라고 보는지 물을 수 있을 테고, 이에 그는 신의 본성은 이성이라고 답할 겁니다. 플라톤도, 데까르뜨도 그들 나름의 방식으로 그럴 테고요. 우주는 이성에 기초해 있다. 신은 이성의 신이다. 우리가 이성의 적용을 통해 우주의 작동 법칙에 대한 이해에 도달할 수 있다는 사실은 이성과 우주가 동일한 본성에 속한다는 것을 증명한다. 그리고 이성을 결여한 동물은 우주를 이해할 수 없고 그저 맹목적으로 그 법칙을 따를 수밖에 없다는 사실은 인간과 달리 동물이 우주의 일부이되 그 본성의 일부는 아니라는 것, 인간은 신과 같고 동물은 사물과 같다는 것을 증명한다.

이마누엘 칸트는 좀 나을까 싶었는데, 그조차도 이 대목에 오면 버텨내지를 못합니다. 칸트조차도 이성은 우주의 본성이 아니라 오히려 인간 뇌의 본성에 불과할지 모른다는 자신의 직관이 가진

함의를 동물과 관련해서 밀고 나가지 않는 것입니다.

　여러분, 제가 이 시간에 맞닥뜨린 딜레마가 바로 이것입니다. 이성은 우주의 본성도 아니고 신의 본성도 아니라고, 이성과 칠십 평생의 경험이 모두 저에게 일러줍니다. 제게는 오히려 이성이 꼭 인간 사고의 본성처럼 보입니다. 아니, 그만큼도 못 되고, 인간의 사고에 속한 한가지 경향의 본성처럼 보이는군요. 이성은 인간 사유의 어떤 특정 스펙트럼의 본성입니다. 그렇다면, 그렇게 믿는다면, 왜 이 오후에 제가 이성에 고개를 숙이고 옛 철학자들의 담론을 윤색하는 데 만족해야 할까요?

　제가 질문을 해놓고 여러분 대신 답변도 하는군요. 아니, 그보다는 빨간 페터에게, 카프카의 빨간 페터에게 여러분 대신 답변을 하게 하죠. 빨간 페터는 말합니다. 제가 여기 왔는데, 턱시도를 입고 나비넥타이를 매고 (여러분 눈에 띄지 않게 뒤로 감춰서 안 보이지만) 꼬리가 빠져나오도록 엉덩이 부분에 구멍이 뚫린 검은색 바지를 입고 이렇게 왔는데, 제가 할 일이 뭐가 있을까요? 사실 제게 선택권이 있나요? 제가 저의 말을(그게 뭐가 됐든 말이에요) 이성에 종속시키지 않는다면, 뜻 모를 말을 지껄이고 과하게 감정을 표현하고 물잔을 쳐서 쓰러트리고 하면서 전체적으로 원숭이가 되는 것 말고 제가 할 일이 뭐가 있겠어요?

　스리니바사 라마누잔의 사례를 틀림없이 알고 계실 겁니다. 이 사람은 1887년 인도에서 태어났고, 붙잡혀서 잉글랜드 케임브리지로 이송됐는데, 거기서 기후와 음식과 학문적 체제를 못 견디고 앓다가 결국 서른셋의 나이에 죽었죠.

　많은 사람에게 라마누잔은 우리 시대의 가장 위대한 직관적 수학자, 다시 말해 수학으로 사고한 독학자, 수학적 증명이나 검증 같은 다소 힘든 관념은 알지 못했던 독학자로 여겨지고 있습니다. 라마누잔이 내놓은 결과물(그를 비판하는 사람들은 그것을 그의 사변思辨들이라고 부릅니다만) 가운데 많은 것이 오늘날까지도 검증되지 않았는데, 그것들이 참일 가능성은 매우 높지요.

라마누잔 같은 현상이 우리에게 말해주는 바가 뭘까요? 라마누잔은 그의 마음(이걸 그의 마음이라고 부르기로 하지요. 그냥 그의 뇌라고 하면 괜히 모욕적인 느낌이 들어서 말이에요)이 이성의 본성과 일치했기 때문에, 또는 우리가 아는 다른 어떤 사람의 마음보다도 더 그것과 일치했기 때문에 더 신에 가까웠던 걸까요? 만일 케임브리지의 훌륭하신 분들, 특히 G. H. 하디 교수가 라마누잔에게서 그의 사변들을 끌어내서 그 가운데 그들이 참으로 증명할 수 있었던 것들을 힘들여 참으로 증명하지 않았더라도 라마누잔은 여전히 그들보다 더 신에 가까웠을까요? 라마누잔이 케임브리지로 가지 않고 그저 집에 머물러서, 마드라스⁶ 항만청에 제출할 수하물 꼬리표를 작성하는 사이에 자기 생각을 펼쳤다면 어땠을까요?

빨간 페터(저 역사상의 빨간 페터 말입니다)는 또 어떨까요? 빨간 페터나 아프리카에서 사냥꾼의 총에 맞은 빨간 페터의 여동생이 라마누잔이 인도에서 하고 있던 생각과 똑같은 생각을 하고 있던 것은 아닌지, 그러면서 그와 마찬가지로 말을 별로 안 하고 있던 것은 아닌지 우리가 어떻게 알겠습니까? 한편으로 G. H. 하디와, 다른 한편으로 말 못 하는 라마누잔과 말 못 하는 빨간 샐리, 이들 간의 차이가 그저 하디는 학문적 수학의 규칙들을 잘 알고 있고 뒤의 둘은 그렇지 못하다는 데 있을까요? 얼마나 신에서, 이성의

6 인도 남부 타밀나두주의 주도이자 항구도시 첸나이의 옛 이름.

본성에서 가깝거나 먼지를 우리는 이런 식으로 측정하나요?

라마누잔보다는 신에서 조금 더 멀리 있지만 그럼에도 십이년 간의 정해진 학교교육과 육년간의 3차 교육과정을 마치면 자연과학과 수학을 통해 자연이라는 위대한 책을 해독하는 데 기여할 수 있는 핵심적인 사상가들을 인류가 세대를 거듭해서 배출하는 것은 어찌된 일일까요? 인간의 본성이 정말로 신의 본성과 일치한다면, 인간이 신의 주 대본의 해독자가 될 자격을 갖추는 데, 가령 오분이나 오백년이 아니라 인간의 생애에서 감당할 만한 적정 기간인 십팔년이 걸린다는 것은 수상쩍지 않은가요? 혹시 우리가 여기서 고찰하고 있는 현상은 우주의 비밀에 대한 접근을 가능하게 하는 어떤 능력의 발현이라기보다, 체스를 두는 것이 체스 선수들의 장기인 것과 마찬가지로 추론이 장기인, 그리고 자기 나름의 동기에서 추론을 우주의 중심에 자리 잡게 하려고 애쓰는 다소 협소한 자기재생산적 지적 전통의 전문화가 아닐까요?

제가 여기에 모인 학식 있는 분들한테서 인정받을 수 있는 가장 좋은 방법은 큰 강으로 흘러들어가는 지류처럼 스스로 인간 대 짐승, 이성 대 비이성의 거대한 서구 담론에 합류하는 것이라는 점을 저도 알지만 그러고 싶지는 않습니다. 그러면 결국 싸움에서 모든 것을 내주게 될 것 같아서 말입니다.

바깥에서 보면, 그러니까 그에 이질적인 존재의 입장에서 보면 이성은 그저 하나의 엄청난 동어반복이기 때문입니다. 물론 이성은 이성을 우주의 제1원리로 확증할 테지요. 달리 어쩌겠어요? 스스로를 권좌에서 끌어내릴까요? 총체성의 체계인 추론의 체계는 그럴 만한 힘을 가지고 있지 못합니다. 만일 이성이 어떤 입장에 서서 스스로를 공격하고 권좌에서 끌어내릴 수 있다면 이성은 벌써 그 입장을 취했을 겁니다. 그렇지 않다면 이성은 총체적이지 않겠지요.

저 옛날에는 이성에서 나오는 인간의 목소리에 사자의 으르렁 거림이, 또는 황소의 울음소리가 맞섰습니다. 인간은 사자, 황소와 전쟁을 벌였고, 여러 세대가 지난 뒤에 그 전쟁에서 결정적인 승리를 거뒀지요. 오늘날 이 생물체들은 예전과 같은 힘을 가지고 있지 않습니다. 우리에게 맞설 수단으로 동물에게 남겨진 것은 침묵뿐입니다. 우리의 포로들은 세대를 거듭해서, 영웅적으로, 우리에게 말하기를 거부합니다. 빨간 페터만 제외한 모두가, 대형 유인원만 제외한 모두가 말입니다.

하지만 대형 유인원이, 또는 그중의 몇몇이 이제 막 자신들의 침묵을 포기하려는 것처럼 보여서, 대형 유인원을 인간과 이성의 능력을 공유하는 생물체로서 유인원의 한 대과ᵗᵃ로 통합해야 한다고 주장하는 인간의 목소리가 들립니다. 이 목소리는, 대형 유인원은 인간적이거나 유사 인간humanoid적인데, 그렇다면 그들에게 인권을, 또는 유사 인권을 부여해야 한다고도 말합니다. 구체적으로 어떤 권리일까요? 최소한 우리가 호모사피엔스 종의 표본들 가운데 정신적 결함을 지닌 이들에게 부여하는 권리들은 들어가겠지요. 생명에 대한 권리, 고통이나 해악을 당하지 않을 권리, 법 앞의 평등한 보호에 대한 권리 같은 것 말입니다.

빨간 페터가 1917년 11월에 과학학술원에서 낭독하려고 한 그 일대기를 그의 속기사인 프란츠 카프카를 통해 써냈을 때 그가 얻고자 한 것은 그런 것이 아니었습니다. 그게 다른 무엇이었든지 간에, 학술원을 상대로 한 그의 보고는 자신을 정신적 결함이 있는 인간, 얼간이로 대접해달라는 간청은 아니었지요.

빨간 페터는 영장류 행동 연구자가 아니라 학자들의 모임에서 바로 그 자신을 자명한 증거로 제시하는 낙인찍힌, 표시된, 상처 입은 동물이었습니다. 저는 심리철학자가 아니라 학자들의 모임에서 상처를 드러내 보이면서도 드러내 보이지 않는 동물인데요, 저는 그 상처를 옷 속에 감추고 있지만 말 한마디 할 때마다 그것을 건드립니다.

빨간 페터가 희생양의 정신, 선택된 자의 정신으로 짐승들의 침묵에서 이성의 지껄임으로 힘들게 내려오기를 자처한 경우라면, 그의 속기사는 태어나면서부터 희생양이었습니다. 그가 죽고 얼마 안 있어 벌어질 선택된 민족에 대한 대학살의 예감, '포어게퓔'[7]을 갖고 있던 희생양이었죠. 그럼 저의 선의를, 저의 자격을 증명하는 뜻에서 좀 학문적인 접근을 해볼까 하는데요, 각주의 도움을 받아"—여기서 그의 어머니는 평소답지 않게 강연 원고를 집어들어 허공에 대고 휘두른다—"빨간 페터의 기원에 관해 제가 학문적으로 추정하는 바를 말씀드리겠습니다.

1912년에 프로이센 과학학술원은 테네리페섬에 유인원, 특히 침팬지의 정신적 능력을 실험하기 위한 기지를 설치했습니다. 이 기지는 1920년까지 운영됐습니다.

거기서 일한 과학자 중 한명이 심리학자 볼프강 쾰러였습니다. 쾰러는 1917년에 '유인원의 정신구조'라는 제목으로 자신의 실험 결과를 담은 모노그래프를 출간했습니다. 같은 해 11월에 프란츠 카프카는 자신의 「학술원에 보내는 보고서」를 발표했지요. 저는 카프카기 쾰리의 책을 읽있는지 안 읽었는지 모릅니다. 편지나 일

----

7 Vorgefühl. '예감'이라는 뜻의 독일어.

기에는 그 책에 대한 언급이 없고, 그의 서재는 나치 시대에 사라져버렸죠. 1982년에 이백권쯤 되는 그의 책이 다시 발견됐습니다. 쾰러의 책은 거기에 포함되어 있지 않지만 이로써 증명되는 것은 아무것도 없죠.

저는 카프카를 전공한 학자가 아닙니다. 실은 어떤 학자도 아니죠. 카프카가 쾰러의 책을 읽었다는 저의 주장이 맞느냐 틀리느냐로 세상에서의 제 지위가 결정되는 것은 아닙니다. 하지만 저는 카프카가 그 책을 읽었다고 생각하고 싶고, 시간 순서를 보면 저의 추정이 적어도 그럴듯해 보이기는 합니다.

그 자신의 설명에 따르면 빨간 페터는 아프리카 본토에서 유인원 무역을 전문으로 하는 사냥꾼들에게 포획됐고, 배에 실려 바다 건너 어느 과학연구소로 옮겨졌습니다. 쾰러가 실험 대상으로 삼은 유인원들도 그랬죠. 그런 다음 빨간 페터도, 쾰러의 유인원들도 한동안 그들을 인간화할 목적으로 만들어진 훈련을 받았습니다. 빨간 페터는 자기 과정을 훌륭하게 마쳤지만, 개인적으로 깊은 손상을 입었습니다. 카프카의 이야기는 그 손상을 다루고 있는데요, 우리는 그 이야기에 내포된 아이러니와 침묵을 통해 그 손상이 어떤 것인지 알게 됩니다. 쾰러의 유인원들은 그만큼 잘하지 못했습니다. 그래도 그들은 적어도 약간의 교육은 받은 셈입니다.

테네리페섬의 유인원들이 그들의 스승인 볼프강 쾰러한테서 배운 내용 중 일부를 여러분에게 말씀드릴까 하는데, 특히 쾰러의 수제자이고 어떤 의미에서는 빨간 페터의 원형인 술탄의 경우를 이야기해보겠습니다.

술탄이 자기 우리에 혼자 있습니다. 그는 배가 고픈데, 규칙적으로 주어지던 음식이 웬일인지 오기를 그쳤던 것입니다.

그에게 먹이를 주다가 이제는 주지 않는 남자가 우리 위로 지상 3미터 높이에 철사를 치고 거기에 바나나 한송이를 매달아놓습니다. 그가 우리 안으로 나무 상자 세개를 끌어옵니다. 그다음에 문을 닫고 사라지는데, 그래도 아직 근처 어딘가에 있습니다. 그의 냄새가 나는 것입니다.

술탄은 알고 있습니다. 이제는 생각을 해야 한다는 걸 말입니다. 저 위의 바나나는 그런 뜻입니다. 바나나는 생각을 하게 하려고, 생각의 한계까지 몰아붙이려고 거기에 있는 것입니다. 하지만 무슨 생각을 해야 할까요? 생각해봅니다. 저자는 왜 나를 굶기지? 생각해봅니다. 내가 무슨 짓을 했지? 저자는 왜 이제 나를 좋아하지 않지? 생각해봅니다. 저자는 왜 이 상자들을 더이상 원하지 않는 거지? 하지만 이중 어느 것도 딱 맞는 생각이 아닙니다. 어떤 더 복잡한 생각 ─ 가령, 저자는 도대체 왜 이래, 나에 대해서 무슨 잘못된 생각을 가졌기에 내가 바닥에서 바나나를 집어드는 것보다 철사에 매달린 바나나를 손에 넣는 게 더 쉽다고 믿는 거야 같은 생각 ─ 마저도 틀렸습니다. 그가 해야 하는 맞는 생각은 이것입니다. 어떻게 상자들을 이용해서 바나나를 손에 넣을까?

술탄은 상자들을 바나나 아래로 끌어오고, 차례로 쌓고, 자기가 만든 탑에 기어오르고, 바나나를 끌어내립니다. 그는 생각합니다. 저자는 이제 나를 그만 벌줄 텐가?

답은 '아니다'입니다. 다음 날 남자는 철사에 새 바나나 송이를 매달아놓지만, 그가 상자들에 돌을 채워넣는 바람에 너무 무거워 끌 수가 없습니다. 서사가 왜 상자들에 돌을 채웠지? 이렇게 생각해서는 안 됩니다. 상자들에 돌이 채워져 있다는 사실에도 불구하고 어떻게 그것들을 이용해서 바나나를 얻을까? 이렇게 생각해야 합니다.

그 남자의 마음이 어떻게 돌아가는지 보이기 시작합니다.

술탄은 상자들에서 돌을 비워내고, 상자들로 탑을 만들고, 탑에 기어오르고, 바나나를 끌어내립니다.

술탄은 틀린 생각을 계속하는 한 굶게 됩니다. 굶다가 마침내 배고픔의 고통이 너무나 강렬해지고 다른 일체의 것을 압도하게 되어 맞는 생각, 그러니까 어떻게 바나나를 얻는 일에 나설까 하는 생각을 할 수밖에 없게 되죠. 이런 식으로 침팬지의 정신적인 능력은 한도에 이를 때까지 시험을 당합니다.

남자는 철망 우리 바깥쪽으로 1미터 떨어진 데에 바나나 한송이를 떨어뜨려놓습니다. 우리 안쪽으로는 막대기를 던집니다. 저자는 왜 이제 바나나를 철사에 매달지 않을까? 이건 틀린 생각입니다. 어떻게 세개의 상자를 이용해서 바나나를 손에 넣을까? 이건 틀린 생각(하지만 맞기도 하고 틀리기도 한 생각)입니다. 어떻게 막대기를 이용해서 바나나를 손에 넣을까? 이게 맞는 생각입니다.

매번 술탄은 덜 흥미로운 생각을 하도록 압력을 받습니다. 그는 순수한 사변(인간은 왜 이렇게 행동할까?)으로부터 더 저급하고 실용적이고 도구적인 이성(어떻게 이것을 이용해서 저것을 얻을까?)을 향해, 따라서 그 자신을 다른 무엇이기보다는 충족되어야 할 식욕을 지닌 유기체로 받아들이는 쪽으로 나아가도록 냉혹하게 강요됩니다. 그의 내력 전체, 어미는 사살되고 자신은 포획된 때로부터 우리에 갇힌 채로 항해한 것, 이 섬 포로수용소에 감금된 것, 여기서 음식을 두고 가학적인 게임이 벌어지는 것에 이르기까지 그의 내력 전체가 그로 하여금 우주의 정의와 그 안에서 이 유형지가 점하는 위치에 관해 질문을 던지게 만들지만, 면밀하게 구성된 심리적 조절 체계는 그가 윤리와 형이상학으로부터 떨어져나와서 실용적 이성의 더 겸허한 영역으로 향하도록 인도합니다. 게다가 이 제약과 조작과 표리부동의 미로에서 조금씩조금씩 앞으로 나아가면서 그는 유인원 집단을 대표한다는 책임을 자기 어깨에 지고 있으므로 무슨 일이 있어도 감히 포기할 수는 없다는 점을 어떻게든 깨달아야 합니다. 그가 얼마나 잘 수행하는지에 따라 그의 형제자매의 운명이 결정될 수 있는 것입니다.

볼프강 쾰러는 아마 좋은 사람이었을 겁니다. 좋은 사람이지만 시인은 아니었습니다. 시인이라면, 포로가 된 침팬지들이 몇몇은 막 태어났을 때처럼 발가벗고 몇몇은 주운 끈이나 낡은 천 쪼가리를 걸치고 또 몇몇은 쓰레기를 든 채로 꼭 군악대같이 원을 그리며 수용소 내를 성큼성큼 걸어다니는 순간을 목격했을 때 뭔가를 만들어냈을 테지요.

(제가 도서관에서 빌려 읽은 쾰러의 책에는 어느 화난 독자가 이 대목의 여백에 '의인화!'라고 써놨더군요. 이렇게 말하고 싶은 거죠. 동물은 행군할 수 없고, 옷을 차려입을 수 없다, 왜냐하면 그들은 '행군한다'는 것의 의미를 모르고 '차려입는다'는 것의 의미를 모르기 때문이다.)

유인원들은 지금까지 살면서 경험한 그 어떤 것을 통해서도 자신을 마치 존재하지 않는 누군가의 눈을 통해 바라보듯 외부로부터 바라보는 데 익숙해지지 않았습니다. 그러므로 쾰러도 알아차리듯이 그들은 시각적 효과를 위해서, 즉 그런 것들이 멋있어 보인다는 점 때문에가 아니라 운동적 효과를 위해서, 즉 그런 것들이 있으면 다르게 느끼게 된다는 점 때문에 리본과 폐품을 주워드는 것입니다. 지루함을 덜어준다면 무엇이든 좋지요. 그의 공감과 통찰에도 불구하고 쾰러가 이해할 수 있는 것은 여기까지입니다. 여기서부터는 시인이 유인원의 경험에 대한 감각을 가지고 활동을 개시할 수도 있었겠지요.

술탄은 그 존재의 가장 깊은 곳에서는 바나나 문제에 관심이 없습니다. 오직 실험자의 고지식한 통제만이 거기에 집중하도록 그를 강제합니다. 진정으로 그를 사로잡는 질문, 실험실이나 동물원이라는 지옥에 갇힌 쥐와 고양이와 그밖의 모든 동물을 사로잡는 것이기도 한 질문은 이것입니다. 집은 어디고, 나는 거기에 어떻게 가나?

나비넥타이에 디너재킷을 입고 강연 노트 뭉치를 든 카프카의 원숭이에서부터 거슬러 올라가 테네리페섬의 수용소 구내를 느릿느릿 돌아다니는 저 서글픈 포로들의 행렬까지의 거리를 가늠해보세요. 빨간 페터는 얼마나 멀리까지 나아온 것입니까! 하지만 우리는 이런 질문을 던져볼 수 있습니다. 그가 이룬 지적 능력의 엄청난 과잉발전의 대가, 강연장의 예법과 학문적 수사법을 구사할 수 있게 된 대가로 그는 무엇을 포기해야 했던가요? 답은 '많은 것'인데, 여기에는 자손, 즉 혈통의 계승이 포함됩니다. 빨간 페터가 제정신이라면 자식을 낳지는 않을 겁니다. 카프카의 이야기에서 그를 포획한 자들이 그와 짝지어주려고 하는 절망에 찬, 반쯤 정신나간 암컷 유인원과의 사이에서 그는 괴물만 낳게 될 테니 말이죠. 프란츠 카프카 자신의 자식을 상상하기가 어려운 만큼이나 빨간 페터의 자식을 상상하기는 어렵습니다. 잡종은 자식을 낳지 못하죠. 혹은 그래야 합니다. 카프카는 그 자신도 빨간 페터도 잡종으로, 고통을 겪는 동물의 신체에 불가해하게 얹혀 있는 괴물스러운 생각 장치로 보았습니다. 지금까지 남아 있는 카프카의 모든 사진에서 우리가 마주하게 되는 그 응시는 순전한 놀람의 응시, 놀람과 경악과 두려움의 응시입니다. 모든 사람 가운데 카프카는 인간성이 가장 불안정한 사람입니다. 이것이─그는 이렇게 말하는 듯합니다─이것이 신의 형상이라고?"

"횡설수설하시네." 그의 옆자리에서 노마가 말한다.

"뭐라고?"

"횡설수설하신다고. 갈피를 못 잡으신단 말이야."

"토머스 네이걸이라는 철학자가 있습니다." 엘리자베스 코스텔로가 계속해서 말한다. "이 사람이 이제는 전공자들 사이에서 아주 유명해진 질문을 하나 제기합니다. 박쥐로 존재한다는 건 어떤 것인가?

네이걸 씨에 따르면 그저 박쥐가 사는 식으로 산다는 건 어떤 것인가 상상해보는 것, 우리가 밤에는 시각 대신 청각에 의존해 길을 찾아 날아다니면서 곤충을 잡아먹고 지내고 낮에는 거꾸로 매달려 지낸다고 상상해보는 것만으로는 충분치 않은데, 왜냐하면 우리가 그렇게 해서 알 수 있는 것은 고작해야 박쥐처럼 **행동한**다는 건 어떤 것일까 하는 것이기 때문입니다. 하지만 우리가 정말로 알고자 하는 것은 박쥐는 박쥐이듯이, 박쥐로 **존재한다**[be]는 건 어떤 것인가 하는 거지요. 그래서 우리는 결코 그런 앎에 도달할 수 없는데, 우리의 마음이 그 일에 부적합하기 때문입니다. 우리의 마음은 박쥐의 마음이 아닌 것입니다.

제가 보기에 네이걸은 똑똑하고 공감 능력도 없지 않은 사람 같습니다. 유머 감각까지 있고요. 하지만 우리는 우리와 같은 부류가 아닌 어떤 것에 관해서도 그것으로 존재한다는 게 무엇인지 알 수 없다고 보는 그의 입장은 비극적일 정도로 제한적인 것, 제한적이고 제한된 것입니다. 네이걸에게 박쥐는 근본적으로 이질적인 생물체, 어쩌면 화성인만큼 이질적이지는 않겠지만 확실히 어느 동료 인간보다도 이질적인(짐작건대, 특히 그 인간이 학계의 동료 철학자일 경우에는 그러한) 생물체입니다.

이렇게 해서 우리는 화성인이라는 한쪽 끝에서 박쥐, 개, (빨간 페터는 제외한) 유인원을 거쳐 (프란츠 카프카는 제외한) 인간이라는 다른 쪽 끝에 이르는 하나의 연속체를 구성하게 됐습니다. 이 연속체를 따라 박쥐에서 인간으로 한 단계씩 나아갈 때마다 'X가 X로 존재한다는 건 어떤 것인가?'라는 질문에 답하기는 더 쉬워진다고 네이걸은 말합니다.

네이걸이 의식의 본성에 관해서 자기 나름의 질문을 제기하려는 의도로 박쥐와 화성인을 그저 보조 수단으로 이용하고 있다는 것은 압니다. 하지만 작가들이 대체로 그렇듯이 저도 말을 곧이곧대로 받아들이는 성향이 있는지라 박쥐에서 이야기를 멈추고 싶군요. 카프카가 유인원에 관한 글을 쓰면 저는 그가 무엇보다 유인원에 대해 말하고 있다고 이해합니다. 네이걸이 박쥐에 관한 글을 쓰면 저는 그가 무엇보다 박쥐에 대해 쓰고 있다고 이해하고요.″

그의 옆자리에서 노마가 심사가 뒤틀려 그에게만 들리는 작은 한숨을 내쉰다. 실은 그더러만 들으라는 것이다.

그의 어머니가 말을 계속하고 있다. "언뜻언뜻, 저는 시체로 존재하는 것이 어떤 건지 압니다. 그런 앎은 역겹지요. 저는 그 앎으로 인해 공포에 사로잡히고, 그것을 피하고, 받아들이기를 거부합니다.

우리는 모두 그런 순간들을 경험하는데, 특히 나이가 들어가면서 그렇지요. 우리의 그 앎은 추상적이지 않습니다. '모든 인간은 죽게 되어 있다, 나는 인간이다, 따라서 나는 죽게 되어 있다.' 이런 게 아니라 체화된 것입니다. 잠시 동안 우리는 그 앎으로 **존재합니다**. 우리는 불가능한 것을 삽니다. 우리는 우리의 죽음을 넘어서 살고, 그것을 뒤돌아봅니다. 하지만 죽은 자아만이 할 수 있는 방식으로 뒤돌아보지요.

제가 죽으리라는 것을 이러한 앎으로 알 때, 제가 아는 것은 네이글식으로 말해서 무엇일까요? 저는 제가 시체라는 것이 어떤 건지 아는 걸까요, 아니면 저는 시체가 시체라는 것이 어떤 건지 아는 걸까요? 제게는 그 차이가 하찮아 보입니다. 제가 아는 것은 시체로서는 알 수 없는 어떤 것입니다. 즉, 시체가 생명이 끊겨 있다는 것, 그것이 아무것도 알지 못하며 앞으로도 영영 아무것도 알지 못하리라는 것 말입니다. 일순간, 극심한 공포 속에 제 앎의 골격이 온통 무너져내리기 전에, 저는 그 모순 속에서 살아 있습니다. 죽은 동시에 살아 있는 것입니다."

노마가 살짝 코웃음을 친다. 그는 그녀의 손을 찾아서 꽉 쥔다.

"우리들, 우리 인간들은 자신을 압박하거나 혹은 압박을 받으면 그런 식의 생각을 할 수 있고 그보다 더한 생각도 할 수 있습니다. 하지만 우리는 압박을 받지 않으려 하고, 스스로를 압박하는 경우도 별로 없습니다. 죽음에 직면해서야 우리는 죽음 속으로 생각해 들어갑니다.[8] 이제 묻습니다. 우리가 우리 자신의 죽음을 생각할 수 있다면, 박쥐의 삶 속으로 생각해 들어가지 못할 이유가 도대체 어디 있겠습니까?

박쥐로 존재한다는 건 어떤 것인가? 이 질문에 답하려면 우리는

----

8 원문은 "we think our way into death". 제1강 각주15 참조.

박쥐의 감각 양식을 통해 박쥐의 삶을 경험할 수 있어야 한다고 네이걸은 주장합니다. 하지만 틀렸습니다. 적어도 그는 우리를 그릇된 길로 인도하고 있습니다. 살아 있는 박쥐로 존재한다는 것은 존재being로 충만한 것입니다. 충만하게 박쥐로 존재함은 충만하게 인간으로 존재함과 유사한데, 후자 역시 존재로 충만합니다. 전자의 경우에는 박쥐 존재, 후자의 경우에는 인간 존재이겠지요. 하지만 그런 고려는 부차적인 것입니다. 존재로 충만한 것은 신체-영혼으로 사는 것입니다. 충만한 존재의 경험을 가리키는 한가지 명칭은 기쁨입니다.

살아 있다는 것은 살아 있는 영혼으로 존재한다는 것입니다. 동물은 ― 우리는 모두 동물이지요 ― 체화된 영혼입니다. 이것이 바로 데까르뜨가 보았던 것, 그리고 그 나름의 이유에서 부인하기로 작정한 것입니다. 동물은 기계가 사는 것처럼 산다고 데까르뜨는 말했습니다. 동물은 그것을 구성하는 메커니즘에 불과하다, 만약 동물에게 영혼이 있다면 기계에 배터리가 있는 것과 똑같은 방식으로, 즉 그것을 돌아가게 만드는 불꽃을 일으키기 위해 있는 것이다, 하지만 동물은 체화된 영혼이 아니고, 그 존재의 성질은 기쁨이 아니다, 이런 말입니다.

그는 '나는 생각한다, 고로 존재한다'라는 유명한 말도 했지요. 저는 이 공식이 늘 불편했어요. 그건 어떤 살아 있는 존재가 우리가 생각이라고 부르는 것을 하지 않으면 그 존재는 어떤 면에서 이류라는 뜻을 내포하잖아요. 제가 생각, 인지에 대립시키는 것은 충만함, 체화됨, 존재의 감각입니다. 생각을 수행하는 일종의 유령 같은 추론 기계로서의 자신에 대한 의식이 아니라, 반대로 공간 속에서 연장의 속성을 지닌 수족이 달린 신체로 존재한다는 감각, 세계에 대해서 살아 있다는 감각 말입니다. 이는 극히 정동情動적인 감각이지요. 이러한 충만함은 데까르뜨가 제시하는 핵심적인 상태와 극명하게 대조됩니다. 그 상태는 텅 빈 느낌을 줍니다. 콩 한알이 콩깍지 속에서 데굴데굴 굴러다니는 느낌이랄까요.

존재의 충만함이라는 상태는 어디에 갇혀서는 유지하기가 어렵습니다. 감옥에 가두는 것은 서구에서 선호하는 징벌 형태로, 서구는 (매질, 고문, 수족 절단, 사형의) 다른 징벌 형태를 야만적이고 부자연스러운 것이라고 비난함으로써 세계 다른 지역이 자신의 징벌 형태를 받아들이게 만드는 데 힘을 쏟습니다. 이것은 우리 자신에 관해서 뭘 말해줄까요? 제게 그것이 말해주는 바는, 신체가 공간 속에서 움직일 자유는 이성이 가장 고통스럽게, 그리고 효과적으로 타자의 존재를 해칠 수 있는 지점으로서 공격의 표적이 된다는 것입니다. 실로 갇히는 것을 참는 능력이 가장 떨어지는 생물체들 — 데까르뜨가 콩깍지 안에 감금된, 그래서 더이상의 감금이 무의미한 한알의 콩으로 그려낸 영혼의 그림에 가장 덜 맞아떨어지는 생물체들 — 에게서 가장 파괴적인 효과가 나타납니다. 신체 안에서나 신체로서 사는 데서가 아니라 그저 체화된 존재라는 데서 흘러나오는 기쁨의 물결이 흐를 여지가 없는 동물원, 실험실, 연구소에 갇힌 그들에게서 말입니다.

우리가 물어야 할 질문은, 우리는 다른 동물들과 무언가를 — 이성이든, 자의식이든, 영혼이든 — 공유하는가가 아닙니다.(이 질문에 따른 결론은, 그렇지 않다면 우리는 그들을 감금하고, 죽이고, 그 시체를 모욕하면서 그들을 우리 마음대로 대해도 좋다는 것입니다.) 죽음의 수용소로 돌아가보겠습니다. 수용소에 특징적인 공포, 거기서 진행된 일이 인간성에 반하는 범죄라고 확신하게 만드는 공포는 살인자들이 희생자들과 어떤 인간성을 공유함에도 그들을 이^{lice}처럼 대했다는 데 있지 않습니다. 그건 너무 추상적입니다. 공포는 살인자들이 희생자들의 자리로 생각해 들어가기를 거부했고, 다른 모든 이들 역시 그랬다는 데 있습니다. 그들은 '덜컹거리면서 지나가는 저 가축 수송 열차에 그들이 있어'라고 말했습니다. '저 가축 수송 열차에 있는 게 나라면 어떨까?'라고 말하지 않았습니다. '저 가축 수송 열차에 있는 건 나야'라고 말하지 않았습니다. 그들은 '오늘 소각돼서 공기에서 악취를 풍기고 내 양배추들 위로 재가 되어 떨어지는 건 틀림없이 그 죽은 자들일 거야'라고 말했습니다. '내가 불타고 있다면 어떨까?'라고 말하지 않았습니다. '나는 불타고 있어, 나는 재가 되어 떨어지고 있어'라고 말하지 않았습니다.

다시 말해서 그들은 가슴을 닫아버렸습니다. 가슴은 어떤 능력, 공감이 자리한 곳으로, 우리는 이 능력 덕분에 때로 다른 이의 존재를 공유할 수 있습니다. 공감은 전적으로 주체와 관련이 있고 객체, 그 '다른 이'와는 거의 관련이 없는데, 이 점은 ('내가 박쥐의 존재를 공유할 수 있는가?' 하는 식으로) 객체를 박쥐로 생각하지 않고 또다른 인간으로 생각해보면 금방 알 수 있습니다. 자신을 다른 누군가로 상상하는 능력이 있는 사람들이 있는가 하면, 그런 능력이 없는 사람들도 있고(그 능력이 극단적으로 결핍됐을 때는 사이코패스라고 불리죠), 또 그런 능력이 있지만 발휘하지 않으려는 사람들도 있습니다.

아마도 좋은 사람일 토머스 네이걸이나, 저로서는 공감하기가 더 어려운 토마스 아퀴나스와 르네 데까르뜨의 시각과 달리, 우리가 다른 이의 존재 속으로 생각해 들어갈 수 있는 범위는 무한합니다. 공감적 상상력에는 한계가 없습니다. 증거를 원하신다면 이걸 한번 생각해보세요. 저는 수년 전에 『에클스가의 집』이라는 책을 썼습니다. 그 책을 쓰기 위해 저는 매리언 블룸의 실존 속으로 생각해 들어가야 했습니다. 제가 그것에 성공했을 수도, 못 했을 수도 있습니다. 성공하지 못했다면 왜 여러분이 오늘 이 자리에 저를 불렀는지 알 수 없는 노릇이겠죠. 아무튼 요는, 매리언 블룸은 결코 실존하지 않았다는 겁니다. 매리언 블룸은 제임스 조이스의 상상의 산물이었습니다. 제가 결코 실존한 적 없는 어떤 존재의 실존 속으로 생각해 들어갈 수 있다면, 저는 박쥐나 침팬지나 굴石花의 실존, 저와 삶의 기층을 공유하는 그 어떤 존재의 실존 속으로도 생각해 들어갈 수 있는 것입니다.

이제 우리 주변 곳곳에 있는 죽음의 장소들, 우리가 거대한 공동체적 노력을 통해 그에 대해 우리의 가슴을 닫아버리는 도살의 장소들을 마지막으로 다시 언급할까 합니다. 매일 새로운 홀로코스트가 벌어지는데, 그래도 제가 아는 한 우리의 도덕적 존재는 영향을 받지 않습니다. 우리는 오염되었다고 느끼지 않습니다. 우리는 무슨 일이든지 저지르고 깨끗이 떠날 수 있는 것처럼 보입니다.

우리는 자기 주변에서 일어나는 잔학한 행위들을 알면서도 몰랐던 독일인, 폴란드인, 우크라이나인 들을 지목합니다. 우리는 그 특별한 형태의 무지의 사후효과事後效果가 그들의 내면에 새겨졌다고 생각하고 싶어 합니다. 우리는 그들이 동참하기를 거부했던 고통의 당사자들이 그들의 악몽 속에 다시 나타나 그들을 괴롭혔다고 생각하고 싶어 합니다. 우리는 그들이 아침이면 초췌한 얼굴로 일어났고 고통스러운 암으로 죽었다고 생각하고 싶어 합니다. 하지만 아마 그렇지는 않았을 겁니다. 증거에 따르면 진실은 그와 정반대입니다. 즉, 우리는 무슨 일이든 저지르고 무사히 빠져나갈 수 있다는 것, 처벌은 없다는 것입니다."

이상한 마무리다. 그녀가 안경을 벗고 강연 원고를 접어서 치우자 비로소 박수가 시작되고, 그마저도 산발적으로 나온다. 이상한 연설에 이상한 마무리군, 하고 그는 생각한다. 분별력도 떨어지고 논리도 떨어지는 연설. 논증은 어머니 전문이 아니다. 여기 오시지 말았어야 했다.

노마가 손을 든다. 사회를 보는 인문대 학장의 시선을 끌려고 애쓰고 있다.

"노마!" 그가 낮은 소리로 부르며 다급하게 고개를 가로젓는다. "하지 마!"

"왜?" 그녀도 낮은 소리로 말한다.

"제발 좀." 그가 낮은 소리로 말한다. "여기선 하지 마, 지금은 하지 말라고!"

"우리가 모신 저명하신 강사님의 강연에 대한 후속 토론이 금요일 오후에 있을 예정인데요, 자세한 사항은 가지고 계신 프로그램을 참조해주시고요. 하지만 친절하게도 코스텔로 작가님이 청중석의 질문을 한두가지 받겠다고 하셨습니다. 그럼?" 학장이 밝은 얼굴로 청중을 둘러본다. "예!" 뒤쪽의 누군가를 알아보고 그가 말한다.

"나도 권리가 있어!" 노마가 그의 귀에 대고 낮은 소리로 말한다.

"당신도 권리가 있는데, 그걸 행사하지는 말라고. 그건 좋은 생각이 아니야!" 그가 낮은 소리로 답한다.

"저대로 빠져나가시게 둘 순 없어! 잘못 알고 계신다고!"

"연로하셔, 내 어머니야. 제발 좀!"

그들 뒤에서 누군가가 벌써 발언을 하고 있다. 돌아보니 키가 크고 턱수염이 난 남자다. 어머니는 도대체 왜 청중석의 질문을 받겠다고 했는지 모르겠다고 그는 생각한다. 대중 강연에는 시체에 파리가 꼬이듯 별종들과 미치광이들이 꼬인다는 걸 모르실 리 없잖은가.

남자가 말하고 있다. "제게 모호하게 느껴진 점은 실제로 달성하려는 목표가 뭔가 하는 겁니다. 우리가 공장식 축산농장을 폐쇄해야 한다는 말씀인가요? 고기 먹는 걸 그만둬야 한다는 말씀인가요? 동물들을 더 인간적으로 대해야 한다, 더 인간적으로 죽여야 한다는 말씀인가요? 동물에게^{on} 하는 실험을 중단해야 한다는 말씀인가요? 동물을 데리고^{with} 하는 실험, 심지어 쾰러가 한 것 같은 해롭지 않은 심리학적 실험까지 중단해야 한다는 말씀인가요? 명확히 해주실 수 있을까요? 감사합니다."

명확히 해달라. 별종은 전혀 아니다. 어머니가 좀 명확히 하는 정도는 하실 수 있을 것이다.

원고 없이 마이크 앞에 서서 연단 모서리를 움켜잡고 있는 어머니는 확실히 불안해하고 있는 것 같다. 그는 다시 생각한다. 어머니 전문이 아니다. 어머니는 이런 걸 하고 있으면 안 된다.

그의 어머니가 말한다. "저는 원칙을 말로 분명히 표현하지 않아도 되는 상황을 바라고 있었습니다. 선생님이 이 강연에서 얻어가고자 하시는 게 원칙이라면 이렇게 말씀드릴 수밖에 없겠네요. 가슴을 열고, 가슴이 말하는 것에 귀를 기울이세요."

그녀는 그 정도에서 이야기를 끝냈으면 하는 것 같다. 학장은 당황스러운 기색이다. 질문자도 낭황스럽게 느끼고 있는 것이 틀림없다. 그 자신은 확실히 그렇다. 어머니는 왜 본인이 하고 싶은 말을 그냥 툭 터놓고 하지 못할까?

불만족스러워하는 반응을 의식한 듯 그의 어머니가 말을 잇는다. "지금까지 저는 음식이건 뭐건 어떤 것을 금지하는 데는 큰 관심이 없었습니다. 금지니, 법이니. 저는 그런 것들 뒤편에 놓인 어떤 것에 더 관심이 있어요. 쾰러의 실험에 대해 말씀드리자면, 제 생각에 그 사람은 훌륭한 책을 썼고, 만약에 자기가 침팬지를 데리고 실험하는 과학자라고 생각하지 않았더라면 그 책을 쓰지 않았을 거예요. 하지만 우리가 읽는 책은 그 사람이 스스로 쓰고 있다고 생각한 그 책이 아니에요. 몽떼뉴가 했던 말이 생각납니다. 우리는 고양이를 데리고 놀고 있다고 생각하지만, 고양이가 우리를 데리고 놀고 있는 게 아닌지 어떻게 아는가? 우리 실험실의 동물들이 우리를 데리고 놀고 있다고 생각할 수 있었으면 좋겠습니다. 하지만 유감스럽게도 그렇지는 않지요."

그녀는 입을 다물어버린다. "이것으로 선생님 질문에 대한 답변이 될까요?" 학장이 묻는다. 질문자는 어깨를 크게, 의미심장하게 한번 으쓱하고는 자리에 앉는다.

아직 만찬에 참석할 일이 남아 있다. 삼십분 뒤에 교수회관에서 총장이 주최하는 만찬이 열리게 되어 있다. 처음에 그와 노마는 초대받지 않았다. 그러다 엘리자베스 코스텔로의 아들이 애플턴 대학에 있다는 사실이 알려지고 나서 그들 이름이 명단에 추가된 것이다. 그는 자신들이 그 자리에 어울리지 않을 것 같은 느낌이 든다. 틀림없이 연배가 가장 아래일 테고 지위도 가장 낮을 것이다. 다른 한편으로는 그가 참석하는 것이 좋은 일일 수도 있다. 평화를 유지하는 데 그가 필요할지 모른다.

그는 대학 측이 식사 메뉴라는 골치 아픈 문제를 어떻게 처리할지 두고 보자는 심산이다. 만일 오늘의 저명한 강연자가 이슬람 성

직자나 유대교 랍비였다면 아마도 대학은 돼지고기를 내놓지 않을 것이다. 그렇다면 채식주의를 존중해서 모든 사람에게 견과류 리솔⁹을 내놓을까? 그녀와 함께 초빙된 다른 저명한 강연자들은 집에 돌아가 허겁지겁 집어삼킬 파스트라미 샌드위치나 차가운 닭다리를 상상하면서 저녁 내내 안달해야 할 것인가? 아니면 대학의 현자들이 등뼈는 있지만 공기를 마시지도, 새끼에게 젖을 빨리지도 않는 애매한 생선에서 해결책을 찾을 것인가?

다행히도 식사 메뉴는 그의 책임이 아니다. 그가 두려워하는 것은 대화가 잦아든 사이에 누군가가 그가 '그 질문'이라고 부르는 것 — "코스텔로 씨, 어떻게 해서 채식주의자가 되셨나요?" — 을 들고나오고, 그러면 어머니가 목에 힘을 주고서 그와 노마가 '플루타르코스식 답변'이라고 부르는 것을 내놓는 것이다. 이후의 피해 복구는 그의 몫, 그만의 몫이 될 것이다.

문제의 그 답변은 플루타르코스의 도덕론 에세이들에 나온다. 어머니는 그것을 외우고 있고, 그는 완벽하진 않지만 기억해낼 수 있다. "당신은 내가 왜 고기를 먹지 않는지 묻습니다. 내 입장에서는 당신이 죽은 동물의 사체를 입에 넣을 수 있다는 사실이 놀랍고, 난도질한 고기를 씹고 죽음의 상처에서 나온 즙을 삼키는 걸 끔찍하게 여기지 않는다는 사실이 놀랍습니다." 플루타르코스의 말을 들으면 정말로 말문이 막힌다. '즙'이라는 단어에서 그렇게 되는 것이다. 플루타르코스를 인용하는 것은 싸우자고 덤비는 것과 같다. 그다음에는 무슨 일이 벌어질지 모른다.

그는 어머니가 오지 않았더라면 좋았겠다고 생각한다. 어머니

---

9 작고 동그란 크로켓.

를 다시 보는 건 좋다. 어머니가 손주들을 보는 것도 좋다. 어머니가 인정을 받는 것도 좋다. 하지만 그가 치르고 있는 대가, 이 방문이 잘못될 경우 그가 치러야 할 대가가 너무 커 보인다. 왜 어머니는 평범한 노인의 삶을 사는 평범한 노인이 될 수 없는 걸까? 동물한테 가슴을 열고 싶다면 집에 머물며 당신 고양이들한테 그렇게 하면 되지 않는가?

그의 어머니는 탁자 중앙, 개러드 총장 맞은편에 앉아 있다. 두 자리 건너 그가 앉아 있고 노마는 탁자 말석에 있다. 한 자리가 비어 있는데, 누구 자리일지.

심리학과의 루스 오킨이 인간처럼 길러진 어린 침팬지를 상대로 한 실험에 대해 그의 어머니에게 이야기하고 있다. 사진들을 몇 무더기로 분류해보라는 요구에 그 침팬지는 자기 사진을 다른 유인원 사진이 아니라 인간들 사진과 한데 모아놓기를 고집했다는 것이다. 오킨이 말한다. "이 이야기를 곧이곧대로 받아들이고 싶은 유혹은 굉장히 크죠. 그러니까 얘는 자기가 우리와 같은 부류로 여겨지길 바란 거라고 말이에요. 그렇지만 우리는 과학자로서 신중할 필요가 있죠."

"아, 제 생각에도 그래요." 그의 어머니가 말한다. "개의 마음속에서 그 사진 두무더기가 가지는 의미는 그렇게 자명한 것이 아닐 수도 있어요. 예를 들어서, 자유롭게 오가는 자들과 갇혀 지내야 하는 자들을 갈라놓은 것일 수 있죠. 자기는 자유로운 자들 쪽에 속하고 싶다고 말하고 있던 걸지도 몰라요."

"아니면 그저 자기 주인을 기쁘게 해주고 싶었는지도 모르죠." 개러드 총장이 끼어든다. "주인과 자기가 비슷해 보인다고 말함으로써 말이에요."

"동물치고는 좀 마끼아벨리적이라고 생각하지 않으세요?"그가 이름을 잘 알아듣지 못한 몸집 큰 금발의 남자가 말한다.

"여우 마끼아벨리, 동시대인들이 그렇게 불렀죠."그의 어머니가 말한다.

"하지만 그건 전혀 다른 문제죠. 동물의 우화적 특징에 관한 이야기니까요."몸집 큰 남자가 맞받아친다.

"그렇죠."그의 어머니가 말한다.

모든 게 순탄하게 흘러가고 있다. 호박 수프가 나왔고, 불평하는 사람은 아무도 없다. 마음을 놓아도 괜찮을까?

생선에 관해서는 그가 맞았다. 주요리로 알감자를 곁들인 붉은 통돔과 구운 가지를 곁들인 페투치네 중에서 고를 수 있다. 개러드는 그와 마찬가지로 페투치네를 주문한다. 사실 그들 열한명 중에 생선을 주문하는 경우는 셋밖에 없다.

"종교 집단들이 얼마나 자주 음식에 관한 금지로 자신을 정의하려고 하는지를 보면 재미있어요."개러드가 말한다.

"그렇죠."그의 어머니가 말한다.

"제 말은, 그 정의의 형식이 가령 '우리는 도마뱀을 먹는 사람들이다'가 아니라 '우리는 뱀을 먹지 않는 사람들이다'가 되어야 한다는 게 재미있다는 거예요. 우리는 무엇을 하는가가 아니라 무엇을 하지 않는가라는 게 말이죠."개러드는 행정에 발을 들여놓기 전에는 정치학자였다.

분덜리히가 말한다.(이름은 그렇지만 영국인이다.) "그건 모두 청결함, 불결함과 연관되어 있어요. 청결한 동물과 불결한 동물, 청결한 습성과 불결한 습성. 불결함은 집단에 누가 속하고 누가 속하지 않는지, 누가 내부에 있고 누가 외부에 있는지를 결정하는 아주 편리한 장치가 될 수 있죠."

"불결함과 수치심이 그렇죠." 그 자신도 끼어든다. "동물은 수치심이 없어요." 그는 자기가 말하고 있다는 사실에 스스로 놀란다. 하지만 말 좀 하면 어떤가? 만찬은 잘 흘러가고 있는데.

"맞는 말씀이에요." 분덜리히가 말한다. "동물은 자기 배설물을 숨기지 않고, 훤히 트인 데서 섹스를 하잖아요. 그걸 두고 동물은 수치심을 느끼지 않는다고 하죠. 바로 그 점에서 동물은 우리하고 다르다는 거고요. 하지만 기본이 되는 관념은 역시 불결함이에요. 동물한테는 불결한 습성이 있고, 그래서 배제되는 거예요. 수치심이, 불결함에 대한 수치심이 우리를 인간으로 만들어주죠. 아담과 이브, 그 시원적 신화가 있잖아요. 그전에는 우리 모두가 그저 같은 동물들이었죠."

분덜리히가 말하는 것을 듣는 건 처음이다. 그는 이 사람이, 진지하면서 더듬거리는 그의 옥스퍼드 방식이 맘에 든다. 미국인들의 자기확신에서 잠시 해방되는 느낌.

"하지만 메커니즘이 그런 식으로 작동할 리가 없어요." 총장의 우아한 부인 올리비아 개러드가 반론을 제기한다. "그건 너무 추상적이랄까, 너무 창백한 관념 같아요. 우리는 동물과 섹스를 하진 않는데, 그런 식으로 동물과 우리 자신을 구별하는 거예요. 동물과 섹스를 한다는 건 생각만 해도 몸서리가 쳐지죠. 동물이 불결하다는 건 그런 차원이고, 이건 모든 동물에 해당하는 얘기예요. 우린 동물과 섞이지 않죠. 청결한 것을 불결한 것에서 분리해놓는 거예요."

"하지만 우린 동물을 먹잖아요." 목소리의 주인공은 노마다. "사실은 동물과 섞이는 거죠. 우린 동물을 섭취해요. 동물의 살을 가져다 우리의 살을 만드는 거예요. 그러니까 말씀하신 그런 식으로 메커니즘이 작동할 리가 없죠. 우리가 먹지 않는 특정한 종류의 동물이 있어요. 불결한 건 확실히 **그런** 동물이지, 동물 일반이 아니에요."

물론 맞는 말이다. 하지만 틀렸다. 대화를 다시 그들 탁자에 올라 있는 것, 음식으로 끌고 가는 건 실수다.

분덜리히가 다시 입을 연다. "그리스인은 도살이 뭔가 문제가 있다고 느꼈지만, 그걸 하나의 의식으로 만들어서 문제를 해소할 수 있다고 생각했어요. 신들에게 제물을 바치면서 일정량을 신들 몫으로 제공했는데, 그렇게 해서 자기네들이 나머지를 차지하게 될 걸 기대한 거죠. 십일조하고 같은 개념이에요. 자신이 먹으려고 하는 고기에 신들의 축복을 구하는 것, 신들이 그 고기는 청결하다고 선포해주기를 구하는 것."

"어쩌면 그게 신들의 기원일 거예요." 그의 어머니가 말한다. 침묵이 내려앉는다. "어쩌면 우리가 죄를 전가할 수 있도록 신들을 발명한 걸 테죠. 그들이 우리에게 고기 먹는 것을 허락했다. 그들이 우리에게 불결한 것들을 가지고 노는 것을 허락했다. 우리 잘못이 아니다, 그들 잘못이다. 우린 그들의 자식일 뿐이다."

"그렇게 믿으시는 건가요?" 개러드 부인이 조심스럽게 묻는다.

"그리고 하느님이 이르시되, 모든 산 동물은 너희의 고기가 될지라."[10] 그의 어머니가 성경 구절을 인용한다. "편리하죠. 신이 괜찮다고 하셨다는 거예요."

다시 침묵이 흐른다. 사람들은 다음 말이 이어지기를 기다리고

---

10 창세기 9:3. 코스텔로는 킹 제임스 성경(King James version)의 표현을 인용한 것으로 보인다. 여기서 '고기'(meat) 대신 '양식'(food)이라는 단어를 쓰는 번역본도 적지 않다. 한글 개역개정판에서는 '먹을 것'이라는 표현을 쓴다.

있다. 어쨌거나 그녀는 돈을 받고 온 엔터테이너인 것이다.

"노마 말이 맞아요." 그의 어머니가 말한다. "문제는 이른바 불결한 동물들만이 아니라 동물 일반과 우리의 차이를 규정하는 데 있어요. 어떤 동물, 가령 돼지 등등에 대한 금지는 아주 자의적이에요. 그건 그저 우리가 위험지역에 들어와 있다는 신호죠. 실은 지뢰밭이에요. 음식에 관한 금지들의 지뢰밭. 금기에는 논리가 없고, 지뢰밭에도 논리가 없어요. 있을 이유가 없죠. 지도, 어떤 신적인 지도를 가지고 있지 않으면 무얼 먹을지, 어디를 밟을지 짐작할 수가 없어요."

"그렇지만 그건 그저 인류학이에요." 탁자 말석에서 노마가 반론을 제기한다. "그건 오늘날의 우리 행동에 대해서는 아무것도 말해주지 않아요. 현대 세계에 속한 사람들은 더이상 신이 허락했는지 여부에 따라서 음식을 결정하지 않아요. 우리가 돼지는 먹고 개는 안 먹는다면 그건 그저 우리가 양육되는 방식인 거예요. 그렇게 생각하지 않으세요, 엘리자베스? 그건 그저 우리 습속의 일부라고요."

엘리자베스라. 노마는 친밀함을 주장하고 있다. 그런데 무슨 게임을 하고 있는 걸까? 어머니를 유인해서 빠트릴 어떤 함정이라도 있나?

"역겨움이라는 게 있어요." 그의 어머니가 말한다. "우리는 신들을 제거했는지는 모르지만 역겨움을 제거하지는 못했는데, 역겨움은 일종의 종교적인 공포예요."

"역겨움은 보편적이지 않아요." 노마가 반론을 편다. "프랑스인은 개구리를 먹죠. 중국인은 아무거나 다 먹고. 중국에는 역겨움이 없어요."

118

그의 어머니는 말이 없다.

"그러니까 어쩌면 그건 그저 집에서 뭘 배웠느냐, 엄마가 뭐는 먹어도 괜찮고 뭐는 먹으면 안 된다고 했느냐의 문제란 말이죠."

"뭐는 먹기에 청결하고 뭐는 아니냐." 그의 어머니가 중얼거린다.

"그리고 아마" — 이제 노마가 너무 나간다, 대단히 부적절하다 싶게 대화를 지배하기 시작한다고 그는 생각한다 — "청결함 대 불결함이라는 관념 전체는 전혀 다른 기능을 가질 거예요. 그걸 통해서 특정 집단이 부정적인 방식으로 스스로를 엘리트로, 선택된 자들로 규정할 수 있다는 거죠. 우리는 A나 B나 C를 삼가는 사람들이다, 그리고 그 절제의 힘에 의거해서 우리는 우리 자신을 우월한 존재, 예컨대 사회 내의 우월한 카스트로 분류한다 이거예요, 브라만처럼."

침묵이 흐른다.

노마가 계속 밀어붙인다. "채식주의에서 내세우는 고기에 대한 금지는 음식에 관한 금지의 한 극단적인 형태에 불과해요. 그리고 음식에 대한 금지는 엘리트 집단이 자신을 규정하는 빠르고 간단한 방식이에요. 다른 사람들의 식습관은 불결하다, 우리는 그들과 더불어 먹거나 마실 수 없다 이거죠."

이제 노마는 정말로 노골적으로 자기 생각을 드러낼 참이다. 여기저기서 몸을 움찔거리고, 불안함이 감돈다. 다행히 붉은퉁돔과 페투치네 코스가 끝나고 종업원들이 접시를 치우며 돌아다닌다.

"노마, 간디의 자서전을 읽어봤어?" 그의 어머니가 묻는다.

"아뇨."

"간디는 젊었을 때 법을 공부하라고 잉글랜드에 보내졌어. 물론 잉글랜드는 엄청난 육식을 자랑하는 나라였지. 그런데 간디의 어머니는 간디한테서 고기를 먹지 않겠다는 다짐을 받았어. 그 어머니는 떠날 때 가져가라고 트렁크 하나를 음식으로 가득 채워줬어. 항해하는 동안 간디는 배에서 나오는 빵을 조금 주워먹고 트렁크에 있던 음식으로 남은 배를 채웠지. 런던에 가서는 자기한테 맞는 음식을 내주는 숙소와 식당을 오랫동안 찾아헤매야 했어. 잉글랜드인하고의 사회적 관계도 어려웠는데, 초대를 받아들일 수도, 답례로 자기 쪽에서 초대할 수도 없었던 거야. 잉글랜드 사회의 변방에 속한 어떤 부류 ─ 페이비언주의자, 신지학자 등등 ─ 와 어울리면서 비로소 편안한 맘이 들기 시작했지. 그전까지 간디는 그저 작은 체구의 외로운 법학도였어."

"무슨 말씀을 하시려는 거예요, 엘리자베스?" 노마가 묻는다. "그 이야기를 통해서 무슨 말씀을 하시려는 거죠?"

"그저, 간디의 채식주의를 권력의 행사로 이해하기는 어렵다는 거지. 간디는 그것 때문에 사회 주변부로 쫓겨났거든. 그 주변부에서 발견한 걸 자기의 정치철학으로 흡수한 건 간디의 특수한 천재성이었지."

금발의 남자가 끼어든다. "아무튼 간디는 좋은 사례가 아니에요. 진심으로 채식주의를 신봉한 사람이라고 하긴 어렵거든요. 자기 어머니한테 했던 다짐 때문에 채식주의자로 지낸 거예요. 그 다짐은 지켰는지 모르지만 그런 다짐을 한 걸 후회하고 억울해했죠."

"어머니가 자식한테 좋은 영향을 끼칠 수 있다고는 생각지 않으시나요?" 엘리자베스 코스텔로가 묻는다.

잠시 침묵이 흐른다. 좋은 아들인 그가 나설 때다. 그는 그러지 않는다.

"하지만 코스텔로 선생님, 선생님의 채식주의는 말입니다," 개러드 총장이 열기를 가라앉히면서 말한다. "그건 도덕적인 확신에서 나오는 것이겠죠?"

"아뇨, 그렇게 생각하지 않아요." 그의 어머니가 말한다. "그건 제 영혼을 구원하고자 하는 욕망에서 나와요."

이제는 정말로 침묵이 흐르고, 종업원들이 그들 앞에 베이크트 알래스카[11]가 담긴 접시를 세팅하면서 내는 딸그락 소리만이 침묵을 깬다.

"네, 그점 높이 평가합니다." 개러드가 말한다. "삶의 한 방식으로서 말입니다."

"전 가죽 구두를 신고 있어요." 그의 어머니가 말한다. "가죽 지갑을 가지고 다니고요. 제가 총장님이라면 지나치게 높은 평가는 하지 않을 거예요."

"일관성 말이군요." 개러드가 중얼거린다. "일관성이란 편협한 자들의 도깨비죠. 고기를 먹는 것과 가죽 제품을 착용하는 것을 구별할 수 있다는 건 확실하지요."

"추잡함의 정도 차이겠지요." 그녀가 맞받는다.

"저 역시 생명 존중에 기초한 준칙을 더없이 높이 평가해요." 아렌트 학장이 처음으로 논쟁에 끼어들어 말한다. "저는 음식에 관한 금기가 그저 관습에 불과할 필요는 없다는 점은 받아들일 용의가 있어요. 그런 금기들 저변에 순수한 도덕적 관심사가 있다는 점은 받아들이겠어요. 하지만 동시에, 관심과 믿음이라는 우리의 상부구조 전체가 동물들 자신은 전혀 이해하지 못하는 영역이라고 말하지 않을 수 없군요. 거세힌 **수송**아지한테 놈의 목숨을 살려술

---

11 케이크에 아이스크림과 머랭을 얹어 구운 디저트.

거라고 설명할 순 없는 노릇이죠. 곤충한테 놈을 밟지 않을 거라고 설명할 수 없는 것처럼 말이에요. 동물의 삶에서는 좋든 나쁘든 일들이 그냥 일어나죠. 그리고 보면 채식주의는 아주 묘한 건데요, 그 수혜자들이 자기가 혜택을 받고 있다는 걸 모른단 말이에요. 언젠가 알게 될 가망도 없고요. 의식의 공백 속에서 살아가니까요."

아렌트가 잠시 말을 멈춘다. 그의 어머니가 발언할 차례지만 그녀는 그저 혼란스러워 보인다. 머리가 허옇게 세고 피곤하고 혼란스러운 모습. 그가 사람들 건너로 몸을 기울인다. "어머니, 온종일 힘드셨네요. 그만 일어나시는 게 어떨까요."

"그래, 일어나야겠구나." 그녀가 말한다.

"커피는 안 드시게요?" 개러드 총장이 묻는다.

"네, 커피 마시면 잠만 안 오겠죠." 그녀는 아렌트 쪽으로 고개를 돌린다. "잘 지적하셨어요. 우리가 의식이라고 인식할 만한 그런 의식은 없죠. 역사가 있는 자아에 대한 지각은, 우리가 이해할 수 있는 한에서는 없어요. 제 마음에 걸리는 건 여기에 흔히 뒤따라 나오는 거예요. 그것들은 의식이 없다, 따라서. 따라서 뭐죠? 따라서 우리는 그것들을 우리 자신의 목적을 위해서 마음대로 이용해도 된다? 따라서 그것들을 마음대로 죽여도 된다? 왜죠? 우리가 인식하는 형태의 의식이 뭐가 그렇게 특별해서 그런 의식을 가진 자를 죽이면 범죄가 되는데 동물을 죽이면 처벌받지 않고 지나가는 거예요? 어떤 순간에는 말이에요……"

"아기들은 말할 것도 없고요." 분덜리히가 끼어든다. 모든 사람이 고개를 돌려 그를 본다. "아기들은 자의식이 없는데, 그래도 우리는 성인을 죽이는 것보다 아기를 죽이는 걸 더 악랄한 범죄라고 생각하지요."

"따라서?" 아렌트가 묻는다.

"따라서 의식이라든가 동물에게 의식이 있느냐 하는 이 모든 논의는 그저 연막이라는 겁니다. 사실상 우리는 우리와 같은 부류를 보호하는 거지요. 인간 아기는 살리고, 송아지는 죽인다는 것. 그렇게 생각지 않으세요, 코스텔로 선생님?"

"제가 어떻게 생각하는지 저도 모르겠어요." 엘리자베스 코스텔로가 말한다. "생각한다는 게 뭘까, 이해한다는 게 뭘까 자꾸 묻게 되더군요. 우리는 정말 동물들보다 우주를 더 잘 이해할까요? 어떤 걸 이해한다는 게 마치 그 루빅큐브라는 걸 가지고 노는 것처럼 보일 때가 종종 있어요. 작은 조각들을 전부 제자리에 맞추고서 자! 이해했습니다, 하는 식이죠. 루빅큐브 내부에 살고 있다면야 말이 되지만 그렇지 않다면……"

침묵이 흐른다. "제가 생각했을 때는……" 노마가 말한다. 그러나 그 순간에 그가 일어서고 노마는 다행히도 말을 멈춘다.

총장이 일어나고, 이어 다른 이들도 모두 일어난다. 총장이 말한다. "코스텔로 선생님, 훌륭한 강연이었습니다. 생각해볼 점이 많았어요. 내일 해주실 이야기를 기대하겠습니다."

제4강
동물의 삶 2─시인과 동물

11시가 넘었다. 그의 어머니는 자러 들어가고, 그와 노마는 아래층에서 아이들이 어질러놓은 것들을 치운다. 이 일을 마친 다음에도 그는 강의 준비를 해야 한다.

"내일 어머니 세미나에 갈 생각이야?" 노마가 묻는다.

"그래야겠지."

"뭐에 대한 거지?"

"'시인과 동물'. 그게 제목이야. 영문과에서 주최하는 거고. 세미나실에서 하는 걸 보면 청중이 많이 몰려들 거라고 예상하진 않나 보네."

"본인이 아는 거에 대해 말씀하시니 다행이네. 철학적인 이야기를 하시는 건 좀 듣기 거북한데."

"그래? 뭘 말하는 거지?"

"가령 인간의 이성에 관한 이야기. 아마 합리적 이해의 본질에 관해서 어떤 주장을 하려고 하셨겠지. 합리적 설명은 인간 정신의 구조에 따른 결과에 불과하다, 동물한테는 그들 나름의 정신 구조에 부합하는 그들 나름의 설명이 있는데, 우리는 그들과 언어를 공유하지 않기 때문에 거기에 접근할 수 없다, 이런 말이었겠지."

"그래서 뭐가 문젠데?"

"그건 순진하잖아, 존. 대학 신입생들한테나 먹히는 손쉽고 얄팍한 상대주의라고. 모든 이의 세계관에 대한 존중, 암소의 세계관, 다람쥐의 세계관 등등에 대한 존중. 그렇게 가면 결국 총체적인 지적 마비가 오게 돼. 존중하는 데 시간을 너무 많이 써버려서 생각할 시간은 남지 않게 된단 말이야."

"다람쥐는 세계관이 없나?"

"아니, 다람쥐도 세계관이 있는 건 맞아. 그 세계관은 도토리와 나무와 날씨와 고양이와 개와 자동차와 이성異性 다람쥐 들로 이뤄져 있지. 그 세계관은 이 현상들이 어떻게 상호작용하는지, 자기가 생존하려면 그것들과 어떻게 상호작용해야 하는지에 대한 설명으로 이뤄져 있어. 그게 다야. 그 이상은 없어. 그게 다람쥐에 부합하는 세계라고."

"우리는 그 점을 확신하고?"

"우리가 수백년 동안 다람쥐들을 관찰한 결과 그밖의 다른 결론은 나오지 않았다는 의미에서 우리는 그걸 확신하지. 만일 다람쥐의 마음속에 뭔가 다른 게 있다면 그게 관찰 가능한 행동으로 표출되지 않는 거고. 실질적인 맥락에서 다람쥐의 마음은 아주 단순한 메커니즘이야."

"그럼 데까르뜨가 맞았던 거네, 동물들은 그저 생물학적 자동장치라고 한 거."

"대체로 말해서 그렇지. 추상적인 차원에서 동물의 마음과 동물의 마음을 시뮬레이션하는 기계는 구별할 수 없어."

"그런데 인간은 다르다?"

"존, 나 피곤한데 당신이 신경을 긁고 있네. 인간은 수학을 발명하고, 망원경을 만들고, 계산을 하고, 기계를 제작하고, 버튼을 눌러. 그러자 정확히 예상한 대로 소저너호가 쿵, 하고 화성에 착륙하지. 합리성이 당신 어머니가 주장하시는 것처럼 그저 하나의 게임이 아닌 이유가 바로 그거야. 이성은 우리한테 실제 세계에 대한 실제적인 지식을 제공해. 이성은 검증이 돼왔고, 효과적으로 작동해. 당신 물리학자지. 잘 알 거 아냐."

"동의해. 이성은 효과적으로 작동하지. 그래도 말이야, 바깥에 어떤 지점이 있어서 거기서 보면 우리가 우리 생각을 한 다음에 화성 탐사선을 보내는 게 다람쥐가 자기 생각을 한 다음에 쏜살같이 뛰어나가 견과를 잡아채는 것하고 아주 비슷해 보이진 않을까? 어쩌면 어머니가 하려고 한 말은 그런 게 아닐까?"

"그런데 그런 지점이 어디 있냐고! 구닥다리로 들리는 건 아는데 그래도 이 말은 해야겠네. 우리가 자리 잡고 이성에 대해 강의를 늘어놓고 이성에 대해 판단을 내릴 수 있는 이성 바깥의 지점은 없어."

"이성에서 물러난 누군가의 지점은 예외지."

"그건 프랑스 비합리주의에 불과해. 한번도 정신병원 안쪽에 발을 들여놓은 적이 없고 정말로 이성에서 물러난 사람들이 어떤 모습을 하고 있는지 본 적이 없는 사람이 할 법한 소리지."

"그렇다면 신은 예외겠지."

"신이 이성의 신이라면 그렇지 않아. 이성의 신은 이성 바깥에 위치할 수 없어."

"의외네, 노마. 구닥다리 합리주의자처럼 말하고 있잖아."

"당신이 날 오해하는 거지. 이 문제는 당신 어머니가 끌고 들어온 거잖아. 그 용어들은 어머니가 쓰신 거야. 나는 그저 반응하고 있는 거고."

"만찬에 빠진 사람이 누구였지?"

"그 빈자리 말이지? 스턴이야, 시인."

"항의하는 거였다고 생각해?"

"확실하지. 어머니가 함부로 홀로코스트 이야기를 꺼내지 마셨어야지. 내 주변에 앉아 있던 사람들은 다들 속으로 씩씩거리는 것 같던데."

그 빈자리는 정말로 항의하는 것이었다. 그가 오전 수업을 하러 가니 우편함에 그의 어머니에게 보내는 편지 한통이 들어 있다. 그는 어머니를 모셔가려고 집에 와서 그 편지를 건넨다. 그녀는 편지를 재빨리 읽고는 한숨을 쉬며 그에게 넘긴다. "이 사람 누구니?" 그녀가 묻는다.

"에이브러햄 스턴이라고, 시인이에요. 꽤 명망 높은 분이죠, 아마. 여기 온 지 한참 됐어요."

그는 손으로 쓴 스턴의 쪽지를 읽는다.

코스텔로 씨에게

어젯밤 만찬에 참석하지 못해서 미안합니다. 쓰신 책들을 읽어봤는데 당신은 진지한 사람이더군요. 그러하니 당신이 강연에서 말씀하신 것을 진지하게 받아들이는 것이 도리이겠습니다.

제가 보기에 당신 강연의 핵심에는 음식을 나누는 문제가 있었습니다. 우리가 아우슈비츠의 사형집행인들과 음식을 나누기를 거부한다면, 동물 도살자들과는 계속해서 음식을 나눌 수 있는가?

당신은 살해당한 유럽의 유대인들과 도살된 가축 사이의 저 친숙한 유비를 당신 자신의 목적에 따라 차용하셨더군요. 유대인은 가축처럼 죽었다, 따라서 가축은 유대인처럼 죽는다고 당신은 말합니다. 그것은 말장난이고, 저는 그것을 받아들일 뜻이 없습니다. 당신은 닮았다는 것의 본질을 오해하고 있어요. 신성모독이 될 만큼 고의적으로 오해하고 있다고까지 말하고 싶군요. 인간은 신을 닮은 모습으로 만들어졌지만 신이 인간을 닮은 것은 아닙니다. 유대인이 가축처럼 다뤄졌다고 해서 가축이 유대인처럼 다뤄진다고 할 수는 없습니다. 그런 도치는 죽은 자에 대한 기억을 모독하는 것입니다. 또한 그것은 수용소의 참상을 저급한 방식으로 이용하는 것입니다.

제가 직설적이라면 용서하세요. 당신은 이제 너무 늙어서 미세한 것들에 허비할 시간이 없다고 하셨는데, 저도 노인이올시다.

에이브러햄 스턴 올림

그는 어머니를 주최측인 영문과 사람들에게 인도하고 나서 회의에 참석한다. 회의는 질질 늘어진다. 그는 2시 반이 돼서야 스텁스홀의 세미나실에 도착한다.

들어가자 그녀가 발언을 하고 있다. 그는 가능한 한 조용히 문가에 앉는다.

그녀가 말하고 있다. "그런 유의 시에서 동물은 인간의 특성을 상징하죠. 사자는 용기를, 부엉이는 지혜를 상징하는 식이에요. 심지어 릴케의 시에서도 표범은 뭔가 다른 것의 대리물로 존재해요. 표범은 어떤 중심을 둘러싼 에너지의 춤으로 융해되는데, 이건 물리학, 소립자물리학에서 가져온 이미지예요. 릴케는 이 지점에서 더는 나아가지 않아요. 어떤 힘의 생동감 있는 구현체로서의 표범에서 더는 나아가지 않는 거예요. 핵폭발처럼 방출되지만 여기에 갇히고 마는 힘, 우리의 창살 자체보다 그 창살이 표범에게 강요하는 것에 의해서, 즉 동심원을 그리면서 성큼성큼 걷는, 의지를 마비시키고 마취시키는 동작에 의해서 갇히고 마는 그런 힘 말이에요.”

릴케의 표범? 무슨 표범? 그가 어리둥절해하는 것이 겉으로 드러나는 게 틀림없다. 옆자리에 앉은 여자애가 복사물을 코밑에 들이민다. 세편의 시다. 하나는 「표범」이라는 릴케의 시, 다른 둘은 「재규어」와 「다시 본 재규어」라는 테드 휴스의 시. 이것들을 읽을 시간은 없다.

그의 어머니가 계속한다. “휴스는 릴케에 맞서는 시를 쓰고 있어요. 동물원을 무대로 하는 점은 같지만 최면에 걸린 듯이 서 있는 것이 군중이라는 점에서 차이가 나는데, 그중에는 이해력이 한계를 넘어가 넋이 나가고 충격에 휩싸이고 어안이 벙벙한 남자, 바로 시인도 있죠. 표범의 경우와 달리 재규어의 시각은 둔해지지 않아요. 오히려 그의 눈은 공간의 어둠을 꿰뚫죠. 그에게 우리는 현실성이 없고, 그는 다른 곳에 가 있어요. 그가 다른 곳에 가 있는 것은 그의 의식이 추상적이라기보다 동적이기 때문이에요. 박차고 나가는 근육의 힘은 그를 뉴턴의 삼차원적 상자와는 그 본질에서 아주 다른 공간, 그 자체로 회귀하는 원형석 공간을 통해 움직여 나아가게 하지요.

그래서 (대형 동물을 우리에 가두는 것의 윤리적 문제는 차치하고) 휴스는 어떤 다른 종류의 세계-내-존재를 향해서 더듬거리면서 나아가고 있어요. 그런 존재가 우리한테 완전히 이질적인 건 아닌데, 우리에 갇히기 이전의 경험은 꿈의 경험, 집단적 무의식에 들어 있는 경험에 해당하는 것 같거든요. 이 시편들에서 우리는 재규어를 그가 보이는 방식이 아니라 움직이는 방식을 통해 알게 돼요. 몸이 움직이는 양상, 또는 몸 안에서 생명의 흐름이 움직이는 양상, 그게 곧 몸이에요. 이 시들은 우리가 그 움직임의 방식 속으로 상상해 들어가기를, 그 몸에 거하기를 요청하고 있어요.

강조하건대, 휴스에게 그건 다른 정신에 거하는 문제가 아니라 다른 몸에 거하는 문제예요. 제가 오늘 여러분에게 소개하는 시는 바로 그런 시죠. 동물에서 어떤 관념을 발견하려고 하지 않는 시, 동물에 관한 것이 아니라 동물에의 관여engagement의 기록인 시 말이에요.

이런 종류의 시적 관여에서 특이한 점은, 그게 아무리 강렬하다고 해도 그 대상으로서는 전혀 무관심한 문제일 뿐이라는 거예요. 이 점에서 대상을 움직이려는 의도를 지닌 사랑 시와는 다르죠.

동물은 우리가 그들에 대해 어떻게 느끼는지 신경 쓰지 않는다는 말이 아니에요. 하지만 우리와 동물 사이에 흐르는 감정의 흐름을 말로 전환할 때 우린 그것을 동물에게서 영원히 추상하게 되죠. 그러니 그 시는 사랑 시와 달리 그 대상에게 주는 선물이 아닌 거예요. 그건 동물은 참여하지 않는 전적으로 인간적인 경제에 속하는 거죠. 이걸로 질문에 대한 답변이 될까요?"

다른 누군가가 손을 든다. 안경을 쓴, 키 큰 젊은 남자다. 그에 따르면, 자기는 테드 휴스의 시를 잘 모르지만 그에 관해 마지막으로 들은 이야기는 휴스가 잉글랜드 어딘가에서 양떼목장을 운영하고 있다는 것이었다. 그냥 시의 주제로 양을 키우고 있는 것이거나, (여기저기서 키득거리는 소리가 난다) 아니면 진짜 목장주라서 시장에 내다 팔려고 양을 키우고 있는 것이다. "이게 어제 강연에서 하신 말씀과 어떻게 조화가 될까요? 어제는 고기를 얻으려고 동물을 죽이는 것에 상당히 반대하시는 것 같던데요."

그의 어머니가 답한다. "저는 테드 휴스를 만나본 적이 없어서 그 사람이 어떤 유형의 축산업자인지는 말해줄 수가 없겠네요. 그렇지만 좀 다른 차원에서 그 질문에 답을 해볼까 합니다.

휴스가 동물에 대한 자기의 세심한 관심을 독특한 것이라 믿는다고 생각할 이유는 없어요. 오히려 그는 자기가 우리의 먼 조상들이 가졌던, 그러나 우리는 잃어버린 세심한 관심을 회복하고 있다고 믿는 게 아닐까 생각해요.(그는 이 상실을 역사적이라기보다는 진화적인 견지에서 생각하는데, 이건 또다른 문제겠죠.) 추측해보자면, 휴스는 자기가 구석기시대 사냥꾼들과 아주 비슷한 방식으로 동물을 바라본다고 믿고 있어요.

이 점에서 휴스는 추상적인 사고로 기우는 서구의 편향을 거부하고 원시적인 것을 찬미하는 시인 계열에 속하죠. 블레이크와 로런스의 계열, 미국의 게리 스나이더나 로빈슨 제퍼스의 계열이에요. 사냥과 투우에 몰두하던 때의 헤밍웨이도 이쪽이고요.

투우에서 단서를 찾을 수 있을 것 같네요. 사람들이 말하는 건 이거예요. 얼마든지 짐승을 죽여라, 하지만 그걸 경기로, 의식으로 만들어라, 그리고 적수의 힘과 용기에 경의를 표하라. 또, 적수를 무찌른 다음에는 그의 힘과 용기가 네게 들어가도록 그를 먹어라. 그를 죽이기 전에 그의 눈을 똑바로 보고, 죽인 다음에는 그에게 감사하라. 그에 관한 노래를 불러라.

이걸 원시주의라고 부를 수 있어요. 비판하기 쉬운, 조롱하기 쉬운 태도죠. 심히 남성적인, 남성주의적인 것이고요. 그 정치적 표현들은 불신받아 마땅해요. 하지만 이런저런 것을 다 고려해도, 거기에는 뭔가 윤리적인 차원에서 매력적인 데가 있어요.

하지만 그건 비현실적이기도 해요. 투우사들이나 활과 화살로 무장한 사슴 사냥꾼들의 노력으로 사십억명의 사람들을 먹여살릴 수는 없는 노릇이에요. 우리는 너무 많아졌어요. 우리가 먹고사는 데 필요한 모든 동물을 존중하고 그들에게 경의를 표할 시간이 없죠. 우리에게는 죽음의 공장이 필요해요. 공장 생산 동물이 필요한 거예요. 시카고가 길을 텄죠. 나치에게 시체 처리하는 법을 가르쳐준 건 시카고 가축 수용소예요.

하지만 휴스로 돌아가기로 하죠. 휴스는 원시주의적인 장식을 달고 있지만 도살업자인데, 당신은 그 사람하고 어울려서 뭘 어쩌자는 거냐, 이런 질문이죠?

이렇게 답변해보죠. 작가들은 스스로 의식하고 있는 것보다 더 많은 것을 우리에게 가르쳐줍니다. 재규어를 구체적인 형태로 제시함으로써 휴스는 우리도 동물을 체현할 수 있다는 걸 보여주죠. 시적 발명이라고 불리는 과정, 어느 누구도 설명한 적 없고 앞으로도 결코 그러지 않을 어떤 방식으로 숨결과 감각을 뒤섞는 과정을 통해서 말이에요. 그는 우리 안에 살아 있는 몸을 생성하는 법을 보여줘요. 재규어 시를 읽을 때, 나중에 고요함 속에서 그 시를 회상할 때, 우리는 잠시 동안 재규어인 거예요. 그는 우리 안에 잔물결을 일으켜요. 그는 우리의 몸을 차지해요. 그는 우리예요.

여기까지는 괜찮아요. 제가 지금까지 말한 것에 대해서는 휴스 자신도 생각을 달리할 것 같지 않아요. 그건 휴스 자신이 신봉하는 것, 샤머니즘과 신들림과 원형 심리학을 버무려놓은 것과 아주 흡사하죠. 바꿔 말하면 원시적인 경험(동물과 맞대면하는 것), 원시주의적인 시, 이를 정당화하기 위한 원시주의적인 시론이에요.

그건 사냥꾼들, 그리고 내가 생태계 관리자라고 부르는 사람들이 편안하게 느낄 수 있는 종류의 시이기도 해요. 시인 휴스는 재규어 우리 앞에 설 때 어떤 개별적인 재규어를 바라보고 그 개별적인 재규어의 삶에 사로잡혀요. 그런 식이어야 하는 거예요. 재규어 일반, 아종亞種으로서의 재규어, 재규어라는 관념은 그를 감동시키지 못할 텐데, 왜냐하면 우리는 추상적인 것들은 경험할 수 없기 때문이죠. 그럼에도 휴스가 쓰는 시는 종적인 재규어*the jaguar*를, 이 재규어에 체현된 재규어다움을 다루고 있어요. 나중에 휴스가 연어에 관한 기막힌 시들을 쓸 때 그 시들이 연어의 삶을, 연어의 일대기를 일시적으로 점유하는 존재로서의 연어를 다루고 있는 것처럼 말이에요. 그래서 시가 생생하고 즉물적이더라도 거기엔 뭔가 플라토닉한 게 남아 있는 거예요.

생태학적인 시각에서 보면 연어와 수초와 수생곤충은 어떤 장대하고 복잡한 춤 속에서 대지와 기후와 상호작용하고 있어요. 전체는 부분들의 합보다 크죠. 그 춤 속에서는 각 유기체마다 어떤 역할이 있어요. 춤에 참여하는 것은 역할을 수행하는 특정한 존재들이라기보다 그 다수의 역할들인 거예요. 실제의 역할 수행자들로 말하자면, 그들이 스스로를 재생하고 있는 한, 그들이 계속해서 나타나는 한 우리는 그들에게 주의를 기울일 필요가 없어요.

저는 이것을 플라토닉하다고 말했고 다시 한번 하고자 합니다. 우리의 눈길은 생물체 자체에 가 있지만 우리의 마음은 그 생물체가 현세적, 물질적으로 체현하는 그 상호작용 체계에 가 있어요.

이 아이러니는 끔찍하죠. 우리에게 다른 생물체들과 더불어 살라고 말하는 생태철학이 어떤 관념, 어떤 살아 있는 생물체보다 더 높은 차원에 속한 관념에 호소함으로써 자신을 정당화한단 말이에요. 게다가 그 관념은 (이 점이 그 아이러니의 정말 어처구니없는 측면인데) 인간을 제외한 어떤 생물체도 이해할 수 없는 것이고요. 모든 살아 있는 생물체는 그 자신의 개별적인 삶을 위해 싸우고, 싸움을 통해서, 연어나 각다귀가 연어의 관념이나 각다귀의 관념보다 중요성에서 더 낮은 차원에 속한다는 관념에 동의하기를 거부해요. 하지만 연어가 자기 삶을 위해 싸우는 걸 보게 되면 우리는 말하죠. 저건 그냥 싸우게 프로그램되어 있어. 아퀴나스에게 동조해서 우리는 말해요. 저건 자연적인 노예상태에 고착돼 있어. 우리는 말해요. 저건 자의식이 없어.

동물들은 생태학의 신봉자가 아니에요. 종족생물학자라도 그렇게 주장하지는 않죠. 종족생물학자라도 개미가 종의 영구적인 보존을 위해서 자기 삶을 희생한다고는 말하지 않아요. 그것과는 약간 다르게 말하는데, 개미는 죽는다, 그리고 그 죽음의 기능은 종의 영구적인 보존이다라는 거예요. 종의 삶이란 개체를 통해 작동하지만 개체로서는 이해할 수 없는 힘인 거죠. 그런 의미에서 관념은 타고난 것이고, 컴퓨터가 프로그램에 의해서 가동되듯이 개미는 관념에 의해서 가동된다는 거예요.

우리, 생태계 관리자들은 — 이렇게 얘기를 계속해서 미안합니다. 질문하신 것에서 제가 한참 벗어나고 있는데, 금방 끝날 거예요 — 우리 관리자들은 그 장대한 춤을 이해하며, 따라서 우리는 그 춤의 안정성을 깨트리지 않으려면 송어를 몇마리나 낚아도 되는지, 재규어를 몇마리나 잡아도 되는지를 판단할 수 있다는 겁니다. 우리가 이 생사여탈권을 행사하려 하지 않는 유일한 유기체가 인간이죠. 왜? 인간은 다르니까요. 인간은 다른 춤꾼들과 달리 그 춤을 이해한다는 거예요. 인간은 지적 존재라는 거죠."

그녀가 발언하는 동안 그는 딴생각을 하고 있었다. 그는 전에도 그 말을, 그녀의 이 반생태주의 발언을 들은 적이 있다. 그는 생각한다. 재규어 시들이고 뭐고 다 좋은데, 한무리의 호주인들이 양 한 마리를 놓고 둘러서서 바보 같은 음매 소리에 귀를 기울이고 녀석에 관해 시를 쓰는 일은 없을 것이다. 동물권 운운하는 그 모든 일에서 정말 미심쩍은 점이 바로 그런 것 아닌가? 그 일의 진짜 관심 대상, 그러니까 흰쥐나 새우는 말할 것도 없고 닭과 돼지도 뉴스거리는 되지 못하니까 생각에 잠긴 고릴라와 섹시한 재규어와 껴안아주고 싶은 판다의 등에 올라타서 가야 한다는 것 말이다.

이제는 어제 강연에서 소개말을 담당했던 일레인 마크스가 질문을 던진다. "선생님은 강연에서 이렇게 주장하셨죠. 다양한 기준들, 가령 이 생명체한테 이성이 있는가, 이 생명체한테 언어가 있는가 같은 것들이 실제적인 근거가 없는 구별들, 예컨대 사람속屬과 다른 영장류 사이의 구별을 정당화하고 그리하여 착취를 정당화하는 데 기만적으로 이용돼왔다고요.

하지만 선생님이 이런 추론을 논박하고 그 거짓을 폭로하고 계신 것이 가능하다는 바로 그 사실은 선생님이 이성의 힘, 거짓 이성과 대립되는 진정한 이성의 힘을 어떻게든 믿고 계시다는 것을 뜻합니다.

레뮤얼 걸리버의 사례를 들어서 저의 실분을 구체화해볼까요. 스위프트는 『걸리버 여행기』에서 우리에게 이성의 유토피아, 이른바 후이넘들의 나라를 보여주지만, 그곳은 스위프트의 작중인물들

중에서 우리, 그의 독자들에게 가장 가까운 모습을 하고 있는 걸리버에게는 안식처가 없는 장소로 드러나죠. 하지만 우리 중에 누가이성적인 채식주의, 이성적인 정부, 사랑과 결혼과 죽음에 대한 이성적인 접근방식을 갖춘 후이넘 나라에 살고 싶겠습니까? 말馬이라 한들 그런 완벽하게 규제되는 전체주의적인 사회에 살고 싶을까요? 우리와 더 직접적으로 연관된 이야기로, 총체적으로 규제되는 사회들이 그간 실제로 보여준 모습은 어땠습니까? 그런 사회는붕괴하거나 아니면 군국주의화하는 게 사실 아닌가요?

제 질문은 구체적으로 이겁니다. 선생님은 우리가 종을 착취하지 않고, 잔인하지 않은 방식으로 살아가기를 요구하시는데, 인간에게 너무 많은 걸 기대하시는 건 아닌가요? 결국 걸리버처럼 자기가 결코 도달할 수 없고 게다가 충분히 그럴 만한 이유가 있어서, 그러니까 그것이 자기 본성, 즉 인간의 본성에 어긋나기 때문에도달할 수 없는 어떤 상태를 갈망하게 되기보다는 우리 자신의 인간성을 받아들이는 쪽이, 설사 그게 우리 자신 안에 있는 육식성의야후를 기꺼이 받아들이는 걸 의미한다 해도, 그쪽이 더 인간적이지 않은가요?"

"흥미로운 질문이에요." 그의 어머니가 답변한다. "스위프트는매력적인 작가라고 생각해요. 가령 그 사람의『온건한 제안』을 보세요. 저는 하나의 책을 어떻게 읽을지에 관해서 대다수 사람들이한목소리를 낼 때마다 귀를 쫑긋 세워요.『온건한 제안』에 관해 합의된 바는, 스위프트가 하는, 또는 하는 것처럼 보이는 말은 진심이아니라는 거예요. 그가 하는, 또는 하는 것처럼 보이는 말은 아일랜드의 가정들이 그들의 잉글랜드인 주인들의 식탁에 오를 아기들을키워서 생계를 유지할 수 있을 거라는 거죠. 하지만 그가 진심으로 그런 말을 할 리가 없다고 우리는 말하는데, 인간 아기들을 죽여서 먹는 건 잔혹한 짓이라는 것을 우리 모두 알기 때문이라는 거예요. 우리는 이어서 이렇게 말하죠. 그렇지만 생각해보면 잉글랜드인들은 인간 아기들을 굶어 죽게 놓아둠으로써 이미 어떤 의미에서 그들을 죽이고 있는 셈이다. 그러니 생각해보면 잉글랜드인들은 이미 잔혹하다.

대략 이런 게 정통 독법이에요. 하지만 궁금한 게 있는데, 그걸 왜 그렇게 열정적으로 젊은 독자들에게 주입하는 걸까요? 그런 식으로 스위프트를 읽을지니라, 다른 식은 안 되고 그런 식으로만, 하고 교사들은 말하죠. 만일 인간 아기들을 죽여서 먹는 게 잔혹한 짓이라면 새끼 돼지들을 죽여서 먹는 건 왜 잔혹한 짓이 아닐까요? 스위프트가 술술 넘어가는 팸플릿 작가가 아니라 섬뜩한 풍자작가이기를 원한다면 그의 우화를 그토록 소화하기 쉽게 만들어주는 전제들을 검토해보면 어떨까 합니다.

이제 『걸리버 여행기』로 가보지요.

한편에는 야후가 있는데, 이들은 날고기, 배설물 냄새, 흔히 야수성이라 불리던 것과 연관돼 있어요. 다른 편에는 후이넘이 있고, 이들은 풀, 향긋한 냄새, 정념에 대한 이성적 통제와 연관돼 있어요. 그 사이에 걸리버가 있는데, 그는 후이넘이 되고 싶지만 속으로는 자기가 야후라는 걸 알고 있어요. 이 모든 것은 더할 나위 없이 명백해요. 『온건한 제안』에서처럼 문제는 그것을 어떻게 해석할 것인가지요.

한가지 말씀드려볼까요. 말들은 걸리버를 쫓아냅니다. 표면적인 이유는 그가 합리성의 기준에 못 미친다는 거예요. 진짜 이유는 그가 말처럼 보이지 않고 뭔가 다른 것처럼, 사실 옷을 잘 차려입은 야후처럼 보인다는 거죠. 그러니까 육식성 두발 동물이 자신의 특별한 지위를 정당화하기 위해서 적용해온 이성의 기준을 채식성 네발 동물도 똑같이 적용할 수 있다는 거예요.

이성의 기준. 제가 보기에 『걸리버 여행기』는 신, 짐승, 인간이라는 아리스토텔레스의 삼분법 안에서 움직이고 있어요. 이 세 행위자를 단지 두가지 범주 ─ 누가 짐승이고 누가 인간인가? ─ 에 끼워 맞추려고 하는 한 우리는 그 우화를 이해할 수 없어요. 후이넘들도 그렇고요. 후이넘들은 일종의 신, 냉담한, 아폴론적인 신들이에요. 그들이 걸리버를 상대로 해보는 시험은, 그는 신인가 아니면 짐승인가 하는 거예요. 그들은 그게 적합한 시험이라고 느껴요. 우리는 본능적으로 그렇게 느끼지 않죠.

제가 『걸리버 여행기』에서 늘 의아하게 여긴 건 ─ 이건 탈식민지 출신한테서 나올 법한 시각인데요 ─ 걸리버는 늘 혼자 여행한다는 거예요. 걸리버는 미지의 땅을 탐험하러 배를 타고 가는데, 현실에서 그랬던 것처럼 무장한 사람들을 데리고 뭍에 오르지 않고, 보통의 경우라면 걸리버의 개척 시도에 뒤따라 일어났을 일, 즉 후속 원정들, 릴리퍼트나 후이넘섬을 식민화하기 위한 원정들에 대해 스위프트의 책은 아무런 언급도 하지 않아요.

제가 품는 질문은 이런 거죠. 만약에 걸리버와 무장 원정대가 배에서 내려서 야후들 몇이 위협적인 행동을 할 때 그들을 쏴버리고, 그런 다음 식용으로 말 한마리를 쏴서 먹는다면 어떨까? 그런다면 좀 너무 깔끔하고, 좀 너무 탈체화되어 있고, 좀 너무 비역사적인 스위프트의 우화는 어떻게 될까? 그런 일은 분명히 후이넘들에게 예상치 못한 충격을 안기겠죠. 신과 짐승 외에 제3의 범주, 즉 인간이 있다는 점(그들의 손님이었던 걸리버도 그중 하나고요), 게다가 말이 이성을 대표한다면 인간은 물리력을 대표한다는 점이 분명해질 테니까요.

그런데 어떤 섬을 장악해서 그곳의 거주자들을 학살하는 것은 오디세우스와 그의 부하들이 아폴론한테 바쳐진 트리나키아섬에서 저질렀던 짓이고, 신은 그런 소행을 저지른 그들을 무자비하게 벌했죠. 이 이야기 자체는 또 더 오래된 신앙, 황소가 신이고 신을 죽여서 먹는 것은 저주를 불러올 수 있었던 시절의 신앙에 가닿는 듯합니다.

그러니까 — 제 답변이 혼란스러웠던 걸 양해해주세요 — 맞아요, 우리는 말이 아니고, 말이 지닌 명백하고 이성적이고 적나라한 아름다움을 갖고 있지 않아요. 오히려 우리는 말 아래의 영장류이고, 인간이라고도 하죠. 선생님은 우리가 그런 지위, 그런 본성을 인정하는 수밖에 없다고 말씀하시네요. 좋아요, 그렇게 하죠. 그렇지만 또한 스위프트의 우화를 극한까지 밀어붙여서, 역사 속에서는 인간의 지위를 기꺼이 받아들인다는 것이 한 종을 이루는 신성한, 또는 신성하게 창조된 존재들을 학살하고 노예로 삼는 것, 그럼으로써 우리 자신에게 저주를 불러오는 것을 의미했다는 점을 인정하기로 해요."

3시 15분, 어머니의 마지막 일정까지는 두시간이 남았다. 그는 어머니를 모시고 나무들이 늘어서서 마지막 남은 가을 잎새들을 떨구고 있는 길을 따라 자기 연구실까지 걸어간다.

"어머니, 성발 시 수업이 도살장 문을 닫게 할 거라고 믿으세요?"

"아니."

"그런데 왜 그런 일을 하세요? 동물한테 영혼이 있느니 없느니 하는 걸 삼단논법으로 증명하는, 동물에 관련된 교묘한 말이 지겹다고 하셨잖아요. 하지만 시라는 것도 그저 일종의 교묘한 말 아니에요, 운율을 써서 대형 고양잇과 동물의 근육을 찬미하는 거? 말에 관해서 주장하신 게, 말은 아무것도 바꾸지 못한다는 것 아니었어요? 제가 볼 때 어머니가 바꾸고 싶어 하는 행동의 차원은 너무 기본적인, 너무 본질적인 거라 말로 접근할 수가 없어요. 육식성은 재규어의 경우에도 그렇지만 인간한테 있어서 정말로 깊은 어떤 것을 표현한다는 말이에요. 재규어한테 콩만 먹이고 싶으신 건 아닐 거 아녜요."

"그러면 죽을 테니까. 인간은 채식을 한다고 죽진 않아."

"그래요, 안 죽죠. 하지만 인간은 채식을 원하지 않아요. 인간은 고기 먹는 걸 좋아해요. 그건 인류의 먼 조상한테서 물려받은 어떤 만족감을 준다고요. 그게 냉혹한 진실이에요. 어떤 의미에서는 동물들이 당해 마땅한 일을 당한다는 것도 냉혹한 진실이고요. 동물들이 스스로 뭘 하려고 하지 않는데 왜 어머니가 그것들을 돕느라고 시간을 낭비하세요? 자업자득이니까 그냥 내버려두세요. 만약에 누가 저한테, 우리가 먹는 동물들에 대해서 우리가 일반적으로 어떤 태도를 취하는지 물어보면 저는 '경멸'이라고 답할 거예요. 우리가 그것들을 가혹하게 다루는 건 그것들을 멸시하기 때문이고, 우리가 그것들을 멸시하는 건 그것들이 맞서 싸우지 않기 때문이에요."

"맞는 말이긴 한데 말이다," 그의 어머니가 말한다. "사람들은 우리가 동물을 사물처럼 다룬다고 불평하는데, 사실 우리는 동물을 전쟁포로처럼 다루지. 동물원이 일반인들한테 처음 개방됐을 때, 관람객들이 동물을 공격하지 못하게 사육사들이 나서서 막아야 했다는 거 알고 있니? 관람객들은 동물들이 마치 개선 행사의 포로들처럼 모욕당하고 학대당하라고 거기에 있다고 느꼈던 거야. 한때 우리는 동물을 상대로 전쟁을 벌였는데, 그걸 사냥이라고 불렀지만 실은 전쟁하고 사냥은 같은 거였지.(아리스토텔레스는 그걸 명확하게 간파했어.) 그 전쟁은 수백만년 동안 계속됐어. 우리는 불과 몇백년 전, 총기를 발명했을 때에야 그 전쟁에서 결정적인 승리를 거뒀어. 승리가 확고해진 다음에야 비로소 우리는 연민의 감정을 키워나갈 수 있었어. 하지만 우리의 연민은 아주 얇은 층을 이루고 있지. 그 밑에는 더 원시적인 태도가 있어. 전쟁포로는 우리 부족의 일원이 아니다. 우리는 그자를 마음 내키는 대로 다뤄도 된다. 우리는 그자를 우리 신에게 제물로 바쳐도 된다. 우리는 그자의 목을 따고, 심장을 뜯어내고, 그자를 불에 태워도 된다. 전쟁포로에 관한 한은 법이 없어."

"그게 어머니가 고쳐주고 싶은 인류의 질병이란 말이죠?"

"존, 내가 뭘 하고 싶은 건지는 나도 몰라. 가만히 입 다물고 있고 싶지는 않을 뿐이야."

"알았어요. 하지만 일반적으로 전쟁포로는 죽이지 않아요. 노예로 만들죠."

"음, 우리한테 포로로 잡힌 무리가 바로 그거야, 노예 집단. 그들의 임무는 우릴 위해 새끼를 낳는 거야. 그들의 섹스조차도 일종의 노동이 되지. 우리는 그들을 증오하지 않아, 더이상 증오할 가치가 없으니까. 네 말대로 우리는 경멸의 눈길로 그들을 바라보지."

"그렇지만 우리가 증오하는 동물들이 아직 있어요. 가령 쥐가 그렇죠. 쥐는 항복하지 않았어요. 그것들은 맞서 싸우죠. 우리 하수구에서 지하조직을 형성하고요. 그것들이 이기고 있는 건 아니지만 지고 있지도 않죠. 곤충하고 미생물은 말할 것도 없어요. 이것들은 우릴 이길지도 몰라요. 우리보다 더 오래 살아남을 거라는 건 확실하죠."

그의 어머니가 이번 방문에서 참가할 마지막 모임은 토론 형식으로 진행될 예정이다. 토론 상대는 어제 만찬에서 봤던 몸집 큰 금발의 남자로, 알고 보니 애플턴 대학의 철학 교수 토머스 오헌이다.

오헌이 세번 자기 입장을 개진할 기회를 갖고 그의 어머니가 세번 답변할 기회를 갖는 것으로 정해져 있다. 오헌이 친절하게도 요약문을 미리 보내왔기 때문에 그녀는 그가 무슨 말을 할지 대충 알고 있다.

오헌이 말을 시작한다. "제가 동물권 운동에 선뜻 동의하지 못하는 첫번째 이유는 그것이 자신의 역사적인 성격을 인식하지 못함으로써, 인권 운동과 마찬가지로, 그 자신의 기준에 불과한 것들에 대해 보편성을 주장하면서 세계 여타 지역의 관습에 반하고 나선 서구 십자군의 또다른 사례가 될 위험이 있다는 데 있습니다." 이어서 그는 19세기에 영국과 미국에서 동물보호 단체들이 생겨난 과정을 간추려 설명한다.

그가 계속해서 말한다. "인권 문제가 제기되면 다른 문화들과 다른 종교적 전통들은 자기네도 자기들 나름의 규범이 있고 서구의 규범을 따라야 할 이유는 없다고 아주 온당하게 응수합니다. 그들은 동물을 다루는 문제에서도 마찬가지로 자기들 나름의 규범이 있고 우리 규범을 따를 이유가 없다고, 특히 우리 규범이 그렇게 최근에 발명된 것인 마당에야 그럴 이유가 없다고 말합니다.

어제 발표에서 우리 강연자께서는 데까르뜨를 아주 심하게 다루셨지요. 하지만 동물이 인간과 다른 차원에 속한다는 관념은 데까르뜨가 발명한 것이 아닙니다. 그는 그 관념을 새로운 방식으로 정식화했을 뿐입니다. 우리가 동물을 우리 자신에 대한 의무가 아니라 동물 자체에 대한 의무로서 연민을 가지고 대할 의무를 지닌다는 생각은 아주 최근의, 아주 서구적인 것이며, 심지어는 아주 앵글로색슨적인 것입니다. 우리가 다른 전통들은 깨닫지 못하는 어떤 윤리적 보편자에 접근할 수 있다는 생각을 고집하고 그 보편자를 선전이나 심지어 경제적 압박을 통해서 그들에게 강요하려 하는 한, 우리는 저항에 부딪힐 것이고 그 저항은 정당화될 것입니다."

그의 어머니 차례다.

"오헌 교수님, 염려하시는 문제들은 실질적인 것이고 제가 거기에 실질적인 답변을 내놓을 수 있을지는 잘 모르겠습니다. 역사적인 부분은 물론 교수님 말씀이 타당합니다. 동물에 대한 친절은 최근에야, 지난 백오십년이나 이백년 사이에 사회적 규범이 됐고 그것도 세계의 일부 지역에서만 그렇죠. 이 역사를 인권의 역사와 결부하는 것도 타당합니다. 동물에 대한 염려는 역사적으로 보면 더 광범위한 박애주의적 염려, 특히 노예의 운명과 아이들의 운명에 대한 염려에서 파생한 것이니까요.

하지만 이제까지 동물에 대한 친절kindness은 ─ 저는 여기서 '친절'이라는 말을 완전한 의미로 쓰고 있는데요, 그것은 우리가 모두 하나의 종류kind, 하나의 본성에 속한 존재라는 점을 인정하는 뜻을 담고 있습니다 ─교수님이 암시하시는 것보다 더 널리 퍼져 있었습니다. 가령 반려동물을 기르는 건 결코 서구적인 유행이 아닙니다. 처음 남아메리카를 여행했던 사람들은 인간과 동물이 마구 뒤섞여 사는 정착촌들을 발견했죠. 또 당연한 말이지만 전세계의 어린아이들은 동물들하고 아주 자연스럽게 어울리고요. 애들은 어떤 경계선도 알지 못해요. 그건 애들한테는 가르쳐줘야 하는 어떤 거예요. 동물을 죽여서 먹어도 괜찮다는 걸 가르쳐줘야 하는 것처럼 말이죠.

데까르뜨로 돌아가면, 저는 다만 그가 본 동물과 인간 사이의 불연속성은 불완전한 정보의 결과였다는 점을 말씀드리고 싶습니다. 데까르뜨 시대의 과학은 대형 유인원이나 고등한 해양 포유류를 알지 못했고, 그래서 동물은 사고하지 못한다는 가정을 의문시할 이유가 별로 없었습니다. 당연히 그 과학은 고등 영장류에서 호모 사피엔스에 이르기까지 여러 등급으로 이뤄진 진원류眞猿類 생명체들의 연속체를 밝혀줄 화석 기록에 접근할 수도 없었죠. 인간이 권좌에 오르는 과정에서 진원류가 인간에 의해 말살됐다는 점은 여기서 짚고 넘어가야겠습니다.

서구의 문화적 오만을 두고 하신 말씀의 핵심에는 저도 동의하지만, 동물의 삶을 산업화하고 동물의 살을 상품화하는 데 앞장섰던 자들이 그에 대해 속죄하고자 하는 데서도 선두에 서는 것이 적절하다는 게 제 생각입니다."

오헌이 두번째 명제를 제시한다. "제가 읽어본 과학 문헌들에 따르면, 동물이 전략적으로 사고하거나 일반개념을 지니거나 상징적으로 소통할 수 있다는 점을 보여주려는 노력은 지금까지 성과가 미미했습니다. 고등 유인원이 수행할 수 있는 최상의 것은 심각한 지적장애와 언어장애가 있는 인간이 수행할 수 있는 것보다 나을 게 없습니다. 그렇다면 동물, 심지어 고등동물은 이런 우울한 인간의 하위범주에 놓이기보다 전혀 별개의 법적, 윤리적 영역에 속한다고 생각하는 것이 타당하지 않을까요? 동물은 인격체가 아니므로, 태아처럼 잠재적인 인격체조차 아니므로 법적 권리를 누릴 수 없다는 전통적 견해에 어떤 지혜가 담겨 있지 않을까요? 우리가 동물을 다루는 규칙을 정함에 있어서, 그러한 규칙이 동물은 주장할 수도, 강제할 수도, 심지어 이해할 수도 없는 권리에 입각하기보다 현재와 같이 우리에게, 그리고 동물에 대한 우리의 처우에 적용되도록 하는 것이 더 사리에 맞지 않을까요?"

그의 어머니 차례다. "오헌 교수님, 거기에 제대로 답변하려면 제게 주어진 시간보다 더 오래 걸릴 것 같아요. 먼저 권리의 문제, 우리는 어떻게 권리를 갖게 되는가 하는 문제 전체를 따져봐야 할 테니까요. 그래서 한가지만 말씀드릴까 하는데요, 동물은 바보라는 결론을 내리게 만드는 과학 실험 프로그램이 지극히 인간중심적이라는 점입니다. 그런 프로그램은 황량한 미로에서 빠져나올 수 있는 능력을 높이 평가하는데, 만약 그 미로를 설계한 연구자가 낙하산을 타고 보르네오 밀림 속에 떨어진다면 그 사람이 일주일 만에 굶어 죽을 거라는 사실은 무시하죠. 좀더 이야기해볼까요. 만일 제가 한 인간으로서, 이 실험들에서 동물을 평가하는 기준이 인간의 기준이라는 말을 듣는다면 저는 모욕을 당하는 셈일 거예요. 바보 같은 건 그 실험들 자체라고요. 그걸 설계하는 행동주의자들은 우리가 추상적인 모델을 만들고 난 다음 그 모델을 현실에 적용해 검증하는 과정을 통해서만 이해에 도달한다고 주장하죠. 말도 안 되는 소리예요. 우리와 우리의 지성이 복잡성에 몰입함으로써 우리는 이해에 도달하는 거예요. 과학적 행동주의가 삶의 복잡성에서 뒷걸음치는 모양은 자발적으로 무력해진 느낌을 줘요.

동물은 너무 둔하고 멍청해서 자신의 생각을 말할 수 없다는 데 대해서는, 이런 일련의 사건들을 생각해보세요. 알베르 까뮈가 알제리의 어린 소년이었을 때 그의 할머니가 그에게 뒷마당의 닭장에서 암탉 한마리를 가져다달라고 말합니다. 그는 시키는 대로 했고, 할머니가 바닥이 더러워지지 않도록 그릇에다 피를 받아내면서 부엌칼로 닭의 목을 치는 것을 지켜봤습니다.

그 암탉이 죽으면서 내지른 비명은 소년의 뇌리에 박혀 떠나질 않았고, 그리하여 1958년에 그는 단두대를 비난하는 격정적인 글을 썼습니다. 부분적으로는 이 격렬한 비판의 결과로 프랑스에서 사형제도가 폐지됐습니다. 자, 누가 그 암탉이 말하지 않았다고 말하겠습니까?"

오헌의 말. "저는 이제부터 하려는 말이 불러일으킬 법한 역사적인 연상들을 염두에 두고 마땅히 심사숙고하여 이 말씀을 드립니다. 저는 삶이 우리에게 중요한 만큼 동물에게 중요하다고 믿지 않습니다. 동물에게는 확실히 죽음에 대항하는 본능적인 투쟁이 있고 이는 그들이 우리와 공유하는 것입니다. 하지만 그들은 우리가 이해하듯이, 아니, 우리가 이해하는 데 실패하듯이 죽음을 이해하지 못합니다. 인간의 마음에서는 죽음 앞에서 상상력이 좌절되고, 이런 상상력의 좌절(어제 강연에서 생생하게 환기된 바 있지요)은 우리가 죽음에 대해 지닌 공포의 기초를 이룹니다. 동물에게는 그 공포가 존재하지 않고 존재할 수도 없는데, 소멸을 이해하려는 노력과 그 이해의 실패, 소멸에 대한 장악의 실패가 전혀 발생하지 않았기 때문입니다.

그런 까닭에 동물에게 죽는다는 것은 그저 우연히 일어나는 일이며, 그에 대해 유기체의 반발은 있을 수 있지만 영혼의 반발은 없을 거라고 말하고 싶습니다. 이는 진화의 층위에서 아래로 내려갈수록 더 참이 됩니다. 곤충에게 죽음은 물질적 유기체의 작동을 유지하는 장치들의 고장, 그 이상이 아닙니다.

동물에게 죽음은 삶과 연속적입니다. 우리는 아주 상상력이 풍부한 어떤 사람들에게서나 죽는 것의 공포를 볼 수 있는데, 그 공포가 너무나 강렬한 나머지 그들은 그것을 동물을 포함한 다른 존재들에게 투사합니다. 동물은 살고, 그러다 죽습니다. 그게 다입니다. 따라서 닭을 도살하는 도축업자를 인간을 죽이는 사형집행인과 등치시키는 것은 중대한 오류입니다. 두 사건은 비교할 수 있는 게 아닙니다. 그것들은 같은 층위에 속하지 않습니다. 같은 층위에 있지 않습니다.

그러면 잔인함의 문제가 남게 되지요. 동물을 죽이는 것은 합법이라고 하겠는데, 왜냐하면 우리에게 우리의 삶이 중요한 것만큼 그들에게 그들의 삶이 중요하지는 않기 때문입니다. 옛날식으로 말하자면 동물에게는 불멸의 영혼이 없기 때문입니다. 반면 아무 이유 없는 잔인함은 불법이라고 하겠습니다. 그러므로 우리가 동물에 대한 인간적인 처우, 심지어 그리고 특히 도살장에서의 그러한 처우를 위해 선전 활동을 벌이는 것은 매우 적절합니다. 이는 오랫동안 동물복지 단체들의 목표였고 저는 그 점에 대해 그 단체들에 경의를 표합니다.

저의 마지막 논의는 동물권 운동에서의 동물에 대한 염려가 제가 보기에는 우려스럽게도 추상적인 성격을 띤다는 점과 관련됩니다. 우리 강연자께 미리 사과 말씀을 드려야겠는데, 제가 이제부터 풀어놓을 말은 어찌 들으면 거슬릴 수 있습니다. 하지만 할 필요가 있다고 생각합니다.

제 주변에서 보는 동물 애호가의 다양한 부류에서 두 부류를 골라내보겠습니다. 한편은 사냥꾼들로, 아주 초보적이고 비非반성적인 차원에서 동물을 가치 있게 여기는 사람들, 몇시간씩 지켜보고 추적하는 사람들, 동물을 죽인 다음에는 그 고기를 맛보는 데서 즐거움을 얻는 사람들입니다. 다른 편은 동물과, 적어도 가금이나 가축처럼 자신들이 보호하는 데 관심이 있는 종들과 거의 접촉이 없는 사람들, 하지만 모든 동물이, 경제적 진공상태에서, 어떤 유토피아적인 삶, 모두에게 기적처럼 먹을 것이 공급되고 어떤 동물도 다른 동물을 잡아먹지 않는 삶을 영위하기를 바라는 사람들입니다.

묻겠습니다. 이 둘 중에 어느 쪽이 더 동물을 사랑할까요?

생명권을 포함한 동물권에 대한 선전 활동이 제게 설득력이 없고 결국 한가한 이야기로 들리는 이유는 그것이 너무 추상적이기 때문입니다. 그쪽 지지자들은 우리와 동물의 공동체 이야기를 많이 합니다만, 동물이 어떻게 실제의 삶에서 그 공동체를 경험한다는 말인가요? 토마스 아퀴나스는 사람과 동물 사이의 우정은 불가능하다고 말하는데, 저는 거기에 동의하는 편입니다. 우리는 화성인과도, 박쥐와도 친구가 될 수 없는데, 우리가 그들과 공유하는 것이 너무 적다는 단순한 이유에서입니다. 틀림없이 우리는 동물과의 공동체가 있기를 바랄 테지만 그건 동물과 공동체를 이뤄 사는 것과 동일한 것이 아닙니다. 그건 그저 인류의 타락 이전의 상태에 대한 동경의 한 예일 뿐입니다."

다시 그의 어머니 차례고, 이번이 마지막이다.

"동물한테는 우리한테보다 삶이 덜 중요하다고 말하는 사람은 살려고 몸부림치는 동물을 자기 두 손으로 감싸 안아본 적이 없는 사람이에요. 그 몸부림에 그 동물은 존재 전부를 남김없이 투입해요. 그 몸부림에 지적이거나 상상적인 공포의 차원은 없다고 말씀하시는데, 저도 같은 생각이에요. 지적인 공포를 느끼는 건 동물의 존재 양식이 아니죠. 동물의 전존재는 살아 있는 몸에 있어요.

제 말이 납득되지 않으신다면, 그건 제가 여기서 하는 말에 그 동물적인 존재 전체를, 그 존재의 추상화되지 않은, 지적이지 않은 본성을 생생하게 전달할 힘이 없기 때문이에요. 그래서 그 살아 있는, 전기電氣 같은 존재를 다시 언어로 이끄는 시인들의 작품을 읽어보시기를 제가 권하는 거고요. 그런 시인들의 작품도 별 감흥이 없다면, 활송滑送장치를 따라 사형집행인을 향해 밀려가는 짐승 옆에서 나란히 걸어보시기를 권합니다.

교수님은 동물이 죽음을 이해하지 못하기 때문에 동물에게 죽음은 중요하지 않다고 말씀하십니다. 제가 어제의 강연을 준비하면서 읽었던 어느 철학 교수의 글이 생각나는군요. 읽으면서 답답한 느낌이 들었어요. 아주 스위프트적인 반응을 하게 되더라고요. 혼잣말을 했어요, 이게 인간의 철학이 내놓을 수 있는 최상이라면 난 차라리 말들과 어울려 살련다 하고.

그 철학자는 묻더군요. 엄밀히 말해서 송아지가 그 어미를 그리워한다고 할 수 있는가? 송아지는 자기가 가진 느낌이 그리움의 느낌이라는 것을 알 만큼 어미와의 관계가 가지는 의의를 충분히 파악하고, 어미의 부재가 가지는 의미를 충분히 파악하고, 마지막으로, 그리움에 대해서 충분히 아는가?

현존과 부재의 개념, 자아와 타자의 개념을 완전히 익히지 못한 송아지는 엄밀히 말해서 그 무엇도 그리워한다고 할 수 없다는 논리죠. 엄밀히 말해서 무엇이든 그리워하려면 먼저 철학 상좌를 하나 수강해야 할 거라는 얘기예요. 무슨 놈의 철학이 그래요? 그런 건 갖다 버리라고 해요. 거기서 하는 자질구레한 구별들이 다 무슨 소용이에요?

인간과 비인간의 구별은 피부색이 흰지 검은지에 달렸다고 말하는 철학자와, 인간과 비인간의 구별은 주어와 술어의 차이를 아느냐 모르느냐에 달렸다고 말하는 철학자는 제가 보기에 다른 점보다 닮은 점이 더 많은 것 같아요.

저는 평소에 누굴 배척하는 태도를 경계합니다. 어느 저명한 철학자는 고기를 먹는 사람들하고는 동물에 관해서 철학적으로 논할 생각이 전혀 없다고 말한다죠. 제가 그렇게까지 할지는 모르겠지만, (솔직히, 그럴 용기는 없어요) 단언컨대 방금 인용한 그 책을 쓴 신사를 만나보려고 기를 쓰진 않을 거예요. 특히 그 사람하고 음식을 나누려고 기를 쓰진 않을 겁니다.

제가 그 사람과 어떤 관념에 대해 토론할 생각은 있을까요? 사실 이게 핵심적인 문제입니다. 토론이란 공통된 기반이 있을 때에만 가능하죠. 양측이 팽팽히 맞서고 있을 때 우린 이렇게 말합니다. '그 사람들더러 함께 이성적으로 따져보고, 이성적인 논의를 통해서 서로의 차이가 무엇인지 명확히 해서 거리를 좀 좁혀보라고 해. 다른 건 아무것도 공유하지 않을지 몰라도 최소한 이성은 공유하고 있으니까.'

하지만 현재의 경우에는 제가 상대방과 이성을 공유하고 있음을 인정해야 할지 잘 모르겠습니다. 그가 속해 있는 오랜 철학적 전통 전체, 데까르뜨까지 거슬러 올라가고 데까르뜨 너머로는 아퀴나스와 아우구스투스를 거쳐 스토아학파와 아리스토텔레스까지 뻗어 있는 전통 전체를 떠받치는 것이 이성인 상황에서는 그렇습니다. 저와 그 사람의 최후의 공통 기반이 이성이고, 저를 송아지에게서 갈라놓는 것이 이성이라면, 감사하지만 사양하겠고요, 저는 다른 누군가와 이야기하렵니다."

아렌트 학장은 이런 분위기 속에 행사를 마무리해야 한다. 신랄함, 적개심, 반감. 이런 것은 아렌트나 그의 위원회가 원한 게 결코 아니라고 그, 존 버나드는 확신한다. 거참, 어머니를 초빙하기 전에 물어봤어야지. 그가 말해줄 수도 있었을 텐데.

자정이 넘었고, 그와 노마는 침대에 누웠고, 그는 기진맥진한 상태고, 6시면 어머니를 공항에 모셔다드리기 위해 일어나야 한다. 하지만 노마는 열에 받쳐 쉽사리 입을 다물지 않을 기세다. "그건 그저 푸드 패디즘[1]이고, 푸드 패디즘은 언제나 하나의 권력 행사야. 어머니가 여기 오셔가지고 사람들의, 특히 아이들의 식습관을 바꿔놓으려고 하는 걸 보면 참을 수가 없어. 게다가 이젠 이 말도 안 되는 공개 강연들까지! 본인이 가진 금지의 권력을 공동체 전체로 확장하려고 하시잖아!"

그는 자고 싶지만 어머니를 완전히 배신할 수는 없다. "어머니는 어디까지나 진심에서 그러시는 거야." 그가 나지막이 말한다.

"진심인 거하고는 아무 상관이 없지. 어머니한테는 자기통찰이 전혀 없어. 진심인 것처럼 보이는 건 본인의 동기에 대한 통찰이 너무 부족하기 때문이야. 미친 사람들 말도 진심이야."

그는 한숨을 쉬면서 설전에 뛰어든다. "어머니가 고기 먹는 걸 역겨워하는 것하고 내가 달팽이나 메뚜기 먹는 걸 역겨워하는 것 사이에 무슨 차이가 있는지 모르겠는데. 나한테는 내 동기에 대한 통찰이 없고 난 그런 거에 정말 관심도 없어. 그냥 역겹다고 느낄

---

1 food faddism. (흔히 과학적인 근거 없이) 유행하는 식단을 추종하는 것.

뿐이지."

　노마가 코웃음을 친다. "당신은 달팽이를 먹지 말자고 하면서 개똥철학을 늘어놓는 공개 강연은 하지 않잖아. 사적인 열광을 공적인 금기로 만들려고 하지 않는다고."

　"그럴지도 모르지. 하지만 어머니를, 본인이 선호하는 걸 어떻게든 다른 사람들이 받아들이게 만드는 괴짜가 아니라 설교가, 사회 개혁가라고 봐주면 안 되나?"

　"설교가로 보고 싶으면 봐. 그런데 다른 설교가들을 전부 한번 봐봐. 인류를 구원받은 자와 저주받은 자로 딱 갈라놓는 설교가들의 그 정신 나간 구도構圖를 보라고. 당신은 당신 어머니가 그런 사람들하고 한패거리가 되면 좋겠어? 엘리자베스 코스텔로와 그녀의 제2의 방주가 되겠네. 거기에는 개들과 고양이들과 늑대들이 있고, 물론 그중 어느 놈도 고기를 먹는 죄를 범한 적이 없지. 거기에 말라리아 바이러스와 광견병 바이러스와 HI 바이러스가 있는 건 말할 것도 없어. 어머니의 멋진 신세계를 다시 채워넣을 수 있게 그것들도 구해내야겠지."

　"노마, 지금 소리를 질러대고 있어."

　"소리 지르고 있지 않아. 어머니가 애들한테 불쌍한 어린 송아지라느니, 나쁜 사람들이 송아지한테 무슨 짓을 저지른다느니 하는 말을 들려주면서 내 뒤통수를 치려고 하지 않으면 나는 어머니를 더 존중할 거야. 애들한테 닭고기나 참치 요리를 주면 그걸 깔짝거리면서 '엄마, 이거 송아지고기야?' 하고 묻는데, 아주 지긋지긋하다고. 이건 그저 파워 게임이야. 어머니의 위대한 영웅 프란츠 카프카도 자기 가족들이랑 똑같은 게임을 했어. 이것도 안 먹겠다, 저것도 안 먹겠다, 자긴 차라리 굶어 죽겠다고 했지. 얼마 안 가서 모두가 카프카 앞에서 음식을 먹는 데 죄책감을 느꼈고 카프카 본인은 느긋하게 앉아서 도덕적 우월감을 느낄 수 있었어. 이건 넌더리 나는 게임이고, 우리 애들이 날 상대로 그런 게임을 하게 놔두진 않을 거야."

"어머니는 몇시간만 지나면 가버리실 거고, 그럼 우린 정상으로 돌아갈 수 있어."

"좋네. 안녕히 가시라고 전해줘. 난 일찍 안 일어날 거야."

7시, 해가 막 뜨고 있고, 그와 그의 어머니는 공항을 향해 가고 있다.

"노마 때문에 죄송해요." 그가 말한다. "그 사람 요즘 스트레스가 많아요. 공감을 할 만한 처지가 아니에요. 어쩌면 저도 그렇다고 할 수 있고. 이렇게 왔다가 금방 가셔서, 어머니가 왜 그렇게 동물문제에 열을 내시게 됐는지 이해할 만한 시간이 없었어요."

그녀는 차의 와이퍼가 왔다 갔다 하는 것을 지켜보다가 말한다. "내가 너한테 그 이유를 말한 적이 없다는 게, 아니, 차마 너한테 말할 수가 없다는 게 더 그럴듯한 설명이 되겠지. 어떤 말이 튀어나올지 생각해보면, 그런 말은 너무 심해서 미다스 왕처럼 베개에다 대고, 아니면 땅속 구멍에다 대고 하는 게 최선이겠다 싶다."

"무슨 말씀인지 모르겠네요. 말할 수 없다는 게 뭔데요?"

"이젠 내가 어떤 상황에 처해 있는지 모르겠다는 거야. 난 사람들 사이를 아주 편안하게 돌아다니고, 사람들하고 아주 정상적인 관계를 맺고 있는 것 같아. 속으로 이런 질문을 해. 이 사람들 모두가 무지막지한 범죄에 가담한 자들이라는 게 가능한가? 내가 그 모든 것에 대해서 공상을 하고 있는 건가? 내가 미친 게 틀림없구나!

하지만 매일같이 증거들을 보게 돼. 내가 의심하는 바로 그 사람들이 증거를 생산하고, 내보이고, 그걸 나한테 권해. 시체들. 자기들이 돈 주고 산 시체 조각들.

마치 이런 거지. 내가 친구들 집에 가서 거실에 있는 램프에 대해 뭔가 의례적인 말을 하면 그 친구들이 이렇게 말하는 거야. '그래, 근사하지? 폴란드 유대인 피부로 만든 건데, 그게 최고인 것 같아, 젊은 폴란드 유대인 처녀의 피부 말이야.' 그다음에 화장실에 가니까 비누 포장지에 이렇게 쓰여 있어. '트레블린카 ─ 100% 인간 스테아르산염'. 나는 자문해. 내가 꿈을 꾸고 있나? 무슨 집이 이래?

하지만 난 꿈을 꾸고 있지 않아. 네 눈을, 노마의 눈을, 애들의 눈을 들여다보면 친절함, 인간적인 친절함밖에 안 보여. 나 자신한테 이렇게 타일러. 진정해, 너는 별것 아닌 일을 가지고 큰일처럼 떠벌리고 있어. 이게 삶이야. 다른 사람들은 모두 그걸 잘 받아들이는데 왜 너는 못 하니? 왜 너는 못 하니?"

그녀는 눈물에 젖은 얼굴을 그에게로 돌린다. 그는 생각한다. 뭘 바라시는 걸까? 내가 대신 답을 해주길 바라시나?

아직은 고속도로를 타고 있지 않다. 그는 도로변에 차를 대고, 시동을 끄고, 어머니를 껴안는다. 그의 숨결이 콜드크림 냄새, 늙은 살의 냄새를 빨아들인다. "괜찮아요, 괜찮아." 그녀의 귀에 그가 속삭인다. "괜찮아, 괜찮아요. 금방 지나갈 거예요."

제5강
아프리카에서의 인문학

1

언니를 못 본 지 십이년이 됐다. 비가 오던 그날, 멜버른에서 있었던 어머니 장례식에서 본 게 마지막이었다. 그녀는 여전히 블란치라고 생각하지만 공식적으로는 하도 오랫동안 브리짓 수녀로 불려서 지금쯤은 본인 스스로도 브리짓이라고 생각할 것이 틀림없는 그 언니는 소명의식을 가지고 아프리카로 갔는데, 다시 돌아올 것 같지는 않다. 서양고전학을 전공하고 나서 의료선교사 교육을 받은 그녀는 줄루란드[1] 시골에 있는 제법 큰 병원의 관리자 자리에까지 올랐다. 그 지역 일대에 에이즈가 퍼져서, 그녀는 태어날 때부터 감염된 아이들을 돌보는 네 언덕 위 성보마리아 병원, 메리언힐[2]의

....
1 남아프리카공화국 북동부의 지역명. 19세기 줄루 왕국의 본거지.

역량을 점점 더 집중시켰다. 블란치는 이년 전에 메리언힐의 활동에 관해서 『희망을 위한 삶』이라는 책을 썼다. 이 책이 뜻밖에 인기를 얻었다. 그녀는 캐나다와 미국에서 순회강연을 하면서 수도회 활동을 사람들에게 알리고 모금을 했다. 『뉴스워크』지에 그녀에 관한 특집 기사가 실렸다. 그리하여 학자의 길을 포기하고 남들이 알아주지 않는 고생길을 택한 블란치는 갑자기 유명해졌는데, 이제 이민 간 나라의 한 대학에서 명예학위를 받게 될 만큼 유명해진 것이다.

그녀 자신, 블란치의 여동생인 엘리자베스가 자신은 알지도 못하고 특별히 알고 싶지도 않았던 땅에, 이 흉한 도시에(불과 몇시간 전, 비행기를 타고 들어오면서 저 아래에 도시가 몇에이커[3]에 달하는 생채기 난 땅, 거대한 불모의 광산폐기물 더미를 거느린 채 펼쳐져 있는 것을 보았다) 온 것은 바로 그 학위 때문, 그 학위수여식 때문이다. 이제 여기에 왔고, 녹초가 됐다. 인도양을 건너는 사이에 날아가버린 몇시간의 삶, 그걸 되찾으리라고 믿는 것은 부질없다. 블란치를 만나기 전에 낮잠을 자고, 기운을 차리고, 좋은 기분을 되찾아야 한다. 하지만 너무 불안하고, 너무 정신이 없고, 너무—막연한 느낌이지만—몸이 안 좋다. 비행기를 타고 오면서 뭔가 잘못된 걸까? 낯선 사람들만 있는 데서 병에 걸린다는 것, 얼마나 끔찍한 일인가! 그녀는 자기 느낌이 틀렸기를 바란다.

주최측에서는 브리짓 코스텔로 수녀와 엘리자베스 코스텔로 씨 두 사람을 같은 호텔에 묵도록 했다. 숙소를 정할 때 그들은 두 사람이 각자 일인실을 쓸지 아니면 스위트룸을 같이 쓸지 물었다. 그

---

2 '마리아의 언덕'이라는 뜻.
3 1에이커는 약 4,047제곱미터.

녀는 일인실을 쓰겠다고 말했고, 블란치도 그리리라고 생각했다. 그녀와 블란치는 진정으로 가까웠던 적이 없을뿐더러, 이제는 둘 다 특정 연령의 여성인 단계를 지나 영락없는 노인네가 된 마당에, 블란치의 취침기도 소리를 옆에서 들어야 하거나 마리아 수도회의 수녀들이 어떤 스타일의 속옷을 좋아하는지 봐야 하는 상황은 원치 않는 것이다.

그녀는 짐을 풀고, 방 안 여기저기를 돌아다니고, 텔레비전을 켜고, 다시 끈다. 그러다가 어느새, 구두며 모든 것을 그대로 착용한 채 드러누워 잠에 빠져든다. 전화 소리에 잠이 깬다. 멍한 상태에서 수화기를 더듬어 찾는다. '여긴 어딜까?' 하고 생각한다. '나는 누굴까?' "엘리자베스?" 어떤 목소리가 말한다. "너 맞니?"

그들은 호텔 라운지에서 만난다. 그녀는 수녀복 규정이 완화됐다고 생각했었다. 그런데 그게 사실이라면 블란치는 그런 흐름에서 비켜나 있었다. 그녀는 머릿수건을 쓰고, 수수한 흰색 블라우스와 종아리 중간까지 내려오는 회색 치마를 입고, 수십년 전에 표준 품목이었던 뭉툭한 검은색 구두를 신고 있다. 얼굴은 주름지고 손등은 갈색 반점으로 얼룩덜룩하지만 그외에는 잘 버텨왔다. 아흔 살까지 사는 여자들이 있지. 그녀는 속으로 생각한다. '말라빠졌다'는 단어가 자신도 모르게 머릿속에 떠오른다. '암탉처럼 말라빠졌다.' 블란치 쪽에서 보고 있는 것, 속세에 남은 그녀의 여동생의 변한 모습에 대해서는 생각을 말도록 하자.

그들은 서로 포옹을 하고 차를 시킨다. 가벼운 대화가 오간다. 블란치는 여태껏 이모 노릇은 못 했지만 이모이기는 하니까, 거의 본 적이 없고 모르는 사람들이나 다름없는 조카들 소식을 들어줘야 한다. 이야기를 나누면서도 그녀, 엘리자베스는 생각한다. '내가 이러려고 왔나, 이렇게 볼에다 입을 맞추고, 이렇게 고리타분한 말을 주고받고, 이렇게 사라져버린 거나 다름없는 과거를 되살리는 시늉을 하려고?'

친숙함. 가족이라 닮았다는 것. 외국의 어느 도시에서 두 노인네가 서로에 대한 당혹감을 숨긴 채 차를 홀짝이고 있다는 것. 분명 뭔가, 하려고 들면 할 수 있는 말이 있을 터. 구석의 생쥐처럼 눈에 잘 안 띄는, 살금살금 걷고 있는 어떤 이야기. 하지만 지금 여기서 그녀는 너무 피곤해서 그것을 붙잡을 수가, 그것을 잡아다 붙들어 맬 수가 없다.

"9시 30분이야." 블란치가 말하고 있다.

"뭐라고?"

"9시 30분이라고. 9시 30분에 우릴 데리러 올 거야. 여기서 만나." 그녀는 잔을 내려놓는다. "엘리자베스, 너 아주 피곤해 보인다. 좀 자. 난 얘기할 거 준비해야 돼. 나보고 얘기를 해달라고 해서. 밥값을 하라는 거지."

"얘기?"

"연설 말이야. 내일 연설을 하게 돼 있어, 졸업 예정자들한테. 너 끝까지 앉아 있어야 할 텐데, 어쩌냐."

2

그녀는 저명한 하객들과 함께 앞줄에 앉는다. 졸업식에 마지막으로 가본 지 몇년은 되었다. 한 학년도의 끝, 고향에서나 여기 아프리카에서나 찜통 같은 여름 더위.

그녀 뒤로 모여 앉아 있는 검은 옷의 젊은이들을 보면 이백개 정도의 인문학 학위가 수여되는 것 같다. 하지만 우선은 유일한 명예 학위 취득 예정자인 블란치의 차례다. 모여 있는 사람들에게 그녀가 소개된다. 그녀는 박사용, 교원용인 진홍색 가운을 입고 두 손을 모은 채 사람들 앞에 서고, 그사이 대학 측 낭독자가 한 사람의 평생에 걸친 업적들의 기록을 낭독한다. 이어 그녀는 총장이 있는 자리로 안내된다. 그녀가 무릎을 굽히고, 일은 끝난다. 길게 이어지는 박수 소리. 브리짓 코스텔로 수녀, 그리스도의 신부이자 문학박사, 자신의 삶과 일을 통해 선교사의 이름이 한동안 다시 빛나게 만든 사람.

그녀가 연단 앞에 선다. 브리짓, 블란치, 그녀가 발언에 나설 시간. 그녀가 말한다.

"총장님, 존경하는 대학 구성원 여러분,

여러분은 오늘 아침 이 자리에서 제게 영예를 베풀어주시고, 저는 그 영예를 감사히 받습니다. 저는 이 영예를 저의 것으로 받아들이기보다는 지난 반세기 동안 메리언힐의 아이들에게, 그리고 그 어린아이들을 통해 우리 주님께 수고와 사랑을 바쳐온 많은 사람들을 대표하여 받아들입니다.

여러분이 우리에게 영예를 주시려고 택한 방식은 여러분이 가장 편하게 느끼는 방식, 즉 학위 수여로, 그 학위를 구체적으로 말하면 여러분이 리테라이 후마니오레스 — 인문적 학문$^{humane letters}$, 혹은 간단히 인문학^{humanities} — 박사학위라고 부르는 것입니다.[4] 저

---

4 'litterae humaniores'는 원래 서구의 대학 발달 초기에 신학과 구별되는 '더 인간적인 학문', 즉 인간에 관련된 광범위한 학문 분야를 가리켰으며 현재 서구의 몇몇 대학에서는 서양고전학을 일컫는 말로 쓰인다. 'humane letters'와 'humanities'는 모두 인문학을 의미하는데, 후자와 달리 'a doctor of humane letters'라고 하면 대개 명예박사학위를 가리킨다.

보다 여러분이 더 잘 아시는 내용을 여러분에게 말씀드리는 것 같지만, 이 기회에 인문학에 대해서, 그 역사와 현 상황에 대해서, 또 인간성humanity에 대해서 좀 말해보고 싶습니다. 겸허한 마음으로 바라는바, 제가 드리는 말씀이 아프리카에서, 나아가 더 넓은 세계에서 인문학에 종사하시는 분들이 처한 상황, 즉 어떤 곤란한 상황에 연관되는 이야기일지도 모르겠습니다.

친절하기 위해서는 때로 잔인해야 하는 법이니 다음과 같은 사실을 상기시켜드리는 것으로 말을 시작하겠습니다. 오늘날 우리가 인문학이라고 부르는 것을 탄생시킨 것은 대학이 아니었습니다. 그것은 역사적으로 더 엄밀히 따져서 제가 이제부터 스투디아 디비니타티스(studia divinitatis), 즉 신에 관한 연구와 구별하여 스투디아 후마니타티스(studia humanitatis), 인간 연구라고 부르고자 하는 것, 즉 인간과 인간의 본성에 관한 연구였습니다. 대학은 인간 연구를 탄생시키지 않았고, 대학이 마침내 인간 연구를 자신의 학문 영역에 받아들였을 때에도 특별히 그것이 자라나기에 좋은 환경을 제공하지는 않았습니다. 오히려 대학은 협소해진 무미건조한 형태로만 인간 연구를 수용했지요. 그 협소해진 형태가 텍스트학textual scholarship입니다. 15세기 이후 대학에서의 인간 연구의 역사는 텍스트학의 역사와 아주 밀접하게 결합되어 있어서 두가지는 같은 것이라고 해도 좋을 정도입니다.

제가 오전 시간을 다 쓸 수는 없으니까(여러분의 학장님께서는 제게 최대 십오분을 넘기지 말아달라고 하셨어요. '최대'는 학장님 표현입니다), 여기 모이신 학생들과 교수님들 여러분께 제시해야 마땅한 단계적인 추론과 역사적인 증거는 생략하고 제가 하고자 하는 말을 해보겠습니다.

시간이 더 있다면 드리고 싶은 말씀은 이것입니다. 텍스트학은 인간 연구의 살아 있는 숨결이었고, 한편 인간 연구는 하나의 역사적인 운동으로 불려 마땅한 것, 즉 인본주의 운동이었습니다. 하지만 텍스트학 안의 살아 있는 숨결이 꺼지는 데는 오랜 시간이 걸리지 않았습니다. 이후 텍스트학에 관한 이야기는 그 생명을 되살리려는 이런저런 노력, 그러나 헛된 노력의 이야기였습니다.

텍스트학이 발명될 때 사람들이 염두에 둔 텍스트는 성서였습니다. 텍스트 학자들은 자신을 성서의 참된 메시지, 특히 예수님의 참된 가르침을 복원하는 일에 종사하는 사람으로 여겼습니다. 그들이 자신들의 일을 묘사하는 데 가져다 쓴 형상은 재생 또는 부활의 형상이었습니다. 신약의 독자는 더이상 학문적인 주석과 해설의 베일에 가려지지 않은 부활한, 다시 태어난 그리스도, 크리스투스 레나셴스(Christus renascens)를 처음으로 직접 마주하게 될 터였지요. 학자들이 처음에는 그리스어, 다음에는 히브리어, 그다음에 (더 이후에) 근동의 다른 언어들을 배웠을 때에는 이런 목표를 염두에 두었던 것입니다. 텍스트학은 우선 참된 텍스트의 복원을 의미했고 나아가 그 텍스트의 참된 번역을 의미했습니다. 그리고 참된 번역은 참된 해석과 뗄 수 없는 것으로 드러났습니다. 참된 해석이 텍스트가 출현한 문화적·역사적 모체에 대한 참된 이해와 뗄 수 없는 것으로 드러난 것처럼 말이지요. 이런 식으로 해서 언어 연구, (해석 연구로서의) 문학 연구, 문화 연구, 역사 연구 등 이른바 인문학의 중핵을 형성하는 연구들이 한데 묶이게 된 것입니다.

이런 의문이 들 법도 합니다. 참된 주님의 말씀을 복원하는 데 전념하는 이 연구들의 집합을 어째서 스투디아 후마니타티스라고 부르는 걸까? 이렇게 묻는 것은 알고 보면 다음과 같이 묻는 것과 거의 마찬가지일 것입니다. 어째서 스투디아 후마니타티스는 우리 세대[5]의 15세기에야 꽃을 피우게 되었고 그보다 수백년 앞서서는 그러지 못했을까?

그 답은 역사적 사건과 많은 연관이 있는데요, 콘스탄티노플의 몰락과 궁극적인 약탈, 그리고 비잔틴 학자들의 이딸리아 도피가 그것입니다.(학장님의 십오분 규정을 지키기 위해서, 중세 서구 기독교 국가들에서 아리스토텔레스와 갈레노스와 그밖의 그리스 철학자들의 영향이 얼마나 생생하게 느껴졌는지, 그들의 가르침을 전파하는 데 이슬람권 스페인이 어떤 역할을 했는지 하는 이야기는 생략하겠습니다.)

티메오 다나오스 에트 도나 페렌테스.[6] 동방에서 온 사람들이 가져온 선물에는 그리스어 문법뿐 아니라 고대 그리스인들이 쓴 텍스트들도 있었습니다. 그리스어로 된 신약을 이해하는 데 쓰고자 한 언어적 능력은 이 매혹적인 기독교 이전의 텍스트들에 몰입함으로써만 완성될 수 있었지요. 우리가 예상할 수 있듯이, 나중에 고전으로 불리게 될 이 텍스트들에 대한 연구는 얼마 지나지 않아 그 자체로 목적이 되었습니다.

그뿐만이 아닙니다. 고대 텍스트들에 대한 연구는 언어적인 이유에서뿐 아니라 철학적인 이유에서도 정당화되었습니다. 논리는 이런 식으로 전개됐습니다. 예수님은 인간을 구원하러 오셨다. 인간을 무엇으로부터 구원하러 오셨는가? 물론 구원받지 못한 상태로부터다. 하지만 구원받지 못한 상태의 인간에 대해서 우리가 무

---

5 여기서 '세대'의 원어는 dispensation으로, 신의 통치나 섭리에 따라 역사적 시기를 구분하는 종교적 개념이다.

6 Timeo Danaos et dona ferentes. '그리스인은 선물을 들고 오더라도 두렵다'라는 뜻.

엇을 알고 있는가? 삶의 모든 면을 아우르는 충실한 기록은 오로지 고대의 기록뿐이다. 따라서 성육신의 목적을 이해하기 위해서는, 다시 말해 구원의 의미를 이해하기 위해서는 고전을 통해 스투디아 후마니타티스를 출범시켜야 한다.

그리하여 제가 짧고 거칠게 설명드린 바와 같이 성서학과 고대 그리스·로마 연구는 언제나 적대성을 동반한 관계 속에 한데 묶이게 되었고, 그리하여 텍스트학과 그에 부속된 교과들이 '인문학'의 범주 안에 들어오게 되었던 것입니다.

역사 이야기는 이쯤 해두지요. 여러분 스스로도 속으로 그렇게 느낄지 모르지만, 여러분처럼 다양하고 서로 어울리지 않는 사람들이 어째서 오늘 아침에 인문학 분야의 졸업 예정자로서 한 지붕 아래 모이게 됐는가 하는 이야기는 이쯤 해두겠습니다. 이제 얼마 남지 않은 시간에 여러분에게 말씀드리려고 하는 것은, 여러분이 후의를 베풀어주셨음에도 제가 왜 여러분의 집단에 속하지 않고 왜 여러분에게 위안이 될 만한 메시지를 전할 수 없는가 하는 것입니다.

제가 전하는 메시지는 여러분이 오래전에, 어쩌면 무려 오백년 전에 길을 잃었다는 것입니다. 여러분이 안타깝게도 초라한 꼬리에 해당하는 그 운동은 소수의 사람들 사이에서 시작되었는데, 그들에게 활력을 불어넣은 것은, 적어도 처음에는 참된 말씀, 당시에 그들이 구원의 말씀으로 이해했고 지금 제가 그렇게 이해하는 그 말씀을 찾으려는 목적이었습니다.

그 말씀은 고전에서 찾을 수 있는 것이 아닙니다. 고전이라고 할 때 호메로스와 소포클레스를 의미하든 아니면 호메로스와 셰익스피어와 도스또옙스끼를 의미하든 말이지요. 우리 시대보다 행복한 시대를 살았던 사람들은 스스로를 기만해서 고대의 고전이 가르침을 주고 삶의 길을 제시한다고 믿을 수 있었습니다. 우리 자신의 시대에는 꽤나 절망적인 심정으로, 고전 연구가 그 자체로 삶의 길을 제시해줄지도 모른다, 삶의 길은 아니더라도 최소한 생계유지의 길, 어떤 적극적인 유익함을 준다는 점은 증명할 수 없더라도 최소한 어떤 해를 끼친다는 주장은 어느 쪽에서도 제기되지 않는 그런 생계유지의 길은 제시해줄지도 모른다는 주장에 만족하게 됐습니다.

하지만 1세대 텍스트 학자들이 품었던 충동은 그 올바른 목표에서 다른 것으로 그렇게 쉽게 바뀔 수 있는 것이 아닙니다. 저는 개신교가 아니라 가톨릭교회의 딸입니다만, 자기 동료 데시데리위스 에라스뮈스가 엄청난 재능을 가졌음에도 궁극의 기준에 따르면 중요하지 않은 연구 분야에 빠져들었다고 판단하고 그에게 등을 돌리는 마르틴 루터에게 갈채를 보냅니다. 스투디아 후마니타티스는 오랜 시간에 걸쳐 죽음을 맞이했지만 우리 시대의 두번째 천년 막바지에 이른 지금, 그것은 진실로 임종을 맞고 있습니다. 제 생각에 그 죽음은 바로 그 연구에 의해서 우주의 제1활성화 원리로 등극한 괴물, 즉 이성이라는, 기계적 이성이라는 괴물에 의해 초래된 것이기에 더욱 비통할 것입니다. 하지만 이건 다른 기회를 빌려서 할 이야기 같습니다."

3

그게 끝이다. 그것으로 블란치의 연설은 끝나고, 청중석 앞줄에서 듣기에 사람들은 박수갈채보다는 대체로 얼떨떨해서 웅성거리는 것 같은 소리로 화답한다. 다시 행사가 이어진다. 새 졸업생들이 한명 한명 호명되어 나와 두루마리 졸업장을 받고, 붉은 학위복을 입은 블란치도 끼어 있는 졸업생들의 공식 행진으로 졸업식이 마무리된다. 그러고 나서 잠시 그녀, 엘리자베스는 서성이는 하객들 사이를 자유롭게 돌아다니면서 그들이 나누는 말에 귀를 기울인다.

들어보니 주로 졸업식이 너무 길어진 데 대한 이야기다. 블란치의 연설을 콕 집어 언급하는 말은 로비에 와서야 귀에 들어온다. 테두리가 흰담비 털로 된 가운을 팔에 걸친 키 큰 남자가 검은 옷의 여자에게 열에 받쳐서 이야기하고 있다. "자기가 뭔데 그런 자리에서 우리한테 강의를 하고 있어! 줄루란드 깡촌에서 온 선교사 주제에. 자기가 인문학에 대해서 뭘 알아? 게다가 그런 가톨릭 강경 노선이라니. 에큐메니즘[7]은 어떻게 된 거야?"

그녀는 손님이다. 대학의 손님, 그녀 언니의 손님, 또 이 나라에 온 손님. 이 사람들이 화를 내고 싶다면 그건 이들의 권리다. 그녀가 끼어들 일은 아니다. 블란치의 싸움은 자기가 알아서 하라지.

그러나 끼어들지 않는 것이 그렇게 쉬운 일은 아니라는 게 밝혀진다. 공식 오찬이 예정되어 있고 그녀도 초대를 받은 터다. 앉고 보니 그녀 옆자리에 바로 그 키 큰 남자가 있는데 그사이에 중세 복장은 벗어버렸다. 그녀는 식욕이 없고 속이 메스꺼워 호텔방에 돌아가 좀 쉬었으면 싶지만 그래도 버텨본다. 그녀가 말한다. "제 소개를 하자면, 저는 엘리자베스 코스텔로라고 해요. 브리짓 수녀가 제 언니예요. 친언니요."

엘리자베스 코스텔로. 보아하니 그에게 그 이름은 아무런 의미

7 교파를 초월해 기독교의 범세계적 일치와 협력을 지향하는 운동.

도 없다. 그의 이름은 자기 앞에 놓인 좌석 명패에 적혀 있다. 피터 고드윈 교수.

대화를 하느라고 그녀가 말을 계속한다. "여기 교수님이신가보네요. 뭘 가르치세요?"

"문학을 가르칩니다. 영문학이요."

"너무 노골적이어서 불편하셨겠어요. 언니가 한 이야기 말이에요. 뭐, 신경 쓰지 마세요. 다른 뜻은 없고, 좀 사나운 데가 있어서 그래요. 제대로 한판 붙는 걸 좋아하죠."

블란치, 브리짓 수녀, 사나운 여자. 그녀는 탁자 저쪽 끝에 앉아서 자기대로 대화에 몰두해 있다. 그녀에게 이쪽 이야기는 들리지 않는다.

"지금은 세속 시대예요." 고드윈이 대답한다. "시곗바늘을 되돌릴 수는 없어요. 기관이 시대와 더불어 움직인다고 비난할 수는 없단 말입니다."

"기관이란 대학을 말하는 거죠?"

"예, 대학들, 특히 인문학부들 말입니다. 그게 여전히 대학의 중핵이죠."

인문학이 대학의 중핵이라. 그녀는 외부자일지 모르지만, 오늘날 대학의 중핵, 그 핵심 분과를 대보라고 하면 돈벌이라고 말할 것이다. 빅토리아주 멜버른에서는 그래 보인다. 남아프리카 요하네스버그에서도 사정은 마찬가지라고 해도 그녀는 놀라지 않으리라.

"하지만 제 언니가 말한 게 정말 그런 것, 시곗바늘을 되돌려야 한다는 것이었나요? 언니 얘기는 뭔가 더 흥미롭고 도전적인 것, 그러니까 인문학 연구에는 처음부터 뭔가 잘못된 게 있었다는 것 아니었어요? 인문학에 그것이 결코 충족시키지 못할 희망과 기대를 거는 건 뭔가 잘못됐다는 것 아니었나요? 언니 말에 꼭 동의하는 건 아니지만, 제가 이해하기로 언니 주장은 그런 거였어요."

고드윈 교수가 말한다. "인간에게 적합한 연구 대상은 인간이에요. 그리고 인간의 본성은 타락한 본성이죠. 당신 언니도 그 점에는 동의할 거예요. 하지만 그렇다고 해서 노력하기를, 더 나아지려고 노력하기를 그만둬선 안 되죠. 당신 언니는 우리가 인간을 그만 포기하고 신에게로 돌아가기를 바라는 거예요. 시곗바늘을 되돌린다는 말은 그런 뜻이에요. 그분은 르네상스 이전으로, 자기가 말한 인본주의 운동 이전으로, 심지어 12세기의 상대적인 계몽 이전으로 돌아가기를 바라죠. 저 같으면 중세 저하기[8]라고 부를 그 시기의 기독교 숙명론 속으로 우리가 다시 처박히기를 바란다는 겁니다."

"제가 언니를 아는데, 언니한테 숙명론적인 데가 있다고 하기는 어렵지 않을까 싶네요. 하지만 생각하시는 걸 언니한테 직접 말씀해보시죠."

고드윈 교수는 샐러드를 먹는 데 열중한다. 침묵이 흐른다. 탁자 맞은편에서 고드윈의 부인으로 짐작되는 검은 옷의 여성이 그녀에게 미소를 건넨다. "성함이 엘리자베스 코스텔로라고 하셨나요?" 그녀가 말한다. "작가 엘리자베스 코스텔로는 아니시겠죠?"

"그 사람 맞습니다. 그게 제 생업이죠. 글 쓰는 일을 합니다."

"브리짓 수녀의 자매시고요."

"그래요. 하지만 브리짓 수녀한테는 자매가 많아요. 저는 친자매일 뿐이고요. 다른 사람들이 더 진정한 자매, 영적인 자매죠."

가볍게 하는 말인데 고드윈 부인은 낭황한 기색이다. 블란치가

---

8 Low Middle Ages. 중세 성기(High Middle Ages)의 대립 개념으로 더러 쓰이며, '암흑기'로 불리는 중세 전기(5세기 말~10세기)를 가리킨다.

여기서 사람들의 신경을 긁어놓는 이유가 어쩌면 이런 것이리라. 블란치는 '영' '하느님' 같은 말을 부적절하게, 그런 말이 어울리지 않는 장소에서 쓰는 것이다. 음, 그녀는 신자가 아니지만 이 경우에는 블란치 편에 서기로 한다.

고드윈 부인이 재빨리 남편에게 시선을 던지면서 말한다. "여보, 엘리자베스 코스텔로 작가님이세요."

"아, 그래요." 고드윈 교수가 말한다. 하지만 그 이름을 들어본 적이 없는 것이 분명하다.

"제 남편은 18세기 전공이에요." 고드윈 부인이 말한다.

"아, 그렇군요. 훌륭한 시대죠. 이성의 시대."

"요즘에는 그 시기를 그렇게 단순한 방식으로 바라보는 것 같진 않습니다." 고드윈 교수가 말한다. 그는 얘기를 더 하려는 듯하다가 그만둔다.

고드윈 부부와의 대화는 시들해져가고 있음이 분명하다. 그녀는 오른편에 있는 사람에게 고개를 돌리지만 그는 다른 대화에 깊이 빠져 있다.

그녀가 다시 고드윈 부부 쪽으로 고개를 돌려 말한다. "제가 학생이었을 때, 그때가 1950년경이었을 텐데요, 우린 D. H. 로런스를 많이 읽었어요. 물론 고전도 읽었지만 진짜 에너지는 다른 쪽에 쏟았죠. D. H. 로런스, T. S. 엘리엇, 우리가 눈에 불을 켜고 읽은 건 그런 작가들이었어요. 어쩌면 18세기의 블레이크도요. 어쩌면 셰익스피어도. 다들 알다시피 셰익스피어는 자기 시대를 초월하니까요. 로런스가 우리를 사로잡은 건 그 사람이 일종의 구원을 약속했기 때문이에요. 우리가 검은 신들을 숭배하고 그 신들의 의식을 거행하면 구원을 받을 거라는 말이었죠. 우린 그 사람 말을 믿었어요.

로런스 씨가 흘려놓은 단서들을 좇아가며 최선을 다해서 열심히 검은 신들을 숭배했어요. 그런데 우리의 숭배가 우리를 구원해주지는 못했죠. 지금 돌이켜보면 그 사람은 거짓 예언자가 아니었나 싶어요.

제가 하고 싶은 말은, 우리가 학창시절에 그야말로 참다운 독서에 빠졌을 때 우리는 글에서 인도引導함을, 혼란 중에 인도함을 구하고 있었다는 겁니다. 우리는 로런스한테서 그걸 발견했어요. 또는 엘리엇한테서, 초기 엘리엇한테서 그걸 발견했는데, 어쩌면 다른 종류의 인도함이겠지만 그래도 우리 삶을 어떻게 살아야 하는지에 관한 인도함이었어요. 그에 비하면 우리의 나머지 독서라는 건 그저 시험을 통과하기 위해서 하는 벼락치기에 불과했죠.

인문학이 살아남으려면 확실히 그런 에너지와 인도함에 대한 열망에, 결국은 구원에 대한 탐색인 열망에 부응해야 할 거예요."

무척이나 많은 말을 했다. 이렇게까지 할 생각은 아니었는데. 사실 말이 끝나고 침묵이 내려앉자 그녀는 다른 사람들이 귀를 기울이고 있었다는 것을 깨닫는다. 언니까지 그녀 쪽으로 고개를 돌리고 있다.

탁자 상석에서 학장이 큰 소리로 말한다. "브리짓 수녀가 우리한테 이 즐거운 자리에 선생님을 초대해달라고 요청했을 때 우리가 손님으로 모실 분이 바로 그 엘리자베스 코스텔로인 줄은 몰랐습니다. 환영합니다. 만나뵙게 되어 반갑습니다."

"감사합니다." 그녀가 말한다.

"아까 하시던 말씀 중의 일부를 어쩔 수 없이 듣게 됐는데요," 학장이 말을 계속한다. "그러면 선생님은 인문학의 전망이 어둡다는 데 대해서 언니분과 생각이 같으신 건가요?"

발언에 신중해야 한다. 그녀가 말한다. "제 말은 그저 우리 독자들, 특히 젊은 독자들이 어떤 갈망을 가지고 우리한테 오는데, 우리가 그들의 갈망을 충족시키지 못하거나 그럴 뜻이 없다면 그들이 우리한테 등을 돌려도 놀랄 일은 아니라는 것이었습니다. 하지만 언니와 저는 각자 다른 계통의 일에 종사합니다. 언니의 생각은 본인이 이미 얘기했지요. 제 생각을 말씀드리자면, 책이란 우리 자신에 대해서 가르쳐주는 것으로 충분한 것 같습니다. 어느 독자나 그걸로 만족해야 하죠. 대부분의 독자는 그렇다는 말이에요."

사람들은 그녀의 언니가 어떻게 반응하는지 보려고 그쪽을 주시하고 있다. 우리 자신에 대해서 가르쳐주는 것, 그게 스투디움 후마니타티스'가 아니면 무엇이란 말인가?

브리짓 수녀가 말한다. "지금 그냥 식사 중에 대화를 하는 건가요, 아니면 진지하게 얘기하고 있는 건가요?"

"진지하게 얘기하고 있는 겁니다." 학장이 말한다. "진지한 얘기예요."

어쩌면 이 사람에 대한 생각을 바꿔야 할지 모르겠다. 어쩌면 그저 주최자 노릇을 수행하고 있는 또 한 사람의 대학 관료가 아니라 영혼의 갈망을 지닌 하나의 영혼이리라. 그 가능성을 인정하자. 어쩌면 이 탁자에 둘러앉은 사람들 모두가 그들의 가장 깊은 존재에 있어서는 바로 그것, 갈망하는 영혼일 것이다. 섣불리 판단을 내려서는 안 된다. 다른 건 몰라도 이 사람들은 멍청하지는 않다. 지금쯤 이들은 브리짓 수녀가 마음에 들든 그렇지 않든 그녀가 보통 사람은 아니라는 것을 깨달았을 것이다.

---

9 '인간 연구'의 단수형.

그녀의 언니가 말한다. "인간이 얼마나 옹졸하거나 저열하거나 잔인할 수 있는지 알기 위해서 제가 꼭 소설을 읽어봐야 하는 것은 아닙니다. 그런 것은 우리의, 우리 모두의 출발점이에요. 우리는 타락한 존재입니다. 인간에 대한 연구가 기껏해야 우리에게 우리의 사악한 가능성을 그려 보일 뿐이라면 저는 제 시간을 더 나은 일에 쓰겠습니다. 반면에 인간에 대한 연구가 다시 태어난 인간은 어떤 존재일 수 있는지에 대한 연구가 된다면 그건 다른 이야기고요. 하지만 여러분이 하루치 강의는 충분히 들으신 것 같군요."

고드윈 부인의 옆자리에 앉은 젊은 남자가 말한다. "하지만 인본주의가, 또 르네상스가 의미하는 게 바로 그런 거잖아요, 될 수 있는 존재로서의 인간. 인간의 향상 말이에요. 인본주의자들은 은밀한 무신론자가 아니었어요. 위장한 루터주의자조차도 아니었죠. 그 사람들은 수녀님 자신처럼 가톨릭교도였어요. 로렌쪼 발라[10]를 생각해보세요. 발라는 교회에 아무런 반감이 없었고, 그저 우연히 제롬[11]보다 그리스어를 더 잘했고, 제롬이 신약을 번역하면서 저지른 실수를 몇가지 지적했을 뿐이에요. 만약에 제롬의 불가타 성서가 하느님의 말씀 자체가 아니라 인간의 산물이고 따라서 개선의 여지가 있다는 원칙을 교회가 받아들였더라면, 어쩌면 서구의 역사 전체가 달라졌을 거예요."

블란치는 아무 말이 없다. 남자가 말을 계속한다.

"만약에 교회의 가르침과 신앙의 전체계가 텍스트들에 기초해 있다는 것, 이 텍스트들은 한편으로 필사의 오류 등등에 노출돼 있

---

10 Lorenzo Valla(1407~57). 이딸리아의 인문주의자.

11 성경을 그리스어 및 히브리어에서 라틴어로 번역한 고대 로마의 신학자 히에로니무스(Eusebius Hieronymus, 347?~419?)의 영어 이름.

고 다른 한편으로는, 번역은 언제나 불완전한 과정이니까, 번역의 실수에 노출돼 있다는 것을 교회 전체가 인정할 수 있었다면, 또 만약에 교회가 해석을 독점할 권리를 주장하지 않고 텍스트의 해석이 복잡한 문제, 엄청나게 복잡한 문제라는 것을 수긍할 수 있었다면 오늘 우리가 이런 논쟁을 벌이고 있지는 않겠죠."

학장이 말한다. "하지만 해석이라는 게 엄청나게 어려운 일일 수 있다는 걸 우리가 알게 된 건 어떤 역사의 교훈들, 15세기 교회로서는 좀처럼 예견하기 어려웠던 교훈들을 우리가 경험한 덕분 아니겠어요?"

"가령 어떤 교훈이죠?"

"가령 각기 자신의 언어와 역사와 신화와 독특한 세계관을 지닌 수백가지 다른 문화와의 접촉 같은 것이죠."

젊은 남자가 말한다. "그렇다면 이렇게 말씀드리고 싶은데요, 우리가 이 새로운 다문화적인 세계에서 제대로 된 방향으로 나아가게 해줄 것은 인문학이고 오로지 인문학뿐이라고, 인문학과 인문학이 제공하는 훈련이라고 말이에요. 그건 바로, 바로," ── 그는 하마터면 탁자를 쾅 칠 뻔한다. 그 정도로 달아오른 것이다 ──"인문학의 요체가 독서와 해석이기 때문이죠. 우리 강연자께서 말씀하셨듯이 인문학은 텍스트학에서 출발하고, 해석에 전념하는 분과들의 집합체로서 발전하는 겁니다."

"사실은 인간과학human sciences이죠." 학장이 말한다.

젊은 남자는 얼굴을 찡그린다. "논점을 흐리시네요, 학장님. 죄송하지만 저는 '스투디아' 아니면 '분과들'이란 용어를 고수하겠습니다."

아주 젊고 아주 확신에 차 있다고 그녀는 생각한다. 그는 '스투디아'를 고수할 것이다.

"빙켈만[12]은 어떤가요?" 그녀의 언니가 말한다.

빙켈만이라니? 젊은 남자는 무슨 말인지 모르겠다는 듯이 그녀를 돌아본다.

"인본주의자를 텍스트 해석 기술자로 묘사하시는데, 빙켈만도 자기가 그런 사람이라고 생각했을까요?"

"글쎄요. 빙켈만은 위대한 학자였어요. 어쩌면 그렇게 생각했을지 모르죠."

"셸링도 그렇고요." 그녀의 언니가 말을 계속한다. "그리스가 유대기독교보다 더 나은 문명적 이상을 제공했다는 믿음을 어느 정도 공공연하게 밝힌 사람들 중에 누구라도 그래요. 인간은 길을 잃었고 자신의 원시적인 뿌리로 되돌아가서 새롭게 출발해야 한다고 믿었던 사람들도 그 점에서는 마찬가지예요. 로렌쪼 발라는, 로렌쪼 발라를 언급하시니까 하는 말인데, 인류학자였어요. 그 사람의 출발점은 인간 사회였죠. 최초의 인본주의자들은 은밀한 무신론자가 아니었다고 말씀하시는데요. 맞아요, 아니었어요. 하지만 은밀한 상대주의자였죠. 그 사람들이 보기에 예수님은 자신의 세계 속에, 오늘날 우리가 쓰는 말로 하면 자신의 문화 속에 박혀 있었어요. 그 세계를 이해하고 그것을 자기들의 시대를 향해 해석해주는 것이 학자로서 그들의 과업이었죠. 그와 마찬가지로 때가 되면 호메로스의 세계를 해석해주는 것이 그들의 과업이 될 터였고요. 그런 식으로 이어져서 빙켈만에까지 이른 겁니다."

그녀는 갑자기 말을 멈추더니 학장을 힐끗 본다. 혹시 그가 어떤

---

12 Johann Joachim Winckelmann(1717~68). 독일 미술사가로 서양 고대미술 연구의 선구자.

신호를 보냈을까? 믿기 어려운 일이지만 탁자 밑에서 브리짓 수녀의 무릎을 톡톡 치기라도 했을까?

학장이 말한다. "그래요, 흥미롭네요. 저희가 연속 강연을 통으로 맡아주십사 부탁드릴 걸 그랬습니다, 수녀님. 그런데 아쉽지만 저희들 중에 약속이 있는 사람들이 있어서요. 혹시 나중에 언젠가 ……" 그는 그 가능성을 애매하게 남겨둔다. 브리짓 수녀는 우아하게 고개를 끄덕인다.

4

그들은 호텔에 돌아와 있다. 그녀는 피곤하고, 계속 속이 메스꺼워 약이라도 먹어야 하고, 누워야 한다. 하지만 그 질문이 아직도 그녀를 괴롭힌다. 블란치가 인문학에 대해서 이런 적대감을 보이는 이유가 뭘까? 제가 꼭 소설을 읽어봐야 하는 것은 아닙니다. 블란치는 그렇게 말했다. 그 적대감은 복잡하게 얽힌 어떤 방식으로 그녀를 향하고 있을까? 그녀는 자기 책이 출판돼 나오면 어김없이 블란치에게 보냈지만 블란치가 그중 어느 것이라도 읽은 기색은 없다. 그녀를 인문학의 대변자나 소설의 대변자, 또는 양쪽의 대변자로 아프리카로 부른 것인가, 그들 둘이 무덤에 들어가기 전에 마지막 교훈을 얻으라고? 블란치는 정말 그녀를 그런 식으로 보고 있는 걸까? 진실을 말하자면 — 블란치에게 이 점을 똑똑히 알려줘야 한다 — 그녀는 한순간도 인문학의 열성 팬이었던 적이 없다. 인문학의 시도 전체에 뭔가 너무 안일하게 남성적인, 너무 자기본위적인 데가 있는 것이다. 블란치의 생각을 바로잡아야 한다.

"빙켈만 말이야," 그녀가 블란치에게 말한다. "무슨 생각으로 빙켈만 얘기를 꺼낸 거야?"

"그 사람들한테 고전 연구가 결국 어디로 향하는지 상기해보라고 그런 거지. 대안 종교로서의 헬레니즘이야. 기독교에 대한 대안."

"내 생각에도 그래. 그건 소수의 심미주의자들, 다시 말해 유럽 교육제도의 산물인 고등교육을 받은 소수를 위한 대안이지. 하지만 대중적인 대안은 아니잖아."

"내 말은 그런 뜻이 아냐, 엘리자베스. 헬레니즘은 대안이었어. 빈곤했을지는 모르지만 헬라스[13]는 인본주의가 기독교적 전망에 대한 대안으로 제시할 수 있었던 유일한 것이었어. 사람들은 그리스 사회를 ─ 지극히 이상화된 모습의 그리스 사회지만 보통 사람들이 그걸 어떻게 알았겠어? ─ 가리키면서 이렇게 말할 수 있었지. 보라, 저것이 우리가 살아가야 하는 방식이다, 내세가 아니라 지금 여기에서."

헬라스. 가슴이 올리브유로 번들거리는 반라의 남자들이 신전 계단에 앉아서 진眞과 선善을 논하고, 뒤에서는 팔다리가 나긋한 소년들이 씨름을 하며 염소떼가 만족스레 풀을 뜯고 있다. 자유로운 신체에 자유로운 정신. 이상화된 모습 정도가 아니라 그 이상의 것. 꿈, 망상. 하지만 어떻게 우리가 꿈에 의존하지 않고 살까?

그녀가 말한다. "내 생각도 다르진 않아. 그렇지만 요즘에 누가 헬레니즘을 믿어? 그런 단어를 누가 기억이나 하나?"

"그런 뜻이 아니라니까. 헬레니즘은 좋은 삶에 대해서 인본주의가 내놓을 수 있었던 유일한 비전이었어. 헬레니즘이 실패했을 때 ─ 그럴 수밖에 없었던 게, 헬레니즘은 실제 사람들의 삶과는

---

13 Hellas. 고대 그리스인들이 자신들의 나라를 일컫던 말.

아무런 관련이 없었으니까 ── 인본주의도 파산했지. 점심때 그 남자는 기술들의 집합으로서의 인문학, 인간과학을 옹호했어. 무미건조한 학문을 말이지. 어떤 혈기 왕성한 젊은 남자나 여자가 자료보관소에서 죽어라고 문서를 뒤지거나 끝도 없이 '엑스쁠리까시옹 드 떼스뜨'[14]나 하면서 인생을 보내고 싶겠어?"

"하지만 헬레니즘은 인문학의 역사에서 그저 한 국면이었잖아. 그 이후로 인간의 삶이 어떠할 수 있는가에 대한 더 거대하고 더 포괄적인 비전이 나타났어. 가령 계급 없는 사회 같은 것. 혹은 빈곤, 질병, 문맹, 인종차별, 성차별, 동성애 혐오, 외국인 혐오, 그밖의 해악들이 제거된 세상 같은 것. 나는 이 두가지 비전 어느 것도 변호하고 있는 게 아냐. 난 단지 사람들이 희망 없이는, 어쩌면 환상 없이는 살 수 없다는 걸 지적하는 거야. 우리가 점심을 같이 한 그 사람들 중에 누구한테든지 가서, 인본주의자로서나 아니면 최소한 공인된 인문학 종사자로서 당신이 하는 그 모든 활동의 목표가 뭔지 말해보라고 하면 그 사람들은 자기들이 간접적으로나마 인간의 운명을 더 낫게 만들기 위해 노력한다고 대답할 거라고."

"맞아. 바로 그 대목에서 그 사람들이 인본주의자인 자기 조상들의 진정한 추종자라는 게 드러나지. 그 조상들은 구원의 세속적 비전을 제시했어. 그리스도가 개입하지 않는 거듭남. 오로지 인간의 작업에 의한 것. 르네상스. 그리스인을 본보기로 삼은 것. 아니면 아메리카 원주민을 본보기로 삼거나. 아니면 줄루인을 본보기로 삼거나. 글쎄, 그런 건 실현될 수 없어."

"언니 말은, 그런 건 실현될 수 없다, 왜냐하면, 그들 누구도 그걸

---

14 explications de texte. 프랑스어로 '텍스트 해석'이라는 뜻.

자각하지는 못했지만, 그리스인은 저주받았고 원주민은 저주받았고 줄루인은 저주받았으니까, 이런 거구나."

"저주 얘기는 한마디도 안 했다. 난 단지 역사에 대해서, 인본주의적 시도의 기록에 대해서 말하고 있는 거야. '엑스트라 에클레시암 눌라 살바티오.'[15]"

그녀는 고개를 가로젓는다. "블란치, 블란치, 블란치," 그녀가 말한다. "언니가 결국 이런 강경파가 되리라고 누가 생각했을까."

블란치는 그녀에게 싸늘한 미소를 지어 보인다. 그녀의 안경이 반짝 빛난다.

5

토요일, 그녀가 온종일 아프리카에서 지내는 마지막 날이다. 그녀는 이날을 언니가 필생의 사업이자 자기 집으로 삼은 선교 지부인 메리언힐에서 보내고 있다. 내일은 더반으로 갈 것이다. 더반에서 봄베이로, 거기서 다시 멜버른으로 날아갈 것이다. 그것으로 끝이리라. 그녀는 생각한다. '우리는, 블란치하고 나는 다시 만나지 않을 거다. 이번 생애에는.'

그녀가 온 것은 졸업식 때문이지만 블란치가 정말로 그녀에게 보여주고 싶었던 것, 그 초대의 이면에 있던 것은 병원이었다. 그녀는 그 사실을 알면서도 저항한다. 그런 건 바라지 않는다. 감당할 자신이 없다. 그런 건 텔레비전에서 다 봤고 또 너무 자주 봤던

---

15 Extra ecclesiam nulla salvatio. 라틴어로 '교회 바깥에는 구원이 없다'라는 뜻.

터라 이젠 그걸 보기가 힘들다. 치료도 소용없고 보살핌도 소용없는, 야위어가는 아이들의 앙상한 팔다리, 부어오른 배, 무표정한 커다란 눈. 그녀는 속으로 간청한다. '이 잔을 저에게서 거두어주소서.[16] 이런 모습들을 견뎌내기에 저는 너무 늙었습니다, 너무 늙고 쇠약합니다. 저는 그냥 울어버릴 거예요.'

하지만 이 경우에는, 친언니가 연관된 마당에는 거절할 수가 없다. 게다가 막상 닥치고 보니 그렇게 나쁜, 감정을 주체하지 못할 만큼 나쁜 상황은 아니다. 간호인력은 복장이 말끔하고, 장비는 새것이고(브리짓 수녀의 모금 덕분이다), 분위기는 편안하고 심지어 유쾌하다. 병동에는 직원들 틈에 전통의상을 입은 여자들이 섞여 있다. 그녀가 그들이 어머니나 할머니일 것이라 짐작하고 있는데 블란치가 설명을 해준다. 그들은 치유자들, 전통의술을 시행하는 치유자들이라는 것이다. 그러자 병원을 민중에게 개방한 것, 서양의학 쪽의 의사들 곁에서 전통의술 쪽 의사들이 일하도록 한 것, 메리언힐이 바로 이것 때문에 유명하고 블란치가 이룬 커다란 혁신이 바로 여기에 있다는 것이 기억난다.

아이들로 말하자면, 어쩌면 블란치가 최악의 상태에 있는 아이들은 보이지 않게 숨겼을지 모르지만, 그녀는 죽어가는 아이라도 얼마나 명랑할 수 있는지를 보고 놀란다. 블란치가 책에서 말한 그대로다. 사랑과 보살핌과 적절한 약물이 있으면 이 순진무구한 존재들은 죽음의 바로 그 문 앞까지 두려움 없이 갈 수 있는 것이다.

블란치는 그녀를 부속 성당에도 데려간다. 그녀가 벽돌과 철근으로 된 수수한 건물로 들어서자 제단 뒤편의 목제 십자고^{十字苦} 조

---
16 마태복음 26:39에서 나온 구절.

각상이 대번에 눈길을 사로잡는다. 거기에는 가면 같은 얼굴에 머리에는 진짜 아카시아 가시로 된 관을 쓰고 양손과 양발에는 못이 아니라 강철 볼트가 박힌 야윈 그리스도가 달려 있다. 인물상 자체는 얼추 실물 크기이고, 십자가는 노출된 서까래까지 뻗어 있으며, 그 구조물 전체가 성당을 지배한달지 압도하고 있다.

그리스도상은 그 지역의 조각가가 만들었다고 블란치가 말해준다. 몇년 전에 선교 지부에서 그 사람을 채용해서 작업장을 마련해주고 월급을 지급했단다. 그 남자 만나볼래?

그저 조지프라고 소개된, 누런 이에 멜빵바지를 입고 영어가 서툰 이 노인이 지금 그녀를 위해서 선교 지부의 외진 구석에 있는 헛간문의 자물쇠를 풀고 있는 사연은 그러하다. 문 주변에 풀이 무성한 걸 보니 사람이 이곳을 찾은 지 오래인 듯싶다.

안에서 그녀는 거미줄을 걷어내야 한다. 조지프는 더듬더듬 스위치를 찾아서 위아래로 딸깍거려보지만 소용이 없다. "전구가 나갔네." 그는 이렇게 말하면서도 아무런 조치를 취하지 않는다. 빛이라고는 열려 있는 문에서, 그리고 지붕과 벽 사이의 갈라진 틈에서 들어오는 게 전부다. 그녀의 눈이 적응하는 데 시간이 걸린다.

헛간 한가운데에 임시변통으로 마련된 긴 탁자가 놓여 있다. 목조 조각품들이 탁자 위에 쌓이거나 탁자에 기댄 채 아무렇게나 널려 있다. 일부는 나무껍질이 그대로 붙어 있는 기다란 목재와 먼지투성이 판지상자들이 벽을 지지대 삼아 받침판 위에 겹겹이 쌓여 있다.

"제 작업실이에요." 조지프가 말한다. "젊을 때는 온종일 여기에서 일해요.[17] 이젠 너무 늙었어요."

그녀는 제일 큰 것은 아니지만 그래도 커다란 십자고상을 하나

집어든다. 18인치짜리 십자 그리스도상으로, 붉은 기가 도는 무거운 나무로 만들었다. "이게 무슨 나무죠?"

"커리예요. 커리 나무."

"이건 직접 조각하신 거고요?" 그녀는 들고 있는 십자고상을 팔길이만큼 떼어놓고 바라본다. 부속 성당에 있는 것과 마찬가지로 평면에 새겨진 고통당하는 남자의 얼굴은 유형화된, 단순화된 가면으로, 눈은 쭉 째지고 입은 묵직한데다 아래로 처졌다. 반면에 몸은 아주 자연주의적인데, 추측건대 어떤 유럽인 형상을 모델로 삼아 복제한 것 같다. 양 무릎을 세운 것이 마치 남자가 자기 발을 뚫고 들어간 못에 체중을 실어서 팔의 고통을 덜려고 하는 듯하다.

"저는 예수님상은 다 조각해요. 십자가, 그건 조수가 만들 때도 있고요. 제 조수들이요."

"조수들은 지금 어디에 있는데요? 이젠 여기서 일하는 사람이 아무도 없나요?"

"없어요. 제 조수들은 다 떠났어요. 십자가가 너무 많아서. 팔아야 하는 십자가가 너무 많아서."

그녀는 상자 하나를 들여다본다. 언니가 달고 다니는 것과 같은, 높이가 3~4인치 되는 소형 십자고상 수십개가 하나같이 납작한, 가면 같은 얼굴에 하나같이 무릎을 세운 자세를 하고 있다.

"뭐 다른 건 조각하지 않으세요? 동물? 얼굴? 평범한 사람들?"

조지프는 얼굴을 찡그린다. "동물은 그저 관광객을 위한 거죠." 그가 경멸조로 말한다.

"관광객을 위해서는 조각을 하지 않으신다는 거군요. 관광 공예

---

17 영어가 서툴러 과거형 대신 현재형으로 표현한 것.

품은 조각하지 않으신다."

"안 하죠. 관광 공예품은 안 해요."

"그럼 왜 조각을 하시는 거예요?"

"예수님을 위해서죠." 그가 말한다. "그래요. 우리 구세주를 위해서예요."

6

"조지프가 만든 것들을 봤는데 말이야," 그녀가 말한다. "좀 집착 같지 않아? 그 한가지 형상만 만들고 또 만들고."

블란치는 대답하지 않는다. 그들은 점심을 먹고 있다. 저민 토마토, 데친 상춧잎 몇장, 삶은 달걀 하나. 평소의 그녀라면 부족하다고 했을 식사다. 하지만 지금은 식욕이 없다. 그녀는 상추를 깨작거린다. 달걀 냄새가 역겹다.

그녀가 말을 잇는다. "거기 관련된 경제는 어떻게 돌아가는 거지? 그러니까, 우리 시대에 종교예술의 경제가 어떻게 돌아가느냐고."

"조지프는 메리언힐에서 임금을 주고 고용한 사람이었어. 조각을 하고 잡일도 좀 하라고 임금을 줬던 거지. 지난 십팔개월 동안 그 사람은 연금으로 살았어. 손에 관절염이 있어. 너도 봤겠지만."

"그런데 그 사람이 만든 그 조각품들은 누가 사는 거야?"

"더만에 그걸 가져다 파는 매장이 두군데 있어. 다른 신교원들에서도 되팔 용도로 사가고. 서구의 기준으로는 예술작품이 아닐지 몰라도 진품이야. 조지프가 몇년 전에 익소포에 있는 교회의 의뢰를 받아서 작업한 적이 있어. 그걸로 2000랜드[18]를 손에 넣었지. 소형 십자고상은 아직도 우리 쪽으로 대량 주문이 들어와. 학교들, 가톨릭 학교들이 시상식 때 쓰려고 사는 거지."

"시상식 때 쓴다라. 교리문답에서 일등을 하면 조지프의 십자고상을 하나 받는다는 거네."

"대충 그런 거야. 그게 뭐 잘못됐니?"

"아니. 그래도 너무 많이 만들어놓긴 했어, 그렇지? 그 헛간에 똑같은 게 수백개는 있을걸. 십자고상, 십자가형[刑] 형상 말고 뭔가 다른 걸 좀 만들어보게 하지 그랬어? 고통스러워하는 한 남자를 조각하고 또 하면서 인생을 보낸다는 게 한 사람의, 감히 이 단어를 쓰자면, 영혼에 어떤 영향을 미칠까? 그러니까, 잡일을 하지 않으면 그렇게 인생을 보내는 게 말이야."

블란치는 그녀를 향해 서늘한 미소를 짓는다. "엘리자베스, 한 남자라고 했니?" 그녀가 말한다. "고통스러워하는 한 남자?"

"한 남자든, 한 신이든, 한 남자-신이든 따지지 마, 블란치, 지금 신학 수업 시간이 아니잖아. 언니의 그 조지프가 살아온 것처럼 비창조적으로 인생을 보내는 게 재능 있는 한 남자한테 어떤 영향을 미칠까? 그 사람의 재능은 한정돼 있을지 모르고 그 사람은 엄밀히 말해서 예술가가 아닐지 모르지만, 그래도 그가 자기의 지평을 조금 확장하도록 북돋는 편이 더 현명하지 않았을까?"

블란치가 나이프와 포크를 내려놓는다. "좋아, 네가 하는 비판을 제대로 한번 살펴보자. 그 비판의 가장 극단적인 형태를 보자고. 조지프는 예술가가 아니지만 만약 우리가, 내가 오래전에 그 사람한

---

18 당시 환율로 한화 약 35만원.

테 미술관을 가보든지 아니면 적어도 다른 조각가들을 찾아가서 어떤 다른 작업이 이뤄지고 있는지 보고 시야를 넓히라고 부추겼다면 어쩌면 예술가가 됐을지도 모른다. 조지프는 그렇게 되지 못하고 줄곧 공예가로 살았다, 또는 공예가의 수준에 매여 있었다. 그는 다양한 크기, 다양한 나무로 똑같은 조각을 하고 또 하면서 여기 이 선교원에서 완전한 무명인으로 살았고 그러다 관절염에 걸려 더이상 일을 못 하게 됐다. 그래서 조지프는, 네 식으로 표현하면, 자기 지평을 확장하지 못하게 됐다. 그는 더 충만한 삶, 특히 예술가의 삶을 거부당했다. 이 정도면 네가 비난하는 내용이 다 들어간 거니?"

"대충은. 꼭 예술가의 삶은 아니고. 내가 그런 삶을 권할 만큼 바보는 아니니까. 그냥 더 충만한 삶이라고 해두지."

"알았어. 네 비난이 그런 거라면 내 답변은 이래. 조지프는, 다른 사람들이 보라고 한 건 틀림없지만 주로 그 자신이 보기 위해서 고통에 찬 우리 구세주를 재현하면서 지상에 속한 자기 존재의 삼십년을 보냈어. 그 사람은 매시간, 매일, 매년 그 고통을 상상했고, 너도 눈으로 직접 확인할 수 있듯이 충실하게, 자기 능력이 미치는 한 최선을 다해 그걸 재생해냈는데, 거기에 변화를 주지 않고, 거기에 새로운 유행을 도입하지 않고, 거기에 자기 개성을 조금도 가미하지 않고 그렇게 했던 거야. 이제 묻겠는데, 우리 중에, 손이 쇠약해져버린 조지프와 너, 나 가운데 예수님께서 가장 기뻐하며 그의 왕국으로 맞아들이실 이가 누구겠니?"

언니가 목에 힘을 주고 설교를 하는 건 볼 때마다 마음에 들지 않는다. 요하네스버그에서 연설할 때도 그랬는데 지금 또 그러고 있다. 그럴 때면 블란치 성격의 가장 편협한 면이 전부 모습을 드러낸다. 편협하고 완고하고 가학적인 면이.

그녀는 가급적 감정을 섞지 않고 말한다. "예수님이 조지프한테 어느 정도 선택권이 있었다는 걸 알게 되면 더 기뻐하실 것 같은데. 조지프가 경건함을 강요당하지 않았다는 걸 알게 되면 말이야."

"나가. 가서 조지프한테 물어봐. 뭔가를 강요당했는지 어쩐지 물어보라고." 블란치는 말을 잠시 멈춘다. "엘리자베스, 너 조지프가 그저 내 손안에 있는 인형이라고 생각하는 거니? 조지프는 자기가 인생을 어떻게 보냈는지 이해하지 못한다고 생각해? 가서 그 사람한테 얘기해봐. 그 사람이 뭐라고 말하는지 들어보라고."

"그럴 거야. 하지만 질문이 하나 더 있는데, 이건 조지프가 대답할 수 없는 거야. 언니한테 하는 질문이니까. 언니가, 뭐 언니가 아니라면 언니가 대표하는 기관이 조지프 앞에 가져다놓고 복제하라고, 모방하라고 말하는 그 특정한 모델이 왜 꼭 고덕적이라고 부를 수밖에 없는 그런 것이어야 하지? 왜 살아 있는 그리스도가 아니라 몸을 비틀면서 죽어가는 그리스도여야 하냐고? 삼십대 초반, 한창 때의 남자잖아. 그런 이를 살아 있는 아름다움을 뿜어내는 생기 넘치는 모습으로 제시하는 게 언니는 왜 싫은 거지? 그리고 말이 나왔으니 말인데, 언니는 왜 그리스인들이 싫은 거야? 그리스인들은 극심한 고통을 겪어 일그러지고 추한 남자의 조각상과 그림을 만들고는 그 조각상 앞에 무릎을 꿇고 경배하는 짓은 하지 않았을 거야. 우리가 조롱했으면 하고 언니가 바라는 인본주의자들이 왜 기독교 너머를, 그리고 기독교가 인간의 몸에 대해, 따라서 인간 자체에 대해 보이는 경멸 저 너머를 바라봤는지 궁금하다면 확실히 그게 단서가 될 거야. 언니는 고통에 찬 예수의 재현이 서구 교회의 특이한 점이라는 걸 알고 있을 거야. 그걸 잊었을 리가 없지. 그런 재현은 콘스탄티노플[19]에서는 전혀 낯선 것이었어. 동방교회에서는 그런 걸 망측하게 여겼을 테고, 그럴 만도 했지.

블란치, 솔직히 말해서 십자가형의 전승 전체에는 내가 느끼기에 뭔가 저열하고 퇴행적이고 가장 나쁜 의미에서 중세적인 데가 있어. 씻지 않는 수도사들, 글을 읽을 줄 모르는 사제들, 겁먹은 농민들이 연상되는 중세적인 것 말이야. 유럽 역사에서 가장 지저분하고 가장 정체된 그 국면을 아프리카에서 재생해내서 어쩌겠다는 거야?"

"홀바인." 블란치가 말한다. "그뤼네발트.[20] 죽음의 순간에 처한 인간 형상을 원하면 그들한테 가봐. 죽은 예수. 무덤의 예수."

"무슨 얘기를 하려는 건지 모르겠네."

"홀바인하고 그뤼네발트는 가톨릭 중세 시대의 예술가들이 아니었어. 종교개혁기 사람들이지."

"블란치, 이건 내가 역사적인 가톨릭교회를 상대로 벌이고 있는 싸움이 아니야. 난 언니가, 언니 자신이 왜 아름다움을 싫어하는지 묻고 있는 거라고. 왜 사람들이 어떤 예술작품을 보고 속으로 '이런, 나는 죽을 거야, 벌레에게 파먹힐 거야'라고 생각하기보다, 그걸 보고 속으로 '한 종種으로서의 우리에게 가능한 게 바로 저런 것이지, 나에게 가능한 게 바로 저런 거야'라고 생각할 수 있으면 안 되는 거지?"

"그래서 그리스인들 이야기가 나오는 거다, 이런 말이구나. 벨베데레의 아폴로. 밀로의 베누스."

---

19 터키 이스탄불의 옛 이름. 과거 동로마제국의 수도이자 동방정교회의 중심지.

20 홀바인(Hans Holbein)과 그뤼네발트(Mathias Grünewald)는 15~16세기의 독일 화가로 초상화, 종교화의 대가들.

"맞아, 그래서 그리스인들 이야기가 나오지. 그래서 내 질문이 나오고. 도대체가 인간의 몸의 추함과 죽을 운명에 대한 그 완전히 이질적이고 고독적인 집착을 아프리카로 들여와서, 줄루란드로 들여와서 뭘 어쩌자는 거야? 유럽을 아프리카로 들여와야 한다면 그리스인들을 들여오는 게 더 합당하지 않나?"

"엘리자베스, 너 줄루란드에서 그리스인들이 완전히 낯선 존재라고 생각하니? 다시 말하지만, 내 말을 듣지 않겠다면 적어도 조지프의 말은 들어봐야 마땅한 거야. 너는 조지프가 고통당하는 예수님상을 조각하는 이유가 더 현명하지 못하기 때문이라고 생각하니? 네가 조지프한테 루브르 박물관 견학을 시켜주면 그 사람이 눈이 번쩍 뜨여서 이제부터는 자기 종족을 위해서, 몸단장을 하는 벌거벗은 여자들이나 팔을 구부려 근육을 뽐내는 남자들을 조각하기 시작할 것 같아? 유럽인들이, 교육받은 유럽인들, 그러니까 퍼블릭스쿨[21] 교육을 받은 잉글랜드 출신 남자들이 줄루인들과 처음으로 접촉했을 때 그리스인들을 다시 발견했다고 생각했다는 걸 알고 있니? 그들은 아주 명시적으로 그렇게 말했어. 스케치북을 가져다가 그림을 그렸는데, 거기에는 창과 곤봉과 방패를 든 줄루족 전사들이 피부색이 거무튀튀하다는 점만 빼면 19세기의 『일리아드』삽화에 나오는 헥토르나 아킬레우스 같은 인물들과 판에 박은 듯이 똑같은 자세, 똑같은 신체 비례로 등장해. 잘생긴 팔다리, 몸의 일부만 가리는 옷, 당당한 자세, 격식을 차린 태도, 무사의 미덕, 그모든 것이 거기에 있었어! 아프리카의 스파르타, 그들이 찾았다고 생각한 건 바로 그거야. 고대 그리스에 대해 낭만적인 생각을 품고

---

21 잉글랜드에서는 사립학교를 가리킨다.

있던 바로 그 퍼블릭스쿨 출신 남자들이 수십년 동안 왕좌를 대신해서 줄루란드를 다스렸어. 실제로 그들은 줄루란드가 스파르타가 되기를 바랐어. 실제로 그들은 줄루인이 그리스인이 되기를 바랐지. 그러니까 조지프와 그 아버지와 할아버지한테는 그리스인이 멀리 있는 낯선 종족이 결코 아니었던 거야. 그들의 새로운 지배자들은 그들한테 그들이 되어야 하고 될 수 있는 사람의 모델로 그리스인들을 제시했어. 그들한테 그리스인들이 제시됐고 그들은 거부했지. 그 대신에 그들은 지중해 지역의 다른 곳을 바라봤어. 그들은 기독교인이, 살아 있는 그리스도의 추종자가 되기를 선택했어. 조지프는 예수님을 자기 모델로 선택한 거야. 그 사람한테 얘기해봐. 자기 입으로 말해줄 테니까."

"블란치, 영국인과 줄루인에 관한 그런 역사의 뒷얘기는 내가 잘 모르지. 언니하고 논쟁할 입장이 아냐."

"그런 일이 줄루란드에서만 일어난 건 아냐. 호주에서도 일어났어. 그렇게 깔끔한 형태가 아니었을 뿐이지, 그런 일은 세계의 식민화된 지역 어디에서나 일어났어. 옥스퍼드와 케임브리지와 생시르[22]를 나온 그 젊은 친구들은 새로운 야만인 백성들에게 가짜 이상을 제시했어. 그들은 말했지. '너희의 우상을 버려라.' 그들은 말했어. '너희는 신처럼 될 수 있다. 그리스인들을 보아라.' 실로 그리스에서, 인본주의자의 후예인 그 젊은 남자들의 낭만적인 그리스에서 누가 신과 인간을 구별할 수 있을까? 그들은 말했어. '우리 학교로 오라, 그럼 우리가 방법을 가르쳐주겠다. 우리가 너희를 이성의 사도, 이성을 원천으로 하는 과학의 사도로 만들어주겠다. 우리

22 Saint Cyr. 프랑스 브르따뉴 지방에 있는 사관학교.

가 너희를 자연의 지배자로 만들어주겠다. 우리를 통해서 너희는 질병과 육체의 모든 부패를 극복하게 될 것이다. 너희는 영원히 살 것이다.'

그런데 줄루인들은 그보다 현명했지." 그녀는 창을 향해, 태양 아래에서 달궈지고 있는 병원 건물 쪽으로, 불모의 언덕을 향해 구불구불 나 있는 비포장도로 쪽으로 손을 흔든다. "이게 현실이야, 줄루란드의 현실, 아프리카의 현실. 이게 지금의 현실이고, 우리가 볼 수 있는 한, 미래의 현실이야. 그게 아프리카 사람들이, 특히 현실의 고초를 가장 크게 겪을 수밖에 없는 아프리카 여자들이 교회에 와서 십자가에 달린 예수님 앞에 무릎을 꿇는 이유지. 자기들이 고난을 당하고 예수님이 자기들과 함께 고난을 당하시니까."

"그분이 그들한테 죽음 이후의 다른, 더 나은 삶을 약속하시기 때문이 아니고?"

블란치는 고개를 가로젓는다. "아니. 내가 메리언힐에 오는 사람들한테 약속하는 건 그들이 자기 십자가를 지는 걸 우리가 도와주겠다는 것 말고는 아무것도 없어."

7

일요일 아침 8시 30분, 하지만 햇볕은 벌써부터 맹렬하게 내리쫴다. 정오가 되면 운전사가 와서 그녀를 더반까지 데려다줄 테고 그녀는 집으로 향하는 비행편에 오를 것이다.

맨발에 요란한 색상의 원피스를 입은 어린 여자애 둘이 종을 치는 줄까지 뛰어가더니 그것을 잡아당기기 시작한다. 종대鐘臺 꼭대기에서 종이 간헐적으로 땡그랑거린다.

"너 올 거야?" 블란치가 묻는다.

"응, 갈 거야. 머리를 가려야 하나?"

"그냥 와. 여기서는 격식 안 따져. 하지만 알아둘 게 있는데, 텔레비전 방송국 사람들이 오게 돼 있어."

"텔레비전?"

"스웨덴 사람들이야. 콰줄루 지역의 에이즈에 관한 영화를 만들고 있어."

"신부님은? 신부님한테 미사가 촬영된다는 거 말씀드렸어? 그런데 신부님이 누구시지?"

"데일힐에서 오신 음시문구 신부님이 미사를 집전하실 거야. 반대하진 않으셔."

아직은 꽤 깔끔한 골프를 타고 도착한 음시문구 신부는 젊고 호리호리하고 안경을 꼈다. 그가 가운을 입기 위해 조제실로 간다. 그녀는 회중 맨 앞에 앉아 있는 블란치와 수도회 소속의 다른 여섯 수녀들에 합류한다. 카메라 조명이 이미 설치되어 그들을 비추고 있다. 그 잔인하게 눈부신 불빛 속에서 그녀는 그들 모두가 얼마나 늙었는지 보지 않을 수 없다. 마리아의 수녀들. 죽어가는 종족, 고갈된 소명.

금속제 지붕을 이고 있는 부속 성당은 벌써부터 숨이 턱턱 막히도록 뜨겁다. 두껍게 차려입은 블란치가 어떻게 이걸 견디고 있는지 모르겠다.

음시문구가 집전하는 미사는 줄루어로 진행되지만 이따금씩 영어 단어가 귀에 들어온다. 미사는 아주 차분하게 시작된다. 하지만 첫번째 본기도 시간이 되자 벌써부터 신도들 사이에서 흥얼거리는 소리가 난다. 강론을 시작하면서 음시문구는 회중이 자기 말을 들을 수 있도록 목소리를 높여야 한다. 바리톤 음성, 그렇게 젊은 남자한테서 그런 소리가 나다니 놀랍다. 힘들이지 않고 가슴 깊은 데서부터 내는 소리 같다.

음시문구가 돌아서서 제단 앞에 무릎을 꿇는다. 실내가 조용해진다. 그의 위로 고통당하는 그리스도의 가시관 쓴 머리가 떠올라 있다. 그가 다시 돌아서서 성체를 들어올린다. 미사를 드리는 사람들 사이에서 환호성이 터져나온다. 사람들이 박자에 맞춰 발을 구르기 시작해서 마룻바닥이 울린다.

그녀는 몸이 흔들리는 것을 느낀다. 땀 냄새로 공기가 갑갑하다. 그녀가 블란치의 팔을 움켜잡고 속삭인다. "나가야겠어!" 블란치가 그녀를 살피듯 바라본다. "조금만 더 있으면 돼." 그녀도 속삭여 말하고 고개를 돌린다.

정신을 차리려고 심호흡을 해보지만 소용이 없다. 발끝에서부터 찬 기운이 올라오는 것 같다. 찬 기운은 얼굴까지 올라오고, 두피가 한기로 오싹해지고, 그녀는 의식을 잃는다.

깨어나니 어딘지 알 수 없는 텅 빈 방에 드러누워 있다. 블란치가 그녀를 지그시 내려다보고 있고, 하얀 유니폼을 입은 어떤 젊은 여자도 있다. "미안해." 그녀는 일어나 앉으려고 애쓰면서 중얼거리듯 말한다. "내가 기절을 했었나?"

젊은 여자가 그녀의 어깨에 손을 얹어 안심시킨다. "상태는 괜찮아요. 하지만 쉬셔야 해요."

그녀는 블란치를 올려다보고 거듭 말한다. "미안해. 너무 많은 대륙을 오갔어."

블란치는 무슨 말이냐는 듯이 바라본다.

그녀가 거듭 말한다. "너무 많은 대륙. 너무 많은 짐." 그녀의 귀에는 그 목소리가 가늘게, 멀리서 나는 소리처럼 들린다. "내내 제대로 먹질 못했어." 그녀가 말한다. "그래서 그랬겠지."

과연 그래서 그랬을까? 이틀간 소화불량을 겪으면 사람이 기절하나? 블란치는 알겠지. 분명 블란치는 단식을, 기절을 해봤을 게다. 그녀 자신이 생각하기에는 몸이 불편한 것이 신체적인 차원의 문제만은 아니지 싶다. 만일 그녀의 성향이 그렇다면 그녀는 새로운 대륙에서의 이 경험을 기꺼이 받아들이고 어떻게든 그 경험을 활용할지도 모른다. 하지만 그녀의 성향은 그렇지가 않다. 그녀의 몸이 그 나름의 방식으로 말하고 있는 바가 바로 그런 것이다. 너무나 낯설고 너무나 버겁다고 그녀의 몸은 불평하고 있다, 나의 예전 환경으로, 내가 친숙하게 느끼는 삶으로 돌아가고 싶다고.

금단. 그녀를 괴롭히고 있는 것은 바로 그것이다. 기절은 금단증상. 이걸 생각하면 누군가가 떠오른다. 누굴까? 『인도로 가는 길』[23]의 그 창백한 잉글랜드 아가씨, 상황을 견디지 못하고, 공황 상태에 빠져 모두를 욕보이는 그 사람. 열기를 견디지 못하는 사람.

8

운전사가 기다리고 있다. 짐은 다 싸놓았고 떠날 준비가 돼 있지만, 아직 좀 힘이 없고 좀 떨리는 느낌이다. "잘 있어." 그녀가 블란치에게 말한다. "잘 있어, 블란치 수녀님. 언니가 무슨 말을 하려고

---

23 *A Passage to India.* 1924년에 발간된 영국 작가 E. M. 포스터의 소설.

했는지 알아. 일요일 아침 세인트패트릭 대성당[24]의 분위기와는 전혀 다르다는 거지. 내가 그렇게 꼬꾸라지는 모습이 찍히지 않았으면 좋겠네."

블란치는 미소를 짓는다. "찍혔으면 그 부분은 빼달라고 할게." 잠시 동안 두 사람 다 말이 없다. 그녀는 생각한다. '아마 이젠 나를 왜 여기로 불렀는지 말하겠지.'

"엘리자베스," 블란치가 말한다.(어조가 좀더 부드러운 쪽으로 바뀌었나, 아니면 그녀의 상상에 불과한가?) "그건 그들의 복음이고 그들의 그리스도라는 걸 기억해. 그건 그들, 그 평범한 사람들이 그리스도를 이해한 내용, 그리스도께서 그들로 하여금 당신에 대해 이해하도록 한 내용이야. 그들을 사랑해서. 아프리카에서만 그런 게 아니야. 그것과 똑같은 광경을 브라질에서, 필리핀에서, 심지어는 러시아에서도 볼 수 있을 거야. 평범한 사람들은 그리스인을 원하지 않아. 그들은 순수 형식의 영역을 원하지 않지. 그들은 대리석상을 원하지 않아. 그들은 자기들처럼 고난을 당하는 누군가를 원해. 자기들처럼, 그리고 자기들을 위해서 고난을 당하는 누군가를."

예수. 그리스인. 그녀가 기대했던 것, 그녀가 원했던 것은 그게 아니다. 어쩌면 마지막이 될 작별 인사를 하고 있는 이 마지막 순간에는 아닌 것이다. 블란치는 가차 없는 데가 있다. 죽음에 이르기까지. 진작 알았어야 했다. 자매는 결코 서로를 놓아주지 않는다. 너무나 쉽게 놓아주는 남자들과 달리. 끝까지 블란치의 품에 갇히는 것.

---

24 멜버른에 있는 성당.

"그러니까, 오, 창백한 갈릴리 사람이여, 그대가 승리했도다."목소리에 묻어나는 신랄함을 감추려고도 하지 않고 그녀가 말한다. "이게 나한테서 듣고 싶었던 말이지, 블란치?"

"대략. 애, 넌 지는 쪽에 돈을 걸었어. 어떤 다른 그리스인에게 돈을 걸었다면 그나마 가망이 있었을지 모르지만. 아폴로 대신 오르페우스에게. 이성적인 것 대신에 황홀한 것에. 환경에 따라서 형태를 바꾸고 색채를 바꾸는 누군가에게. 죽을 수 있지만 다시 살아오는 누군가에게. 카멜레온에. 불사조에. 여자들한테 호소력 있는 누군가에게. 왜냐하면 땅에 가장 가까이 사는 게 여자들이니까. 사람들 사이에서 돌아다니는, 그들이 만질 수 있는, 그들이 그 옆구리에 손을 넣어보고 상처를 느끼고 피 냄새를 맡을 수 있는 누군가에게. 하지만 너는 그러지 않았고, 돈을 잃었어. 엘리자베스, 넌 잘못된 그리스인들 편을 든 거야."

9

한달이 지났다. 그녀는 아프리카에서의 일들을 뒤로하고 집에 돌아와 원래의 삶에 다시 안착해 있다. 블란치와의 재회를 소재로 해서는 아직 아무것도 써보지 못했지만 자매답지 않은 이별의 기억은 그녀를 괴롭힌다.

그녀는 이렇게 쓴다. "어머니에 대해서 해주고 싶은 얘기가 있어."

그녀는 자기 자신한테 쓰고 있다. 다시 말해, 방에는 자기밖에 없지만 거기에 자기와 함께 있는 그 누군가에게 쓰고 있다. 그렇지만 지금 쓰고 있는 것을 블란치에게 보내는 편지라고 생각하지 않으면 말이 안 나오리라는 것을 그녀는 알고 있다.

오크그로브로 이사 온 첫해에 어머니는 그 동네 살던 필립스라는 남자와 사귀게 됐어. 내가 그 사람 이야기를 한 적이 있는데, 언니는 아마 기억 못 하겠지. 그 사람은 차가 있었어. 둘이서 극장으로, 콘서트장으로 같이 나다니곤 했어. 둘이서는 커플로 지냈어. 고상한 방식으로 말이야. 어머니는 처음부터 끝까지 그 사람을 "필립스 씨"라고 불렀는데, 난 그걸 너무 상상의 나래를 펼치지 말라는 뜻으로 알아들었어. 그러다 필립스 씨의 건강이 안 좋아졌고 둘이 이리저리 쏘다니던 생활도 끝이 났지.

내가 P씨를 처음 만났을 때 그 사람은 파이프를 입에 물고 블레이저에 크라바트[25]를 매고 데이비드 니븐[26]의 콧수염을 기른, 아직 꽤나 원기 왕성한 노인이었어. 전에는 변호사였는데 아주 잘나갔었어. 외모에 신경을 썼고, 취미 생활을 했고, 책도 읽었어. 어머니의 표현에 따르면 그 사람은 아직 생기가 있었지.

그 사람의 취미 중 하나가 수채화를 그리는 거였어. 그려놓은 걸 몇 점 봤지. 인물들의 형상은 뻣뻣했지만 그 사람은 풍경화에는, 덤불에는 감각이 있었고 이건 진짜다 싶더라. 빛에 대한 감각, 거리에 따른 빛의 변화에 대한 감각 말이야.

어머니를 그린 적도 있는데 청색 오건디 옷에 실크 스카프가 뒤로 나풀거리는 모습이었어. 초상화로서 썩 뛰어나다고는 할 수 없었지만 그래도 난 그걸 간직했지. 아직도 어딘가에 있어.

나도 그 사람 모델이 돼준 적이 있어. 그 사람이 수술을 받고 방에

---

25 넥타이처럼 목에 매는 남성용 스카프.

26 James David Graham Niven(1910~83). 영국의 배우.

만 갇혀 있던, 어쨌거나 방에서 나오지 않으려고 하던 때였어. 그 사람의 모델이 돼주는 건 어머니의 아이디어였지. 어머니는 이렇게 말했어. "네가 그 사람 기분 좀 돌려놔봐라. 난 못 하겠다. 온종일 혼자서 생각에 빠져 있구나."

필립스 씨가 혼자서만 지냈던 건 수술, 후두절제술을 받았기 때문이었어. 수술로 목에 구멍을 뚫고 인공기관의 도움을 받아서 그리로 말을 하게 되어 있었지. 하지만 그 사람은 자기 목에 난 그 볼썽사나운, 적나라한 구멍이 창피했고 그래서 사람들의 눈을 피했어. 어쨌거나 말을 하지도 못했지. 사람들이 알아들을 수 있게 말하지는 못했어, 제대로 된 호흡법을 배우려고도 하지 않았으니까. 기껏해야 쉿소리나 낼 수 있었어. 그렇게 여자 밝히는 남자한테는 틀림없이 무척이나 수치스러운 일이었겠지.

그 사람하고 나는 쪽지로 의사를 조율했고, 결국 토요일 오후에 몇번 내가 그의 모델 역할을 하기로 했어. 그즈음에 그 사람은 손을 좀 떨었고, 한번에 한시간씩만 작업할 수 있었어. 암이 그 사람을 여러가지로 괴롭히고 있었지.

그 사람의 아파트는 오크그로브에서 비교적 고급 축에 드는 것으로, 1층이었고 정원으로 통하는 프렌치도어[27]가 있었어. 나는 초상화 모델이 되어서 정원 문 옆의 등받이가 딱딱한, 나무를 조각해 만든 의자에 앉았어. 황토색과 고동색의 수작업 스텐실 무늬가 있는 자카르타에서 산 숄을 걸치고 말이야. 내가 그것 때문에 특별히 으쓱한 기분이 들었는지는 모르겠지만, 그 사람은 화가로서 그 색채들을 즐길 거라고, 그걸 가지고 뭔가 요리조리 시도해볼 거라고 생각했어.

----

27 격자 프레임에 유리를 넣은 양문개폐형 문.

어느 토요일에, (기다려봐, 핵심에 다가가고 있으니까) 비둘기들이 나무에서 구구거리는 어느 화사하고 따스한 날에, 그 사람은 붓을 내려놓고 고개를 가로젓더니 쉰소리로 뭔가 내가 알아듣지 못하는 말을 하는 것이었어. 내가 말했지. "에이든, 무슨 얘긴지 못 들었어요." "안 된다고." 그 사람이 다시 말했어. 그러더니 메모장에다 뭔가를 써서 건네줬어. "마음 같아서는 너의 나체를 그리고 싶은데"라고 적혀 있었어. 그 밑에는 이런 말이 있었지. "그랬으면 정말 좋았겠다."

그 사람이 그렇게 속마음을 털어놓기는 분명 쉽지 않았을 거야. '정말 좋았겠다.' 과거의 가설적 상황. 하지만 정확히 무슨 뜻으로 한 말일까? '네가 아직 젊었을 때 널 그렸더라면 정말 좋았겠다'는 뜻이었다고 생각할 수도 있지만, 그런 것 같지는 않아. '내가 아직 남자였을 때 널 그렸더라면 정말 좋았겠다.' 이게 더 그럴듯하지. 그 사람이 나한테 그 말을 보여줄 때 입술이 떨리는 걸 봤어. 노인의 떨리는 입술, 눈물 글썽이는 눈에 너무 큰 의미를 둬선 안 된다는 걸 알고 있지만 그래도……

나는 미소를 지으면서 그 사람에게 자신감을 되찾아주려 했고, 다시 자세를 잡았고, 그 사람은 이젤로 돌아갔어. 모든 게 아까처럼 됐는데, 가만 보니 이젠 그 사람이 그림을 그리지 않고 손에 든 붓이 말라가는데 그냥 거기 서 있는 거야. 그래서 속으로, (드디어 핵심에 들어섰네) 속으로 '뭐 어때' 하면서 몸에 두른 숄을 풀고 어깨를 움직여 벗어버린 다음 브래지어도 벗어서 의자 등받이에 걸쳐놓고 말했어. "이러면 어때요, 에이든?"

'나는 내 페니스로 그린다.' 르누아르가, 뽀얀 피부의 풍만한 여인들을 그린 르누아르가 그렇게 말하지 않았던가? '내 페니스로'(avec ma verge), 여성형 명사. 나는 속으로 생각했어. 자, 필립스 씨의 '베르주'를 깊은 잠에서 깨울 수 있는지 보자. 나는 내 옆모습을 다시 그 사람한테 보여줬고, 그사이 비둘기들은 마치 아무 일도 없다는 듯이 나무에서 구구거리고 있었어.

그게 효과가 있었는지는, 반나체의 내 모습이 그 사람 안에 모종의 불씨를 다시 지폈는지는 알 수 없어. 하지만 나를 향한, 내 젖가슴을 향한 그의 시선의 충만한 무게가 느껴졌고, 솔직히 좋았어. 그때 나는 마흔이었고 아이가 둘이었고 내 젖가슴은 젊은 여자의 것이 아니었는데, 그래도 생명이 시들어가고 죽어가는 그곳에서 그건 좋았어. 난 그때 그렇게 느꼈고 지금도 마찬가지야. 축복이지.

그러고는 조금 있다가, 정원의 그림자가 길어지고 공기가 서늘해지면서 나는 다시 옷을 챙겨입었어. "잘 있어요, 에이든, 평안하시길 빌어요." 내가 그렇게 말했고, 그 사람은 메모장에다 "고마워"라고 써서 나한테 보여줬고, 그걸로 끝이었어. 그 사람은 내가 그다음 토요일에 다시 오리라고 기대하지 않았을 거고, 난 다시 가지 않았어. 그 사람이 혼자서 그림을 완성했는지 어쩐지는 몰라. 어쩌면 없애버렸을지 모르지. 어머니한테 그걸 보여주지 않은 건 분명해.

블란치, 내가 왜 언니한테 이 얘기를 하고 있을까? 왜냐하면 나는 그게 메리언힐에서 언니와 내가 줄루인과 그리스인, 인문학의 진정한 본성 등에 대해 나눴던 대화와 연결된다고 보기 때문이야. 아직 난 우리의 논쟁을 포기하고 싶지 않아. 싸움에서 물러나고 싶지 않다고.

내가 이야기하고 있는 사건, 필립스 씨네 거실에서 있었던 일은 그 자체로는 별것 아니지만, 나는 오랫동안 그것 때문에 혼란스러웠어. 아프리카에서 돌아온 지금에야 그걸 설명할 수 있을 것 같아.

내 처신에는 물론 어떤 승리감이랄지 뽐내는 느낌이 있었어. 자랑스러운 건 아니지. 기력이 충만한 여자가 쇠약해져가는 남자를 놀리고, 자기 몸을 과시하면서도 그 사람과 거리를 유지하는 것. '수컷 놀리기'.[28] 저 옛날의 수컷 놀리기, 기억나?

하지만 그게 다가 아니었어. 내 행동은 나하고 아주 안 어울리는 것이었어. 난 계속 물었지. 내가 어떻게 그런 생각을 하게 됐을까? 로브가 구름처럼 허리춤에 걸려 있고 나의 신성한 몸이 드러나 보이는 가운데 차분하게 먼 데를 응시하는 그 자세를 내가 어디서 배웠을까? 이제야 알겠는데, 블란치, 그리스인들한테서야. 그리스인들한테서, 그리고 여러 세대의 르네상스 화가들이 그리스인들을 그린 그림들에서야. 거기에 앉아 있을 때 난 나 자신이 아니었어. 아니, 나 자신만은 아니었지. 나를 통해서 여신이, 아프로디테나 헤라, 어쩌면 심지어 아르테미스가 자신을 나타내 보이고 있었던 거야. 나는 그 불멸의 존재들에 속해 있었어.

이것도 끝이 아니야. 조금 아까 내가 '축복'이라는 말을 썼지. 왜일까? 벌어지고 있던 일의 중심에는 내 젖가슴이 있었기 때문이야. 나는 분명히 그렇게 느꼈는데, 젖가슴과 젖이 있었던 거야. 그 고대 그리스 여신들은 다른 건 몰라도 (비유적으로 말해서) 흘러나오지는 않았던 반면에 나는 흘러나오고 있었어. 나는 필립스 씨의 거실로 흘러나오고 있었고, 나는 그걸 느꼈고, 장담컨대 그 사람 역시 내가 떠나고 한참 뒤에까지 그걸 느꼈을 거야.

그리스인들은 흘러나오지 않아. 흘러나오는 사람은 나사렛의 마리아야. 성모영보[29]의 그 수줍은 동정녀 말고, 꼬레조[30]의 그림에 나오는

----

28 cock-teasing. 남자의 몸을 달아오르게 하고 관계는 허락하지 않는 여자의 행동을 가리키는 말.
29 聖母領報. 천사가 처녀인 마리아에게 예수 그리스도를 잉태할 것을 알린 사건.
30 Antonio da Correggio(1489~1534). 르네상스 시대의 이딸리아 화가.

어머니, 아기가 젖을 빨 수 있도록 손가락 끝으로 젖꼭지를 살짝 들어올리는 사람 말이야. 확고한 미덕을 지닌 여인으로서 화가의 응시에, 그리하여 우리의 응시에 대담하게 자신을 드러내는 그 사람 말이야.

블란치, 그날 꼬레조의 화실 모습을 상상해봐. 남자가 붓으로 가리키면서 말해. "그걸 올려봐요, 그렇게. 아니, 손으로 말고 그냥 손가락 두개로." 그 사람은 방을 질러가서 여자에게 보여줘. "이렇게." 여자는 순종하면서 남자가 명하는 대로 자기 몸을 다뤄. 다른 남자들, 그러니까 도제, 동료 화가들, 방문객들은 내내 어둑한 곳에서 그 모습을 지켜보고 있고.

그날 그의 모델이 된 여자가 누구인지 누가 알겠어? 거리의 여자? 어느 후견인의 부인? 화실의 분위기는 긴장돼 있는데, 무엇 때문일까? 에로틱한 에너지 때문에? 거기 있는 모든 남자들의 페니스, 그들의 '베르주'가 움찔거려서? 물론이야. 하지만 공기 중에는 뭔가 다른 것도 있어. 숭배. 남자들이 자기들한테 나타나 보이는 신비를 숭배할 때면 붓이 동작을 멈춰. 여자의 몸에서부터 생명이 냇물이 되어 흘러나오는 것 말이야.

블란치, 줄루란드에 그런 순간에 필적하는 어떤 것이 있을까? 없을 거야. 황홀한 것과 심미적인 것의 저 아찔한 혼합은 없어. 그런 건 인간의 역사에서 단 한번, 르네상스기 이딸리아에서 일어나는데, 고대 그리스에 대한 인본주의자들의 꿈이 까마득하게 오래된 기독교 형상들과 의식들을 침범하는 때지.

인본주의와 인문학에 대해 여러가지 이야기를 하면서 우리가 둘다 비켜간 단어가 하나 있는데, 바로 인간성이라는 거야. 여자들 중에 복을 받은 마리아[31]가 희미하게 천사 같은 미소를 지으면서 우리의 응시 속에 사랑스러운 분홍빛 젖꼭지를 살짝 들어올릴 때, 또 내가 그녀를 모방해서 늙은 필립스 씨를 위해 젖가슴을 드러낼 때 우리는 인간성의 행위를 수행하는 거야. 동물로서는 그런 행위가 가능하지 않은데, 동물은 자신을 가리지 않기 때문에 자신을 드러낼 수도 없어. 아무것도 우리한테, 마리아나 나한테 그렇게 하라고 강요하지 않아. 그렇지만 우리의 인간적인 가슴에서 흘러넘치는 것, 흘러나오는 것으로 인해서 우리는 그렇게 하지. 우리의 로브를 내려뜨리고, 우리 자신을 드러내고, 우리에게 복으로 주어진 생명과 아름다움을 드러내.

아름다움. 블란치, 언니는 벌거벗은 몸을 숱하게 응시할 수 있는 줄루란드에 있으니까, 여자의 젖가슴보다 더 인간적으로 아름다운 것은 없다는 건 확실히 인정하겠지. 그보다 더 인간적으로 아름다운 것은 없고, 왜 남자들이 그림 그리는 붓이나 끌이나 손으로 이 묘하게 굴곡진 지방 주머니를 애무하고 또 애무하고 싶어 하는지보다 더 인간적으로 신비로운 것은 없고, 그들의 집착에 대한 우리의 공모(여자들의 공모란 뜻이야)보다 더 인간적으로 사랑스러운 것은 없어.

인본주의자들은 우리에게 인간성을 가르쳐줘. 수세기에 걸친 기독교의 밤이 지나고서 인본주의자들은 우리에게 우리의 아름다움, 우리의 인간적인 아름다움을 되돌려주는 거야. 언니가 말하면서 빠트린 게 그거야. 블란치, 그리스인이, 올바른 그리스인이 우리에게 가르쳐주는 게 그거야. 잘 생각해봐.

동생 엘리자베스가

이것이 그녀가 쓰는 내용이다. 그녀가 쓰지 않는 것, 쓸 뜻이 없

---

31 성모마리아를 가리킨다.

는 것은 이야기가 어떻게 더 나아가는가, 필립스 씨의 이야기, 그들이 토요일 오후마다 그 양로원에서 만나는 이야기가 어떻게 더 나아가는가 하는 것이다.

그 이야기는 그녀가 말한 대로 끝나지 않으니까 말이다. 그녀가 옷을 챙겨입고 필립스 씨가 고맙다는 쪽지를 쓰고 그녀가 그의 방을 떠나는 것으로 끝나지 않는 것이다. 그렇기는커녕 이야기는 한달 뒤에 다시 시작되는데, 그녀의 어머니는 필립스 씨가 또 방사선 치료를 받으러 병원에 갔다가 형편없는 모습으로, 아주 가라앉고 아주 풀이 죽어서 돌아왔다고 말한다. 한번 들여다보고 기분 좀 북돋워주면 어떻겠니?

그녀는 그의 방문을 두드리고 잠시 기다리다 안으로 들어간다. 의심의 여지가 없다. 더이상 원기 왕성한 노인이 아니고 그냥 노인, 실려나가기를 기다리는 뼈와 가죽만 남은 늙은이. 팔을 벌리고 손은 늘어뜨린 채 드러누웠는데, 손이 한달 새에 푸르뎅뎅해지고 뼈마디가 튀어나와서 언제 붓을 잡을 수 있었나 싶다. 자고 있는 게 아니라 그냥 누워서 기다리고 있다. 분명 귀를 기울이고 있기도 하다. 내면의 소리에, 고통의 소리에. (그녀는 속으로 생각한다. '우리 그걸 잊지 말도록 해, 블란치. 그 고통을 잊지 말도록 해. 죽음의 공포로는 충분치 않지. 거기에 더해 점점 커지는 고통이 있는 거야. 이 세상에 대한 우리의 방문을 끝내는 방식으로 그보다 더 기발하게, 더 지독하게 잔인한 게 또 있을까?')

그녀는 노인의 침대 곁에 선다. 그리고 그의 손을 잡는다. 그 차갑고 푸르뎅뎅한 손을 자기 손으로 감싸는 것은 전혀 유쾌한 일이 아니지만 그녀는 그렇게 한다. 지금은 그 무엇도 유쾌할 게 없다. 그녀는 그 손을 잡아 꼭 쥐고는 자신이 내는 가장 다정한 목소리로 "에이든!" 하고 부르고, 눈물이, 너무 쉽게 나와서 큰 의미를 갖지 못하는 노인네의 눈물이 차오르는 것을 지켜본다. 그녀는 더 할 말이 없고, 확실히 그로서도, 이제 보기 좋게 거즈로 덮어놓은 목에 난 구멍을 통해 할 말은 없다. 그녀가 거기 서서 그의 손을 쓰다듬고 있자니 간병인 나이두가 티 트롤리와 알약을 가지고 온다. 그녀는 그를 부축해 일어나 앉아 물을 마시도록 한다.(그는 두살짜리 아이처럼 주둥이가 달린 컵으로 마신다. 수모는 끝이 없다.)

그녀는 그다음 토요일에, 또 그다음 토요일에 그를 방문한다. 그것은 새로운 일과가 된다. 그녀는 그의 손을 잡고 그를 위로하려고 애쓰면서도 차가운 눈으로 그가 쇠락해가는 단계를 유심히 살핀다. 방문 중에 오가는 말은 극히 적다. 그러다 어느 토요일에, 평소보다 조금 더 쾌활하고 조금 더 원기 왕성해 보이는 그가 메모장을 내밀고 그녀는 그가 미리 써놓은 메시지를 읽는다. "네 가슴은 사랑스러워. 절대 잊지 못할 거야. 모두 다 고마워, 친절한 엘리자베스."

그녀는 메모장을 그에게 돌려준다. 무슨 할 말이 있을까? '그대가 사랑했던 것에 작별을 고하세요.'

그는 뼈에서 나오는 투박한 힘으로 메모장에서 그 페이지를 찢어내고 구겨서 쓰레기통에 넣고는 '우리만의 비밀이야'라고 말하는 듯이 입술에 손가락을 가져다댄다.

'뭐 어때.' 또다시 그녀는 속으로 생각한다. 그녀는 방을 질러가서 문을 잠근다. 그의 옷가지를 걸어놓는 작은 반침半寢에서 원피스며 브래지어를 벗는다. 그러고는 침대로 돌아와 그가 잘 볼 수 있는 곳에 옆으로 앉아 그림 그릴 때의 그 자세를 다시 취한다. 그녀는 생각한다. '한턱 쓰는 거야. 노인네한테 한턱 쓰자. 신나는 토요

일이 되게 해주자.'

그녀는 서늘한 오후에(이제 여름은 가고 가을, 늦가을이다), 너무 서늘해서 조금 후부터는 몸이 살짝 떨리기까지 하는 오후에 필립스 씨의 침대에 앉아서 다른 생각들도 펼친다. '동의 성인들'.[32] 그녀의 생각이 미친 것들 중 하나다. '동의 성인들이 문 닫아놓고 하는 일은 자신들 외에는 누구도 관여할 바가 아니다.'

이야기를 여기서 끝내는 것도 괜찮을 것이다. 이 한턱이라는 것의 진정한 본질이 무엇이든 그것이 반복될 필요는 없다. 다음 토요일에, 만일 그가 그때까지 살아 있다면, 만일 그녀가 그때까지 살아 있다면, 그녀는 다시 여기 들러서 그의 손을 잡아줄 것이다. 하지만 자세를 잡는 건, 가슴을 내주는 건, 축복은 이번이 마지막이어야 한다. 이후로 젖가슴은 여며져야, 아마도 영구히 여며져야 한다. 그러므로 여기서, 그녀가 몸을 떨면서도 어림잡아 이십분은 족히 될 만한 시간 동안 이 자세를 유지하는 것으로 이야기가 끝날 수 있을 것이다. 이야기로서, 서술로서 그것은 여기서 끝남으로써 아직은 봉투에 넣어 블란치에게 보내도 좋을 만큼 괜찮은 수준을 유지할 수 있고 아울러 그녀가 그리스인에 대해 말하고 싶은 게 무엇이었든 그것을 망치지 않을 수 있을 것이다.

하지만 이야기는 사실 조금 더 오래, 오분이나 십분쯤 더 계속되는데, 그녀가 블란치한테 말할 수 없는 부분이 바로 이 대목이다. 여자인 그녀가 무심한 듯 침대보에 손을 내려뜨리고, 페니스가 살아서 깨어 있다면 그것이 있을 법한 곳을 아주 부드럽게 쓰다듬기 시작하고, 그러다 반응이 없자 침대보를 치우고 필립스 씨의 파자

---

32 consenting adults. 법적으로 성관계 동의 결정을 할 수 있는 연령에 이른 성인들.

마, 근년에 보지 못한 노인용 플란넬 파자마(아직도 가게에서 그런 것을 구할 수 있으리라고는 짐작도 못 했을 것이다)의 끈을 풀더니 앞섶을 열어 완전히 축 늘어진 그 작은 물건에 키스하고, 그것이 살아나 희미하게 움직일 때까지 입에 넣고 우물거리기에 충분할 만큼 이야기는 오래 계속된다. 하얗게 센 음모를 보는 건 처음이다. 그렇게 된다는 걸 깨닫지 못했다니 어리석다. 때가 되면 그녀도 그렇게 될 것이다. 냄새도 유쾌하지 않다. 노인네의 대충 씻은 아랫도리에서 나는 냄새.

이상적이지는 않지. 늙은 필립스 씨에게서 물러나 그의 몸을 덮어주고 미소를 지어 보이고 그의 손을 토닥이면서 그녀는 생각한다. 이상적인 것은 젊은 미인을, 노인들이 꿈꾸는 풍만하고 싱싱한 젖가슴을 가진 '피유 드 주아'[33]를 들여보내 그에게 그걸 해주도록 하는 것이리라. 그 일에 돈을 지불하는 데에 거리낌은 없을 것이다. 여자가 설명을 원하면 생일 선물이라고 하면 될 것이다. '작별 선물'이라는 이름이 너무 오싹하다면 말이다. 그렇지만 또, 일정한 나이가 지나면 모든 게 이상적이지 않다. 필립스 씨는 거기에 익숙해지는 게 좋을 거다. 신들만이, 비인간적인 신들만이 영원히 젊다. 신들과 그리스인들.

그녀, 엘리자베스의 경우에, 젖가슴을 덜렁거리며 뼈와 가죽만 남은 늙은이 위로 웅크리고서 거의 죽어버린 생식기를 가지고 애를 쓰고 있는 그 광경에 그리스인들은 어떤 명칭을 부여할까? 확실히 '에로스'는 아니다. 그렇게 부르기에는 너무 그로테스크하다. '아가페'? 역시 아닐 게다. 그렇다면 그리스인들한테는 그에 맞는

---

33 fille de joie. 프랑스어로 매춘부.

말이 없는가? 기독교인들이 적절한 말, '카리타스'를 가지고 오기를 기다려야 할 것인가?

확신하건대 그건 결국 이것이니까 말이다. 가슴이 북받치기에 그녀는 그걸 안다. 자기 가슴에 있는 것과, 만일 간병인 나이두가 어쩐지 운이 나빠 마스터키로 문을 열어젖히고 성큼성큼 걸어 들어온다면 보게 될 것 사이에는 극심한, 무한한 차이가 있기에.

그러나 그녀의 마음을 지배하고 있는 것은 그게 아니다. 간병인 나이두가 그걸 어떻게 생각할까, 그리스인들이 그걸 어떻게 생각할까, 위층에 사는 어머니가 그걸 어떻게 생각할까, 그런 게 아니다. 마음을 지배하고 있는 것은 그녀 자신이 그걸 어떻게 생각할까 하는 것이다. 집으로 돌아가는 차 안에서, 내일 아침에 깨어났을 때, 또는 일년이 흐른 뒤에 그걸 어떻게 생각할까. 우리는 이런 것, 예상치 못한, 계획에 없던, 자신과 안 어울리는 이런 일들을 어떻게 생각할 수 있을까? 그런 것들은 그저 구멍, 가슴에 난 구멍인가, 그리로 발을 헛디뎌 떨어지고는 계속해서 떨어지는 구멍?

그녀는 생각한다. '블란치, 사랑하는 블란치, 왜 우리 사이에 이런 장벽이 있지? 왜 우리는 곧 숨을 거둘 사람들이 으레 그러듯이 서로에게 똑바로, 숨김없이 이야기하지 못하지? 어머니는 가셨고, 늙은 필립스 씨도 불에 타 재가 되어 바람 속으로 흩어졌어. 우리가 자라난 세계에서 언니하고 나만 남았어. 내 젊은 날의 언니, 답도 없이 나를 남겨두고 이국땅에서 죽지 마!'

제6강
악의 문제

그녀는 암스테르담에서 열리는 학회에서 연설해달라는 초청을 받았다. 왜 세상에는 악이 존재하는가, 그에 관해 과연 무엇을 할 수 있는가 같은 해묵은 악의 문제를 주제로 한 학회다.

왜 학회를 주관하는 쪽에서 하필 자신을 선택했는지는 금세 짐작할 수 있다. 작년에 미국의 어느 대학에서 했던 연설 때문이다. 그 연설을 두고 『코멘터리』지에서 그녀를 비난했고(홀로코스트를 하찮은 것으로 만들었다는 게 이유였다) 또 어떤 사람들은 그녀를 옹호했으나 그 대부분은 지지를 보내줘서 당혹스러운 부류, 즉 은밀한 반유대주의자, 감상주의적인 동물권 옹호론자 같은 사람들이었다.

그때 그녀는 동물 전체의 노예화라고 여긴, 그리고 아직도 그렇게 여기는 것에 대해 이야기했었다. 노예. 삶과 죽음이 다른 존재의 손에 맡겨진 존재. 소, 양, 닭과 오리 들이 그런 존재가 아니면 뭐란 말인가? 죽음의 수용소는 그전에 육가공 공장이라는 본보기가 없었다면 생각해내지 못했을 것이다.

이런 이야기와 그밖의 다른 말들을 했었다. 그건 거의 따져볼 필요도 없이 자명해 보였다. 하지만 그녀는 한 단계 더 나아갔고 도를 넘었다. 그녀는 말했다. 무방비 상태에 있는 존재들에 대한 학살이 우리 주위에서 날마다 반복되고 있으며, 그 살육은 규모에서나 끔찍함에서나 도덕적 중요성에서나 우리가 홀로코스트*the holocaust*[1]라고 부르는 것과 다르지 않습니다.

도덕적 중요성에서 대등하다. 이 대목에서 사람들은 거부감을 느꼈다. 힐렐 센터[2] 학생들의 항의가 있었다. 그들은 애플턴 대학이 교육기관으로서 그녀의 발언에 거리를 두어야 한다고 요구했다. 나아가 대학은 그녀에게 연설의 기회를 준 데 대해 사과해야 한다고 했다.

고국에서도 신문들이 얼씨구나 하고 그 이야기를 골라 실었다. 『에이지』는 '문학상 수상 소설가, 반유대주의로 비난받다'라는 헤드라인하에 기사를 실으면서 그녀의 연설에서 문제가 되는 대목을 구두점도 숱하게 잘못 찍어가며 인용해 넣었다. 시도 때도 없이 전화가 울리기 시작했다. 대부분 기자들이었지만 낯선 사람들도 있었는데, 어느 이름 모를 여자는 전화기에 대고 "이 파시스트 년아!" 하고 고함을 질러댔다. 이후로 그녀는 전화를 받지 않았다. 갑자기 그녀 쪽이 심판을 받게 된 것이었다.

이런 일에 연루될 줄을 예상했을 수도 있다. 그리고 그것을 피했

---

1 'holocaust' 앞에 'the'를 붙이는 영어권의 관행은 홀로코스트가 역사상의 유일무이한 사건이라는 통념을 반영한다.

2 Hillel Center. 유대인 대학생 조직.

어야 했다. 그런데 다시 연단에 서서 어쩌겠다는 것인가? 그녀가 조금이라도 지각이 있다면 세상의 이목을 끌지 않고 조용히 지낼 것이다. 그녀는 늙었고, 늘 피곤하다고 느끼고, 그나마 있던 논쟁의 욕구도 사라졌고, 게다가 어쨌든 악의 문제가, '문제'라는 게 악에 어울리는, 그걸 담아낼 만큼 거창한 단어이기나 하다면 말이지만, 과연 이야기를 더 한다고 해결될 가망이 있는가?

하지만 그 초청을 받을 당시 그녀는 읽고 있던 소설의 해로운 마력에 사로잡혀 있었다. 소설은 가장 악질적인 패악에 관한 것이었고, 한없이 우울한 기분으로 그녀를 끌고 들어갔다. 읽으면서 그녀는 누구를 향해서인지는 몰라도 '나한테 왜 이러는 거예요?'라고 소리치고 싶었다. 바로 그날 초청장이 도착했다. 존경하는 엘리자베스 코스텔로 작가님, 신학자와 철학자 모임에 왕림하셔서, 괜찮으시다면 '침묵, 공모, 죄의식'이라는 일반적인 제목으로 연설을 해주시겠습니까?

그날 그녀가 읽고 있던 책은 폴 웨스트가 쓴 것으로, 그는 영국인이지만 영국 소설에 흔한 사소한 관심사들에서는 해방된 듯했다. 그의 책은 히틀러와 베어마흐트[3] 내의 히틀러 암살 지망자들에 관한 얘기였고, 음모 가담자들의 처형을 묘사하는 장들이 나오기 전까지는 아무 문제 없이 잘 읽혔다. 웨스트는 어디서 그 정보를 얻을 수 있었을까? 정말로 목격자들이 있어서 그들이 그날 밤 집에 돌아가 잊어버리기 전에, 기억이 스스로를 보호하기 위해 백지상태가 되기 전에, 틀림없이 종이를 그슬어버렸을 말로, 자기들이 본 것을 구구절절 기록하되, 교수형집행인이 자기 손에 맡겨진

―――――――――――――――――
3 Wehrmacht. 나치 독일의 군대였던 독일국방군.

208

사람들에게 했던 말까지, 대부분 어설픈 노인인 그들에게, 제복이 벗겨지고, 그 최후의 행사를 위해 죄수용 헌옷을, 때가 덕지덕지 묻은 서지 바지와 좀이 슬어 온갖 데에 구멍이 나 있는 풀오버를 입고, 신발은 없고, 허리띠도 없고, 의치와 안경은 빼앗기고, 기진맥진하고, 벌벌 떨고 있고, 손은 바지가 흘러내리지 않게 잡고 있으려고 주머니에 넣은 채, 두려움에 흐느끼고, 눈물을 삼키고, 이 거친 생물체, 손톱 밑에 지난주에 묻힌 피가 엉겨 있는 이 백정이 자신들을 비웃는 말에, 밧줄이 팽팽하게 당겨질 때 무슨 일이 벌어질지, 어떻게 똥이 늙다리의 가냘픈 다리를 타고 흘러내릴지, 어떻게 늙다리의 축 늘어진 페니스가 마지막으로 한번 떨릴지 이야기하는 말에 귀를 기울일 수밖에 없는 그들에게 했던 말까지 다 기록할 수 있었을까? 차고일 수도 있었고 도살장일 수도 있었을 특징 없는 공간에서 그들은 하나씩 하나씩 교수대로 향했고, 거기에는 최고사령관 아돌프 히틀러가 숲속의 자기 은신처에서 영상으로 그들의 흐느낌을, 다음에는 그들의 몸부림을, 다음에는 그들의 부동 상태, 죽은 고기의 축 늘어진 부동 상태를 지켜보고 복수를 했다고 만족할 수 있도록 탄소아크등이 켜져 있었다.

이것이 소설가 폴 웨스트가 하나도 빼놓지 않고 여러 페이지에 걸쳐 써놓은 내용이다. 그걸 읽으면서 그녀는 그 광경이 역겨웠고, 자신이 역겨웠고, 그런 일이 일어나는 세계가 역겨웠고, 그러다 마침내 책을 밀쳐버리고는 두 손으로 머리를 감싸쥔 채 앉아 있었다. **외설적이야**obscene! 이렇게 외치고 싶었지만 외치지 않은 것은 누구를 향해 그 말을 내뱉어야 할지 몰랐기 때문이다. 자신인지, 웨스트인지, 일어나는 모든 일을 덤덤하게 지켜보는 천사들로 구성된 위원회인지. 그런 일은 일어나지 말아야 하기 때문에 외설적이고, 또 그런 일이 일어났을 때는, 우리가 미치지 않으려면, 그걸 훤히 드러낼 게 아니라 전세계의 도살장에서 진행되고 있는 일처럼 땅속에 영원히 묻어두고 보이지 않게 해야 하기 때문에 외설적이다.

그녀가 아직 웨스트의 책이 주는 외설적인 느낌을 떨쳐내지 못하고 있는 사이에 초청장이 도착했다. 간단히 말해 그것이 그녀가 아직도 '외설적'이라는 말이 목구멍까지 치밀어오르는 상태로 여기 암스테르담에 와 있는 이유다. 외설적. 히틀러의 사형집행인들의 행동만, 칼잡이의 행동만 그런 것이 아니라 폴 웨스트의 흑서黑書 내용도 그렇다. 환한 빛을 받아서는 안 되는 장면들, 처녀들과 아이들의 눈이 가려져 마땅한 장면들.

지금 상태의 엘리자베스 코스텔로에게 암스테르담은 어떻게 반응할 것인가? '악'이라는 억센 칼뱅주의적 단어가 분별 있고 실용적이며 심리적으로 안정된 이 신新유럽 시민들 사이에서 역시 어떤 힘을 발휘하고 있는가? 악마가 마지막으로 버젓이 그들의 거리를 활보한 지 반세기가 지났지만 그들이 잊어버렸을 리는 없다. 아돌프와 그 무리는 아직도 대중의 상상력을 사로잡고 있다. 기이한 사실이다. 그의 형이자 멘토인 곰 꼬바[4], 어떤 측량 기준으로 보나 더 살의에 차 있고 더 혐오스럽고 더 영혼을 오싹하게 하는 그는 거의 잊혔다는 것을 생각하면 그렇다. 혐오스러움에 견주어 혐오스러움을 측량하기. 측량하는 행위 자체가 혐오스러운 뒷맛을 남긴다. 이천만, 육백만, 삼백만, 십만. 어느 지점에서 정신은 수량 앞에 무너진다. 게다가 늙을수록 더 빨리 무너진다.(어쨌거나 그녀의 경우는 그랬다.) 참새가 새총 한방으로 나뭇가지에서 떨어지는 것과 도시

---

4 Коба the Bear. 스탈린의 별명.

가 공습으로 완전히 파괴되는 것, 둘 중 어느 쪽이 더 나쁘다고 누가 감히 말할 수 있을까? 그 모든 게 악하다. 악한 신이 만들어낸 악한 우주인 것이다. 친절한 네덜란드의 주최자들에게, 계몽되고 합리적으로 조직되고 잘 돌아가는 이 도시의 친절하고 똑똑하고 지각 있는 청중들에게 그녀가 감히 그런 말을 할 수 있을까? 입을 닫고 있는 게, 너무 비명을 질러대지 않는 게 상책이다. 『에이지』의 다음 헤드라인이 그려진다. '우주는 악해, 코스텔로 말하다.'

그녀는 호텔을 나서서 운하를 따라 나돌아다닌다. 대척지[5]에서 장시간 비행기를 타고 와서 아직도 약간 어지럽고 약간 다리가 휘청거리는, 레인코트를 입은 늙은 여자. 방향감각을 잃었다. 이런 음울한 생각을 하고 있는 것은 단순히 방향을 잃었기 때문일까? 그렇다면 아마도 여행을 덜 해야겠다. 더 하든가.

그녀가 주최측과의 협의를 통해 마련한 연설 주제는 '증언, 침묵, 검열'이다. 원고 자체는, 아무튼 그 대부분은 쓰기 어렵지 않았다. 수년간 국제펜클럽 호주 본부의 임원을 지낸 덕에 검열이라면 잠을 자면서도 이야기할 수 있다. 쉽게 가자면 통상 활용하는 검열 관련 원고를 읽어주고 국립미술관에서 몇시간 보낸 다음, 마침 딸이 어느 재단의 초대 손님으로 머물고 있는 니스행 기차를 잡아탈 수도 있을 것이다.

통상 활용하는 검열 관련 원고는 발상이 자유주의적이고, 요즘에 그녀의 사유에서 특징적인 '쿨투어페시미스무스'[6]의 요소도 엿보이는 듯하다. 서구 문명은 제한될 수 없는 무한한 노력에 대한

---

5 호주를 가리킨다.

6 Kulturpessimismus. 문화비관주의.

믿음에 기초하고 있고, 그걸 어떻게 해보기에는 너무 늦었으며, 그저 꽉 붙잡고 어디든 실려가는 대로 가보는 수밖에 없다는 것이다. 제한될 수 없는 것이라는 주제에 관해서는 그녀의 생각이 조용히 바뀌고 있는 듯하다. 그녀는 웨스트의 책을 읽어서 그런 게 아닌가 생각하지만, 이유는 잘 몰라도 그와 상관없이 그런 변화가 일어났을 수도 있다. 구체적으로 말해서, 이제 그녀는 사람들이 자기가 읽는 것으로 인해 더 나아진다는 확신이 서지 않는다. 나아가 영혼의 더 어두운 영역을 탐색하러 들어가는 작가들이 늘 멀쩡한 상태로 돌아온다는 확신이 서지 않는다. 읽고 싶은 걸 읽는 것도 그렇지만 쓰고 싶은 걸 쓰는 것이 그 자체로 좋은 일인지 의문이 들기 시작한 것이다.

아무튼 이것이 그녀가 여기 암스테르담에서 이야기하려는 내용이다. 학회에서 그녀는 주요 사례로 『폰 슈타우펜베르크 백작의 아주 풍요로운 시간』을 언급하려고 하는데, 이 책은 시드니에서 편집 일을 하는 친구가 검토해달라고 보낸, 신간과 재판이 뒤섞인 여러 권의 책들 중 하나였다. 그중 정말로 관심이 간 것은 『아주 풍요로운 시간』이 유일했고, 그녀는 어떤 서평에서 이 책에 대한 생각을 펼쳤다가 마지막 순간에 그 서평을 철회했고 그뒤로도 지면에 싣지 않았다.

호텔에 처음 도착했을 때 봉투 하나가 그녀를 기다리고 있었다. 학회 주관자들의 환영 인사가 적힌 편지, 학회 프로그램, 각종 지도. 이제 그녀는 북반구 태양의 어정쩡한 온기를 받으며 프린센흐라흐트 운하변 벤치에 앉아 프로그램을 대충 훑어본다. 그녀는 학회 첫날인 다음 날 아침에 연설하게 되어 있다. 프로그램을 획획 넘겨서 제일 끝에 있는 약력 소개로 간다. '엘리자베스 코스텔로,

저명한 호주 소설가이자 에세이 작가, 『에클스가의 집』과 그밖에 여러 책의 저자.' 자신이 직접 써넣었다면 그런 식으로 쓰진 않았을 테지만, 요청받은 바가 없다. 늘 그렇듯이 과거의 모습으로 박제된, 젊은 시절의 성취로 박제된 그녀.

그녀의 눈이 명단을 쭉 따라 내려간다. 대부분의 동료 참석자들 이름은 들어본 적이 없다. 그러다 명단 맨 마지막에 있는 이름이 그녀의 눈을 사로잡는다. 심장이 멎는 듯하다. '폴 웨스트, 소설가이자 비평가.' 폴 웨스트. 생면부지이나 그녀가 여러 페이지를 할애해서 그 영혼의 상태에 대해 이야기하는 사람. 강연에서 그녀는 묻는다. 나치의 참상의 숲속으로 폴 웨스트만큼이나 깊이 들어갔다가 멀쩡한 상태로 나올 수 있는 사람이 있을까요? 유혹에 넘어가 그 숲속으로 들어간 탐험가가 그 경험으로 인해 더 좋아지고 더 강해져서 나오는 게 아니라 더 나빠져서 나올지 모른다는 것을 우리가 생각해봤나요? 폴 웨스트 자신이 청중들 사이에 앉아 있는데 어떻게 그 연설을 하고 어떻게 그런 질문을 던질 수 있겠는가? 그것은 공격, 동료 작가에 대한 주제넘은, 이유 없는, 무엇보다 개인적인 공격처럼 보일 것이다. 누가 진실을 믿겠는가, 이제까지 그녀가 폴 웨스트와 얽힌 일이 전혀 없고 그를 만난 적도 없으며 달랑 그가 쓴 이 책 한권을 읽었을 뿐이라는 것을? 어떻게 해야 할까?

이십 페이지에 달하는 원고에서 족히 절반은 온통 그 폰 슈타우펜베르크가 나오는 책에 관한 이야기다. 운이 좋다면 그 책이 네덜란드어로 번역되지 않았으리라. 운이 심히 좋다면 청중 가운데 아무도 그 책을 읽지 않았으리라. 웨스트의 이름을 빼버리고 그 사람을 '나치 시대에 대한 어떤 책의 저자'라고만 지칭할 수 있을 것이다. 심지어는 그 책을 가상의 것으로 만들 수도 있을 것이다. 나치에 관한 가상의 소설인데, 그걸 썼다면 가상의 저자는 영혼에 상처를 입었을 것이라고 말하는 것이다. 그러면 아무도 모를 것이다. 물론 웨스트 자신은 알 테지만. 혹시 그가 참석한다면, 그가 호주에서 온 여자의 연설을 듣겠다고 굳이 온다면 말이다.

오후 4시다. 보통 장시간 비행을 할 때 그녀는 그저 잠깐씩밖에 자지 못한다. 하지만 이번 비행에서는 새로운 알약을 시도해봤는데 효과가 있었던 듯하다. 몸이 가뿐해서 바로 일에 뛰어들어도 될 것 같다. 폴 웨스트와 그의 소설은 뒷배경 깊숙한 곳으로 밀어내고 논지만, 도덕적 모험성의 한 형식인 글쓰기 그 자체가 위험한 것이 될 잠재력을 갖고 있다는 논지만 보이게 놓아두는 식으로 연설 원고를 다시 쓸 시간은 충분하다. 하지만 어떻게 생겨먹은 연설이 그럴까, 논지만 있고 예시는 없다니?

누군가 폴 웨스트 대신 집어넣을 수 있는 사람이 있을까…… 가령 셀린?[7] 제목은 기억나지 않지만 셀린의 소설 중 하나가 사디즘, 파시즘, 반유대주의에 한 발을 담그고 있다. 그걸 읽은 지는 한참 됐다. 그 책을 가급적이면 네덜란드어가 아닌 것으로 한권 구해서 보고 셀린을 연설 원고에 집어넣을 수 있을까?

하지만 폴 웨스트는 셀린이 아니다. 셀린과는 전혀 다르다. 사디즘에 한 발을 담그는 것이야말로 웨스트가 하지 않는 짓이다. 게다가 그의 책은 거의 유대인을 언급하지 않는다. 그가 드러내는 참상은 유일무이하다. 그건 자신과의 내기였음에 틀림없다. 한줌의 어리바리한 독일 직업군인들, 그들의 훈육 원리 자체가 그들을 음모를 꾸미고 암살을 수행하는 데 부적합하게 만든 그 직업군인들을

---

7 Louis-Ferdinand Céline(1894~1961). 프랑스의 의사이자 작가.

소재로 삼아 처음부터 끝까지 그들의 미숙함과 그 결과에 대해 이야기하고, 우리가 뜻밖에 진정한 연민, 진정한 공포를 느끼도록 하는 것.

옛날에는 이렇게 말했을 것이다. 그런 이야기를 그 가장 어두운 구석까지 추적해가려고 나서는 작가에게 경의를 표하라. 지금은 확신이 서지 않는다. 그녀에게서 바뀐 것 같은 게 바로 그 점이다. 아무튼 셀린은 그렇지 않다. 셀린은 안 되겠다.

그녀의 맞은편에 정박해 있는 바지선 갑판 위에서 두 커플이 탁자에 앉아 얘기를 나누며 맥주를 마시고 있다. 자전거 탄 사람들이 대그락대그락 소리를 내며 지나간다. 홀란트의 평범한 날, 평범한 오후. 바로 이런 종류의 평범한 것에 젖어들기 위해서 수천마일을 날아와놓고, 그걸 저버리고 호텔방에 처박혀 일주일이면 잊힐 학회 원고를 가지고 씨름해야 하나? 무엇 때문에? 한번도 만난 적 없는 남자의 당혹감을 덜어주려고? 더 크게 놓고 보면 한순간의 당혹감이 무슨 대수인가? 폴 웨스트가 얼마나 나이 들었는지는 모른다. 책 겉표지에는 안 쓰여 있고, 사진은 몇년 전에 찍은 것일 수도 있다. 하지만 젊지 않은 것은 확실하다고 그녀는 생각한다. 그쪽이나 그녀나 나름대로 당혹감을 넘어설 정도의 나이는 되지 않았을까?

호텔에 돌아오니 그녀와 연락을 주고받던 자유대학의 헨크 바딩스에게서 전화를 부탁한다는 메시지가 와 있다. 비행기 여행은 괜찮으셨나요? 바딩스가 묻는다. 묵는 곳은 편안하시고요? 저 말고 일행이 한두명 더 있는데, 저희하고 저녁식사 같이 하시겠어요? 감사하지만 괜찮습니다. 좀 일찍 자고 싶네요. 그녀는 대답하고 나서 잠시 뜸을 들였다가 마음에 두었던 질문을 한다. 폴 웨스트라는 소설가 있잖아요, 그분 암스테르담에 도착했나요? 예. 바딩스의 답변이 돌아온다. 도착했을 뿐 아니라, 선생님이 이걸 알면 좋아하실 텐데, 선생님하고 같은 호텔에 묵고 있어요.

그녀에게 뭔가 자극제가 필요하다면 이게 바로 그것이다. 폴 웨스트가 자기에 대해서 사탄의 꼭두각시라고 공개적으로 폭언하는 여자와 같은 곳에 묵는다는 걸 알게 되는 것은 있을 수 없는 일이다. 그녀는 연설에서 그 사람을 빼버리든지 아니면 연설 자체를 철회해야 한다. 더 생각할 것도 없다.

그녀는 밤새도록 강연 원고를 붙들고 씨름한다. 처음에는 웨스트의 이름을 빼본다. 그 책을 '독일에서 출간된 최근 소설'이라고 지칭한다. 하지만 물론 소용없다. 설사 청중 대부분이 속는다 해도 웨스트는 그녀가 자기를 가리켜 이야기한다는 걸 알 것이다.

논지를 부드럽게 만들어보면 어떨까? 작가가 악의 작용을 재현하면서 부지불식간에 악을 매력적으로 보이게 만들고 그럼으로써 유익하기보다 해를 끼칠 수 있다고 말하면 어떨까? 그러면 충격이 덜해질까? 그녀는 문제가 되는 페이지들 중 첫번째인 8페이지의 첫 문단을 지우고, 이어 두번째 문단을, 그다음 세번째 문단을 지우고, 여백에다 수정 문장을 갈겨쓰기 시작하고, 그러다 엉망이 된 원고를 아연실색하여 물끄러미 바라본다. 왜 시작하기 전에 복사를 해두지 않았을까?

프런트에 있는 젊은 남자는 헤드폰을 끼고 앉아서 어깨를 좌우로 흔들어대고 있다. 그녀를 보자 벌떡 일어나 차렷 자세를 한다. "복사기요." 그녀가 말한다. "제가 쓸 수 있는 복사기가 있을까요?"

그가 그녀에게서 종이 뭉치를 받아들고 제목을 힐끗 본다. 많은 학회에 서비스를 제공하는 호텔이니, 한밤중에 강연 원고를 고치느라 넋이 나간 외국인을 상대하는 것은 그에게는 예사이리라. 왜

성薆蕔의 일생. 방글라데시의 곡물 수확. 영혼과 그 다양한 타락상. 그에게는 그게 그거다.

복사본을 손에 넣은 그녀는 원고의 논조를 완화하는 작업을 계속하지만 마음속에는 의구심이 쌓여간다. 사탄의 꼭두각시인 작가라. 이 무슨 헛소리인가! 어쩔 수 없이 그녀는 자신을 설득해서 구닥다리 검열관의 입장을 취하고 있는 것이다. 게다가 이렇게 애매모호한 태도를 취하는 게 다 무슨 의미가 있는가? 너절한 추문을 미연에 방지한다? 기분을 상하게 하기 싫은 그 마음은 어디서 왔을까? 얼마 안 가 그녀는 죽을 것이다. 그러면 옛날 옛적에 그녀가 암스테르담에서 어느 생면부지의 심기를 불편하게 했다고 한들 그게 무슨 문제일까?

열아홉살이었을 때, 당시에는 험악한 지역이었던 멜버른 부두 근처 스펜서가衙 다리에서 자기를 낚아채는 남자를 순순히 따라갔던 기억이 떠오른다. 남자는 삼십대의 부두 노동자였고, 좀 투박하지만 잘생겼으며, 스스로 밝힌 이름이 팀인지 톰인지 그랬다. 그녀는 예술을 공부하는 학생이었고 반항아, 주로 자신을 형성한 모체, 즉 점잖고 소시민적이고 가톨릭적인 것에 반기를 드는 반항아였다. 그 시절, 그녀의 눈에는 노동계급과 노동계급의 가치만이 진정한 것으로 보였다.

팀인지 톰인지는 그녀를 술집에 데려갔다가 다시 자기가 살고 있는 셋방에 데려갔다. 그녀는 이전에는 낯선 남자와 잠자리를 한 적이 없었다. 마지막 순간에 그녀는 일을 끝낼 수가 없었다. "미안해요." 그녀가 말했다. "진짜 미안한데, 우리 그만해요." 하지만 팀인지 톰인지는 말을 들으려 하지 않았다. 그녀가 반항하자 그는 강제로 하려고 했다. 긴 시간 동안, 침묵 속에, 숨을 헐떡이면서, 그녀는 그를 밀어내고 할퀴며 떼어내려고 기를 썼다. 그는 처음에는 장난으로 받아들였다. 그러더니 싫증이 나서, 혹은 욕망이 식고 어딘가 다른 데로 쏠려서 그녀를 제대로 패기 시작했다. 그녀를 침대에서 들어올리더니 주먹으로 젖가슴을 때리고, 배를 때리고, 팔꿈치로 얼굴을 거칠게 가격했다. 패는 데 싫증이 나자 그는 그녀의 옷을 찢어발겼고, 그걸 휴지통에 넣고 불을 붙이려고 했다. 그녀는 발가벗은 채로 기어나와 층계참에 있는 욕실에 몸을 숨겼다. 한시간이 지나서 그가 잠든 것을 확신한 그녀는 다시 기어들어가 타다 남은 옷가지를 챙겼다. 불에 그슬린 넝마 같은 원피스 한장만 걸치고서 손을 흔들어 택시를 세웠다. 일주일 동안 그녀는 무슨 일이 있었는지는 설명하지 않고 이 친구, 저 친구 집을 전전했다. 그녀는 턱이 부러졌다. 그것을 철사로 고정해야 했다. 빨대로 우유와 오렌지주스만 마시고 살았다.

악이 처음 그녀를 스쳐간 순간이었다. 그것이 다름 아닌 그것, 악이라는 것을 깨달은 것은 남자의 모욕이 잦아들고 그녀에게 고통을 주는 데 대한 확고한 기쁨이 그 자리를 대신했을 때였다. 그가 그녀에게 고통을 주기를 즐긴다는 것을 그녀는 알 수 있었다. 섹스도 즐겼겠지만 아마 그보다 그것을 더 즐겼을 것이다. 그녀를 낚아챘을 때 그 자신은 몰랐을지도 모르지만, 그는 섹스를 하기 위해서라기보다 고통을 주기 위해서 그녀를 자기 방에 데려간 것이었다. 그를 떼어놓으려 기를 씀으로써 그녀는 그의 안에 있는 악이 밖으로 나올 구멍을 만들어놓았고 그 악은 기쁨의 형태로 나타났으니, 처음에는 그녀의 고통에서 오는 기쁨(그녀의 젖꼭지를 비틀면서 그는 속삭였다. "너 이렇게 해주니까 좋지, 응? 좋지?"), 다음으로는 유치하게, 악의적으로 그녀의 옷을 못 쓰게 만드는 데 따른 기뿐이었다.

왜 그녀의 마음은 이 한참 지난, (사실) 중요하지 않은 일을 다시 떠올리는 걸까? 답은 그녀가 아무한테도 그걸 얘기한 적이 없다, 그걸 이용한 적이 없다는 데 있다. 그녀의 이야기 어느 것에도 남자가 거절당한 데 대한 복수로 여자를 물리적으로 공격하는 내용은 없다. 팀인지 톰인지 하는 자 자신이 손발을 덜덜 떠는 늙은 나이에 이르도록 살아 있다면 모를까, 관찰자인 천사들의 위원회가 그날 밤의 일을 적은 기록을 보관하고 있다면 모를까, 그 셋방에서 일어난 일은 그녀의 것, 그녀만의 것이다. 그 기억은 반세기 동안 그녀의 속에 알처럼, 결코 부화하지 않을, 어떤 생명도 내놓지 않을 돌로 된 알처럼 그대로 있었다. 그녀는 그편이 좋다. 그게 편하다, 자신의 이 침묵, 무덤에 들어갈 때까지 지키기를 바라는 침묵이.

그녀가 웨스트에게 요구하고 있는 것이 그에 상응하는 어떤 과묵함, 암살 음모에 관해 이야기하면서도 음모자들이 적에게 붙잡혔을 때 그들에게 일어난 일은 이야기하지 않는 것일까? 확실히 그건 아니다. 그러면 그녀가 이 낯선 사람들의 모임에서 — 이제 (그녀는 손목시계를 힐끗 본다) 여덟시간이 채 안 남았다 — 말하고 싶은 것은 정확히 무엇일까?

그녀는 마음을 비우고 처음으로 돌아가보려고 한다. 웨스트의 책을 처음 읽었을 때 그녀 속에서 그와 그의 책에 반발하여 치밀어오른 그것은 무엇이었을까? 우선 고려할 만한 것은 웨스트가 히틀러와 그의 무뢰한들을 되살아나게 했다, 그들에게 세상에 다시 발 디딜 곳을 주었다는 점이다. 좋다. 하지만 그게 뭐 어떤가? 그녀와 마찬가지로 웨스트는 소설가다. 두 사람 모두 이야기를 하거나 다시 해서 먹고살며, 그들의 이야기가 괜찮다면 이야기 속 인물들은 교수형집행인까지도 자기 나름의 삶을 획득한다. 그러면 어떤 점에서 그녀가 웨스트보다 낫다는 것인가?

그녀가 생각하기로 답은 이렇다. 그녀는 더이상 스토리텔링이 그 자체로 좋은 일이라고 믿지 않는 반면에 웨스트에게는, 적어도 그 슈타우펜베르크가 나오는 책을 썼을 당시의 웨스트에게는 그런 질문이 제기되지 않은 것 같다는 것이다. 그녀 생각에는 만약에 자신이, 요즘과 같은 상태의 자신이 이야기를 하는 것과 좋은 일을 하는 것 사이에서 선택해야 한다면 좋은 일을 하는 쪽을 택할 것이다. 그녀 생각에 웨스트는 이야기하는 쪽을 택할 것이다. 그에게서 그 말을 직접 듣기 전까지는 판단을 유보해야겠지만.

이 스토리텔링이라는 것은 여러가지를 닮았다. 그중 하나는 (아직 지워버리지 않은 문단 하나에서 그녀는 이렇게 말한다) 지니가 들어 있는 병이다. 스토리텔러가 병을 열면 지니가 세상에 풀려나고, 그를 다시 병 속에 집어넣으려면 엄청난 대가를 치러야 한다. 그녀의 입장, 그녀의 수정된 입장, 삶의 황혼에 그녀가 취하는 입장은 지니가 병 속에 그냥 있는 게 대체로 더 낫다는 것이다.

이 비유의 지혜, 수세기에 걸친 지혜(그녀가 사물을 이성적으로 설명하기보다 비유로 사고하기를 좋아하는 것은 이것 때문이다)는 그것이 지니가 병 속에 갇혀서 영위하는 삶에 대해서는 침묵한다는 점이다. 지니가 갇힌 채로 있는 게 세상에는 더 나을 것이라고만 말하는 것이다.

지니, 또는 악마. 그녀가 느끼기에 신을 믿는다는 것이 무슨 뜻인지는 점점 아리송해지지만 악마에 대해서는 의심의 여지가 없다. 악마는 사물의 표피 아래에 어디에나 있으면서 환한 데로 나올 길을 찾고 있다. 악마는 그날 밤 스펜서가에서 부두 노동자에게로 들어갔고, 악마는 히틀러의 교수형집행인에게로 들어갔다. 그리고 부두 노동자를 통해서, 그렇게나 오래전에, 악마는 그녀에게로 들어갔다. 그녀는 속에 그놈이 웅크리고 있는 것을, 새처럼 날개를 접은 채 날아오를 기회를 엿보고 있는 것을 느낄 수 있다. 악마는 히틀러의 교수형집행인을 통해 폴 웨스트에게로 들어갔으며 그다음 웨스트는 자기 책에서 악마에게 자유를 주었으니, 그를 세상에 풀어놓은 것이다. 그 어두운 대목을 읽었을 때 그녀는 악마의 가죽 같은 날개가 스치는 것을 너무나도 확실하게 느꼈다.

이게 얼마나 구닥다리처럼 들리는지 그녀는 아주 잘 안다. 웨스트의 옹호자는 수없이 많을 것이다. 그 옹호자들은 말할 것이다. '만약에 우리의 예술가들이 우리를 위해서 나치의 참상을 살아나게 하는 일을 금한다면 우리가 어떻게 그 참상을 알 수 있겠습니까? 폴 웨스트는 악마가 아니라 영웅이에요. 그는 유럽의 과거의 미로로 들어가는 모험을 감행하고 미노타우로스[8]를 제압한 후에 자기 이야기를 들려주러 돌아온 겁니다.'

그녀가 뭐라고 응수할 수 있을까? 우리의 영웅이 집에 그대로 있었더라면, 아니면 최소한 자기의 위업을 자기만 알고 있었더라면 더 좋았겠다고? 예술가들이 해져서 얼마 안 남은 넝마 같은 위엄이나마 떨어져나가지 않도록 움켜잡고 있는 시대에 그런 식의 답변으로 동료 작가들 사이에서 고맙다는 소리를 듣겠는가? 그들은 말할 것이다. '그 여자는 우리를 배신했어. 엘리자베스 코스텔로는 늙은 마더 그런디[9]가 돼버렸어.'

『폰 슈타우펜베르크 백작의 아주 풍요로운 시간』이 수중에 있으

---

8 그리스 신화에 나오는 인간의 얼굴과 황소의 몸을 가진 괴물.
9 고압적으로 도덕적 훈계를 늘어놓는 사람.

면 좋을 텐데. 그 대목을 다시 슬쩍 보기만 해도, 그녀의 눈길이 스쳐 지나가기만 해도 모든 의구심이 사라져버릴 거라고 그녀는 확신한다. 웨스트가 그 교수형집행인, 그 백정에게 —그녀는 그의 이름은 잊었지만 손은 잊을 수가 없다. 그의 희생자들도 틀림없이 자신들의 목을 더듬거리는 그 손에 대한 기억을 영원히 간직할 것이다—그가 그 백정에게 목소리를 부여해서, 그가 자기가 막 죽이려고 하는 벌벌 떨고 있는 노인들을 거친, 거친 것보다 나쁜, 차마 입에 담지 못할 말로 우롱하도록, 그들이 밧줄 끝에서 마구 흔들리고 춤출 때 그들의 몸이 그들을 어떻게 배반하게 될지에 대해 우롱하도록 허용하는 그 대목 말이다. 그것은 끔찍하다. 말로 다 할 수 없이 끔찍하다. 그런 인간이 존재했었다는 것이 끔찍하고, 확실히 죽었다고 생각되었던 그가 무덤에서 끌려나온다는 것은 더더욱 끔찍하다.

외설적. 이 단어에, 어원을 두고 의견이 갈리는 이 단어에 그녀는 부적에 매달리듯 매달려야 한다. 그녀는 '외설적'이 '무대 밖'off-stage 을 의미한다고 믿기로 한다. 우리의 인간성을 보존하려면 우리가 보고 싶어 할 (우리가 인간이기 때문에 보고 싶어 할!) 어떤 것들은 무대 밖에 남아 있어야 한다. 폴 웨스트는 외설적인 책을 썼고, 보여주면 안 될 것을 보여주었다. 이것이 그녀가 대중을 마주해서 펼칠 이야기의 줄기가 되어야 하고, 그걸 놓쳐서는 안 된다.

그녀는 옷을 다 차려입은 채 책상에서 머리를 팔에 얹고 잠이 든다. 7시에 알람이 울린다. 힘이 없고 지친 상태로 대충 화장을 고치고, 우습게 생긴 작은 엘리베이터를 타고 로비로 내려간다. "웨스트 씨가 체크인하셨나요?" 프런트에 있는 젊은 애, 그 똑같은 애한테 묻는다.

"웨스트 씨요…… 네, 웨스트 씨는 311호에 계십니다."

햇빛이 조식 식당 창문을 통해 흘러들고 있다. 그녀는 커피와 크루아상을 가져다가 창가 자리에 앉아서 자기처럼 아침 일찍 일어난 여섯 사람을 눈으로 훑는다. 안경을 끼고 신문을 읽고 있는 땅딸막한 남자가 혹시 웨스트일까? 겉표지에 있는 사진과는 달라 보이지만 그렇다고 아니라고 단정할 수는 없다. 가서 물어볼까? '웨스트 씨, 안녕하세요. 저는 엘리자베스 코스텔로예요. 제가 드릴 말씀이 있는데, 끝까지 들으면 아시겠지만 좀 복잡한 얘기예요. 당신에 관한, 당신이 악마와 맺은 거래에 관한 얘기죠.' 그녀가 아침식사를 하는데 어느 낯선 사람이 와서 이러면 어떤 기분일까?

그녀는 일어나서 뷔페가 차려져 있는 곳까지 먼 길을 택해 탁자들 사이를 조심스럽게 지나간다. 남자가 읽고 있는 신문은 네덜란드 신문인 『폴크스크란트』다. 재킷 옷깃에 비듬이 떨어져 있다. 그가 안경 너머로 힐끗 올려다본다. 차분하고 평범한 얼굴. 누구라 해도 이상하지 않을 것이다, 직물 판매원이든, 산스크리트어 교수든. 여러가지 모습 중 하나로 변장한 사탄이라 해도 마찬가지다. 그녀는 멈칫하고는 그냥 지나쳐간다.

네덜란드 신문, 비듬…… 폴 웨스트는 네덜란드어를 읽지 않을 것 같다는 게 아니다. 폴 웨스트는 비듬이 없을 것 같다는 게 아니다. 하지만 그녀가 악에 대한 전문가를 자처하려면 냄새로 악을 알아낼 수 있어야 하지 않을까? 악이 무슨 냄새가 나더라? 유황인가? 브림스톤?[10] 치클론 B?[11] 아니면 나머지 도덕 세계에서 그토록 많은

---

10 유황을 가리키는 성경적 표현.
11 나치가 사용한 독가스.

부분이 그렇듯이 악도 무색무취하게 되었나?

8시 반에 바딩스가 그녀를 데리러 온다. 그와 그녀는 학회가 열리는 극장까지 몇블록을 같이 슬슬 걸어서 간다. 강당에서 그가 뒷줄에 혼자 앉아 있는 한 남자를 가리킨다. "폴 웨스트예요." 바딩스가 말한다. "소개해드릴까요?"

아침식사 때 본 남자는 아니지만 두 사람은 체구가, 심지어는 생긴 것까지 비슷하지 않은 것은 아니다.

"나중에 해도 되겠죠." 그녀가 낮은 소리로 말한다.

바딩스는 미안하다고 하고 일을 보러 간다. 세션이 시작되려면 아직 이십분 정도가 남았다. 그녀는 강당을 가로지른다. "웨스트 씨?" 그녀는 가능한 한 상냥하게 말한다. 여자의 간계라고 할 만한 것을 마지막으로 부려본 지가 한참 됐지만, 간계로 일이 해결된다면 쓰리라. "잠깐 이야기 좀 할 수 있을까요?"

웨스트, 진짜 웨스트가 읽고 있던 것에서 눈을 들어 힐끗 쳐다보는데, 놀랍게도 그것은 무슨 만화책 같다.

"저는 엘리자베스 코스텔로라고 합니다." 그녀는 이렇게 말하고 그의 옆자리에 앉는다. "말씀드리기가 거북한데, 바로 본론으로 들어갈게요. 오늘 제가 할 강연 중에 선생님의 어떤 책, 그 폰 슈타우펜베르크가 나오는 책을 언급할 거예요. 사실 강연 대부분이 그 책과 저자이신 선생님에 대한 얘기죠. 강연을 준비할 때는 선생님이 암스테르담에 오실 줄 몰랐어요. 학회를 주관하는 측에서 알려주지 않았어요. 물론 알려줘야 할 이유는 없었겠죠? 그쪽에서는 제가 어떤 이야기를 하려고 하는지 전혀 몰랐으니까요."

잠시 말을 멈춘다. 웨스트는 속을 모르게 먼 곳을 응시하고 있다.

"이런 말씀이 어떨지 모르겠지만," 그녀는 계속해서 말한다. 이젠 무슨 말이 나올지 자기도 정말 모르겠다. "선생님께 미리 양해를 구했으면 해요. 제 발언을 개인적인 일로 받아들이지 말아주셨으면 합니다. 하기는 이렇게 물으실 수도 있겠죠. 충분히 그럴 만하고요. 왜 미리 사과를 해야 하는 발언을 굳이 하려고 하는가, 왜 그 부분을 강연에서 그냥 빼버리지 않는가 하고 말이에요.

사실 그걸 뺄까 생각도 해봤어요. 선생님이 여기 오실 거라는 말을 듣고, 제 발언을 덜 날카롭게, 덜 불쾌하게 만들 방법을 고민하느라 어젯밤을 거의 꼬박 새웠습니다. 아프다고 하고 학회에 아예 안 나올 생각까지 했어요. 하지만 그건 학회를 주관하는 분들한테 미안한 일이 아니겠어요?"

그가 말할 틈이, 기회가 생겼다. 그는 목청을 가다듬지만 아무 말도 하지 않고, 패나 잘생긴 옆얼굴을 그녀에게 향한 채 계속 앞쪽을 응시한다.

"제가 이야기하는 건요," 그녀는 말하면서 손목시계를 힐끗 본다. (십분이 남았고 극장이 차기 시작한다. 서둘러야 한다. 세세한 것을 건드릴 시간이 없다.) "제가 주장하는 것은, 선생님이 책에서 묘사하는 것과 같은 참상을 우리는 경계해야 한다는 겁니다. 우리란 작가들이죠. 단지 우리의 독자들을 위해서만이 아니라 우리 자신을 염려하는 차원에서 그래야 한다는 거예요. 우리는 우리가 쓰는 것으로 자신을 위험에 빠트릴 수 있어요. 적어도 저는 그렇게 믿어요. 우리가 쓰는 것이 우리를 더 나은 사람으로 만들 힘을 갖고 있다면, 분명 우리를 더 못한 사람으로 만들 힘도 가지고 있을 테니까. 동의하실지는 모르겠지만요."

또다시 생긴 틈. 또다시 남자는 고집스럽게 침묵을 지킨다. 속으로 무슨 생각을 하고 있을까? 웬 마녀 같은 미친 노파가 늘어놓는 장광설을 듣고 있고, 이제 똑같은 장광설을 또 듣고 앉아 있어야 하다니, 풍차와 튤립의 땅 홀란트에서 열리는 이 모임에 와서 도대체 자기가 뭘 하는 건지 의아해하고 있을까? '작가의 삶은 쉽지 않은 거예요' 하고 그녀가 그에게 상기시켜줘야 한다.

학생으로 짐작되는 젊은 사람들 한무리가 그들 바로 앞자리에 앉는다. 웨스트는 왜 반응이 없을까? 그녀는 짜증이 나고 있다. 목소리를 높이고 그의 면전에 뼈가 앙상한 손가락을 흔들고 싶은 충동을 느낀다.

"선생님 책을 읽고 깊은 인상을 받았어요. 그러니까, 그 책은 낙인용 쇠도장이 낙인을 찍는 식으로 저한테 어떤 인상을 남겼다는 거예요. 몇몇 페이지는 지옥의 불길로 타올랐어요. 제가 무슨 얘기를 하는지 아실 거예요. 특히 교수형 장면이요. 저 자신은 그런 글을 쓸 수 있을 것 같지 않아요. 그러니까, 그런 걸 쓸 수는 있겠지만 쓰지 않을 것이다, 그렇게는 안 할 것이다, 더이상은, 지금의 나는 안 할 것이다, 그런 말이에요. 그런 장면들을 불러내고도 작가로서 멀쩡한 상태로 떨어져나올 수 있다고는 생각지 않아요. 그렇게 쓰는 것은 해를 입힐 수 있다고 생각해요. 제가 강연에서 하려는 말은 그런 거예요." 그녀는 원고가 들어 있는 초록색 폴더를 내밀고 톡톡 친다. "그러니 저는 선생님의 용서를 구하는 게 아니고, 심지어 관용을 바라는 것도 아니고, 어떤 일이 일어날지 그저 예의상 알려드리고 경고하고 있는 거예요. 왜냐하면,"(그녀는 갑자기 더 기운이 나는 것 같고, 자신에 대해 더 확신이 드는 것 같고, 대꾸도 안 하는 이 남자에 대한 짜증을, 심지어 분노를 더 기꺼이 표출하고 싶어진다.) "왜냐하면 선생님이 어쨌든 어린애도 아니고, 어떤 위험을 감수하고 있는지 분명 아셨을 테니까, 결과가, 예상치 못한 결과가 있을 수 있다는 걸 분명 아셨을 테니까 말이에요. 자, 보세요." 그녀는 일어서더니, 마치 그의 주위에서 넘실거리는 불길로부터 자신을 지키려는 듯이 폴더를 가슴에 꼭 끌어안는다. "그 결과가 나타났습니다. 이게 다예요. 끝까지 들어주셔서 감사해요, 웨스트 씨."

홀 앞쪽에서 바딩스가 조심스레 손을 흔들고 있다. 시간이 됐다.

강연의 첫 대목은 늘 하던 이야기로, 친숙한 내용이다. 작가성authorship과 권위, 자신은 고차원의 진리, 계시를 그 권위의 근거로 삼는 진리를 말한다고 하는 시인들의 여러 시대에 걸친 주장, 또 유례없는 지리적 탐험의 시대이기도 했던 낭만주의 시대에 제기된 시인들의 또다른 주장, 즉 금지되었거나 금기시된 곳들로 들어가는 모험을 감행할 권리에 대한 주장 등등.

그녀는 계속해서 말한다. "제가 오늘 묻고자 하는 것은 예술가가 스스로 주장하는 것처럼 정말 영웅이자 탐험가인가, 그가 한 손에는 피비린내 나는 칼을 들고 다른 손에는 괴물의 머리통을 든 채 동굴에서 나올 때 우리가 박수갈채를 보내는 것이 언제나 옳은가 하는 것입니다. 저의 주장에 대한 예시로서 수년 전에 나온 상상력의 산물을 언급하려고 하는데, 우리가 우리 환멸의 시대에 생산해 낸 존재들 가운데 신화상의 괴물에 가장 가까운 존재, 즉 아돌프 히틀러를 다루고 있는 중요한, 또 여러 면에서 용감한 책입니다. 제가 언급하고 있는 것은 폴 웨스트의 소설『폰 슈타우펜베르크 백작의 아주 풍요로운 시간』, 특히 웨스트 씨가 1944년 7월의 음모자들에 대한 처형을 서술하는 눈앞에 그려질 듯 생생한 챕터입니다.(그 처형에서 폰 슈타우펜베르크는 예외였는데, 지나치게 열성적이었던 군 장교가 이미 그를 총으로 쏘아 죽여서 자기 적수가 천천히 죽어가길 바랐던 히틀러가 원통해했죠.)

이게 평범한 강연이었다면 이쯤에서 여러분한테 한두 문단을 소리 내 읽어드려서 이 비범한 책이 주는 느낌을 전달했을 거예요. (그런데 이 책의 저자가 지금 여기 와 계시다는 건 다 아실 겁니다. 주제넘게 웨스트 씨를 앉혀놓고 가르치려 드는 꼴이 되어 용서를 구합니다. 제가 강연 원고를 쓸 당시에는 그분이 여기 오시리라는 것을 전혀 몰랐습니다.) 여러분에게 이 끔찍한 대목 일부를 읽어드려야 하지만 그러지는 않겠는데, 왜냐하면 여러분한테나 저한테나 그걸 듣는 게 좋으리라고는 믿지 않기 때문입니다. 심지어 저는 다음과 같이 주장하겠습니다. (이게 제가 말하고자 하는 것의 핵심인데요) 그 대목을 쓰는 것이, 이렇게 말해 죄송하지만, 웨스트 씨한테 좋았으리라고는 믿지 않는다고 말입니다.

이것이 오늘 제 강연의 논지입니다. 어떤 것들은 읽기에 또는 쓰기에 좋지 않다는 것입니다. 이 점을 달리 표현하면, 저는 예술가가 금지된 곳들로 들어가는 모험을 감행함으로써 많은 것을 위태롭게 한다, 특히 그 자신을, 어쩌면 모든 이를 위태롭게 한다는 주장을 진지하게 받아들입니다. 제가 이런 주장을 진지하게 받아들이는 이유는 금지된 곳들의 금지됨을 진지하게 받아들이기 때문입니다. 1944년 7월의 음모자들이 교수형을 당한 지하실은 그런 금지된 곳의 하나였습니다. 저는 우리가, 그 누구라도, 그 지하실에 들어가야 한다고 믿지 않습니다. 저는 웨스트 씨가 거기에 들어가야 한다고 믿지 않습니다. 그럼에도 그가 들어가기로 한다면, 저는 우리가 따라가지 말아야 한다고 믿습니다. 오히려 저는 쇠막대를 세워 지하실 입구를 봉하고, '이곳에서 죽은 이들'이라는 문구 아래 죽은 이

228

들의 이름과 죽은 날짜를 열거한 청동 추모패를 두어야 한다고, 그 이상은 하지 말아야 한다고 믿습니다.

웨스트 씨는 작가죠. 옛날에 쓰던 표현으로는 시인입니다. 저도 시인입니다. 저는 웨스트 씨가 쓴 것을 모두 읽어보지는 못했지만 그분이 자기 천직을 진지하게 받아들인다는 것을 알 만큼은 읽었습니다. 그래서 웨스트 씨의 글을 읽을 때는 존중하는 마음으로 읽을 뿐 아니라 공감을 하면서 읽습니다.

저는 폰 슈타우펜베르크가 나오는 그 책을 공감하면서 읽고 그건 (여러분, 믿어주세요) 처형 장면도 마찬가지인데, 웨스트 씨만이 아니라 저 자신이 펜을 잡고 글을 써내려가는 것처럼 느낄 정도입니다. 저는 단어 하나하나, 걸음 하나하나, 심장박동 하나하나를 웨스트 씨와 함께하며 그를 따라 어둠 속으로 들어갑니다. '이제까지 아무도 여기에 와보지 않았어.' 저는 그가 속삭이는 소리를 듣고, 그래서 저도 속삭입니다. 우리의 숨결은 마치 하나인 것 같습니다. '죽은 사람들과 그들을 죽인 사람이 이곳에 있었던 이후로 아무도 여기에 오지 않았어. 닥쳐올 죽음은 우리의 것, 밧줄을 맬 손도 우리의 것이야.' ("가는 줄을 써라." 히틀러는 부하에게 그렇게 명했습니다. "그놈들 목을 졸라. 자기가 죽어가는 걸 느끼게 하고 싶다." 그러자 그의 부하, 그의 생물체, 그의 괴물이 복종했습니다.)

그 가련한 사람들의 고통과 죽음에 대한 권리를 주장하다니, 이 무슨 오만인가요! 그들의 마지막 순간은 그들만의 것이고, 우리가 들어가고 소유할 수 있는 것이 아닙니다. 이게 동료에 대해 할 소리가 아니라면, 이 순간의 불편함을 덜 수 있다면, 문제의 책이 이제 웨스트의 것이 아니라 저의 것이라고, 저의 광기 어린 독서를 통해 저의 것이 된 책이라고 해두죠. 무슨 척을 해야 하든지 제발 그렇게 하고 넘어갑시다."

말할 것이 몇페이지 더 남았지만 그녀는 갑자기 너무 흥분해서 더 읽어나가지 못한다. 아니면 기세가 꺾인 것이거나. 훈계, 그것이라고 해두자. 죽음은 사적인 문제다. 예술가는 타인의 죽음을 침범해서는 안 된다. 다친 사람들과 죽어가는 사람들의 얼굴에 일상적으로 카메라 렌즈를 들이대는 세상에서 그렇게 터무니없는 입장은 아니다.

그녀는 초록색 폴더를 닫는다. 가벼운 박수의 잔물결. 손목시계를 힐끗 본다. 세션 종료 시간 오분 전. 실제로 한 말은 별로 없는데 뜻밖에 오래 이야기했다. 질문 한개, 많아야 두개를 받을 만한 시간. 다행이다. 머리가 핑 돈다. 폴 웨스트에 대해서 더 이야기해달라고 하는 사람이 없으면 좋겠다. (안경을 끼고) 그를 보니 아직 뒷줄 자기 자리에 앉아 있다. ('참을성이 많은 친구로군.' 이런 생각을 하고 보니 갑자기 그가 더 친근하게 느껴진다.)

검은 턱수염이 난 남자가 손을 든다. "어떻게 아시죠?" 그가 말한다. "어떻게 아시죠, 웨스트 씨가…… 오늘 우리가 웨스트 씨 얘기를 많이 하고 있는 것 같은데요, 웨스트 씨한테 반론권이 주어지면 좋겠네요. 그분 반응을 들어보면 재미있을 것 같아요." 청중들 사이에 미소가 번진다. "본인이 쓴 것으로 해를 입었다? 제가 강연 내용을 제대로 이해하고 있다면, 만약에 폰 슈타우펜베르크와 히틀러에 관한 이 책을 강연하신 분 본인이 썼다면 나치의 악에 감염됐을 거라는 말씀이잖아요. 하지만 그건 본인이, 말하자면 허약한 체질이라는 말밖에 안 됩니다. 어쩌면 웨스트 씨는 더 강인한 체질을 가졌을지 모르죠. 또 어쩌면 우리 독자들 역시 더 강인한 체질을 가졌을지 모르고요. 어쩌면 우리는 웨스트 씨가 쓰는 것을 읽고 뭔가를 배울 수도 있을 테고, 더 허약해지는 게 아니라 더 강해지고, 악이 반복되는 것을 결코 용납하지 않겠다는 결의를 더 굳건히 할 수도 있을 겁니다. 어떻게 생각하는지 말씀해주시겠습니까?"

절대 오지 말았어야 했다는 것을, 절대 초대에 응하지 말았어야 했다는 것을 이제는 안다. 악에 대해서, 악의 문제에 대해서, 악을 하나의 문제라고 부르는 것의 문제에 대해서 아무 할 말이 없어서가 아니라, 불행히도 웨스트가 참석했다는 점 때문도 아니라, 어떤 한계에 도달했기 때문이다, 21세기 벽두에, 잘 정비되고 잘 돌아가는 유럽 도시의 깨끗하고 불이 환히 켜진 강연장에서 균형 잡힌 박식한 현대인 무리와 더불어 성취할 수 있는 것의 한계에.

그녀는 마치 돌을 뱉어내듯 단어를 하나씩 하나씩 입에서 내며 천천히 말한다. "저는 약한 체질이 아니라고 믿어요. 짐작건대 웨스트 씨도 아닌 것 같고요. 글쓰기가 주는 경험, 또는 글 읽기가 주는 경험 — 이 두가지는 오늘, 여기에서, 제 입장에서는 같은 것인데 —" (하지만 그것들이 정말 같은 것인가? 본론에서 벗어나고 있다, 본론이 뭐더라?) "진정한 글쓰기, 진정한 글 읽기의 경험은 상대적인 것이 아니에요. 작가에게나 작가의 능력에 상대적인 것, 독자에게 상대적인 것이 아니라는 말이에요." (얼마나 오랫동안 잠을 못 잤는지 모른다. 비행기에서 잤다고 한 것은 사실 잔 게 아니었다.) "웨스트 씨는 그 챕터들을 썼을 때 뭔가 절대적인 것과 접촉했어요. 절대 악과 말이에요. 그분의 축복이자 저주라고 해야겠지요. 그분의 글을 읽는 사이에 그 악의 감촉이 저한테 전해졌어요. 충격처럼. 전기처럼." 그녀는 무대 옆에 서 있는 바넝스를 힐끗 본다. 그녀의 눈길은 '도와줘요'라고 말하고 있다. '그만 끝내주세요.' "이건 증명할 수 있는 어떤 게 아니에요." 마지막으로 한번 더

제6강 악의 문제 231

질문자에게 눈길을 주면서 그녀가 말한다. "경험할 수만 있는 거죠. 하지만 그걸 시험해보지는 말기 바랍니다. 그런 경험에서 뭔가를 배우지는 못할 거예요. 본인한테 좋지 않을 거예요. 오늘 제가 말씀드리고 싶었던 게 그겁니다. 고맙습니다."

청중들이 일어나 흩어질 때(커피 타임이다. 호주에서 온 이 이상한 여자가 하는 얘기는 그만하면 됐다. 거기 사람들이 악에 대해서 뭘 안단 말인가?) 그녀는 뒷줄에 앉은 폴 웨스트에게서 눈을 떼지 않으려 한다. 그녀가 말한 것에 일말의 진실이 있다면(하지만 그녀는 의구심으로 가득하고 절망적이기까지 하다), 악의 전기가 실로 히틀러에서 히틀러의 백정에게로, 그로부터 폴 웨스트에게로 단숨에 옮아갔다면 분명 그가 어떤 기색을 내비치리라. 그러나 어떤 기색도 감지할 수 없다. 이렇게 멀리 떨어진 데서 보기에는 그렇다. 그저 커피머신을 향해 가는 검은 옷차림의 땅딸막한 남자가 보일 뿐.

바딩스가 곁에 와 있다. "아주 흥미로웠어요, 코스텔로 씨." 그가 주최측의 인사치레로 나직하게 말한다. 그녀는 그를 따돌린다. 기분을 달래주는 말을 듣고 싶지 않다. 머리를 숙이고 아무와도 눈을 마주치지 않으면서 사람들 사이를 뚫고 나가 여자 화장실 칸막이 안에 틀어박힌다.

악의 진부함. 이제는 어떤 냄새도 아우라도 없는 이유가 그것인가? 단테와 밀턴의 위세 당당한 루시퍼들은 영원히 은퇴하고, 한무리의 칙칙한 작은 악령들, 앵무새처럼 우리 어깨에 앉아서, 화염의 불빛을 발하기는커녕 오히려 자기 속으로 빛을 빨아들이는 악령들이 그들의 자리를 대신 차지했는가? 아니면 그녀가 말한 모든 것, 모든 손가락질과 비난이 그릇된 생각일 뿐 아니라 미친 것, 완전히 미친 것이었는가? 결국 소설가가 하는 일이란, 그녀 자신이 평생 해온 일이란 활기 없는 물질을 살아나게 하는 것이 아니면 무엇인가? 턱수염 난 남자가 지적한 것처럼 폴 웨스트가 한 일이란 베를린의 그 지하실에서 일어난 일의 역사를 살아나게, 되살아나게 한 것이 아니면 무엇인가? 그녀가 이 어리둥절해하는 낯선 사람들에게 보여주려고 암스테르담에 가져온 것이 집착, 그녀만의 집착이자 분명 그녀 자신도 이해하지 못하는 집착이 아니면 무엇인가?

외설적. 그 부적 같은 단어로 되돌아가서 꼭 붙잡고 있자. 그 단어를 꼭 붙잡고 있다가 그 뒤편에 있는 경험을 향해 손을 뻗자. 이것이 자신이 추상으로 빠져들고 있다고 느낄 때면 늘 적용하는 그녀의 규칙이었다. 그녀는 무엇을 경험했던가? 그 토요일 아침에 잔디밭에 앉아 그 저주받은 책을 읽던 중에 대체 무슨 일이 일어났던가? 대체 무엇이 그토록 그녀의 속을 뒤집어놓았기에 일년이 지났는데 아직도 그 뿌리를 파헤치고 있는가? 그녀가 되돌아가는 길을 찾을 수 있을까?

그 책을 읽기 전에도 그녀는 7월의 음모자들에 관한 이야기를 알고 있었다. 그들 대부분이 히틀러의 암살을 시도한 지 며칠 만에 발각되어 재판을 받고 처형됐다는 것을 알고 있었던 것이다. 그들이 히틀러와 그 패거리의 특기인 악의적 잔인함을 몸소 겪으면서 처형당했다는 것까지도 대강 알고 있었다. 따라서 그 책에서 진짜로 놀랍게 다가온 것은 없었다.

그녀는 이름이 무엇이었는지 모르지만 그 교수형집행인에게로 되돌아간다. 그에게 맡겨진 곧 죽을 남자들을 향한 우롱에는 그의 임무를 벗어나는 막된, **외설적인** 에너지가 있었다. 그 에너지가 어디서 왔을까? 속으로 그녀는 그것을 사탄적이라고 불렀지만 어쩌면 이제 그 단어는 포기해야 할지 모른다. 그 에너지는 어떤 의미에서 웨스트 자신으로부터 왔으니까. 우롱하는 말(독일어가 아닌 영어로 된 우롱하는 말)을 발명하고 그것을 교수형집행인으로 하여금 발설하게 한 것은 웨스트였다. 인물에 적합한 언어, 그게 뭐가 사탄적인가? 그녀 자신도 늘 그렇게 한다.

뒤로 돌아가자. 멜버른으로, 사탄의 뜨거운, 가죽 같은 날개가 스치는 것을 느꼈던, 맹세코 그러했던 저 토요일 아침으로 돌아가자. 망상이었나? '이건 읽고 싶지 않아.' 그녀는 속으로 이렇게 말하면서도 자신도 모르게 흥분이 되어서 계속 책을 읽어나갔다. '악마가 날 이끌어가고 있어.' 무슨 변명이 그런가?

폴 웨스트는 작가로서의 의무를 다하고 있을 뿐이었다. 자기 교수형집행인의 형상을 한 그는 인간의 다양한 형태의 타락 중 또 한 가지에 그녀를 눈뜨게 해주고 있었다. 그 교수형집행인의 희생자들의 형상을 한 그는 우리 모두가 얼마나 가련하고, 두 다리로 갈라지고, 떨고 있는 생명체들인가를 그녀에게 상기시켜주고 있었다. 그게 뭐가 잘못됐는가?

그녀는 뭐라고 했던가? '이건 읽고 싶지 않아.' 하지만 무슨 권리로 거부했는가? 너무나도 분명한 의미에서 이미 알고 있는 것을, 무슨 권리로 알지 않겠다고 했는가? 그녀 속의 무엇이 그 잔에 저항하고자, 잔을 거부하고자 했는가? 또, 그럼에도 왜 마셨는가, 왜 일년이 지났는데 아직도 그 잔을 자기 입술에 갖다댄 사람을 힐난하고 있을 만큼 한껏 마셨는가?

이 문에 고리만 달린 게 아니라 거울이 달렸다면, 옷을 벗고 그 앞에 무릎을 꿇는다면, 축 처진 젖가슴과 울퉁불퉁한 골반을 가진 그녀의 모습은 유럽의 전쟁 때 찍은 내밀한, 지나치게 내밀한 사진들, 지옥을 슬쩍 보여주는 듯한 그 사진들 속의 여자들과, 참호 가장자리에 발가벗겨진 채로 무릎을 꿇고 있는, 일분만 있으면, 일초만 있으면 머리에 총알이 박혀 참호로 굴러떨어져 죽어 있거나 죽어갈 여자들과 아주 흡사할 테고, 다른 점이라곤 그 여자들이 대부분 그녀만큼 늙지 않았고 그저 영양실조와 공포로 인해 초췌하다는 것뿐일 것이다. 그녀는 그 죽은 자매들에 대해서, 그리고 백정들의 손에 죽은 남자들, 그녀의 형제가 될 만큼 늙고 추한 남자들에 대해서 연민을 느낀다. 그녀는 노인들을 모욕하는 아주 쉬운 방법, 가령 발가벗기거나 의치를 뽑거나 은밀한 부위를 가지고 놀리는 등의 방법으로 자신의 자매들과 형제들이 모욕당하는 꼴을 보고 싶지 않다. 그날 베를린에서 그녀의 형제들이 교수형을 당할 거라면, 밧줄 끝에서 몸을 비틀고 얼굴이 뻘게지고 혀와 눈알이 튀어나올 거라면, 그녀는 보고 싶지 않다. 누이의 삼가는 마음. 눈을 돌리게 해줘요.

'보지 않게 해줘요.' 그녀가 폴 웨스트에게 나직이 간청한 것은 그것이었다. (다만 그때는 폴 웨스트를 알지 못했다. 그는 책 표지에 나와 있는 이름에 불과했다.) '그걸 겪지 않게 해줘요.' 하지만 폴 웨스트는 가차 없었다. 그는 그녀가 읽게 만들었다. 그녀를 흥분시켜서 읽게 만들었다. 그 때문에 그녀는 그를 쉽게 용서하지 않을 것이다. 그 때문에 그녀는 그를 추적해서 바다를 건너 멀리 홀란트까지 온 것이다.

이것이 진실인가? 이것으로 설명이 될까?

하지만 그녀도 똑같은 짓을 한다. 적어도 예전에는 그랬다. 생각을 고쳐먹기 전까지는, 가령 도살장에서 일어나는 일을 사람들 면전에 들이대는 데 거리낌이 없었다. 사탄이 도살장에서 날뛰고 있지 않다면, 콧구멍에는 벌써 죽음의 냄새가 가득한데, 총과 칼을 든 인간, 히틀러 자신의 부하만큼이나 무자비하고 그만큼이나 진부한(하지만 그녀는 이 단어도 그만 써야겠다고 느끼기 시작했다. 그것도 한물갔다) 인간을 향해 하역 램프ramp를 따라 이동하도록 쿡쿡 찔리면서 내몰리는 짐승들 위로 자기 날개의 그림자를 드리우고 있는 사탄이, 도살장에서 날뛰고 있지 않다면 도대체 어디에 있단 말인가? 폴 웨스트 못지않게 그녀도 말을 딱 맞게 쓸 때까지, 그것이 독자의 등줄기에 전기충격을 흘려보낼 정도가 될 때까지 말을 가지고 놀 줄 알았다. 우리 나름대로의 백정 족속.

그러면 이제 그녀에게 무슨 일이 일어났는가? 이제 갑자기 그녀는 점잔을 뺐다. 이제 그녀는 거울에 자신을 비춰보기를 좋아하지 않는데, 죽음을 상기시키기 때문이다. 추한 것들은 꽁꽁 싸서 서랍에 넣어두는 편이 좋다. 아일랜드계 가톨릭 신자들이 거주하던 어린 시절의 멜버른으로 시곗바늘을 거꾸로 돌리고 있는 늙은 여자. 결국은 그저 이건가?

그 경험으로 돌아가자. 사탄의 가죽 같은 날개의 펄럭거림. 그것을 느꼈다고 확신하게 만든 것은 무엇이었던가? 그런데 선의를 품은 어떤 사람이 그녀가 졸도했다고 단정하고 수위를 불러 자물쇠를 부수게 하기 전에 그녀가 이 비좁은 소규모 여자 화장실의 두 칸 중 하나를 얼마나 더 오래 차지하고 있을 수 있을까?

우리 주님의 20세기, 사탄의 세기는 완전히 끝났다. 사탄의 세기이자 그녀 자신의 세기. 어쩌다가 그 끝의 결승선을 넘어 새 시대로 기어들어왔더라도 그녀는 확실히 여기가 편치 않다. 이 익숙지 않은 시대에도 사탄은 여전히 길을 더듬어 나아가고 있고, 새로운 계책을 시험해보고, 새로운 거처를 마련하는 중이다. 그는 기묘한

데다 천막을 친다. 가령 폴 웨스트 안에다. 그녀가 알기로 그는 선량한 사람, 아니, 소설가이면서도 그럴 수 있는 한에서는 더없이 선량한 사람, 다시 말해서 어쩌면 전혀 선량하지 않지만 그럼에도 어떤 궁극적인 의미에서 선을 지향하는 사람이다. 그렇지 않다면 왜 쓰는가? 사탄은 여자들 안에도 자리 잡는다. 간디스토마처럼, 요충처럼. 우리는 자신이 대를 이어 기생하는 그것들의 숙주였다는 것을 모른 채 살다 죽을 수도 있다. 작년 그 숙명의 날에, 반복하자면 그녀가 의심할 여지 없이 사탄의 임재를 느꼈던 그때 그는 누구의 간에, 누구의 창자에 있었는가, 웨스트의 것에, 아니면 그녀 자신의 것에?

처형당해 바지가 발목 근처까지 흘러내린 채로 줄에 매달려 죽어 있는 노인들, 형제들. 로마에서는 처형을 스펙터클로 만들었다. 그들은 희생자들을 끌고 고함을 질러대는 군중 사이를 지나 해골들이 나뒹구는 곳으로 가서 말뚝으로 그들의 몸을 꿰뚫거나 살가죽을 벗기거나 몸에 역청을 발라 불에 태웠다. 나치는 그에 비해 비열하고 천박하게 사람들을 들에서 기관총으로 쏘거나 벙커에서 독가스를 들이켜게 하거나 지하실에서 목을 졸랐다. 그렇다면 죽음에서 최대한의 잔인함, 최대한의 고통을 이끌어내는 데 로마의 모든 노력이 집중된 마당에, 로마의 경우는 너무 심하지 않은데 나치의 손에 죽임을 당하는 것은 어떤 점에서 너무 심하다는 것인가? 단지 그 베를린 지하실의 지저분함, 그녀가 참아내기에는 너무 진짜 같은, 너무 현대적인 것 같은 지저분함이 문제인가?

이는 그녀가 자꾸만 맞닥뜨리는 벽 같다. 그녀는 읽고 싶지 않았지만 읽었다. 그녀에게 어떤 폭력이 가해졌지만 자신도 그 폭행에 가담했다. '그가 나로 하여금 그렇게 하게 만들었어.' 그녀는 말하지만 자신도 다른 사람들로 하여금 그렇게 하게 만든다.

오지 말았어야 했다. 학회란 생각을 교환하기 위한 것이다. 적어도 그것이 학회의 취지다. 자신이 어떻게 생각하는지 모르는데 생각을 교환할 수는 없다.

누가 문을 긁고 있고, 아이의 목소리가 들린다. "엄마, 안에 어떤 여자가 앉아 있어, 신발이 보여!(Mammie, er zit een vrouw erin, ik kan haar schoenen zien!)"

그녀는 황급히 물을 내리고 문을 열고 나온다. "미안해." 엄마와 딸의 눈길을 피하며 그녀가 말한다.

아이가 뭐라고 한 거지? '왜 이렇게 오래 걸려?' 그녀가 그 언어를 할 줄 안다면 아이에게 말해줬을 것이다. '왜냐하면 나이가 들수록 오래 걸리거든. 왜냐하면 때로는 혼자 있어야 하기 때문이야. 왜냐하면 우리가 사람들 보는 데서는 하지 않는, 더이상은 하지 않는 게 있기 때문이지.'

그녀의 형제들. 그들이 마지막으로 화장실을 사용하게 해줬을까, 아니면 똥을 지리는 것도 형벌의 일부였을까? 폴 웨스트는 적어도 그것에 대해서는 입을 닫았고, 그 조그만 자비가 고맙다.

나중에 그들을 씻길 사람이 없었다. 그건 아득한 옛날부터 여자들의 일. 지하실에서 일이 진행되는 동안 여자는 없었다. 여자는 들어가는 것이 보류되고 남자만 허용되었다. 하지만 어쩌면 일이 다 끝났을 때, 새벽의 장밋빛 손가락이 동쪽 하늘을 건드릴 때, 여자들이, 브레히트 극에서 튀어나온 것 같은 억척스런 독일 여자 청소부들이 도착했을 것이다. 그들이 그 난장판을 정리하고 벽을 닦아내고 바닥을 문지르고 모든 것을 깔끔하게 해놓아서, 그들이 일을 마쳤을 즈음에는 남자들이 밤새 무슨 장난질을 쳤는지 결코 짐작하지 못하리라. 웨스트 씨가 와서 그 모든 것을 다시 열어젖히기 전까지는 결코.

11시다. 분명 다음 세션이, 다음 강연이 벌써 진행 중일 것이다. 그녀는 선택할 수 있다. 호텔로 가서 방에 처박혀 한탄을 이어가거나, 아니면 살금살금 강당으로 들어가서 뒷좌석에 앉아 암스테르담에 불려오면서 요구받은 두번째 일을 할 수 있다. 즉 다른 사람들이 악의 문제에 대해 뭐라고 말하는지 들어볼 수 있다.

세번째 선택지가 있어야 한다. 오전을 마무리하면서 거기에 형태와 의미를 부여하는 어떤 방식이 있어야 한다. 어떤 맺음말에 이르는 어떤 대결이. 복도에서 누군가와, 어쩌면 폴 웨스트 자신과 맞닥뜨리게 되어 있어야 한다. 무엇인가가 번개처럼 갑작스럽게 그들 사이로 지나면서 그녀를 위해 풍경을 밝혀주어야 한다. 설사 그것이 나중에 원래대로 다시 어두워지더라도. 하지만 복도는 비어 있는 것 같다.

제7강
에로스

그녀는 로버트 덩컨을 딱 한번 만났는데, 1963년에 유럽에서 돌아온 지 얼마 안 돼서였다. 미국공보원에서 덩컨과 필립 웨일런이라는 또다른, 덜 흥미로운 시인을 데려다 순회 여행에 나서게 했다. 냉전 중이었고, 문화 선전에 쓸 돈이 있었다. 덩컨과 웨일런은 멜버른 대학에서 시 낭송회를 가졌다. 낭송회 뒤에는 다 같이 술집으로 향했다. 그 두 시인과 영사관에서 나온 남자, 그녀를 포함해 나이가 천차만별인 여섯명의 호주 작가들이 있었다.

그날 밤 덩컨은 「핀다로스[1]의 시 한행으로 시작하는 시」라는 장시를 낭독했고 그녀는 거기에 감명을, 감동을 받았다. 그녀는 옆얼굴이 로마인형形으로 아주 잘생긴 덩컨에게 끌렸다. 그와 잠깐 즐기는 관계를 맺는다 해도 싫지 않았을 것이고, 그 당시의 기분으로

----

1 Pindaros. 기원전 6~5세기의 그리스 시인.

는 심지어 그의 사생아를 가진다 해도 싫지 않았을 것이다. 스쳐 지나가는 신과 관계하여 임신하고 홀로 반신半神인 아이를 키우게 되는 신화 속의 인간 여성들처럼.

덩컨 생각이 난 것은 미국인 친구가 보내준 책에서 방금 에로스와 프시케의 이야기를 다룬 다른 시를 읽었기 때문이다. 수전 미첼이라는 사람의 시로, 전에는 이 사람 작품을 읽어본 적이 없다. 궁금한 것이, 미국 시인들은 왜 프시케에게 흥미를 느낄까? 밤마다 그녀의 침대로 기어드는 자가 선사하는 황홀경에 만족하지 못해서 램프를 켜 어둠의 장막을 걷어내고 그의 벗은 몸을 응시해야 하는 여자애인 그녀에게서 미국적인 어떤 것을 발견하는 걸까? 가만히 있지 못하는, 간섭하지 않을 수 없는 그녀의 성격에서 자신들의 어떤 모습을 보는 것일까?

그녀도 신과 인간의 성교에 호기심이 없는 건 아니지만 그에 관해 뭔가 써본 적은 없고, 매리언 블룸과 신에 사로잡힌 그 남편 레오폴드에 관한 책에서조차 그런 것은 쓰지 않았다. 그녀는 형이상학보다 역학에, 존재의 간극을 가로지르는 교접의 실제적인 측면들에 더 흥미를 느낀다. 다 자란 수컷 백조가 물갈퀴 달린 발로 우리 엉덩이를 찌르면서 제 하고 싶은 짓을 하는 것만 해도, 또는 1톤이나 되는 황소가 끙끙대면서 체중을 실어 우리를 누르는 것만 해도 충분히 나쁘다. 신이 형체를 바꾸려 하지 않고 경탄스러운 자기 모습 그대로 있는 상황에서, 어떻게 인간의 신체가 그의 폭발하는 욕망에 적응할까?

수전 미첼을 위해서 그녀가 이런 질문 앞에 움츠러들지 않는다는 것을 말해두자. 그녀의 시에서, 상황에 맞게 자신을 인간 크기로 변형한 듯한 에로스는 침대에 바로 누워 양 날개를 좌우로 늘어뜨리고 있고 여자애는 (추측건대) 그를 올라타고 있다. 신들의 정액은 엄청나게 쏟아져나올 듯하다.(성령의 분비물이 자신의 허벅지를 타고 흘러내리는 동안 꿈에서 깨어나 아직은 살짝 몸을 떨고 있는 나사렛의 마리아도 틀림없이 이런 경험을 했을 것이다.) 프시케의 연인은 절정에 이를 때 날개가 흠뻑 젖게 내버려둔다. 아니, 어쩌면 날개는 그 자체가 교합 기관이 되어 정액을 뚝뚝 떨어뜨릴 것이다. 이따금씩 그와 그녀가 함께 절정에 이를 때면 그는 (미첼의 표현을 대충 가져다 쓰면) 날아가다가 총에 맞은 새처럼 떨어져나간다. (그녀는 시인에게 묻고 싶다. '여자애 쪽은 어떤가요? 그에게 그것이 어땠는지 말할 수 있다면 여자에게 그것이 어땠는지는 왜 말해주지 않는 거예요?')

하지만 로버트 덩컨이 그녀가 제안하는 게 무엇이든 자신은 관심 없다는 뜻을 아주 분명하게 나타냈던 멜버른에서의 그날 밤, 그녀가 그에게 정말로 하고 싶었던 이야기는 신이 찾아간 여자애가 아니라 여신이 스스로를 낮춰 찾아간 남자라는 훨씬 드문 현상에 관한 것이었다. 가령 아프로디테의 연인이자 아이네이아스의 아버지인 안키세스. 사람들은 다음과 같은 생각을 해봤을 것이다. 이다 산에 있는 그의 오두막에서 그 예상치 못한, 잊지 못할 일이 일어난 뒤에 안키세스는 —『찬가』의 내용을 믿는다면 그는 잘생긴 사내애였지만 그것만 빼고는 그저 목동에 불과했다 — 누구든지 자기 말을 들어줄 사람한테 오로지 그 얘기만 하고 싶었을 것이다. 즉, 자기가 어떤 여신과, 외양간을 통틀어 가장 액이 많은 여신과 씹을 했다, 밤새 씹을 했다, 게다가 그녀를 임신까지 시켰다는 얘기만을.

남자들과 그들의 음담. 그녀는 진짜 신이든 가짜 신이든, 고대의 신이든 현대의 신이든 불행하게도 그 수중에 들어온 신을 인간이 어떻게 대하는지에 대해 환상이 없다. 언젠가 봤던 영화가 생각난다. 너새니얼 웨스트가 시나리오를 썼음 직하지만 실은 그렇지 않았다. 제시카 랭이 할리우드 섹스 여신 역을 맡은 영화로, 여자는 신경쇠약에 걸려 정신병원 일반 병동에 갇히고 약물이 주입되고 뇌엽절리술[2]을 받고 가죽끈으로 침대에 묶여 있는데, 잡역부들이 그녀와 관계할 수 있는 십분짜리 티켓을 판다. "영화 주인공이랑 씹하고 싶어!" 손님 중 하나가 잡역부에게 달러를 들이밀면서 숨을 헐떡인다. 그의 목소리에 숭배의 추한 이면이 묻어난다. 악의, 살의에 찬 원한. 불멸의 존재를 땅에 끌어내려라, 진짜 삶이 어떤지 여자한테 보여줘라, 닳아버릴 때까지 여자를 쑤셔라. "맛 좀 봐! 맛 좀 봐!" 미국을 너무 노골적으로 드러내는 바람에 텔레비전 버전에서는 잘린 장면.

하지만 안키세스의 경우, 여신은 침대에서 일어났을 때 자기 연인에게 함부로 입을 열지 말라고 아주 분명하게 경고했다. 그래서 신중한 사람으로서는 잠자리에 들기 전에 몽롱한 기억 속을 헤매는 것밖에 할 수 있는 게 없었다, 신의 살에 인간의 살이 감싸이는 느낌이 어땠는지에 대한 기억 속을. 아니면 그의 기분이 더 차분한 상태, 더 철학적인 데 끌리는 상태일 때는 질문을 해보거나. 존재의 두 차원이 물리적으로 뒤섞이는 것, 특히 인간의 생식기가 신의 신체구조에서 생식기에 해당하는 그 무엇과 상호작용하는 것이 엄밀히 말해서 가능하지 않으므로, 자연법칙이 유지되는 한에는 가능하지 않으므로, 웃기를 좋아하는 아프로디테가 그와 결합하기 위

---

2 한때 정신병 치료에 쓰인 수술로 환자를 멍하게 만드는 부작용이 있었다.

해서 하룻밤의 기간 동안 도대체 어떤 종류의 존재로, 노예의 몸과 신의 영혼이 뒤섞인 그 어떤 잡종으로 스스로를 변형했는가? 그가 그 비할 데 없는 몸을 자기 팔로 안았을 때 그 권능 있는 영혼은 어디에 있었는가? 어떤 구석진 칸막이 안에, 가령 두개골 안의 어느 미세한 분비샘 안에 숨겨져 있었나? 아니면 무해하게 은은한 빛으로, 아우라로, 몸 전체에 두루 퍼져 있었나? 하지만 설사 그를 위해서 여신의 영혼이 숨겨져 있었다고 해도, 그녀의 손과 발이 그를 움켜쥐었을 때 어떻게 그가 신적인 욕망의 불을 느끼지 않을 수 있었을까, 그것을 느끼고 그에 그슬리지 않을 수 있었을까? 왜 다음 날, 실제로 무슨 일이 일어났었는지를 그에게 굳이 설명해야 했을까?("그녀의 머리가 지붕보에 닿았고 얼굴은 불멸의 아름다움으로 빛났다. 그녀가 말했다. '정신 차리고 나를 보거라, 내가 지난밤 그대의 문을 두드린 그 사람으로 보이느냐?'") 그가, 그 남자가 처음부터 끝까지 마법에 걸려 있지 않았다면, 그가 옷을 벗기고 포옹하고 넓적다리를 벌리고 성기를 삽입하는 처녀가 불멸의 존재라는 두려운 앎을 마취제처럼 덮어줄 마법에 걸려 있지 않았다면, 신적인 성관계의 견딜 수 없는 쾌락에서 그를 보호하고 그에게 인간의 둔한 감각만 허용하는 무아지경에 빠져 있지 않았다면 어떻게 그런 일이 조금이라도 일어날 수 있었겠는가? 하지만 인간을 연인으로 선택한 신이 왜 바로 그 연인에게 마법을 걸어 만남이 지속되는 동안 그를 제 자신이 아닌 상태로 만들겠는가?

상상해보자면, 혼란에 빠진 불쌍한 안키세스는 남은 생애 내내 그런 식이었을 것이다. 즉사할까 두려워, 아주 일반적인 형태로밖에는 동료 목동에게 감히 발설하지 못할 질문들의 소용돌이.

하지만 시인들에 따르면 실제로는 그렇지 않았다. 시인들의 말을 믿는다면, 안키세스는 이후에 정상적인 삶을, 비범하지만 정상적인 인간의 삶을 살았다. 이방인들이 그의 도시에 불을 질러 망명하게 되기 전까지는 말이다. 그 특별한 밤을 잊지 않았다 해도 그가 그에 관해서 너무 많은 생각을, 우리가 이해하는 의미의 생각을 하지는 않았던 것이다.

색다른 성교의 전문가인 로버트 덩컨에게 그녀가 물어보고 싶었던 것은 주로 그것이다. 그것이 그리스인에 대해서 이해가 안 되는 점, 혹은 만일 안키세스와 그의 아들이 그리스인이 아니고 트로이인, 이방인이었다면, 동지중해 민족들이자 고대 그리스의 신화 창조의 대상인 그리스인과 트로이인 모두에 대해서 이해가 안 되는 점이다. 그녀는 그것을 그들의 내면성의 결여라고 부른다. 안키세스는 신적 존재와 내밀한, 더할 나위 없이 내밀한 관계를 맺었다. 흔한 경험은 아니다. 외경을 제외하면 기독교 신화 전체를 통틀어 그에 견줄 만한 사건은 단 하나가 있고 그마저도 더 흔한 형태, 즉 남성 신이 (이 말은 꼭 덧붙여야겠는데, 좀 비개인적으로, 좀 거리를 두고) 인간 여성을 임신시키는 형태를 취한다. '마니피카트 도미눔 아니마 메아'.[3] 마리아는 나중에 이렇게 말했다고 알려져 있는데, 어쩌면 '마남 메 파치트 도미누스'[4]를 잘못 들은 것일 수도 있다. 복음서에서 그녀가, 누구도 필적할 수 없는 이 처녀가 말하는 것은 그것이 거의 전부다. 마치 자기한테 일어난 일에 충격을 받아 남은 생애 내내 말문이 막혀버린 것처럼. 그녀 주위의 그 누구도 '어땠어?' '무슨 느낌이었어?' '어떻게 그걸 견뎠어?' 하고 물어볼 만큼 뻔뻔하지 않다. 하지만 사람들한테, 가령 나사렛에 있는 그녀

---

3 Magnificat Dominum anima mea. '내 영혼이 주님을 찬양하나이다'의 뜻.
4 Magnam me facit Dominus. '주님이 나를 위대하게 만드시나이다'의 뜻.

의 여자 친구들한테 그런 질문이 떠올랐을 것은 틀림없다. 그들은 분명 자기들끼리 속닥거렸을 것이다. '쟤는 그걸 어떻게 견뎠지? 분명 고래한테 씹당하는 것 같았을 거야. 분명 레비아탄[5]한테 씹당하는 것 같았을걸.' 그들, 그 맨발의 유다 지파 아이들은 그 말을 입 밖에 내면서 얼굴을 붉혔을 것이다. 그녀, 엘리자베스 코스텔로가 종이에 그 말을 쓰면서 자신도 얼굴을 붉히고 있음을 거의 알아채듯이. 마리아의 동네 사람들 사이에서만 해도 무례한 말이고, 이천 년이나 더 나이 먹고 더 현명한 어떤 사람으로서는 확실히 점잖지 못한 말이다.

프시케, 안키세스, 마리아. 그 모든 신과 인간의 문제를 사고하는 더 나은, 덜 음란하고 더 철학적인 방식들이 있을 것이다. 하지만 그런 식의 사고를 할, 의향은 말할 것도 없고 시간이나 자질이 그녀에게 있을까?

내면성. 우리가 신의 존재를 파악할 수 있을 만큼, 그것의 감을 잡을 만큼 심오하게 신과 하나가 될 수 있는가? 이런 질문은 이제 어느 누구도 하지 않는 것 같고, 새로 알게 된 수전 미첼은 어느 정도 예외지만 그이도 철학자는 아니다. 그 질문은 그녀의 인생이 시작되기 얼마 전에 유행이 됐고, 그녀의 인생이 지나는 사이에 유행에서 멀어졌다.(그렇게 된 걸 알고 놀랐던 기억이 떠오른다.) 존재의 다른 양태들. 그게 좀더 점잖은 표현일 것이다. 우리가 인간이라고 부르는 존재 말고 우리가 공감할 수 있는 존재의 다른 양태들이 있는가? 없다면 그것은 우리와 우리의 한계에 대해 무얼 말해주는가? 그녀는 칸트를 잘 모르지만 그것은 칸트적인 질문처럼 들린다. 그

---

5 지중해 지역 신화에서 바다뱀의 형상을 한 괴물.

녀가 제대로 들었다면 내면성은 그 쾨니히스베르크 출신 남자와 더불어 시작되어 빈의 파괴자 비트겐슈타인과 더불어 대충 끝이 났다.

그 나름대로 칸트를 읽었던 프리드리히 횔덜린은 이렇게 쓰고 있다. "신들이 존재하긴 하지. 하지만 우리 위 저 어딘가에서, 어떤 다른 세계에서 살아간다네. 우리가 존재하든 말든 별 관심이 없어 보이고." 지나간 시대에는 신들이 땅을 활보하고 인간들 사이를 걸어다녔다. 그러나 이제 우리 현대인들에게는 신들의 사랑을 받는 것은 말할 것도 없고 언뜻언뜻 신들을 보는 것도 당연하지 않다. "우리는 너무 늦게 왔다네."

늙어갈수록 그녀의 독서의 폭은 점점 좁아진다. 흔치 않은 현상은 아니다. 하지만 언제나 횔덜린을 읽을 시간은 있다. 그녀가 그리스인이라면 그를 '위대한 영혼을 가진 횔덜린'이라고 부를 것이다. 그럼에도 그녀는 횔덜린이 신들에 대해 하는 이야기가 미덥지 않다. 그녀 생각에 그는 너무 순진하고, 너무 쉽게 사물을 액면 그대로 받아들인다. 역사의 간계에 충분히 주의를 기울이지 않는 것이다. 사물이 보이는 대로 존재하는 경우는 드물다고 그에게 가르쳐주고 싶다. 우리에게서 신들의 상실을 애통해하는 마음이 일어날 때 그렇게 느끼도록 우리의 마음을 휘젓고 있는 것은 신들일 가능성이 아주 높다. 신들은 물러나지 않았다. 그들은 그럴 형편이 못된다.

신들의 아파테이아,⁶ 신들은 느끼지 못하며 따라서 타자가 그들을 대신해 느껴줘야 한다는 사태를 정확히 지적한 사람이 아파테

---

6 정념에서 해방되거나 그를 초월한 상태. 스토아학파가 주장한 인간 생활의 이상.

이아가 그들의 성생활에 초래하는 효과를 보지 못했다니 희한한 일이다.

사랑과 죽음. 신들, 불멸의 존재들은 죽음과 부패의 발명자들이다. 그러나 주목할 만한 예외가 한두가지 있기는 해도 그들은 자신들이 발명한 것을 자기 자신에게 시험해볼 용기가 없었다. 그들이 우리에 대해 그토록 궁금해하는, 그토록 끝없이 알려고 하는 이유가 그것이다. 우리는 프시케를 두고 엿보기 좋아하는 어리석은 여자애라고 하지만, 애초에 신은 그애의 침대에서 무얼 하고 있었던가? 신들은 우리를 죽을 존재로 만듦으로써 우리에게 자신들이 갖지 못한 장점을 부여했다. 신과 인간, 이 둘 중에서 더 절박하게 사는 쪽, 더 강렬하게 느끼는 쪽은 우리다. 그들이 우리에 대해 생각하지 않을 수 없는 이유, 우리 없이 지낼 수 없는 이유, 끊임없이 우리를 지켜보고 못살게 구는 이유가 그것이다. 마지막으로, 그들이 우리와의 섹스에 대한 금지를 선포하지 않고 그저 어디서, 어떤 형태로, 얼마나 자주 할지에 대한 규칙만 정해놓는 이유가 그것이다. 죽음의 발명자들이자 섹스 관광의 발명자들. 인간의 성적 황홀경 속에 있는 죽음의 전율, 그 뒤틀림, 그 이완. 그들은 너무 많이 마시면 그것에 대해, 그것을 누구와 처음 경험했고 느낌이 어땠는지에 대해 끝없이 이야기한다. 그들은 모방할 수 없는 그 자그마한 떨림이 그들 자신의 섹스 레퍼토리에 들어 있어서 자기들끼리 하는 정사를 짜릿하게 해주었으면 하고 바란다. 하지만 그 대가를 치를 준비는 되어 있지 않다. 죽음, 소멸. 그들은 불안한 궁금증에 휩싸인다. 부활이 없다면 어쩌지?

우리는 그들, 이 신들이 전지적이라고 생각하는데, 사실 그들은 아주 조금밖에 모르고 아는 것도 극히 일반적으로만 안다. 그들은 자기들 것이라고 부를 수 있는 지식체계가 없고, 엄밀히 말해서 철학도 없다. 그들의 우주론은 진부한 내용들로 구색을 맞춰놓은 것이다. 그들의 유일한 전문지식은 별의 운행에 관한 것이고, 그들의 유일한 자생적 학문은 인류학이다. 그들이 인간을 전문으로 하는 이유는 우리는 갖고 있고 그들은 결여하고 있는 것 때문이다. 그들이 우리를 연구하는 이유는 부러워하기 때문이다.

우리로 말하자면, 우리의 포옹이 그토록 강렬한, 그토록 잊지 못할 것이 되는 것은 포옹을 통해서 우리가 그들의 것이라고 상상하는 삶, (우리 언어에 그에 맞는 말이 없어) 저 너머라고 부르는 삶을 힐끗 볼 수 있기 때문이라는 것을 그들은 짐작할까?(이 무슨 아이러니인가!) '저는 저 다른 세상을 좋아하지 않아요.' 마사 클리퍼드는 펜팔인 레오폴드 블룸한테 이렇게 쓰는데, 거짓말이다. 정령 같은 연인에 의해서 다른 세상으로 휩쓸려가고 싶지 않다면 대체 왜 편지를 쓰겠는가?

한편 레오폴드는 더블린 공공도서관 주변을 어슬렁거리다가 아무도 보지 않을 때 여신상들의 다리 사이를 슬쩍 훔쳐본다. 그는 궁금하다. 아폴론한테 대리석 고추와 불알이 있다면 아르테미스한테는 거기에 맞먹는 구멍이 있나? 미학적 연구. 그는 자기가 열중하고 있는 일이 그런 거라고 생각하고 싶다. 자연에 대한 예술가의 의무는 범위가 어디까지인가? 하지만 그가 정말로 알고 싶은 것은, 그걸 표현할 말만 주어진다면, 신적 존재와의 교접이 과연 가능한가 하는 것이다.

그녀 자신은 어떤가? 그 대책 없이 평범한 남자와 더블린 여기저기를 쏘다니면서 그녀는 신들에 대해서 얼마나 배웠는가? 거의 그와 결혼한 것 같다. 유령 같은 두번째 아내, 엘리자베스 블룸.

그녀가 신들에 대해 확실히 아는 것은 그들은 호기심이 가득해서, 부러움이 가득해서 늘 우리를 훔쳐보고 있다는 것, 심지어 우리 다리 사이를 훔쳐보고 있다는 것이다. 때로는 우리가 갇혀 지내는 지상의 우리cage가 덜커덩거리게 만들 정도로 말이다. 하지만 오늘 그녀는 자문해본다. 그 호기심은 실제로 얼마나 깊은 것일까? 우리의 성적 재능을 제쳐두면, 그들은 자신들의 인류학적 연구 재료인 우리에 대해서 우리가 침팬지에 대해서 갖는 만큼의 호기심을 갖고 있을까? 아니면 새에 대해서 갖는 만큼, 아니면 파리에 대해서 갖는 만큼? 반대되는 증거들이 좀 있더라도 그녀는 침팬지 정도는 된다고 생각하고 싶다. 신들은, 마지못해서이긴 하지만 우리의 에너지에, 우리가 우리의 숙명을 피해가려 할 때 보여주는 그 무한한 독창성에 감탄한다고 그녀는 생각하고 싶다. 그녀는 신들이 암브로시아[7]를 들면서 이런 말을 나눈다고 생각하고 싶다. '정말 흥미로운 생물체야. 여러가지 면에서 우리와 아주 비슷해. 특히 그것들 눈은 표현이 풍부하지. '저 느 세 꾸아'[8]가 없는 게 유감인데, 그것 없이는 이리 올라와서 우리와 동석할 수가 없지!'

하지만 어쩌면 그녀가 우리에 대한 그들의 관심에 대해 잘못 생각하고 있는지 모른다. 아니 그보다는, 어쩌면 예전에는 그녀의 생각이 맞았지만 지금은 잘못된 것이리라. 그녀는 이렇게 생각하고 싶다. 그녀가 한창때에는 날개 달린 에로스 자신이 지상을 찾게 만들 수도 있었다고. 그녀가 뛰어난 미인이었기 때문이 아니라 그 신이 자기를 만져주기를 갈망했기 때문에, 못 견딜 정도로 갈망했기 때문에. 응답을 얻기가 너무나도 어렵고 따라서 실행에 옮길 경우

---

7 그리스 신화에서 신들이 먹는다고 하는 음식.

8 je ne sais quoi. 프랑스어로 '뭐라 말할 수 없는 (좋은) 것'.

너무나도 우스꽝스러울 그 갈망 속에서, 그녀가 고향인 올림포스 산에는 없는 어떤 것의 진정한 맛을 느끼게 해주겠다고 약속했을지도 모르기 때문에. 하지만 이제는 모든 것이 변한 듯하다. 그녀가 예전에 품었던 것과 같은 불멸의 갈망을 지금 세상 어디에서 찾을 수 있는가? 개인 광고란에는 없는 게 분명하다. 'SWF⁹, 키 5피트 8인치, 삼십대, 갈색 머리, 점성술과 자전거 타기 좋아함, 교제와 재미와 모험을 위해 35~45세 SWM 구함.' 어디에도 없다. 'DWF, 키 5피트 8인치, 육십대, 죽음을 향해 달려가고 죽음도 그녀를 서둘러 맞이함, 어떤 말로도 충분히 설명할 수 없는 목적으로, 지상의 형태는 중요하지 않으나 불멸인 G 구함.' 편집국 사람들이 얼굴을 찌푸릴 것이다. 상스러운 욕망이군, 하면서 그녀를 남색꾼과 같은 범주에 넣어버릴 것이다.

'우리는 신들을 찾지 않는데, 왜냐하면 더이상 신들을 믿지 않기 때문이다.' 그녀는 '왜냐하면'에 걸려 있는 문장들을 싫어한다. 덫의 아가리는 철컥하고 닫히지만 매번 쥐는 빠져나가고 없다. 게다가 어쨌거나 얼마나 초점에서 벗어나 있는가! 얼마나 잘못 알고 있는가! 횔덜린보다 더 나쁘다! 우리가 뭘 믿든 무슨 상관인가? 유일한 문제는 신들이 계속해서 우리를 믿을 것이냐, 한때 그들 속에서 타올랐지만 이제는 꺼져가는 마지막 불꽃을 우리가 계속 살려둘 수 있느냐 하는 것이다. '교제와 재미와 모험.' 이런 게 신한테 무슨 호소력이 있을까? 그들의 고향에는 재미가 넘쳐난다. 아름다움도 넘쳐난다.

그녀의 몸을 틀어쥐었던 욕망의 손아귀가 느슨해지면서 그녀가

---

9 이하 SWF, SWM, DWF는 차례로 독신 백인 여성, 독신 백인 남성, 이혼 백인 여성의 약자.

욕망에 지배되는 우주를 점점 더 선명하게 보게 되니 이상한 일이다. 만남 주선 업체 사람들한테 이렇게 말해주고 싶다.(니체와 연락이 닿는다면 그에게도 말해주고 싶다.) '뉴턴을 안 읽어봤나요? 욕망은 양방향으로 흐른답니다. A가 B를 끌어당기는 건 B가 A를 끌어당기기 때문이고 반대의 경우도 마찬가지지요. 우주는 그런 식으로 형성되는 겁니다.' '욕망'이라는 단어가 여전히 너무 무례하다면 '충동'appetency은 어떨까? 충동과 우연. 강력한 쌍, 원자들 및 원자를 구성하는 요상한 이름의 미립자들에서부터 켄타우루스자리 알파별과 카시오페이아자리와 그 너머의 거대하고 어두운 배경에 이르는 모든 것을 포괄하는 우주론의 기초가 되고도 남을 만큼 강력한 쌍. 우연의 바람에 휩쓸려 무기력하게 휘도는, 그러나 서로를 향해 동등하게 끌어당겨지는, B와 C와 D를 향해서만이 아니라 X와 Y와 Z와 오메가를 향해서도 끌어당겨지는 신들과 우리들. 가장 작은 것도, 가장 끝의 것도 사랑이 외쳐 부른다.

어떤 비전, 어떤 열림, 비가 내리다 그치면 무지개로 하늘이 열리는 것과 같은 열림. 늙은이들한테는 비가 다시 쏟아져내리기 전에 이따금씩, 위안으로, 이런 비전들이, 이런 무지개들이 나타나는 것으로 족할까? 춤에 동참하기에는 몸이 너무 삐걱거리는 지경이 되어서야 그 패턴을 볼 수 있는 것일까?

제8강
문 앞에서

더운 오후다. 광장은 방문객들로 가득하다. 여행가방을 들고 버스에서 내리는 백발의 여자에게 눈길을 주는 사람은 별로 없다. 그녀는 푸른색 면 원피스를 입고 있다. 목은 햇볕을 받아 붉게 타고 땀방울이 맺혀 있다.

자갈 위로 여행가방의 바퀴를 덜거덕거리며 그녀는 보도에 놓인 탁자들을 지나, 젊은 사람들을 지나, 제복 입은 사람이 개머리판을 아래로 해 잡은 소총에 기대어 졸면서 보초를 서고 있는 문을 향해 나아간다.

"문이 이건가요?" 그녀가 묻는다.

챙모자 밑에서 그의 눈이 그렇다는 뜻으로 한차례 껌벅인다.

"제가 통과해도 될까요?"

그는 눈짓으로 한쪽에 있는 경비실을 가리킨다.

조립용 목판들을 짜서 만든 경비실은 숨이 턱턱 막히게 덥다. 안에서는 어떤 남자가 셔츠 바람으로 작은 가대식架臺式 탁자 뒤에 앉아서 뭔가를 쓰고 있다. 조막만 한 선풍기가 그의 얼굴에 한줄기 바람을 날려주고 있다.

"실례합니다." 그녀가 말한다. 그는 그녀 쪽을 신경 쓰지 않는다. "실례합니다. 누가 저 문 좀 열어주실 수 있나요?"

그는 무슨 양식을 채워넣고 있다. 쓰기를 계속하면서 그가 말한다. "먼저 진술을 하셔야 해요."

"진술을 해요? 누구한테요? 당신한테?"

그가 왼손으로 그녀에게 종이 한장을 내민다. 그녀는 가방을 놓고 그 종이를 집어든다. 백지다.

"통과하려면 진술을 해야 한다." 그녀가 그가 한 말을 반복한다. "뭐에 대해서 진술하죠?"

"믿음이요. 당신이 믿는 것."

"믿음이라. 그게 다예요? 신앙에 대해서 진술하는 게 아니고? 내가 믿지 않으면 어쩌나요? 내가 믿는 사람이 아니라면 어쩌죠?"

남자는 어깨를 으쓱한다. 그가 처음으로 그녀를 똑바로 본다. "우리는 누구나 믿어요. 우리는 짐승이 아니에요. 우리는 각자 뭔가 믿는 게 있어요. 당신이 믿는 거, 그걸 적어요. 진술서에 그걸 쓰시라고."

자신이 어디에 있는지, 자신이 누군지에 대해서 이제는 의구심이 없다. 그녀는 문 앞에 와 있는 청원자다. 버스가 멈춰 서고 버스 문이 사람들이 북적거리는 광장 쪽으로 열렸을 때 종착점에 다다른 것 같았던 이곳으로의, 이 나라, 이 도시로의 여행은 끝난 게 아니었다. 이제 어떤 다른 종류의 심판이 시작된다. 적합하다고 판명되어 문을 통과하려면 그녀가 어떤 행동을, 하도록 정해져 있지만 규정되어 있지는 않은 어떤 선서를 할 것이 요구된다. 하지만 이 사람, 이 혈색 좋고 체격 좋은 남자가, 계급장을 찾아볼 수 없는 좀 엉성한 제복(군복인가? 민간 경비복인가?)을 입고 있으며 좌우 어느 쪽으로도 돌지 않는 선풍기에서 뿜어져나오는 시원한 바람을, 그녀가 자기 쪽으로 뿜어졌으면 하고 바라는 그 바람을 쐬고 있는 이 남자가 그녀를 판단할 자인가?

그녀가 말한다. "저는 작가예요. 여기서는 아마 저에 대해서 들어보지 못했겠지만, 저는 엘리자베스 코스텔로라는 이름으로 글을 써요. 아니, 썼어요. 제 직업은 그저 쓰는 거지, 믿는 게 아니에요. 그건 제 일이 아니라고요. 아리스토텔레스도 말했을 텐데, 저는 모방을 해요."

그녀는 잠시 멈췄다가 다음 문장을 꺼낸다. 그 문장은 이 사람이 그녀의 재판관, 그녀를 판단할 바로 그 사람인지, 아니면 오히려 알 수 없는 무슨 성의 무슨 사무국의 무슨 알량한 관리로 이어지는 긴 줄의 맨 앞사람에 불과한지를 결정해줄 것이다. "원하시면 제가 믿음을 모방할 수는 있어요. 그거면 되겠어요?"

그의 반응에는 짜증이 묻어난다, 마치 예전에도 여러번 이런 제안을 들었다는 듯이. 그가 말한다. "요건대로 진술서를 쓰시라니깐. 다 되면 가져오세요."

"좋아요, 그럴게요. 근무시간이 언제까지인가요?"

"저는 언제나 여기 있어요." 그가 대답한다. 이 말을 듣고 그녀는 자신이 와 있는 이 도시, 문의 경비는 절대 잠을 자지 않고 까페에 있는 사람들은 날리 갈 데가 없고 잡담으로 대기를 채우는 것 말고는 딱히 해야 할 일도 없는 이 도시가 그녀만큼이나 현실적이지 않다는 것을 알게 된다. 그녀만큼이나 현실적이지 않지만 또 어쩌면 그녀만큼이나 현실적이라는 것을.

그녀는 보도에 놓인 탁자 하나에 앉아서 기운차게 자신의 진술서가 될 것을 작성한다. 거기에는 이렇게 쓰여 있다. '저는 작가, 소설을 다루는 사람입니다. 저는 잠정적으로만 믿음을 유지합니다. 고정된 믿음은 저를 방해할 테니까요. 저는 거주지나 의상을 바꾸듯이 필요에 따라서 믿음을 바꿉니다. 이러한 근거, 제 직업에, 천직에 관련된 근거에서 저는 지금 처음으로 듣는 규정, 즉 문 앞의 모든 청원자는 하나나 그 이상의 믿음을 고수해야 한다는 규정에서 저를 면제해주실 것을 요청하는 바입니다.'

그녀는 그 진술서를 위병소에 다시 가져간다. 반쯤은 예상한 대로 그것은 거부된다. 책상에 앉은 남자는 그것을 상부에 올리지 않는다. 그럴 가치가 없는 것이 자명하다. 그는 그저 고개를 가로젓고 문서를 바닥에 떨어뜨리고는 새 종이 한장을 그녀에게 내민다. "당신이 믿는 거요." 그가 말한다.

그녀는 보도의 의자로 되돌아온다. 그녀는 자문한다. 내가 여기 명물이 되려나? 자기가 법에서 면제된 작가라고 말하는 늙은 여자로? 늘 검은색 여행가방(안에 뭐가 들었더라? 이제는 기억도 안 난다)을 옆에 두고 항소장을, 위병소의 남자에게 제출하지만 위병소의 남자는 적합하지 않다고, 지나갈 수 있는 요건에 맞지 않는다고 옆으로 치워버리는 항소장을 쓰고 또 쓰고 하는 여자로?

"살짝 들여다보기만 하면 안 될까요?" 두번째 진술서를 들고 와서 그녀가 묻는다. "저쪽에 뭐가 있는지 살짝 보면 안 돼요? 이런 고생을 할 가치가 있는지 알고 싶어서 그래요."

남자가 책상에서 무겁게 몸을 일으킨다. 그녀만큼 늙지는 않았지만 젊지도 않다. 승마용 부츠를 신고 있고 청색 서지 바지에는

붉은색 옆줄이 있다. 그녀는 생각한다. 얼마나 더울까! 또 겨울에
는 얼마나 추울까! 문의 경비는 편한 자리가 아니다.

그는 그녀를 데리고 소총에 몸을 기대고 있는 병사를 지나 군대
도 막아낼 만큼 육중한 문 앞에 선다. 허리띠에 달린 주머니에서 거
의 자기 팔뚝만큼이나 기다란 열쇠를 꺼낸다. 이제 문이 그녀 한 사
람만을 위한 것이라는 것을, 아울러 그녀는 결코 통과하지 못할 운
명이라는 것을 그녀에게 말해줄 차례인가? 그에게 상기시켜줘야
할까? 그녀가 사정을 잘 알고 있다는 것을 그에게 알려줘야 할까?

열쇠가 자물통 속에서 두차례 돌아간다. "자, 실컷 봐요." 남자가
말한다.

그녀는 틈새에다 눈을 갖다댄다. 그가 1밀리미터나 2밀리미터쯤
문을 열었다가 다시 닫는다.

"당신, 본 거예요." 그가 말한다. "그렇게 기록에 남을 거예요."

그녀는 무엇을 보았던가? 믿지는 않으면서도, 그녀는 티크와 놋
쇠로, 하지만 또 분명히 알레고리의 직물로 만들어진 이 문 너머에
는 상상할 수 없는 것이, 너무 눈이 부셔서 지상의 감각들이 명해
질 정도의 빛이 있으리라 예상했었다. 하지만 그 빛은 상상할 수
없는 것이 결코 아니다. 그저 찬란할 뿐이다. 어쩌면 이제까지 알던
다양한 빛보다는 더 찬란하지만 다른 차원에 속한 것, 가령 끝없이
터지는 마그네슘 불꽃보다 더 찬란한 것은 아니다.

남자가 그녀의 팔을 토닥인다. 그가 하기에는 놀라운, 놀랍게도
개인적인 동작이다. 마치 너를 해치고 싶지는 않다고, 자신은 그저
서글픈 의무를 다하고 있을 뿐이라고 주장하는 고문자들 중 한명
같다고 그녀는 생각한다. 그가 말한다. "자, 봤으니까, 이제 더 열심
히 노력하세요."

그녀는 까페에서 이딸리아어 — 이런 오페라부파[1]의 도시에 딱 맞는 언어라고 그녀는 속으로 생각한다 — 로 음료수를 주문하고 지갑에 보이지만 받은 기억은 없는 지폐로 값을 치른다. 사실 그것은 장난감 돈과 아주 비슷하게 생겼다. 한쪽 면에는 턱수염을 기른 어느 19세기 인물의 이미지가 있고, 다른 면에는 초록과 선홍 색조로 5, 10, 25, 100이라는 액수가 쓰여 있다. 5 무엇일까? 10 무엇일까? 하지만 웨이터는 그 지폐를 받는다. 어떻든 유효한 지폐임이 틀림없다.

그것이 무슨 돈이든 그녀는 많이 가지고 있지 않다. 400이 있다. 음료수 한잔에 5가 든다. 돈을 다 쓰면 어떻게 되나? 몸을 의탁할 만한 공공 자선기관이 있을까?

그녀는 문의 경비한테 그 문제를 제기한다. 그녀가 말한다. "당신이 계속 내 진술서를 거부하면 나는 당신 경비실에 들어앉아서 당신하고 같이 지낼 수밖에 없어요. 호텔비는 감당이 안 되거든요."

농담이다. 어지간히 딱딱한 이 친구를 그저 좀 흔들어놓을 심산인 것이다.

그가 대답한다. "장기 청원자를 위한 기숙사가 있어요. 주방과 목욕시설이 딸려 있죠. 필요한 건 다 있어요."

"주방이에요, 아니면 무료 급식소예요?" 그녀가 묻는다. 그는 대꾸하지 않는다. 여기서는 누가 자기한테 농담하는 것이 익숙지 않은 게 분명하다.

---

[1] 이딸리아 희가극.

기숙사는 창문이 없는 길고 낮은 방이다. 알전구 하나가 통로를 밝히고 있다. 낡아 보이는 나무로 대충 짠 다음 그녀한테는 철도 차량을 연상시키는 암적갈색 칠을 입힌 침상들이 양쪽에 이단으로 늘어서 있다. 사실 더 자세히 보니 스텐실로 찍은 기호들이 보인다. 100377/3 CJG, 282220/0 CXX 등등. 대부분의 침상에는 짚자리가 깔려 있다. 이불감에 짚을 넣어 만든 것으로, 후덥지근한 열기 속에서 기름내와 오래된 땀 냄새를 풍긴다.

지금 와 있는 데가 어느 강제노동 수용소[2]라 해도 괜찮을 것 같다고 그녀는 생각한다. 제3제국의 어느 강제수용소라 해도 괜찮을 것 같다. 전부가 독창성이라곤 눈곱만큼도 없이 상투적인 것들을 조합해놓은 데 불과하다.

"여기가 뭐 하는 데죠?" 그녀가 자기를 들여보내준 여자에게 묻는다.

물어볼 필요가 없었다. 어떤 대답이 나올지는 들어보지 않아도 안다. "기다리는 곳이에요."

이 여자, 아직은 '카포'[3]라고 부르기가 주저되는 여자 자신도 상투적이다. 볼품없는 잿빛 작업복에 머릿수건, 샌들, 청색 모직 양말 차림의 건장한 농부. 하지만 시선은 차분하고 지적이다. 긴가민가 하지만 전에 이 여자를 본 것도 같다. 아니면 똑 닮은 사람이었든가, 아니면 사진이었든가.

그녀가 묻는다. "침상을 제가 직접 골라도 될까요? 아니면 그것도 누가 저 대신 미리 정해놓았나요?"

"골라요." 여자가 말한다. 속내를 알 수 없는 표정이다.

---

2 gulag. 구소련의 강제노동 수용소 굴라끄(ГУЛАГ)에서 파생된 단어.
3 나치 강제수용소에서 다른 수감자들을 관리하던 수감자.

그녀는 한숨을 쉬면서 침상을 고르고, 여행가방을 들어 올려놓고 지퍼를 연다.

이 도시에서도 시간은 흘러간다. 그날, 그녀의 날이 온다. 그녀는 텅 빈 방에서 높은 법관석 앞에 서 있다. 법관석 위에는 아홉개의 마이크가 한줄로 놓여 있다. 그 너머의 벽에는 석고 부조로 된 표장이 있다. 두개의 방패, 두개의 엇갈린 창, 에뮤처럼 보이지만 아마도 더 고귀한 품종을 의도했을 어떤 새가 부리에 월계관을 물고 있는 모습.

법정 집행관이라고 생각되는 남자가 그녀에게 의자를 가져다주고 앉으라는 몸짓을 한다. 그녀는 앉아서 기다린다. 창문이 모두 닫혀 있어 방이 답답하다. 집행관에게 몸짓을 한다. 물 마시는 동작을 해 보인다. 그는 못 본 체한다.

문 하나가 열리고 재판관들, 그녀의 재판관들, 그녀를 판단할 자들이 줄지어 들어온다. 그녀는 그 검은 가운들 안에 그랑빌[4]의 그림에서 튀어나온 동물들, 악어, 당나귀, 까마귀, 빗살수염벌레 따위가 있을 것이라고 어렴풋이 예상한다. 하지만 웬걸, 그들은 그녀와 같은 종류, 그녀와 같은 문門에 속한다. 그들의 얼굴조차 인간의 것이다. 전부 남성이다. 남성에다 나이가 지긋하다.

그녀는 집행관이 시킬 것도 없이(그는 지금 그녀의 뒤로 다가와 있다) 일어선다. 그녀에게 연기가 요구될 것이다. 신호들을 알아챌 수 있으면 좋겠다.

중앙에 있는 재판관이 그녀에게 고개를 살짝 까딱한다. 그녀도

---

4 Jean-Jacques Gérard Grandville(1803~47). 프랑스의 풍자만화가.

고개를 까딱한다.

"이름이……?" 그가 묻는다.

"엘리자베스 코스텔로입니다."

"그래요. 신청인이지요."

"탄원자입니다. 제 요청이 받아들여지는 데 그쪽이 더 낫다면 말입니다."

"이번이 첫번째 심리고요?"

"그렇습니다."

"원하는 것이……?"

"제가 원하는 건 문을 지나가는 것입니다. 통과하는 것이에요. 다음 일을 해나가는 겁니다."

"그래요. 지금쯤은 틀림없이 알고 있겠지만, 믿음의 문제가 있습니다. 우리한테 제출할 진술서가 있지요?"

"제게 진술서가 있는데, 수정된, 크게 수정된, 여러번 수정된 것입니다. 감히 말씀드리면 제 능력이 미치는 최대한도로 수정된 것입니다. 제가 그걸 더 수정할 수 있다고는 믿지 않습니다. 복사본을 가지고 계시리라 믿습니다."

"가지고 있습니다. 최대한도로 수정된 것이라고 했죠. 우리들 중에는 수정할 것이 언제나 한가지는 더 남아 있다고 말할 사람들이 있을 것 같은데요. 봅시다. 당신의 진술서를 읽어주겠습니까?"

그녀는 읽는다.

"저는 작가입니다. 여러분은 제가 저는 작가였다고 말해야 한다고 생각할지 모르겠습니다. 하지만 제가 작가인 또는 작가였던 것은 제가 저이기 또는 저였기who I am or was 때문입니다. 제가 어떤 사람인지what I am는 바뀌지 않았습니다. 아직은요. 적어도 저는 그렇게 느낍니다.

저는 작가이고, 제가 쓰는 것은 제가 듣는 것입니다. 저는 보이지 않는 것의 서기, 오랜 세월에 걸쳐 존재한 많은 서기들 중 하나입니다. 그것이 저의 소명입니다. 받아쓰기 비서지요. 저에게 주어진 것을 심문하는 것, 판단하는 것은 저의 일이 아닙니다. 저는 다만 말을 받아적고 나서 그 말을, 그것의 온당함을 검증하는데, 제가 제대로 들었는지 확인하려는 것이지요.

보이지 않는 것의 서기, 이건 제가 만든 문구가 아니라는 점을 늦기 전에 말씀드려야겠습니다. 저는 어쩌면 여러분도 알고 있을 더 고위층의 서기인 시인 체스와프 미워시[5]한테서 그 말을 빌려왔는데, 그 사람은 수년 전에 그 말을 받아적었습니다.”

그녀는 말을 멈춘다. 이쯤에서 그들이 말을 가로막으리라 예상하는 것이다. ‘누구한테서 받아적었다는 겁니까?’ 하고 물어보리라는 예상이다. 그녀는 답변도 준비해놓고 있다. ‘우리 너머의 힘들입니다.’ 하지만 그들은 가로막지도 않고 질문도 하지 않는다. 그 대신에 그들의 대표가 그녀를 향해 연필을 흔들며 말한다. “계속하세요.”

그녀는 읽는다. “저는 지나가려면 저의 믿음에 대해 진술하라는 요구를 받고 있습니다. 저는 답합니다. 좋은 서기는 믿음을 가져서는 안 됩니다. 그것은 그 직무에 부적합합니다. 서기는 다만 부름을 기다리며 준비가 되어 있으면 됩니다.”

다시 그녀는 그들이 말을 가로막으리라 예상한다. ‘누구의 부름 말입니까?’ 하지만 질문을 할 것 같지 않다.

<hr />

5 Czesław Miłosz(1911~2004). 폴란드의 시인·평론가.

"제가 하는 일에서 믿음은 저항, 방해물입니다. 저는 제 안의 저항을 없애려고 애씁니다."

"믿음이 없으면 우리는 인간이 아닙니다." 그 목소리는 그들 중에 제일 왼쪽에 있는 사람에게서 나온다. 그녀가 혼자서 그리말킨이라는 이름을 붙여놓은 자로, 키가 너무 작아 턱이 법관석을 간신히 넘어서는 오글쪼글하고 왜소한 이다. 사실 그들 각각은 신경이 쓰일 만큼 우스꽝스러운 어떤 면모를 지니고 있다. '지나치게 문학적'이라고 그녀는 생각한다. '풍자만화가의 머리에서 나온 법관석의 재판관들.'

"믿음이 없으면 우리는 인간이 아닙니다." 그가 반복해서 말한다. "엘리자베스 코스텔로, 거기에 대해서는 뭐라고 말하겠어요?"

그녀는 한숨을 쉰다. "여러분, 물론 제가 일체의 믿음을 상실했다고 주장하는 것은 아닙니다. 제게도 저 스스로 견해와 편견이라고 여기는 것이 있는데, 그 본성에서 보통 믿음이라고 불리는 것과 다를 게 없지요. 제가 믿음이 깨끗이 제거된 서기라고 주장할 때 지칭하는 것은 저의 이상적인 자아, 자신의 직무상 전해야 하는 말이 자신을 통과하는 사이에 견해와 편견을 멀리할 수 있는 자아입니다."

"부정적 능력," 왜소한 남자가 말한다. "당신이 염두에 두고 있는 것, 당신이 가졌다고 주장하는 것이 부정적 능력입니까?"

"그렇게 말씀하신다면 그런 셈이죠. 다른 식으로 말하자면, 저는 믿음이 있지만 그것을 믿지는 않습니다. 그 믿음은 믿을 만큼 중요하지 않습니다. 제 가슴은 거기에 있지 않아요. 제 가슴과 제 의무감은요."

왜소한 남자는 입술을 오므린다. 옆자리에 있는 사람이 고개를 돌려 그를 힐끗 본다.(맹세코 그녀에게 깃털들이 스치는 소리가 들린다.) "이 믿음의 결여, 이것이 당신의 인간성에 어떤 영향을 미친다고 생각합니까?" 왜소한 남자가 묻는다.

"저 자신의 인간성에요? 그게 중요한가요? 바라기는, 제가 제 글을 읽는 사람들에게 제공하는 것, 제가 그들의 인간성에 기여하는 것이 그 측면에서의 저 자신의 공허함보다 더 큰 의미를 가졌으면 합니다."

"당신 자신의 냉소주의를 말하는 것이겠죠."

냉소주의. 그녀가 좋아하는 말은 아니지만 이번 경우에는 기꺼이 받아들이련다. 운이 좋으면 이번이 마지막 경우가 될 것이다. 운이 좋으면 그녀가 자기방어와 그에 따르는 오만함을 자신에게 허용해야 하는 일은 다시 없을 것이다.

"저 자신에 관해서는, 그래요, 엄밀히 따져서 제가 냉소적이겠지요. 저는 저나 저의 동기動機를 지나치게 중요시할 여유가 없습니다. 하지만 다른 사람들에 관해서는, 인간이나 인간성에 관해서는, 아뇨, 저는 전혀 제가 냉소적이라고 믿지 않습니다."

"그럼 당신은 믿음 없는 자unbeliever는 아니군요." 중앙에 있는 남자가 말한다.

"아닙니다. 믿음 없음은 하나의 믿음이죠. 차이를 받아들이신다면 저는 믿지 않는 자disbeliever입니다. 믿지 않음도 신조가 된다고 느낄 때가 더러 있지만요."

침묵이 흐른다. 남자가 말한다. "계속하세요. 진술서를 계속 읽어보세요."

"그게 끝입니다. 다루지 않은 부분은 없습니다. 제 변론을 마칩니다."

"당신의 변론은 당신이 서기라는 거지요. 보이지 않는 것의."

"그리고 제가 믿을 여유가 없다는 것입니다."

"직업상의 이유에서."

"직업상의 이유에서요."

"그런데 보이지 않는 것이 당신을 자기 서기로 간주하지 않는다면 어떻게 되죠? 당신의 임용이 오래전에 만료됐는데 그 통지서가 당신 손에 들어가지 않은 것이라면? 당신이 임용된 적조차 없다면 어떻게 되죠? 그런 가능성을 생각해봤는지 모르겠습니다."

"저는 매일 그걸 생각해봅니다. 생각해보지 않을 수가 없어요. 만약에 제가 저 스스로 말하는 제가 아니라면 저는 가짜죠. 만약에 그것이, 제가 가짜 서기라는 것이 여러분이 숙고하여 내린 평결이라면 저는 그저 고개를 숙이고 그걸 받아들일 수밖에 없습니다. 저의 기록은, 생애 기록은 살펴보셨겠지요. 저를 공정하게 대하신다면 그 기록을 모른 척해서는 안 됩니다."

"애들은 어떤가요?"

갈라지고 씨근거리는 목소리다. 처음에는 그들 중 누구한테서 나는 소리인지 알지 못한다. 턱살이 뚱뚱하고 혈색이 좋은 8번일까?

"애들이라뇨? 무슨 말인지 모르겠습니다."

"그리고 태즈메이니아인들은 어떤가요?" 그가 말을 계속한다. "태즈메이니아인들의 운명은 어떤가요?"

태즈메이니아인들이라니? 그사이에 태즈메이니아에서 그녀가 소식을 듣지 못한 어떤 일이 진행되고 있었나?

"저는 태즈메이니아인들에 대해서 특별한 견해가 없습니다." 그녀가 조심스럽게 대답한다. "저는 언제나 그들이 더할 나위 없이 점잖은 사람들이라고 느꼈습니다."

그가 조급하게 손을 가로젓는다. "내가 말하는 건 저 옛날 태즈메이니아인들, 몰살된 사람들이에요. 그들에 대해서 특별한 견해가 있어요?"

"그들의 목소리가 저한테 왔느냐, 그런 뜻인가요? 아뇨, 오지 않았어요, 아직은 안 왔습니다. 아마 그들이 보기에 제가 자격이 없는 걸 테죠. 아마 그들은 그들 자신의 서기를 활용하고 싶어 할 테고, 또 분명히 그럴 권리가 있죠."

그녀는 자기 목소리에 짜증이 섞인 것을 느낄 수 있다. 소도시의 이딸리아인들이거나 소도시의 오스트리아-헝가리제국 사람들이라고 해도 좋을 사람들인데 어쩌다 그녀를 재판하러 와서는 와글대는 노인네들한테 자기 입장을 해명하고 있다니, 이게 뭐 하는 짓인가? 그녀는 왜 이걸 참고 있는가? 그들이 태즈메이니아에 대해서 뭘 아는가?

남자가 말한다. "목소리에 대해서는 내가 말한 바 없고, 당신의 생각에 대해서 물었어요."

태즈메이니아에 대한 그녀의 생각? 그녀가 어리둥절하듯이, 그녀에게 질문한 사람이 재판부의 나머지 사람들한테 고개를 돌려 설명을 해야 하는 것을 봐서는 그들 역시 어리둥절한 상태다. 그가 말한다. "잔혹한 일들이 일어납니다. 죄 없는 아이들에 대한 폭행. 민족 전체의 몰살. 그런 문제들에 대해서 이 여성은 어떻게 생각할까요? 자기를 인도해줄 아무런 믿음도 없는 걸까요?"

그녀의 동포들, 그녀의 조상들에 의한 옛 태즈메이니아인들의 몰살. 이 심리, 이 재판의 이면에 있는 것은 결국 이것, 역사적 죄의식의 문제인가?

그녀는 숨을 들이켠다. "우리가 터놓고 말하는 문제가 있고 재판부 앞이라도, 최종심 재판부(여러분이 그런 존재라면) 앞이라도 침묵을 지키는 것이 적절한 문제가 있습니다. 지금 언급하시는 그것을 저도 아는데, 이렇게만 답변하지요. 오늘 제가 여러분 앞에서 말한 것을 듣고 여러분이 제가 그런 문제들을 망각하고 있다고 결론짓는다면 오해도 보통 오해가 아닙니다. 여러분을 깨우쳐주고자 한마디 덧붙이면, 믿음이 우리가 가진 유일한 윤리적 버팀목은 아닙니다. 우리는 우리 가슴에도 의존할 수 있어요. 이상입니다. 더 할 말 없습니다."

법정모욕. 그녀는 법정모욕 직전에 있다. 이런 것, 이렇게 갑자기 확 끓어오르는 경향은 그녀 스스로도 늘 마음에 들지 않았다.

"하지만 작가로서는 어때요? 오늘 당신은 개인 자격으로 출두하는 것이 아니라 특별한 경우로서, 특별한 운명으로서, 즉 오락거리만이 아니라 인간 행동의 복잡한 측면을 탐색하는 책들을 써온 작가로서 출두하는 겁니다. 그 책들에서 당신은 판단에 판단을 거듭하는데, 당연히 그렇겠죠. 그 판단에서 당신을 인도하는 것은 무엇입니까? 그건 전부 가슴의 문제일 뿐이라고 줄기차게 이야기하겠습니까? 작가로서 당신은 아무런 믿음이 없습니까? 작가가 그저 인간의 가슴을 가진 인간이라면 당신의 경우에 특별한 점은 과연 무엇인가요?"

바보가 아니다. 그랑빌의 만화에서 튀어나온 새틴 가운을 입은 돼지, 포르쿠스 마지스트랄리스[6]가 아니다. 매드 해터[7]의 다과회가 아니다. 그녀는 이날 처음으로 자신이 시험당하는 느낌을 받는다. 좋다. 어떤 답변을 내놓을 수 있는지 보자.

....

6 porcus magistralis. '대장 돼지' 또는 '감독관 돼지'의 뜻.
7 『이상한 나라의 앨리스』에 나오는 인물. 흔히 '모자 장수'로 번역된다.

"오늘날 태즈메이니아의 원주민은 보이지 않는 것에, 저를 서기로 둔, 많은 서기들 중 하나로 둔 보이지 않는 것에 속합니다. 매일 아침 저는 책상에 앉아서 그날의 부름에 대비합니다. 그것이 서기의 삶의 방식, 저의 삶의 방식이죠. 옛 태즈메이니아인들이 저를 부르기로 한다면, 그래서 저를 부르면 저는 준비가 되어 있을 테고 능력이 닿는 한 글을 쓸 것입니다.

폭행당한 아이들을 언급하시니 말인데, 그애들의 경우도 마찬가지입니다. 아직은 아이가 저를 부르지 않았지만, 역시 저는 준비되어 있습니다.

하지만 주의할 점을 하나 말씀드리겠습니다. 저는 살해당한 자들과 폭행당한 자들의 목소리뿐만 아니라 모든 목소리에 열려 있습니다." 그녀는 이 대목에서 목소리를 차분하게 유지하려고, 법정에서 변론하는 투가 되지 않게 하려고 애쓴다. "만약에 저를 부르기로 하는 자들, 저를 이용하고 저를 통해 말하고자 하는 자들이 그들이 아니라 그들을 살해하고 폭행한 자들이라도 저는 그들에게 귀를 닫지 않을 것이고 그들을 판단하지 않을 것입니다."

"살인자들을 대변하겠다?"

"그러겠습니다."

"살인자와 그 희생자 사이에서 판단을 하지 않는다? 서기라는 게 그런 겁니까, 무슨 말을 듣든지 다 받아적는 것? 양심이 파산하는 것?"

자신이 구석에 몰리고 있음을 그녀도 안다. 하지만 그렇게 됨으로써 갈수록 수사修辭의 싸움으로 느껴지는 것이 더 빨리 끝날 수 있다면 구석에 몰리는 게 대수랴! 그녀가 말한다. "죄 있는 자들도 고통받는다고는 생각지 않으십니까? 그들이 그들을 둘러싼 화염

속에서 소리를 지른다고는 생각지 않으세요? '나를 잊지 말아요!' 그들은 이렇게 외치는 겁니다. 그런 도덕적 고통의 외침을 외면하는 양심이란 도대체 어떤 양심인가요?"

똥똥한 남자가 말한다. "당신을 부르는 이 목소리들 말인데, 당신은 그 목소리들이 어디서 오는지는 묻지 않는군요?"

"그렇습니다. 그것들이 진실을 말하는 한에는 그렇습니다."

"그리고 당신이, 자신의 가슴에만 의존하는 당신이 그 진실을 판단하는 사람이고요?"

그녀는 조급하게 고개를 끄덕인다. 잔다르크의 심문 같군, 하고 그녀는 생각한다. '당신의 목소리들이 어디서 오는지 당신은 어떻게 알지요?' 그녀는 그 모든 것의 문학성을 참아줄 수가 없다. 이들은 뭔가 새로운 걸 떠올리는 쪽으로는 머리가 안 돌아가는 걸까?

침묵이 내려앉았다. "계속하세요." 그가 부추기는 투로 말한다.

"그게 전부입니다." 그녀가 말한다. "질문을 하셨고, 저는 답했습니다."

"그 목소리들이 신에게서 온다고 믿습니까? 당신은 신을 믿습니까?"

그녀는 신을 믿는가? 조심스럽게 거리를 두었으면 하는 질문이다. 신이 존재한다고('존재한다'는 게 무슨 뜻이든) 가정하더라도, 왜 그의 군주다운 거대한 잠이 밑에서 올라오는 소리에, 흡사 국민 투표 같은 '믿는다'느니 '안 믿는다'느니 하는 아우성에 방해를 받아야 한단 말인가?

"그건 너무 내밀한 것입니다." 그녀가 말한다. "저는 할 말이 없습니다."

"여기는 우리밖에 없어요. 당신 가슴에 있는 것을 자유롭게 말하면 됩니다.”

“제 말을 오해하고 계십니다. 제 말뜻은, 신이 그런 주제넘음을, 주제넘게 내밀한 것을 탐탁해하지 않을 것 같다는 것입니다. 저는 신은 그냥 놓아두는 편이 좋습니다. 바라건대 신도 저를 그냥 놓아두면 좋겠고요.”

침묵이 흐른다. 그녀는 머리가 지끈거린다. 아찔한 추상적 관념들이 난무한 탓이라고 그녀는 속으로 생각한다. 자연의 경고라고.

재판장이 주위를 힐끗 살핀다. “더 질문할 것이 있습니까?” 그가 묻는다.

없다.

그가 그녀에게로 고개를 돌린다. “우리한테서 통보가 갈 겁니다. 때가 되면요. 정해진 경로를 통해서요.”

그녀는 기숙사로 돌아와 침상에 누워 있다. 앉아 있으면 더 좋겠지만 침상이 쟁반처럼 가장자리가 솟아 있어 앉을 수가 없다.

그녀의 집이라고 배정된 이 덥고 공기도 안 통하는 방이 그녀는 싫다. 냄새도 싫고, 기름기 전 매트리스에 몸이 닿는 것도 역겹다. 게다가 여기 시간은 그녀가 익숙해져 있는 시간보다 더 긴 것 같고, 한낮에는 특히 그렇다. 이곳에 온 지 얼마나 됐을까? 시간개념을 잃어버렸다. 몇주가, 심지어 몇달이 된 것처럼 느껴진다.

오후에 더위가 한풀 꺾이면 광장에 나타나는 밴드가 있다. 호화롭게 장식된 야외무대에서 금술을 잔뜩 늘어뜨린 빳빳한 흰색 제복을 입고 챙모자를 쓴 연주자들이 수자[8]의 행진곡, 슈트라우스의

---

8 John Philip Sousa(1854~1932). ‘행진곡의 왕’으로 불리는 미국의 작곡가·지휘자.

왈츠, 「박쥐」⁹나 「소렌또」¹⁰ 같은 유명한 곡들을 연주한다. 지휘자는 소도시의 바람둥이처럼 깔끔하게 다듬은 가는 콧수염을 기르고 있다. 한곡이 끝날 때마다 그는 미소와 고개를 숙이는 인사로 박수갈채에 화답하고, 그동안 뚱뚱한 튜바 연주자는 모자를 벗고 주홍빛 손수건으로 이마를 훔친다.

　1912년에 어느 외진 이딸리아 도시나 오스트리아-이딸리아 국경도시에서 볼 법한, 딱 그런 장면이라고 그녀는 생각한다. 책에 나오는 것. 짚을 넣은 매트리스와 40와트짜리 전구가 딸린 합숙소가 책에 나오듯이, 조는 것 같은 집행관에 이르기까지 법정에 관련된 일도 온통 그렇듯이. 그 모든 것이 그녀를 위해서, 그녀가 작가이기 때문에 마련되고 있는 것일까? 작가에게 어울리는 지옥이란, 적어도 연옥이란 그런 것이라고, 상투적인 것들의 연옥이라고 누군가가 생각해낸 것일까? 경우가 어떻든 그녀는 여기 이 합숙소에 있지 말고 광장으로 나가야 한다. 연인들의 소곤거리는 소리가 들리는 그늘 속 탁자 하나에 자리를 잡고 앉아서 차가운 음료수를 앞에 놓고 산들바람의 첫 손길이 뺨에 와닿기를 기다릴 수 있을 것이다. 지극히 진부한 것임은 분명하지만 이제 그게 뭐가 중요한가? 광장에 있는 젊은 커플들의 행복이 꾸며낸 행복이고 보초의 따분함이 꾸며낸 따분함이며 코넷 연주자가 고음역에서 내는 틀린 음이 꾸며낸 틀린 음이라 한들 그게 뭐가 중요한가? 그녀가 이곳에 도착한 이후로 삶은 바로 그랬다. 지붕에 여행가방을 묶어 달고 힘겨워하

<hr />

9 Il pipistrello. 요한 슈트라우스 2세(Johann Strauss II)의 오페레타. 이 대목에는 제목이 독일어 대신 이딸리아어로 쓰여 있다.

10 에르네스또 데 꾸르띠스(Ernesto De Curtis)의 「돌아오라 소렌또로」를 가리키는 것으로 추정된다.

는 엔진으로 덜컹대면서 가는 버스도 그렇고, 돋을새김된 거대한 못들이 박힌 문 자체도 그렇고, 서로서로 맞아떨어지는 진부한 것들의 정교한 세트인 것이다. 밖으로 나가서 그녀의 역할을, 한 도시에 처박혀 결코 떠나가지 못할 운명인 여행자의 역할을 해서 안 될 이유가 있는가?

하지만 합숙소에서 안 보이게 지내는 그 순간에도, 그녀가 아무 역할도 하고 있지 않다고 누가 말하겠는가? 왜 그녀가 자기만 연극을 마다할 힘을 가지고 있다고 생각해야 하는가? 게다가 어쨌거나 진정한 완강함, 진정한 깡이란 어떤 연기든 그것을 해내는 데 있지 않겠는가? 밴드가 댄스곡 연주를 시작하게 하고, 커플들이 서로에게 고개 숙여 인사하고 플로어로 걸어나가게 하고, 거기서, 춤추는 자들 사이에서 그녀, 어울리지 않는 드레스를 입은 늙고 노련한 배우 엘리자베스 코스텔로가 딱딱하긴 해도 우아한 데가 없진 않은 모습으로 빙글빙글 돌게 하라. 이것 역시 상투적인 것이라면 — '전문가로서 자기 역할을 함' — 상투적인 대로 그냥 두라. 다른 사람들은 모두 상투적인 것을 포용하고 그것에 의존해서 사는데 그녀는 무슨 권리로 상투적인 것에 치를 떠는가?

믿음의 문제도 마찬가지다. '나는 억누를 수 없는 인간의 기개spirit를 믿습니다.' 자기 재판관들 앞에서 그녀는 이렇게 말했어야 한다. 그랬으면 그들을 지나왔을 테고 그것도 주위가 떠나갈 듯한 박수갈채를 받으며 지나왔을 것이다. '나는 모든 인간이 하나라고 믿습니다.' 다른 사람들은 모두 그렇게 믿는 것처럼, 그에 대한 믿음이 있는 것처럼 보인다. 그녀 자신조차 기분에 따라 그런 믿음이 생길 때가 더러 있다. 왜 단 한번만이라도 그런 척을 못 하는가?

그녀가 젊었을 때, 지금은 상실되고 사라져버린 세계에서는 아직 예술을 믿는, 적어도 예술가를 믿는 사람들, 위대한 거장들의 발자취를 따라가려는 사람들을 만나볼 수 있었다. 신이 실패했어도, 사회주의가 실패했어도 상관없었다. 아직은 사람들을 안내해줄 도스또옙스끼가, 또는 릴케가, 또는 열정의 상징이었던 귀를 싸맨 모습의 반고흐가 있었다. 그녀는 그런 유치한 신념을, 예술가와 그의 진실에 대한 신념을 늘그막과 이후까지 가지고 왔는가?

처음에는 아니라고 하고 싶다. 그녀의 책들은 확실히 예술에 대한 신념을 드러내지 않는다. 이제 그것이, 평생에 걸친 글쓰기의 고역이 완전히 끝났으므로, 그녀는 기만당하지 않을 만큼 침착하다고, 심지어 차갑다고 믿어지는 시선으로 그것을 돌이켜볼 수 있다. 그녀의 책들은 아무것도 가르치지 않고 아무것도 설교하지 않는다. 특정한 시간에 특정한 장소에서 사람들이 어떻게 살았는지를 될 수 있는 한 명료하게 밝힐 뿐이다. 좀더 겸손하게 말하면, 그 책들은 한 사람이, 수십억 중 한 사람이 어떻게 살았는지를 밝힌다. 그녀가 혼자서는 '그녀'라고 부르고 다른 사람들은 '엘리자베스 코스텔로'라고 부르는 그 한 사람이 어떻게 살았는지를. 만약에 결국 그녀가 그 사람보다 그녀의 책들 자체를 더 믿는다면, 그것은 오로지 목수가 견고한 탁자를 믿거나 통 제조업자가 튼튼한 통을 믿는 그런 의미에서만 믿음이다. 그녀의 책들은 그녀보다 더 잘 조립되었다고 그녀는 믿는다.

공기의 변화, 기숙사의 둔중한 공간까지도 꿰뚫는 변화를 보고 그녀는 해가 저물고 있는 줄을 안다. 그녀는 오후가 다 흘러가버리게 놓아두었다. 춤을 추러 가지도 않고 진술서 쓰는 작업도 하지 않고 그저 상념에 빠져 시간을 허비했다.

뒤쪽의 좁아터진 작은 세면장에서 할 수 있는 데까지 몸단장을 한다. 돌아오니 그녀보다 젊은 여자 신참이 와서 눈을 감고 침상에 늘어져 있다. 전에 광장에서 본 적이 있는데, 흰색 밀짚모자를 쓴 남자와 같이 있었다. 그녀는 여자가 현지인인 줄 알았다. 하지만 아닌 게 분명하다. 또다른 청원자인 게 분명하다.

또다시 그 의문이 든다. '우리는 모두 그런 존재일까, 각자의 판결을 기다리는 청원자들, 어떤 이들은 새로 왔고 어떤 이들, 내가 현지인이라고 부르는 사람들은 여기 정착해서 자리를 잡았을 만큼, 풍경의 일부가 됐을 만큼 오래된 청원자들?'

침상의 여자는 뭐라고 콕 집어 말할 수 없지만 낯익은 데가 있다. 광장에서 처음 보았을 때조차 낯이 익어 보였다. 하지만 처음부터 그 광장 자체가, 도시 전체가 낯익은 데가 있었다. 마치 희미하게 기억나는 어느 영화의 세트장으로 그녀가 옮겨진 것 같다. 가령 그 폴란드 여자 청소부도 그렇다. 정말로 폴란드인이라면 말이다. 그녀를 전에 어디서 봤을까, 그리고 왜 그녀를 보고 시를 연상하게 될까? 더 젊은 이 여자도 시인일까? 지금 와 있는 데가 그런 데인가, 연옥이라기보다는 그녀가 기다리는 동안 무료함을 달래주기 위해 조성한 일종의 문학적 테마파크로, 배우들을 작가처럼 보이게 분장시켜놓은 곳? 하지만 그렇다면 분장이 왜 그렇게 형편없는가? 왜 모든 것을 좀더 잘하지 못하는가?

이곳을 그토록 섬뜩하게 만드는 것은, 아니, 삶의 템포가 그토록 늘어지지 않는다면 이곳을 섬뜩하게 만들 것은 결국 그 점이다. 배우들과 그들이 하는 역할 사이의 간극, 그녀가 보게 되어 있는 세계와 그 세계가 상징하는 것 사이의 간극. 만약에 내세가 —이게 그런 거라면 말이다. 일단은 그렇게 불러보자— 만약에 내세가 그저 속임수, 처음부터 끝까지 하나의 가장假裝에 불과한 것으로 밝혀진다면, 왜 그 가장은 간발의 차이가 아니라(그런 경우에는 용서해줄 수도 있지만) 큼지막한 차이로 그렇게 한결같이 실패하는가?

카프카 문제도 마찬가지다. 벽, 문, 보초 들은 카프카에서 곧바로 튀어나온 것이다. 고백에 대한 요구도 그렇고, 졸고 있는 집행관이라든지 그녀가 할 말을 쥐어짜내느라 몸부림치는 동안에 관심을 기울이는 척하는 까마귀 가운을 입은 노인네 위원단이 있는 법정도 그렇다. 카프카, 하지만 카프카의 외피에 불과한 것. 패러디로축소되고 단조로워진 카프카.

또 그녀에게 끌어다놓은 게 왜 하필 카프카인가? 그녀는 카프카에 심취한 사람이 아니다. 카프카를 읽으면 대개의 경우 짜증이 난다. 그가 무기력감과 욕정 사이를, 분노와 비굴함 사이를 왔다 갔다 하는 것을 보면 그가, 적어도 그의 K 자아들이 그야말로 유치하게 느껴질 때가 많다. 그런데도 그녀가 처박힌 미장센은 어째서 그토록—그녀는 이 단어가 마음에 들지 않지만 달리 선택지가 없다—카프카적인가?

머릿속에 떠오르는 한가지 답은, 그 쇼가 그녀가 좋아하는 유형의 쇼가 아니기 때문에 그런 식으로 구성된다는 것이다. '너 카프카적인 것 안 좋아하지, 그러니까 그걸 지겹도록 맛보게 해줄게.' 어쩌면 이것이 이 국경도시들이 존재하는 목적일 것이다. 순례객들에게 교훈을 주는 것. 좋다. 하지만 왜 그 교훈에 굴종해야 하는가? 왜 그 모든 것을 진지하게 받아들여야 하는가? 이른바 재판관이라는 이자들이 날이 지나고 또 지나도 그녀를 붙잡아두는 것 말고 그녀에게 할 수 있는 게 뭔가? 그녀를 가로막는 문 자체도 그렇다. 그녀는 그 너머에 무엇이 있는지 봤다. 빛이 있는 것은 틀림없지만, 그것은 단떼가 천국에서 보았던 빛이 아니고 그 축에 끼지도 못한다. 그들이 그녀가 통과하지 못하게 가로막는다면, 좋다, 그만 됐다, 그냥 가로막으라고 해라. 남은 인생(이를테면 그렇다는 것이다)을 여기서 보낼까보다. 낮 시간은 광장에서 빈둥거리면서 보내고 밤이 되면 들어가서 다른 누군가의 땀 냄새 속에서 잠을 청하는 거다. 최악의 운명은 아니다. 틀림없이 소일거리가 있을 것이다. 혹시 아는가, 타자기를 대여하는 가게를 찾으면 소설 쓰기라도 다시 시작할는지.

아침이다. 그녀는 보도 위의 탁자에 앉아 진술서를 쓰면서 새로운 접근법을 시도해보고 있다. 스스로 보이지 않는 것의 서기라는 것을 자랑으로 여기는 마당이니 정신을 집중해서 내면을 들여다보자. 오늘은 보이지 않는 것으로부터 어떤 목소리가 들리는가?

당장은 귓속에서 피가 느리게 콩콩거리는 소리밖에는 들리는 게 없다. 햇살이 피부에 와닿는 부드러운 감촉밖에는 느껴지는 것이 없듯이. 적어도 이것은 그녀가 꾸며낼 필요가 없다. 한걸음 한걸음 나아갈 때마다 그녀와 동행해온 이 말 못 하는 충직한 몸, 그녀한테 돌보라고 주어진 이 유순하고 느릿느릿한 괴물, 곰처럼 두 발로 서서 계속해서 자신을 속에서부터 피로 씻는 이 육화된 그림자. 그녀는 자신이 천년이 지나도 생각해내지 못했을, 그런 생각은 자신의 능력을 훨씬 넘어섰을 이것, 이 몸 안에 있을 뿐 아니라, 어찌됐든 이 몸이 곧 그녀다. 그리고 이 아름다운 아침, 광장에서 사방으로 그녀를 둘러싸고 있는 이 사람들의 경우에도, 어찌됐든 그들의 몸이 곧 그들이다.

어찌됐든. 하지만 어떻게? 도대체 어떻게 몸은 피를(피를!) 이용해서 자신을 깨끗하게 유지할 뿐 아니라 자기 존재의 신비에 대해

숙고하고 그에 대해 발언하고 심지어 이따금씩 작은 황홀경에 빠질 수가 있는가? 어떻게 그런 묘기를 부리는지 그녀로서는 전혀 감이 안 오는데도 계속해서 이 몸이 곧 그녀일 수 있게 해주는 그녀의 그 어떤 속성, 그것도 믿음으로 칠 수 있는가? 그들은, 그녀에게 믿음을 드러내 보이라고 요구하는 재판부, 심사위원단, 판정단은 이렇게 말하면 만족할까, '내가 존재함¹ᵃᵐ을 나는 믿습니다'? '오늘 여러분 앞에 서 있는 것이 나임을 나는 믿습니다'? 아니면 그건 너무 철학 같은, 너무 세미나실 분위기를 풍기는 이야기일까?

『오디세우스』에는 언제나 그녀의 등골을 오싹하게 만드는 에피소드가 있다. 오디세우스가 예언자 테이레시아스의 조언을 들으려고 죽은 자들의 세계로 내려간다. 그는 지시받은 대로 고랑을 파고 자기가 아끼는 숫양의 목을 따서 그 피가 고랑으로 흘러들게 한다. 피가 쏟아져내릴 때 핏기 없는 사자死者들이 그것을 맛보려고 침을 흘리면서 몰려들고, 마침내 오디세우스는 그들을 물리치기 위해 칼을 빼들어야 한다.

검은 피 웅덩이, 죽어가는 숫양, 필요하면 칼을 들이밀어 찌를 태세로 몸을 웅크리고 있는 남자, 시체와 구별하기 힘든 창백한 영혼들. 이 장면이 왜 그녀의 머리에서 떠나지 않는 것일까? 그것은 보이지 않는 것으로부터 오는 어떤 말을 전하고 있는가? 그녀는 조금의 의심도 없이 그 숫양을, 주인의 손에 이 끔찍한 곳으로 끌려온 그 숫양을 믿는다. 숫양은 그저 하나의 관념이 아니다. 지금 죽어가고는 있지만 살아 있는 것이다. 숫양을 믿는다면 그것의 피도, 아무것도 자라나지 않을 땅에 콸콸 쏟아져나오는 끈적끈석하고 섬은, 거의 시커먼 그 성스러운 액체도 믿는가? 이야기에 따르면 이타카의 왕이 아끼는 숫양, 하지만 마지막에는 그저 하나의 피 자루,

베어서 안의 것을 쏟아낼 피 자루 취급을 받는 숫양. 지금 여기에서 그녀는 똑같이 할 수 있을 것이다. 자신을 자루로 만들어 정맥을 끊고 보도에 자신을 쏟아부어 도랑으로 흘러가게 하는 것이다. 살아 있다는 것이 의미하는 것은 결국 그것, 죽을 수 있다는 것뿐이기 때문이다. 이러한 비전, 숫양과 숫양에게 일어나는 일에 대한 비전이 그녀가 가진 신념의 요체일까? 그것은 그들, 그녀의 굶주린 재판관들에게 충분히 훌륭한 이야기일까?

누군가가 맞은편에 앉는다. 정신이 팔린 탓에 그녀는 쳐다보지 않는다.

"고백문 쓰세요?"

기숙사에 소속된 여자, 폴란드 억양을 가진, 그녀가 카포라고 생각하는 그 여자다. 오늘 아침에는 흰색 벨트에 약간 촌스러운 레몬 그린색 꽃무늬 면 원피스를 입고 있다. 그녀에게, 그녀의 진한 금발과 햇볕에 탄 피부, 우람한 체구에 어울리는 옷이다. 그녀는 추수철의 억세고 일 잘하는 농부처럼 보인다.

"아뇨, 고백이 아니고 믿음에 대한 진술이에요. 저한테 요구한 건 그거예요."

"여기서는 그걸 고백이라고 불러요."

"그렇군요. 저라면 그렇게 안 부르겠어요. 영어로는 그게 아니에요. 라틴어나 이딸리아어로는 그럴지 모르죠."

또다시 그녀는 어떻게 해서 자기가 만나는 사람들이 전부 영어로 말하는지 궁금하다. 아니면 잘못 알고 있는 걸까? 이 사람들이 실은 다른 언어, 폴란드어나 마자르어[11]나 벤트어[12] 같은 그녀가 잘

---

11 헝가리어를 가리키는 헝가리어 명칭.
12 독일 동부에 거주하는 슬라브인 소수민족의 언어.

모르는 언어로 말하고 있는데, 그녀가 알아듣도록 그들의 말이 즉각, 기적 같은 방법으로 영어로 번역되고 있는 걸까? 그것도 아니면 모든 사람이 에스페란토 같은 공통어로 말하는 것이 이곳의 존재조건이고, 저 카포 여자는 자기가 하는 말이 폴란드어로 된 말이라고 믿을지 모르지만 실은 에스페란토 말이듯이 그녀 자신의 입에서 나오는 소리는 스스로는 영어로 된 말이라고 착각하고 있지만 실은 에스페란토 말인 걸까? 그녀 자신, 엘리자베스 코스텔로는 에스페란토를 공부해본 기억이 없지만, 이제껏 그토록 많은 것을 잘못 알았듯이 또 잘못 알고 있을 수도 있다. 하지만 그럼 웨이터들은 왜 이딸리아인인가? 아니면 그녀가 그들의 이딸리아어라고 생각하는 것이 단지 이딸리아인의 억양과 이딸리아인의 손짓을 곁들인 에스페란토인 걸까?

옆 탁자에 앉은 커플은 서로의 새끼손가락을 걸고 있다. 웃으면서 서로 잡아당기고, 머리를 부딪고, 소곤거린다. 고백문을 쓰지 않아도 되나보다. 하지만 어쩌면 그들은 배우가 아닐지 모른다. 이 폴란드 여자, 혹은 폴란드 여자 역을 하는 이 여자 같은 전업 배우가 아닐지 모른다. 어쩌면 그저 엑스트라들, 광장의 부산함을 채우고 거기에 박진성을, 현실효과를 주기 위해서 그들이 살면서 매일매일 하는 것을 하라고 지시받은 엑스트라들일지도. 엑스트라의 삶, 그것은 틀림없이 괜찮은 삶일 것이다. 하지만 일정한 나이가 지나면 틀림없이 불안이 기어들기 시작할 것이다. 일정한 나이가 지나면 틀림없이 엑스트라의 삶은 소중한 시간의 낭비처럼 보이기 시작할 것이다.

"고백하고 있는 게 뭐예요?"

"전에 말했던 거요. 나는 믿을 여유가 없다. 내가 하는 일에서는

믿음을 보류해야 한다. 믿음은 하나의 탐닉, 사치다. 그건 방해가
된다."

"그렇군요. 우리들 중에는 우리가 누릴 여유가 없는 사치는 믿음
없음unbelief이라고 말할 사람들이 있을 텐데요."

그녀는 여자가 말을 더 하기를 기다린다.

여자가 말을 계속한다. "믿음 없음, 모든 가능성을 수용하는 것,
상반되는 것들 사이를 떠다니는 것은 여유로운leisurely 존재, 여유 있
는leisured 존재의 특징이에요. 우리들 대부분은 선택을 해야 해요. 가
벼운 영혼만이 공중에 떠 있는[13] 법이죠." 그녀는 더 가까이 몸을 숙
인다. "가벼운 영혼을 위해서 조언을 하나 해드리죠. 그들은 믿음
을 요구한다고 말할지 모르지만 사실 그들은 정열로 만족할 거예
요. 정열을 보여줘봐요, 그러면 통과시켜줄 거예요."

"정열이요?" 그녀가 대답한다. "그 검은 말,[14] 정열 말인가요? 저
라면 정열은 우리를 빛에서 멀어지게 하지, 빛으로 이끌지는 않는
다고 생각했을 텐데요. 하지만 이곳에서는 정열이면 된다는 얘기
로군요. 알려줘서 고마워요."

조롱조의 말에도 맞은편 여자는 물러서지 않는다. 오히려 의자
에 더 편안하게 자리를 잡더니 마치 마음에 둔 질문을 어서 해보라
는 듯 고개를 살짝 끄덕이고 살짝 미소를 짓는다.

"말해봐요. 우리 중에 지나가는 사람, 시험에 합격해서 문을 통
과하는 사람이 몇이나 되죠?"

여자가 웃는다. 이상하게 매력적인 나지막한 웃음. 이 여자를 전
에 어디서 봤을까? 왜 이렇게 기억하기가 힘든가, 꼭 안개 속에서

---

[13] hang in the air. 어정쩡한 상태로 있다는 뜻의 관용어.
[14] 플라톤이 욕망을 검은 말에 비유한 데 대한 언급.

더듬더듬 길을 찾는 것처럼? "어느 문 말이에요?" 여자가 묻는다. "문이 하나만 있다고 믿는 거예요?" 새로 시작된 웃음이 그녀의 몸을 꿰뚫고 지나가면서 그 커다란 가슴이 흔들릴 만큼 길고 풍요로운 떨림을 일으킨다. 그녀가 말한다. "담배 피우세요? 안 피워요? 좀 피워도 될까요?"

그녀는 황금빛 담뱃갑에서 담배 한개비를 꺼내 불을 붙여 피운다. 그녀의 손은 뭉툭하고 넓적한 농부의 손이다. 하지만 손톱은 깨끗하고, 말끔하게 다듬어져 있다. 그녀는 누구일까? '가벼운 영혼만이 공중에 떠 있는 법이죠.' 무슨 인용구처럼 들린다.

그녀가 말한다. "우리가 진실로 무얼 믿는지 누가 알겠어요? 그건 여기, 우리 가슴속에 묻혀 있는 거예요." 그녀는 가볍게 자기 가슴을 친다. "우리 자신도 알 수 없게 묻혀 있죠. 위원회가 원하는 건 믿음이 아녜요. 효과만으로도 충분해요. 믿음의 효과 말이에요. 당신이 느낀다는 걸 보여줘요. 그러면 그들도 만족할 거예요."

"위원회라니, 무슨 말이죠?"

"심사위원회 말이에요. 우리는 그들을 위원회라고 불러요. 우리 자신은 노래하는 새라고 부르고요. 우린 위원회를 위해서, 그들의 희열을 위해서 노래하죠."

"저는 쇼는 안 해요." 그녀가 말한다. "전 엔터테이너가 아니에요." 담배 연기가 그녀의 얼굴로 날아든다. 그녀는 손을 흔들어 연기를 쫓아 보낸다. "저는 당신이 말하는 그 정열이 없을 때 없는 정열을 일부러 샘솟게 만들지는 못해요. 그걸 껐다 켰다 할 수는 없다고요. 당신의 위원회가 이 점을 이해하려 들지 않는다면······" 그녀는 어깨를 으쓱한다. 자신의 티켓에 대해서, 티켓을 물리는 것에 대해서 뭔가 말하려고 했었다. 하지만 겨우 이만한 계기에 그 이야기를 하는 건 너무 거창하고 너무 문학적일 것이다.

여자가 담배를 비벼 끈다. "그만 가봐야겠어요." 그녀가 말한다. "살 게 좀 있어서."

이 살 것이라는 게 어떤 종류인지는 말하지 않는다. 하지만 그녀, 엘리자베스 코스텔로는(여기서는 이름들이 희미해져간다. 그런데 그녀의 이름은 조금도 희미해지지 않고 있다) 자신이 얼마나 수동적이 됐는지, 얼마나 호기심을 잃었는지를 문득 깨닫는다. 그녀 자신도 사고 싶은 것들이 있다. 타자기에 대한 환상은 제쳐두고라도 선크림도 필요하고 세면실의 거친 석탄산 비누 말고 혼자 쓸 비누도 필요하다. 하지만 그녀는 이곳에선 어디서 물건을 사는지 물어볼 생각을 하지 않는다.

문득 깨닫는 것이 또 있다. 그녀는 이제 식욕이 없다. 어제는 레몬 젤라또와 커피에 마카롱을 먹은 희미한 사후기억이 있다. 오늘은 먹는 생각만 해도 역겨움이 목 끝까지 치민다. 그녀의 몸은 불쾌하도록 무겁고 불쾌하도록 육체적인 느낌이다.

저 마른 사람들, 강박적인 단식자, 단식 예술가 무리의 한 사람으로 살아가는 새로운 인생길이 이리 오라고 손짓하기 시작하는 걸까? 그녀의 재판관들은 그녀가 야위어가는 것을 보면 동정할까? 그녀는 공용 벤치에 앉아 햇빛 한조각을 받으며 과제로, 결코 완성하지 못할 과제로 받은 글을 갈겨쓰고 있는 꼬챙이 같은 자기 모습을 상상한다. '하느님 맙소사!' 그녀는 속으로 중얼거린다. '너무 문학적이야, 너무 문학적이야! 죽기 전에 여기서 나가야겠어!'

해 질 무렵, 성벽을 따라 거닐며 광장 위의 하늘에서 제비들이 급강하하고 곤두박질치는 것을 볼 때 그 구절이 다시 떠오른다. '가벼운 영혼'. 그녀는 가벼운 영혼일까? 가벼운 영혼이란 뭘까?

비눗방울이 제비들 사이로 떠오르고 그보다 더 높이 창공으로 올라가는 것을 생각해본다. 그 여자는, 마루를 닦고 화장실을 청소하는 것이 자기 일인(그런 일을 하고 있는 것이 눈에 띄는 적은 없지만) 그 여자는 그런 식으로 그녀를 바라보는 걸까? 대부분의 기준에 비춰볼 때 그녀의 삶은 분명 고된 것이 아니었지만 쉬운 것도 아니었다. 어쩌면 평온하고, 어쩌면 보호받은 삶, 최악의 역사에서 물러나 있던 대척지의 삶. 하지만 내몰린 삶이라 해도 지나친 표현은 아니다. 그 여자를 찾아서 오해를 바로잡아줘야 할까? 여자가 이해를 할까?

그녀는 한숨을 쉬며 계속 걷는다. 설사 모조품에 불과하다 해도 이 세계는 얼마나 아름다운가! 적어도 이것에 기댈 수는 있다.

법정도 같고 집행관도 같은데 재판부(이제는 위원회라고 불러야 하리라)는 새롭다. 아홉이 아니라 일곱명이고 그중 하나는 여자다. 아는 얼굴은 하나도 없다. 방청석도 이제 비어 있지 않다. 그녀에게 방청인 내지 지지자가 있다. 망태기를 무릎에 얹고 혼자 앉아 있는 여자 청소부.

"신청인 엘리자베스 코스텔로, 심리 번호 2." 오늘의 위원회의 대표(주심 판사? 재판장?)가 단조로운 어조로 말한다. "수정 진술서가 있겠죠. 그럼 시작하세요."

그녀는 앞으로 나간다. "내가 믿는 것." 그녀는 암송하는 어린아이처럼 단호한 목소리로 읽는다. "저는 멜버른시에서 태어났지만 유년기의 일부를 빅토리아주 시골에서 보냈습니다. 기후가 양극단으로 치닫는 지역으로, 불볕이 내리쬐는 가뭄에 이어서 폭우가 쏟아져 강에 익사한 동물들의 사체가 넘쳐나는 곳이었습니다. 아무튼 제가 기억하기로는 그랬습니다.

강물이 빠지면 — 지금 말하고 있는 것은 특정한 하나의 강, 덜개넌강의 강물입니다 — 수에이커의 진흙땅이 펼쳐졌습니다. 밤이 되면 수만마리의 작은 개구리들이 하늘의 후한 선물을 기뻐하며 울어대는 소리가 들리곤 했습니다. 대기는 그들의 외침으로 가득 찼고 낮에는 귀를 찢는 매미 소리로 가득 찼습니다.

이 수천마리 개구리들은 갑자기 어디서 나타난 것일까요? 답은 그들은 언제나 거기에 있었다는 것입니다. 건기에는 땅속으로 숨는데, 태양의 열기를 피해 점점 더 깊이 굴을 파들어가서 마침내 각기 자기의 작은 무덤을 만들어놓습니다. 그 무덤 속에서 그들은 말하자면 죽는 것입니다. 심장박동이 느려지고 호흡이 정지하면서 그들은 진흙 색깔로 변합니다. 또다시 밤은 고요합니다.

그렇게 고요하던 중에 다시 비가 내려 이를테면 수천개의 작은 관 뚜껑을 두드려댑니다. 그 관 속에서 심장이 고동치기 시작하고 몇달 동안 생명이 없던 팔다리가 움찔거리기 시작합니다. 죽은 것들이 깨어납니다. 굳었던 진흙이 부드러워지면서 개구리들은 길을 파서 나오기 시작하고, 곧 기쁨에 찬, 의기양양한 그들의 목소리가 다시 하늘 아래에 울려퍼집니다.

이런 언어로 말하는 것을 용서하시기 바랍니다. 저는 전업 작가입니다. 지금까지는 그랬습니다. 평소에 저는 마구 뻗어나가는 상상을 드러내지 않으려고 조심합니다. 하지만 오늘, 이 자리에서는 아무것도 숨기지 않겠다, 모든 것을 드러내겠다고 생각했습니다. 만물을 생동하게 하는 홍수, 기쁨에 찬 울음의 합창, 그에 이은 강물의 빠짐과 무덤으로의 후퇴, 그다음 끝날 것 같지 않은 가뭄, 그다음 새로운 비와 죽은 것들의 부활, 이것은 제가 투명하게, 있는 그대로 내놓는 이야기입니다.

왜냐고요? 왜냐하면 오늘 저는 작가가 아니라 한때 어린아이였던 늙은 여자로 여러분 앞에 나와, 제가 기억하는 어린 시절의 덜개넌 개펄과 거기에 사는 개구리들, 어떤 것들은 제 새끼손가락 끝만큼 작고, 너무나 하찮것없고 여러분의 더 고매한 관심사에서 너무나 멀리 떨어져 있어 여러분이 다른 데서는 들어보지 못했을 그 생물체들에 대해서 말하고 있기 때문입니다. 죄송스럽게도 여러가지로 부족한 제 설명에서 개구리의 생애주기는 알레고리적으로 들릴지 모르지만, 개구리 자신에게 그것은 알레고리가 아니고 물物 자체, 유일한 물입니다.

제가 무엇을 믿느냐고요? 저는 그 작은 개구리들을 믿습니다. 늙은 나이에, 어쩌면 더 늙은 나이에 제가 오늘 어디에 와 있는지 저는 잘 모르겠습니다. 이딸리아처럼 느껴질 때가 있지만 얼마든지 제 착각일 수 있고 전혀 다른 곳에 와 있는 걸 수도 있습니다. 제가 알기로 이딸리아의 도시들에는 통과하는 것이 금지된 입구(여러분 앞에서 문이라는 볼품없는 단어를 쓰지는 않겠습니다)가 없습니다. 제가 발길질을 하고 빽빽거리면서 세상에 태어난 곳인 호주 대륙은 (멀리 떨어져 있긴 해도) 실재하고, 덜개넌강과 그 개펄은 실재하고, 개구리들은 실재합니다. 그것들은 제가 여러분에게 그에 관해 이야기를 하든 말든, 제가 그것들을 믿든 말든 존재합니다.

그 작은 개구리들이 저의 믿음에 대해 무관심하기 때문에(그것들이 삶에서 바라는 것은 모기를 집어삼킬 수 있는 기회와 노래할 수 있는 기회뿐입니다. 노래를 하는 것은 대부분 수컷인데, 밤의 대기를 선율로 채우려고 노래하는 것이 아니라 일종의 구애로서 하는 것이고 그 구애에 대해 오르가슴으로, 개구리 식의 오르가슴으로 보상을 받고 또 받고 또 받기를 원합니다), 그것들이 저에 대해 무관심하기 때문에 저는 그들을 믿는 것입니다. 이것이 오늘 오후에 유감스럽게도 급히 쏟아낸, 유감스럽게도 문학적인 이 발언에서 ── 다시 한번 이에 대해 죄송스럽게 생각합니다. 하지만 미리 생각해두지 않고, 말하자면 '뚜뜨 뉘'[15]로, 그리고 보시다시피 거의 메모도 없이 여러분에게 저 자신을 내놓아야겠다고 생각했습니다 ── 여러분에게 개구리에 대해 말씀드리는 이유입니다. 개구리에 대해서, 저의 믿음 또는 믿음들에 대해서, 전자와 후자의 관계에 대해서 말입니다. 그것들은 존재하기 때문입니다."

그녀는 말을 멈춘다. 그녀의 뒤에서 가벼운 박수 소리가 나는데, 한쌍의 손, 청소부 여자의 손에서 나는 소리다. 박수 소리가 잦아들다 그친다. 이걸 하게 만든 사람, 이 말의 홍수, 이 지절거림, 이 혼란, 이 정열로 그녀를 이끈 사람은 바로 그녀, 청소부 여자였다. 자, 정열이 어떤 식의 반응을 불러오는지 보자.

재판관 중 하나, 맨 오른편에 있는 남자가 몸을 앞으로 기울인다. "덜개넌." 그가 말한다. "그건 강이죠?"

"예, 강입니다. 존재하는 겁니다. 무시할 만한 게 아닙니다. 대부분의 지도에 나와 있습니다."

"당신은 어린 시절을 거기서, 덜개넌 강가에서 보냈고요?"

그녀는 말이 없다.

"여기, 당신에 관한 일람표에는 덜개넌 강가에서 보낸 어린 시절 얘기가 없어서요."

그녀는 말이 없다.

---

15 toute nue. 프랑스어로 '완전히 발가벗고'의 뜻.

"코스텔로 씨, 덜개넌 강가에서 보낸 어린 시절은 당신의 또다른 이야기인가요? 개구리들과 하늘에서 내리는 비가 나오는 이야기?"

"그 강은 존재합니다. 개구리들도 존재합니다. 저도 존재합니다. 뭘 더 바라시나요?"

단정한 은발에 은테 안경을 쓴 날씬한 여자가 말한다. "당신은 삶을 믿는 거죠?"

"저는 굳이 저를 믿고자 하지 않는 존재를 믿습니다."

재판관은 약간 짜증이 난 듯한 몸짓을 한다. "돌은 당신을 믿지 않아요. 덤불도 그래요. 하지만 당신은 우리한테 돌이나 덤불이 아니라 개구리에 대해서 말하기로 하고, 당신도 인정하다시피 대단히 알레고리적인 삶의 이야기를 개구리에게 부여하죠. 당신이 말하는 이 호주 개구리들은 삶의 정신을 체현하고 있고, 그것이 스토리텔러로서 당신이 믿는 것이에요."

이것은 질문이 아니다. 사실상 판결인 것이다. 이를 수용해야 할까? '그녀는 삶을 믿었다.' 이를 그녀에 대한 최종적인 말, 그녀의 묘비명으로 받아들여야 할까? 이의를 제기하고 싶은 생각뿐이다. 그녀는 외치고 싶다. '시시해! 난 그보다 더 가치가 있어!' 하지만 자제한다. 논쟁에서 이기려고 여기에 온 것이 아니라 통행증, 통행허가를 얻으려고 온 것이다. 일단 통과하고 나면, 일단 이곳에 작별을 고하고 나면 뒤에 남겨두는 것은 설령 그게 묘비명이라 해도 전혀 중요하지 않을 것이다.

"그렇게 말씀하신다면야 뭐." 그녀가 조심스럽게 말한다.

재판관, 그녀의 재판관은 고개를 돌리고 입을 오므린다. 긴 침묵이 흐른다. 그녀는 그런 경우에 으레 듣게 돼 있는 파리의 윙윙거리는 소리를 들으려고 귀를 기울여보지만 법정에 파리는 없는 것 같다.

그녀는 삶을 믿는가? 이 부조리한 재판부와 그것의 요구가 없다면 개구리라 한들 그녀가 믿겠는가? 자기가 무엇을 믿는지는 어떻게 아는가?

글을 쓸 때 해보면 효과가 있는 것 같은 테스트를 시도해본다. 단어를 어둠 속으로 내던지고 어떤 종류의 소리가 돌아오는지 들어보는 것이다. 종을 두드리면서 깨졌는지 아니면 온전한지 확인해보는 주물사鑄物師처럼. 개구리. 개구리는 어떤 음을 내는가?

답은 아무 음도 내지 않는다는 것. 하지만 그녀는 너무 영악하고 이쪽 일을 너무 잘 알아서 아직은 실망하지 않는다. 덜개년강의 진흙 개구리들은 그녀로서는 새로운 출발이다. 시간을 주면 그것들은 진실처럼 들리게 될지도 모른다. 그것들은, 그것들의 진흙 무덤과 그것들의 손가락들, 부드럽고 축축하고 끈적끈적한 작은 구체球體로 끝나는 손가락들은 뭔지 모르게 그녀를 사로잡는 데가 있다.

그녀는 마치 어둠 속을 날아가듯이, 낙하하듯이 사지를 펼치고 있는 땅 밑의 개구리에 대해 생각한다. 그 손가락 끝을 잠식하는 진흙, 그것을 흡수해서, 그 부드러운 조직을 녹여서 마침내 아무도(분명, 차가운 겨울잠에 푹 빠진 개구리 자신도) 무엇이 흙이고 무엇이 살인지 더이상 알 수 없게 만드는 진흙에 대해 생각한다. 그렇다, 바로 그것, 그 용해, 원소들로의 돌아감을 그녀는 믿을 수 있다. 그 역의 순간도 믿을 수 있다. 돌아오는 생명의 최초의 떨림이 몸을 관통하며 팔다리가 수축하고 손이 굽는 순간. 단어 하나하나에 정신을 바짝 차리고 집중하면 그것도 믿을 수 있다.

"이봐요."

집행관이다. 그는 재판장이 짜증 섞인 표정으로 그녀를 바라보고 있는 법관석을 몸짓으로 가리킨다. 정신이 나갔었나? 심지어는 잠에 빠졌었나? 자기 재판관들 앞에서 졸고 있었나? 더 조심해야 한다.

"이 법정에 처음 출두했을 때를 기억해보세요. 그때 당신은 자신의 직업을 '보이지 않는 것의 서기'라고 했고, 다음과 같이 진술했습니다. '좋은 서기는 믿음을 가져서는 안 됩니다. 그것은 그 직무에 부적합합니다.' 조금 뒤에는 이렇게 말했습니다. '저는 믿음이 있지만 그것을 믿지는 않습니다.'

그때의 심리에서 당신은 믿음이 당신의 천직에 방해가 된다고 하면서 믿음을 폄하했습니다. 하지만 내가 당신의 취지를 제대로 이해하고 있다면, 오늘의 심리에서 당신은 개구리에 대한 믿음, 더 정확히 말하면 한 개구리의 삶의 알레고리적 의미에 대한 믿음을 증언합니다. 내 질문은 이것입니다. 당신은 첫번째 심리에서 현재의 심리까지 오면서 탄원의 근거를 바꾼 것입니까? 서기 이야기는 포기하고, 창조에 대한 믿음의 확고함에 기초한 새로운 이야기를 제시하고 있는 것입니까?"

그녀가 이야기를 바꿨느냐? 중차대한 질문임에는 의심의 여지가 없는데, 그녀는 거기에 주의력을 집중시키느라 애를 먹는다. 법정은 덥고 그녀는 약에 취한 느낌이며 이 심리를 얼마나 더 견딜 수 있을지 잘 모르겠다. 합숙소의 더러운 베개밖에 없다 해도, 베개에 머리를 누이고 눈을 붙였으면 하는 생각이 무엇보다 간절하다.

"그건 상황에 따라 다르죠." 그녀는 시간을 벌려고 뜸을 늘이는 한편으로 생각하려고 애쓰면서 말한다.(그녀는 속으로 말한다. '어서, 어서! 네 삶이 여기에 달렸어!') "당신은 내가 탄원 내용을 바꿨느냐고 물으십니다. 하지만 나는 누구인가요? 이 '나', 이 '당신'은 누구인가요? 우리는 하루하루 변하고, 또 동일하게 존재하기도 합니다. 어떤 '나', 어떤 '당신'도 다른 어떤 '나'나 '당신'보다 더 근본적이지 않습니다. 당신은 어느 쪽이 진짜 엘리자베스 코스텔로냐고, 첫번째 진술을 한 사람이냐 아니면 두번째 진술을 한 사람이냐고 물으실 수도 있을 겁니다. 양쪽 다 진짜라는 게 저의 답변입니다. 양쪽 다 진짜입니다. 그리고 어느 쪽도 진짜가 아닙니다. '나는 타자다.' 저 자신의 것이 아닌 말에 의존해서 죄송합니다만 그보다 더 나은 말을 생각해낼 수가 없군요. 당신은 잘못된 사람을 앞에 두고 있습니다. 이 사람이 맞는다고 생각하시더라도 잘못된 사람인 것입니다. 잘못된 엘리자베스 코스텔로예요."

이 말은 진실일까? 진실은 아닐지 몰라도 확실히 거짓은 아니다. 살면서 자신이 지금보다 더 잘못된 사람이라고 느낀 적이 없다.

그녀의 심문관은 짜증스럽게 손을 가로젓는다. "나는 당신의 여권을 보자고 하는 게 아니에요. 당신도 분명히 알고 있겠지만 이곳에서 여권은 소용이 없어요. 내 질문은 이겁니다. 당신은, 여기서 당신이란 우리 눈앞에 있는 이 사람, 통과를 청원하고 있는 이 사람, 다른 어느 곳이 아닌 여기에 있는 이 사람을 말하는데, 당신은 당신 자신의 생각을 말하고 있습니까?"

"그렇습니다. 아니오, 결코 아닙니다. 그렇기도 하고 아니기도 합니다. 둘 다입니다."

그녀의 재판관은 좌우로 그의 동료들을 흘낏 본다. 그들 사이에 미소가 스쳐 지나고 어떤 단어가 소곤소곤 오간다는 것은 그녀의 상상일까, 실제일까? 그 단어는 무엇일까? '혼란스럽다'일까?

그가 다시 그녀 쪽으로 고개를 돌린다. "감사합니다. 이게 전부입니다. 때가 되면 우리한테서 통보가 갈 겁니다."

"이게 전부라고요?"

"오늘은 이게 전부예요."

"저는 혼란스럽지 않아요."

"예, 당신은 혼란스럽지 않죠. 하지만 혼란스럽지 않은 이가 누가 있겠습니까?"

그들, 그녀의 재판부, 그녀의 위원회는 자제하지 못한다. 그들은 처음에는 어린아이들처럼 킥킥거리더니 이어 모든 위엄을 내팽개치고 큰 소리로 웃어젖힌다.

그녀는 온 광장을 배회한다. 그녀가 짐작하기로는 이른 오후다. 평소보다 광장이 덜 북적인다. 현지인들이 낮잠을 자고 있음에 틀림없다. '서로의 품에 안긴 젊은이들'.[16] 그녀는 씁쓸함이 밴 어조로 혼잣말을 한다. 내가 삶을 다시 산다면 다른 식으로 살 거야. 더 즐기면서. 이제 최종 검증의 단계에 이르러서 볼 때 이 글쟁이의 삶이 내게 어떤 점에서 유익했던가?

햇볕이 맹렬하게 내리쬔다. 모자를 써야 한다. 하지만 그녀의 모자는 합숙소에 있고, 공기도 안 통하는 그 공간에 다시 들어간다고 생각하자 몸서리가 쳐진다.

법정에서 벌어진 상황, 그 수모, 그 수치스러움이 아직도 그녀를 떠나지 않고 있다. 하지만 그 모든 것보다 깊은 차원에서 그녀는 이상하게도 계속 개구리의 마력에 사로잡혀 있다. 오늘은 개구리를 믿고 싶은 모양이다. 내일은 무엇을 믿게 될까? 각다귀? 메뚜

---

16 예이츠(William Butler Yeats)의 시 「비잔티움으로의 항해」(Sailing to Byzantium)에 나오는 구절.

기? 그녀의 믿음의 대상은 아주 무작위적인 것 같다. 그 대상은 예고 없이 튀어나와 그녀를 놀래고 그녀의 기분이 침울할 때에도 기쁨을 주기까지 한다.

그녀는 손톱으로 개구리를 톡 쳐본다. 돌아오는 음은 선명하다. 종소리처럼 선명하다.

'믿음'이라는 단어를 톡 쳐본다. '믿음'은 어떻게 기준을 충족하는가? 그녀의 테스트는 추상적 개념에도 효과가 있을까?

'믿음'에서 돌아오는 소리는 그만큼 선명하지 않지만 그래도 충분히 선명하다. 오늘 이 시간, 이곳에서 그녀에게 믿음이 없지 않다는 점은 명백하다. 이제 생각해보니 사실 그녀는 어떤 의미에서는 믿음에 의거해 산다. 그녀가 진정으로 자기 자신일 때 그녀의 마음은 잠시 멈춰 균형을 잡고는 계속 나아가면서 하나의 믿음에서 또다른 믿음으로 이행하는 것 같다. 여자아이가 시냇물을 건너는 장면이 떠오른다. 아울러 키츠의 시행이 떠오른다. '짐을 인 그녀의 머리를 가누며 개울을 건너는'.[17] 그녀는 믿음에 의거해 살고, 믿음에 의거해 일한다. 그녀는 믿음의 생물체다. 얼마나 다행인가! 그들, 그녀의 재판관들이 가운을 벗기 전에 (그리고 그녀의 마음이 변하기 전에) 다시 달려가서 말해줘야 할까?

믿음을 심문하는 역할을 자임하고 나서는 법정이 그녀를 통과시켜주지 않는다는 것은 놀라운 일이다. 틀림없이 그들은 예전에 다른 작가들, 다른 믿지 않으면서 믿는 자들disbelieving believers 또는 믿으면서 믿지 않는 자들believing disbelievers이 말하는 것을 들어봤을 것이다. 작가는 변호사가 아니고, 확실히 그들은 그 점을, 발언의 괴팍함을

---

17 키츠(John Keats)의 시 「가을에」(To Autumn)에 나오는 "짐을 인 그대의 머리를 가누며 개울을 건넌다"를 약간 바꿔 인용한 것.

참작해야 한다. 하지만 물론 이것은 법의 법정이 아니다. 심지어 논리의 법정도 아니다. 처음 받은 인상이 맞았다. 그것은 카프카나 『이상한 나라의 앨리스』에서 튀어나온 법정, 역설의 법정인 것이다. 처음이 마지막이 되고 마지막이 처음이 되리라. 아니면 그 반대거나. 머리에 짐을 인 채, 여자가 자기 모자를 바꾸듯이 자주(그런데 이 행은 어디서 왔을까?) 하나의 믿음에서 다른 믿음으로, 개구리에서 돌로, 비행기로 건너뛰면서 어린 시절의 일화들을 가지고 심리를 가볍게 통과할 수 있다는 점이 미리 보장된다면, 모든 청원자가 자전적인 이야기를 할 테고 법정 속기사는 자유연상의 흐름에 쓸려가버릴 것이다.

다시 그녀는 문 앞에, 누구라도 기꺼이 눈길을 준다면 틀림없이 그것을 볼 수 있을 테지만 그녀의 문, 그녀만의 문인 것이 명백한 그 문 앞에 있다. 언제나 그렇듯이 문은 닫혀 있다. 하지만 경비실 문은 열려 있고, 안에서는 여느 때처럼 그 경비, 그 관리인이 선풍기 바람에 가볍게 펄럭거리는 서류를 가지고 바쁘게 작업하고 있는 것이 보인다.

"오늘도 날이 덥네요." 그녀가 말한다.

"음." 그는 일을 멈추지 않고 웅얼거린다.

그녀는 주눅 들지 않으려고 애쓰면서 계속 말한다. "지나가면서 보니까 당신은 항상 뭔가 쓰고 있더군요. 당신도 어떤 의미에서는 작가인 거죠. 뭘 쓰고 있어요?"

"기록이에요. 기록을 최신으로 유지하는 거예요."

"난 방금 두번째 심리를 마쳤어요."

"잘됐네요."

"내 재판관들을 위해서 노래를 했죠. 내가 오늘의 노래하는 새였어요. 당신도 '노래하는 새'라는 이 표현을 쓰나요?"

그는 건성으로 고개를 가로젓는다. 아니란다.

"잘 못한 것 같아요. 내 노래 말이에요."

"음."

그녀가 말한다. "당신이 재판관이 아니라는 건 알아요. 그래도 당신이 판단하기에 내가 통과할 가능성이 있는 것 같아요? 만약에 통과하지 못하면, 지나갈 자격이 충분치 않다고 여겨지면 나는 여기에, 이곳에 영원히 머물게 되나요?"

그가 어깨를 으쓱한다. "우리는 모두 가능성이 있어요." 그는 단 한번도 올려다보지 않았다. 거기에 뭔가 의미가 있을까? 그녀의 눈을 똑바로 볼 용기가 나지 않는다는 의미일까?

그녀가 고집스럽게 말한다. "하지만 작가로서 말이에요, 작가에게 속한 특수한 문제들, 특수한 충실함fidelities이 있는 한 작가로서 나한테 얼마나 가능성이 있나요?"

충실함. 이 말을 꺼내놓고 보니 거기에 모든 것이 달려 있는 것으로 보인다.

그는 다시 어깨를 으쓱한다. "누가 알겠어요." 그가 말한다. "위원회에서 알아서 할 일이죠."

"하지만 당신이 기록을 보관하잖아요. 누가 통과하는지, 누가 못하는지 하는 것들. 당신도 틀림없이 어느 정도는 알 거예요."

그는 대답하지 않는다.

"나 같은 사람들, 내 상황에 놓인 사람들을 많이 보나요?" 그녀가 다급하게 말을 잇는다. 이제는 통제가 안 되고, 자기 귀에도 통제가 안 되는 것으로 들리고, 그 때문에 자신이 싫다. '내 상황에 놓인'. 그게 무슨 뜻인가? 그녀의 상황이 무엇인가? 자기 자신의 마음을 모르는 누군가의 상황?

그녀에게 문의 환영, 문 저쪽, 그녀가 거부당한 쪽의 환영이 나타난다. 문의 발치에 개 한마리가, 사자색 가죽에 수없는 난도질로 인한 흉터가 있는 늙은 개가 길을 막은 채 몸을 쭉 뻗고 엎드려 있다. 눈이 감긴 개는 선잠을 자며 쉬고 있다. 그 너머로는 모래와 돌이 무한히 펼쳐진 사막 외에는 아무것도 없다. 오랜만에 찾아온 환영인데, 그녀는 그것을 신뢰하지 않고, 특히 GOD-DOG의 애너그램[18]은 신뢰하지 않는다. '너무 문학적이야'라고 그녀는 또다시 생각한다. 망할 놈의 문학!

책상 저편에 앉은 남자는 질문에 진절머리가 난 것이 분명하다. 그가 펜을 내려놓고, 두 손을 깍지 끼고, 그녀를 가만히 바라본다. "늘 보죠." 그가 말한다. "우리는 당신 같은 사람들을 늘 봅니다."

---

18 철자 위치를 바꾼 어구.

그러한 순간에는 개, 쥐, 딱정벌레, 못 자란 사과나무, 언덕에 구불구불 나 있는 좁은 길, 이끼 낀 돌 같은 하찮은 피조물일지라도 내게는 더할 수 없이 아름답고 헌신적인 정인과의 행복한 하룻밤보다 더한 의미가 있어요. 이 말 없고 어떤 경우에는 생명도 없는 피조물들은 그토록 충만하게, 그토록 사랑스럽게 나를 향해 밀려들어서 나의 황홀한 눈길이 미치는 곳의 어느 것도 생명을 갖지 않은 것이 없지요. 마치 모든 것, 존재하는 모든 것, 내가 기억해낼 수 있는 모든 것, 나의 혼란스러운 생각이 가닿는 모든 것이 무언가를 의미하는 것 같습니다.

후고 폰 호프만슈탈
「베이컨 경에게 보내는 챈도스 경의 편지」(1902)

후기
프랜시스 베이컨에게 보내는
레이디 챈도스, 엘리자베스의 편지

경애하는 베이컨 경,

당신은 올 8월 22일에 저의 남편 필립이 보낸 편지를 받으셨을 것입니다. 어찌된 일인지는 불문에 부쳐주시기 바랍니다만 그 편지의 사본이 제 눈에 띄게 되었고, 이제 저는 그의 목소리에 제 목소리를 보태려 합니다. 당신이 제 남편이 광기의 발작, 이제는 지나갔을 발작 속에서 편지를 썼으리라 생각하실까 두렵습니다. 그렇지 않다는 점을 말씀드리려고 글을 씁니다. 당신이 그의 편지에서 읽으신 모든 것은 진실이고, 한가지 상황만이 예외입니다. 어느 남편도 사랑하는 아내로부터 그토록 극심한 마음의 괴로움을 숨길 수는 없지요. 요 몇개월 동안 저는 필립의 고통을 알고 있었고 그와 더불어 괴로워했습니다.

우리의 슬픔은 어떻게 생겨났을까요? 제 기억에는 이 고통의 시간 이전에, 그가 마치 홀린 사람처럼 세이렌과 드리아스[1]가 그려진 그림들을 바라보면서 그들의 발가벗은 반짝이는 몸에 들어가기를 갈망하던 때가 있었습니다. 하지만 월트서 어디에서 그가 그렇게 해볼 세이렌이나 드리아스를 찾을 수 있겠어요? 어쩔 수 없이 제가 그의 드리아스가 됐습니다. 그는 드리아스에 들어가고자 할 때 제게로 들어왔고, 그가 또다시 제게서 그녀를 발견하지 못했을 때 저는 그의 눈물이 제 어깨로 떨어지는 것을 느꼈습니다. '하지만 조금만 더 있으면 내가 당신의 드리아스가 되고 당신의 드리아스 말을 하는 법을 배울 거예요.' 저는 어둠 속에서 이렇게 속삭였어요. 하지만 그에게 위로가 되지는 못했죠.

저는 현재의 시간을 고통의 시간이라 부르지만, 나의 필립과 함께 있을 때는 제게도 영혼과 몸이 하나인 순간, 제게서 천사의 말이 터져나오려는 순간이 찾아옵니다. 저는 마법에 사로잡힌 이런 상태를 '나의 황홀경'이라 부르지요. 이 황홀경은──저는 얼굴을 붉히지 않고 이 글을 씁니다. 얼굴을 붉힐 만한 순간이 아니지요──제 남편의 품에 안겼을 때 찾아옵니다. 제게는 그만이 안내자입니다. 저는 다른 어떤 남자를 통해서도 그런 것은 알지 못할 겁니다. 영혼과 몸인 그는 말 없는 말로 저에게 말합니다. 영혼과 몸인 그는 제 안에 더이상 말이 아닌 것, 불타오르는 검인 것을 밀어넣습니다.

경, 우리는 그렇게 살도록 되어 있지 않습니다. 나의 필립이 제 안에 '불타오르는 검', 말이 아닌 검을 밀어넣는다고 저는 말합니다. 하지만 그것은 불타오르는 검도 아니고 말도 아닙니다. 언제나 이것을 위해서 저것을 말하는 것, 그것은 전염병 같습니다.('전염

---

1 그리스 신화에 나오는 나무와 숲의 요정.

병 같습니다'라고 저는 말합니다. '쥐떼의 창궐'이라고 말하려다 겨우 자제했어요. 요즘에는 주변 어디에나 쥐들이 있으니까요.) 나그네같이(이 표상을 마음에 담아두시기 바랍니다), 나그네같이 저는 버려진 어두컴컴한 방앗간에 발을 들이고, 갑자기 습기 때문에 썩은 바닥 널이 발밑에서 꺼져내려 제가 쏜살같이 흐르는 방앗간 물에 빠져버리는 것을 느낍니다. 하지만 저는 그것(방앗간 안의 나그네)이면서 그것이 아니기도 합니다. 또한 계속해서 제게 닥쳐오는 것은 전염병도 쥐떼의 창궐도 불타오르는 검도 아니고 다른 어떤 것입니다. 언제나 그것은 제가 말하는 것이 아닌 다른 어떤 것입니다. 그래서 앞에서 그렇게 쓰는 것입니다. 우리는 그렇게 살도록 되어 있지 않습니다라고요. 그렇게 사는 것, 말뜻들이 썩어가는 널처럼 발밑에서 꺼져내리는 상황 속에서 사는 것은 극단적인 영혼들에게만 주어진 몫일지 모릅니다.('썩어가는 널처럼'이라고 저는 다시 말하는데, 저도 어쩔 수가 없네요, 당신이 저의 고통과 제 남편의 고통을 절실히 느끼게 하려면 그럴밖에요, '절실히 느끼게'bring home라고 저는 말하는데, 집home은 어딘가요, 집은 어딘가요?)

　우리는 그렇게 살 수 없습니다, 그도, 나도, 존경하는 경, 당신도. (왜냐하면 그의 편지, 그의 편지가 아니라면 제 편지의 작용으로 당신이 전염병이되 전염병이 아닌 것에, 다른 어떤 것인, 언제나 다른 어떤 것인 전염병에 감염되지 않으리라고 누가 말할 수 있겠어요?) 제가 언급하는 그런 극단적인 영혼들이 그들의 고통을 견딜 수 있게 될 때가 올지도 모르지만 그때가 지금은 아니에요. 만에 하나 그런 때가 온다면 그것은 거인들이나 어쩌면 천사들이 땅을 활보하는 때일 거예요. (저는 더이상 자제하지 않아요, 이제 지쳤어요, 저는 표상들figures에 저를 맡겨요, 보이시나요, 경, 제가 어떻게 통제력을 잃었는지? 그것을 '나의 황홀경'이라고 부르지 않을 때는 '흥분'rush이라고 불러요, 흥분과 황홀경은 같지 않지요, 어떻게 같지 않은지는 설명하지 못하겠지만, 그래도 제 눈에는 분명해 보여요, '제 눈'이라고 저는 말해요, '제 내면의 눈'이라고, 마치 저의 내면에 눈이 있어서, 열병식을 하는 군인들처럼 말들이 지나갈 때 그것을 하나하나 쳐다보는 것처럼요, '열병식을 하는 군인들처럼'이라고 저는 말해요.)

모든 것은 알레고리다, 하고 나의 필립은 말합니다. 각각의 피조물은 다른 모든 피조물의 단초라고요. 햇빛 한조각을 받고 앉아 자기 몸을 핥고 있는 개는 한순간에는 개지만 다음 순간에는 계시의 담지자라고 그는 말해요. 어쩌면 그가 진실을 말하고 있는지 몰라요, 어쩌면 우리 창조자('우리 창조자'라고 저는 말해요)의 마음속에서 우리는 마치 물방아의 물줄기 속에 있는 것처럼 빙빙 돌면서 수천의 동료 피조물들과 서로 침투하고 침투되는지 몰라요. 하지만 당신에게 물어볼게요, 밤낮으로 저를 뚫고 기어다니면서 빠지고 헐떡이고 할퀴고 잡아당기고 저를 계시로 점점 더 깊숙이 몰아넣는 쥐들, 개들, 딱정벌레들과 제가 어떻게 같이 살 수 있겠어요, 도대체 어떻게요? 저는 소리치고 싶어요, 우리는 계시에 적합하게 만들어지지 않았어요, 나도, 나의 필립, 당신도, 태양을 응시하는 것처럼 눈을 그슬리는 계시 말이에요.

친애하는 경, 저를 구해주세요, 제 남편을 구해주세요! 편지를 써주세요! 아직 그 시간이 오지 않았다고, 거인들의 시간, 천사들의 시간이 오지 않았다고 그에게 말해주세요. 우리는 아직 벼룩들의 시간 속에 있다고 말해주세요. 이제 말은 그에게 닿지 않아요, 말은 깨지고 산산조각 나요, 마치('마치'라고 저는 말해요), 마치 수정 방패가 그를 지켜주고 있는 것 같아요. 하지만 그는 벼룩들은 이해할 거예요, 벼룩들과 딱정벌레들은 여전히 그의 방패를 지나 기어가요, 쥐들도요, 그리고 가끔은 그의 아내인 저, 그래요, 귀공, 가끔은 저도 그걸 뚫고 기어가요. 그는 우리를 '무한의 현존들'이라고 부르고, 우리가 자기를 전율하게 만든다고 말해요. 실로 저는 그 전율을 느꼈어요, 제 황홀경의 경련 속에서 저는 그것을 느꼈어요, 너무나도 많이 느껴서 그게 그의 것인지 아니면 제 것인지 더이상 알 수가 없을 정도였어요.

필립은 말해요.(저는 그 말을 적어두었어요.) '라틴어도 영어도 스페인어도 이딸리아어도 내 계시의 말을 감당하지 못할 거요.' 실로 그래요, 그의 그림자인 저조차도 제 황홀경 속에 들어가 있을 때는 그걸 알아요. 하지만 제가 당신에게 편지를 쓰듯이 그는 당신에게, 석공이 벽돌로 벽을 축조하듯이 말들을 고르고 배치해 판단을 축조하는 데서 누구보다 명성이 높은 당신에게 편지를 씁니다. 물에 빠지면서 우리는 우리 각자의 운명에 따라서 편지를 씁니다. 우리를 구해주세요.

1603년 9월 11일
엘리자베스 C. 배상

작품해설

믿음을 믿지 않는 작가의 불편한 도발

『엘리자베스 코스텔로』(*Elizabeth Costello*)는 J. M. 쿳시(J. M. Coetzee)의 아홉번째 장편소설이다. 잘 알려져 있듯이 쿳시의 수상 경력은 화려하다. 그는 『마이클 K의 삶과 시대』(*Life & Times of Michael K*, 1983)와 『치욕』(*Disgrace*, 1999)으로 두번 부커상을 받았고 이어 2003년에는 노벨 문학상을 받았으며 그밖에도 여러 나라에서 다양한 수상의 영예를 안았다. 세계 독자들의 마음을 사로잡은 그의 문학의 가장 큰 특징은 무엇일까? 아마도 그것은 '불편함'일 것이다. 평론가 마이클 벨의 말대로 쿳시는 "읽기 불편한" 작가임에 틀림없다.[1] 여기서의 불편함은 심오한 모더니즘 텍스트나 현란한 포스트모더니즘 텍스트가 주는 불편함과는 다른 종류다. 그것은 무엇보다 정치적이고 윤리적인 불편함이다. 이야기가 기성관념들을 뒤흔들어놓고는 끝내 이념적 안착을 거부하는 데서 오는 불편함인 것이다.

1940년 남아프리카연방(1961년 이후 남아프리카공화국) 케이프타운에서 네덜란드계 정착민의 후손으로 태어나 아파르트헤이트 체제와 그 지난한 종식 과정을 체험한 쿳시에게 정치는 선택의 문제가 아니었던 것 같다. 『어둠의 땅』(*Dusklands*, 1974)에서 시작해서 2002년 호주로 이주하기 전까지 그가 쓴 거의 모든 소설이 그렇지만, 특히 『야만인을 기다리며』(*Waiting for the Barbarians*, 1980) 『마이클 K의 삶과 시대』 『포』(*Foe*, 1986) 『철의 시대』(*Age of Iron*, 1990)는 백인 작가의 역사적 자의식에 투영된 식민주의의 야만적 폭압과 흑인·유색인의 참혹한 고통을 강렬하면서도 담백한 언어로 그려낸다. 그러나 바로 그 자의식, 자신이 조상의 죄과에서 자유로울 수 없을 뿐 아니라 여전히 가해자의 언어로 사고하고 작품을 쓴다는 자의식은 그로 하여금 흑인과 유색인의 목소리를 적극적으로 대변하기보다 그들의 강요된, 또는 자발적인 침묵을 그려내는 쪽을 택하게 만든다. 그는 그들의 대변자나 번역자가 될 자격을 그 자신에게서 박탈한 셈이다. 군의관에게 끝내 자기 이야기를 들려주지 않는 마이클 K(『마이클 K의 삶과 시대』), 혀가 잘려 말을 못하는 노예 프라이데이(『포』) 등은 비(非)백인으로 설정된 주인공에 대한 작가의 시선과 그에 따른 서술 전략을 단적으로 드러내주

1 Michael Bell, "The Novelist, the Lecturer, and the Limits of Persuasion: J. M. Coetzee and Elizabeth Costello on the Lives of Animals and Men," *Open Secrets: Literature, Education, and Authority from J-J. Rousseau to J. M. Coetzee* (Oxford: Oxford University Press 2007) 217면.

는 형상들이다.

　이에 따른 정치적·윤리적 결과는 흥미롭다. 쿳시는 아프리카 원주민의 삶과 고통에 주목하고 종종 그들을 묘사의 중심에 두면서도, 가령 비슷한 연배인 케냐의 응구기 와 티옹오(Ngugi wa Thiong'o)와는 대조적으로 현실에 존재하는 흑인해방 운동에는 피상적인 눈길만 던짐으로써 정말 원주민의 편에 서 있는 것이 맞느냐는 비난 섞인 물음을 자초한다. 그렇다고 그를 온건한 백인 자유주의 지식인으로 분류할 수 있는 것도 아니다.『치욕』을 비롯한 여러 작품은 어쩌면 작가 자신에게 가장 친숙한 문화일 서구 자유주의 문화의 부적절함, 즉 자유주의적 권리나 정의, 또는 사회적 합의의 담론은 아프리카의 현실을 설명할 수도, 변화시킬 수도 없다는 데 대한 날카로운 통찰을 담고 있다. 결국 쿳시는 정치의 차원에서 그야말로 애매하고 거의 불가능한 지대로 자신을, 그리고 독자인 우리를 몰아넣는다. 대체로 그의 작품에는 정치적 동일시의 대상이나 지점이 부재한 것처럼 보인다.

　윤리의 차원에서도 마찬가지다. 쿳시의 독자 대부분은 개인의 존엄성과 자기결정권을 존중하는 자유주의, 타자를 포용하고 소수자에 공감하는 더 '따뜻한' 공동체주의나 사회민주주의, 또는 개인적·집단적 차이를 존중하는 다문화주의적 도덕원리를 내면화하고 있을 것이다. 쿳시는 이런 근대적·후기근대적 원리들이 파산하는 지점으로 이야기를 몰고 가곤 한다.『치욕』에서 백인 여성 루시는 자신을 강간한 흑인들을 고발하지도, 아프리카 땅을 떠나지도 않고, 자기를 '보호'해주겠다는 흑인에게 자기 땅을 양도하고 강간으로 생긴 아이를 낳아 기르기로 작정한다. 이 문제적 결정은 단순한 굴종이 아닐뿐더러, 신체에 대한 자기결정권은 물론 포용이나 용서와도, 차이의 존중과도 아무 상관이 없다. 일반 독자의 입장에서 불편하기 짝이 없는 루시의 처신은 포스트아파르트헤이트 시대의 새로운 권력관계를 반영하는 면이 있다. 그러나 그게 전부라면 독자의 불편한 감정은 최소한에 그칠 것이다. 작가는 사태를 바라보는 흑인의 관점을 결코 내부로부터 제시하지 않고, 따라서 흑인에 대한 독자의 공감 가능성을 철저히 차단한 채, 피해자가 된 백인 여성 주인공으로 하여금 기존의 어떤 도덕률로도 정당화되지 않는 선택들을 해나가도록 함으로써 독자의 마음이 오갈 데 없이 인물들 사이사이를 떠돌게 만든다. 하지만 이것도 전부가 아니다. 작품 말미에 루시는 "개처럼" 아무것도 없이, 어떤 재산도, 권리도, 품위도 없이 바닥에서 시작하는 것이 어쩌면 "다시 시작하기에 좋은 지점"일 것이라고 말한다.[2] 이 말은 정치적 발언이자 윤리적 발언이다. 아프리카의 백인들을 향해서 그것은 진정으로 원주민들과의 새로운 관계를 원한다면 기득권을 내려놓는 것은 물론, 줄곧 당연시해온 서구적 권리 개념, 나아가 인간 관념과 깨끗이 결별하라고 말하는 것이다. 더 광범위한 독자들을 향해서 그것은 인간과 인간성에 관한 어떤 전제도 없이, 어떤 선험적 관념도 없이, 그러나 생존이 아닌 삶의 관계를 위해, 동물적 존재 그 자체로 다른 존재와 마주하라고 말하는 것이다. 물론 이는 아파르트헤이트 이후에도 여전히 땅을 두고, 재산을 두고, 권리를 두고 다투고 있는 아프리카의 백인들이 받아들이기 어려운 말이고, 서구인의 우월함은 아니더라도 인간의 특별한 위엄과 이런저런 윤리적 명제를 믿고 있는 현대의 독자들이 동조하기 어려운 말이다. 그마저도 선명한 이념,

---

2 J. M. Coetzee, *Disgrace* (New York: Penguin Books 1999) 205면.

토론하고 논박할 수 있는 이념의 표명이라기보다 궁지에 몰린, 아니, 삶을 찾아서 스스로 궁지로 기어들어간 주인공의 아득한 의식으로부터 전해지는 정동(affection)의 울림처럼 들리고, 그래서 더욱 불편하다.

그러나 어쩌면 그렇기에 더욱 우리는 그 불편함 속에 머물게 된다. 우리는 불편함에도 불구하고 쿳시의 책을 읽는 것이 아니라 바로 그 불편함 때문에 읽는다. 그의 책이 주는 불편함은, 다시 벨의 표현을 빌리면, "그의 진정성(authenticity)의 표지"[3]인 것이다. 모든 진정성의 경험은 불편하고, 경이롭다.

『치욕』에 관한 이야기를 다소 길게 한 것은 그것이 여전히 쿳시의 대표작인데다 『엘리자베스 코스텔로』의 직전 작품이고, 더욱이 후자에서 전면에 부각될 '동물 문제'가 거기서 이미 주제적으로 중요한 비중을 차지하기 때문이다.

『엘리자베스 코스텔로』는 쿳시가 호주로 이주한 뒤에 내놓은, 그러니까 세기가 바뀌고 나서 출간한 첫번째 장편이다. 그리고 아주 독특한 소설이다. 장편이라기보다 같은 주인공이 등장하는 단편 연작에 가까운데, 실제로 마지막 두편 「에로스」와 「문 앞에서」를 제외한 나머지 여섯편과 「후기」는 장편이 나오기 전에(일부는 2000년대 이전에) 별도로 다른 매체에 실리거나 단행본으로 출간된 이력이 있다. 물론 이미 발표된 이야기들이 장편으로 묶여 나오는 것은 전혀 드문 일이 아니다. 특이한 점은 각각의 이야기들이 '장'(chapter)이 아니라 '강'(lesson)으로 분류된 데서 짐작할 수 있

---

3 Bell, 앞의 책 217면.

듯이 대부분 강연이나 연설을 중심으로 이야기가 전개된다는 데 있다. 앞의 여섯강에서는 노작가인 엘리자베스 코스텔로나 그 주변 인물의 수상 연설, 초청 강연, 학위 수락 연설, 인터뷰 등과 그에 따른 크고 작은 갈등이 서사의 줄기를 이룬다. 마지막 두강은 경우가 좀 다르지만 그 나름대로 소설과 비소설의 경계에 위치한 애매한 장르의 담론을 내포하고 있다. 앞의 여섯강은 쿳시 자신이 행한 강연에 기초하고 있는데,[4] 종종 그는 강연장에서 통상의 강연 원고 대신 소설을 읽는다. 2003년의 노벨 문학상 수상 연설문도 대니얼 디포(Daniel Defoe)의 『로빈슨 크루소』(*Robinson Crusoe*)에 나오는 크루소와 이 작중인물이 상상하는 가상의 디포를 등장시킨 포스트모던 소설이었다. 『엘리자베스 코스텔로』의 초고나 다름없는 쿳시의 '강연' 원고들은 일반적 의미의 강연이나 연설이 이야기 안에 배치된 소설들이다. 마치 강연장에서 말하고 있는 자신을 실시간으로 패러디하듯이, 작가는 '리얼리즘이란 무엇인가?'처럼 자신이 강연 제목으로 내놓은 바로 그 주제로 사람들 앞에서 연설하는 가상의 작가를 주인공으로 내세운 소설을 강연장에서 읽는다. 현실의 상황이 소설 속에 들어가 있고, 초점에서 벗어난 청중의 반응을 포함한 소설적 상황이 현실로 튀어나와 재연된다. 모든 강연이 얼마간 퍼포먼스의 성격을 띠지만, 쿳시가 강연장에서 시도한 소설 읽기는 실로 뛰어난 포스트모던 퍼포먼스였다고 할 수 있다. '퍼포먼스'(본문에서는 '수행'이나 '연기'로 옮긴)는 이 책에 실린 「리얼리즘」「아프리카에서의 소설」「동물의 삶」 등에서 여러번 반복되는 말이기두 한데, 우리가 그 퍼포먼스의 상황을 염두에 두면 이

---

4 쿳시의 강연들에 대해서는 Derek Attridge, *J. M. Coetzee & the Ethics of Reading: Literature in the Event* (Chicago: University of Chicago Press 2004) 192~96면 참조.

야기들은 더 흥미롭게 읽힐 것이다.

그런데 그 퍼포먼스와 별개로 강연들, 그것도 카프카(Franz Kafka)의 원숭이의 '보고'처럼 거의 지식인 청중을 대상으로 한 강연들이 지면의 상당 부분을 차지하는 이 작품은 정말 소설일까? 작중인물인 코스텔로는 그저 작가의 아바타가 아닐까? 강연장에서 읽히는 소설 속에 강연 상황이 들어가 있는 미장아빔(mise en abyme)의 구조는 강연 내용에 대해 예상되는 공격을 미리 차단하기 위한 속 보이는 장치가 아닐까?(쿳시는 '동물의 삶'에 관한 '강연'을 마치고 받은 질문에 당사자로서 답하는 대신 "엘리자베스 코스텔로가 말하려는 바는 이런 것 같아요……" 식으로 에둘러 답변했다고 한다.[5]) 작품의 장르와 주인공의 정체를 둘러싸고 이런 질문들이 꾸준히 제기되어온 것은 당연하다. 사실 코스텔로는 여성이긴 하나 쿳시와 닮은 점이 많다. 우선 그녀는 세계적 명성을 얻은 노작가다. 그녀는 40대 초에 내놓은『에클스가의 집』이라는 소설로 유명해졌는데, 이것은 쿳시가 40대 중반에 선보인『포』와 마찬가지로 시대정신에 따른 고전 다시쓰기를 시도하는 작품이다. 제목도 절묘한『포』('Foe'는 일반명사로는 '적敵'이라는 뜻이지만 작가 디포를 연상시키기도 한다)가 흑인 노예 프라이데이에 초점을 맞춰『로빈슨 크루소』의 이야기를 다시 써낸 것이라면,『에클스가의 집』은 제임스 조이스(James Joyce)의 대작『율리시스』(Ulysses)를 원작의 주인공인 레오폴드 블룸의 아내 매리언 블룸을 주인공으로 삼아 다시 써낸 것이다. 세계 여러곳의 대학에서 수상 연설이나 초청 강연을 한다든지, 저널리즘에 어쩔 수 없이 자신

....
5 같은 책 193면.

을 노출시키면서도 그것을 불편해한다든지, 나이 들어가는 데 대한 자의식을 드러낸다든지 하는 점도 두 작가에게 공통적인 특징이다. 코스텔로와 쿳시의 출신지는 다르지만 진작부터 호주에 호감을 가졌던 쿳시가 『엘리자베스 코스텔로』를 출간하기 전에 그곳에 정착했고 출간 후 3년이 지난 2006년에는 호주 시민권을 얻은 점, 심지어 '코스텔로'와 '쿳시'의 발음이 유사한 것과 코스텔로의 아들 이름이 쿳시의 이름인 '존'이라는 점도 평자들 사이에서 종종 거론된다. 이 모든 '간접증거'들에 더해서, 코스텔로의 강연이 쿳시 자신의 말을 대신 하는 것이라는 더 직접적인 증거를 찾아 보여주는 것도 가능할 것이다. 가령 코스텔로의 청중들뿐 아니라 쿳시의 많은 독자들에게도 충격과 불편함을 안겨준 「동물의 삶」 1, 2의 강연들과 관련해서는, 쿳시가 1995년 영국 잡지 『그랜타』(Granta)에 기고한 평론 「고기의 나라」(Meat Country)와 2006년 호주의 동물보호단체 '보이스리스'(Voiceless)에 보낸 연설문, 그리고 이런저런 인터뷰 내용을 수집해서 작가와 그가 창조한 또 한명의 작가의 생각이 하나로 수렴된다는 점을 증명하려는 시도가 있었다.[6]

그러나 코스텔로가 던지는 말들의 발원지가 작가 자신이라는 것이, 설령 그게 사실이라 해도, 꼭 그녀가 작가의 분신에 불과하다거나 그녀를 주인공으로 하는 소설이 사실상 소설이 아닌 사상서나 선전책자라는 것을 뜻하지는 않을 것이다. 물론 우리가 그녀의 사상이나 입장에 반응하는 것은 독서의 중요한 일부이고, 이는 그녀가 작가와 아주 다른 생각을 지녔더라도 마찬가지다. 코스텔로

---

6 Karen Dawn and Peter Singer, "Converging Convictions: Coetzee and His Characters on Animals," *J. M. Coetzee and Ethics: Philosophical Perspectives on Literature*, ed. Anton Leist and Peter Singer (New York: Columbia University Press 2010) 109~18면.

의 강연과 그밖의 발언들이 제기하는 문제는 동물과 인간의 관계를 비롯해서 인간성과 동물성의 본질, 공감의 가능성, 인문학의 본질, 문학과 문학적 언어의 본질, 문학과 윤리, 신념의 진정성, 작가적 삶의 의미까지 제법 심오하고 다양하다. 이 문제들에서 코스텔로가 어떤 관점에 서 있는지를 파악하는 것, 나아가 그 관점에 동조할지 말지를 고민하는 것은 깊은 사유의 산물인 이 작품의 가치를 이해하고 전유하는 데 필요한 일임이 분명하다. 그녀의 관점 자체가 단순하지 않기 때문에 더욱 그러하다.(가령 그녀는 인간중심주의에 반대하지만 마찬가지로 그것에 반대하는 환경론에는 비판적이다.)

하지만 작품에 대한 이해는 그녀의 강연에서 어떤 관점이나 입장을 추출하고 거기에 반응하는 것 이상의 일을 요구한다. 우선 우리는 코스텔로가 제기하는 문제 자체에 못지않게 그 제기의 방식에 주목할 필요가 있다. 왜 그녀의 말은 그토록 도발적인지, 왜 어떤 지점에서 그녀는 토론을 거부하는 듯한 인상을 주는지 생각해보아야 하는 것이다. 또한 우리는 그녀의 실패에 주목해야 한다. 강연에 이은 장면들은 그녀가 청중과의 소통에 실패했음을, 그리고 그녀 자신도 그것을 잘 알고 있음을 보여준다. 그러나 여기에 등장하는 청중은 '바보들'이 아니다. 어설픈 질문을 던지는 사람도 있지만 제법 날카로운 논평을 가하는 경우도 있다. 「동물의 삶 2」에서 코스텔로와의 공개 토론에 나선 철학교수 오헌은 그녀의 생각을 제대로 이해했느냐는 문제와는 별개로 그녀보다 더 논리정연하게 자기 입장을 개진한다. 강연장에서 발언하지 않는 사람들 중에도 따로 항의성 쪽지를 전한 시인 스턴, 부글거리는 속내를 현장에서 다 드러내지 못하는 철학박사 며느리 노마, 자기 어머니의 문제점을 알면서 속으로만 되뇌는 아들 존 등은 코스텔로의 반대편이나 적어도 바깥쪽에서 자기 나름대로 합리적인 입장을 대변하는 역할을 한다. 코스텔로와 쿳시의 생각이 어떤 지점에서 연결되어 있음은 의심할 수 없지만, 작가는 주인공의 말을 다양한 담론들과의 표면적·이면적 '대화'의 상황 속에 배치했고 독자가 그 상황의 한가운데로 지나가면서 판단을 조율할 수 있도록 했다. 이야기들에 붙인 '교훈'(lesson, 강)이라는 명칭이 독자 못지않게 코스텔로가 배울 점을 가리키고 따라서 아이러니를 함축한다는 애트리지의 말[7]은 그래서 설득력이 있다. 그러나 코스텔로의 생각과 다른 이들의 생각은 쉽게 '종합'되는 성질이 아니며 심지어 같은 층위에서 비교될 수 있는 것인지조차 의심스럽다. 그녀의 말처럼 "토론이란 공통된 기반이 있을 때에만 가능"하고(150면) 이는 비교의 경우에도 마찬가지인데, 이 경우에는 그 '기반'이 부재할 뿐 아니라 그녀가 일반적으로 제시되는 '기반'인 합리성 자체를 문제 삼고 있는 것으로 보이기 때문이다. 그녀의 편에 서는 것도 문제를 해결하지 못한다. 우리는 자연스럽게 주인공의 생각에 더 무게를 두게 되지만, 그 생각에 정착하려는 순간 다른 편의 목소리가 사라지기는커녕 유령처럼 더 집요하게 따라붙는 느낌을 받는다. 『엘리자베스 코스텔로』는 '불편한' 소설이다. 문제제기의 급진성이 불편하고, 주인공과 독자가 처하게 되는 곤경도 불편하다. 게다가 소설적 상황 한가운데에 강연의 담론이 자리하고 있어 미학적으로도 불편하다. 하지만 이런 불편함이 다른 소설에서 좀처럼 가보지 못하는 사유와 정동의 깊은 골로 우리를 이끈다.

---

7 Attridge, 앞의 책 197~98면.

첫번째 이야기 「리얼리즘」은 쿳시가 1996년 미국의 베닝턴 대학에서 읽은 '리얼리즘이란 무엇인가?'라는 제목의 이야기를 수정해서 장편에 삽입한 것이다. 1995년 스토우상 수상자로 선정된 예순여섯살의 노작가 엘리자베스 코스텔로가 호주 멜버른에서 펜실베이니아의 앨토나 대학으로 와서 쿳시의 강연과 동일한 제목의 연설을 하고 연설 전후로 세차례의 인터뷰를 소화하는 것이 주된 플롯이다. 이야기 전체를 관장하는 서술자의 목소리는 코스텔로의 말과 행동을 묘사할 때 대체로 그녀의 여행에 동행한 아들 존의 의식을 따라간다. 존은 우리에게 사건과 그 맥락을 알려주고 코스텔로의 의도를 해석하거나 견제하며 독자적인 작중인물로서의 행보(특히 라디오 인터뷰 진행자인 수전 모비어스와의 짧은 연애)를 통해 부차적인 줄거리를 제공하는 다중적인 역할을 수행한다.

앞의 두 인터뷰 장면이 보여주는 것은 코스텔로에 대한 사람들의 기대와 그녀 자신의 생각 사이에 가로놓인 의미심장한 간극이다. 그것은 세대적 간극이기도 하고 (젠더 정치와 관련된) 문화적 간극이기도 하다. 존의 말대로 아무도 듣고 싶어 하지 않는 리얼리즘을 주제로 내건, 게다가 자기 문학의 영속성에 대한 회의로 끝을 맺는 그녀의 수상 연설은 작가와 청중(독자)의 간극을 더 선명하게 드러낸다. 마치 그녀는 '한물간' 자신의 모습을 의식하면서, 그래도 아직 자신을 우러러보는 청중에게서 스스로 더 소외되기로 작정한 것 같다. 이는 쿳시의 미래의 자아상일까? 언젠가는 시대의 변화를 마주할 수밖에 없는 '성공한' 작가의 자기성찰? 그럴 수 있지만, 어쩌면 그것은 더 일반적인 문학의 운명을 아무런 환상도 없이 그려 보이는 것일지 모른다. 대개 작가는 (리얼리즘, 포스트모더니즘 등으로 지칭되는) 독서의 관습과 독자 대중의 감수성에 부합하는 책을 내놓으려 하지만 그렇게 나온 책은 자의적인 해석의 공간을 떠돌다가 무관심의 나락으로 떨어진다. 게다가 리얼리즘은 물론, 문학 자체가 "바닥이 꺼져버린" 상황에 처했다. 이제 문학은 자신의 가치가 무엇인지 더이상 자신 있게 말할 수 없는 것이다.

코스텔로의 연설 내용 중 리얼리즘이 의존하던 '말-거울'이 깨졌다는 등의 언사는 오늘날 새로울 것이 없고 오히려 진부한 감을 준다. 새롭다면 카프카의 단편 「학술원에 보내는 보고서」를 언급한 것인데, 이 대목에서 그녀가 하려는 말의 진정한 핵심은 연설에서가 아니라 귀국길에 공항에서 나누는 모자의 대화에서 드러난다. "카프카의 원숭이는 삶 속에 박혀 있어. 중요한 건 그 박혀 있음이지, 삶 자체가 아니야"라는(48면) 말이 그것이다. 여기에 쓰인 '박혀 있음'의 원어 'embeddedness'는 내장되어 있음, 심겨 있음, 단단히 박혀 있음 등을 뜻한다. 카프카의 원숭이 형상은 실제의 원숭이를 사실적으로 그럴듯하게 묘사한 것은 아니지만 그럼에도 분명히 원숭이의 삶, 동물의 삶에서 나온 것이다. 그것이 인간 부류에 대한 알레고리, 가령 유럽의 유대인에 대한 알레고리가 아닌 한, 말하는 원숭이는 '비인간 동물'에서 '인간 동물'로의 진화와 그 과정에서 상실된 것들을 표상한다.[8] 이 원숭이에 대한 코스텔로의 언급은 삶의 세부를 충실히 재현하고자 한 사실주의에서 자연주의에 이르는 흐름에 거리를 두는 것으로 들린다. 그러나 그것은 또한 의도치 않게 리얼리즘의 본질을 적시한다. 영어권에서는 리얼리즘이 '말-거울' 개념에 함축된 것과 같은 협소한 반영론과 등치되는 경향이 있지만, 쿳시 자신을 포함해서 "삶 속에 박혀 있"는 문학은 추상이

....
8 이에 관해서는 신지영 「카프카의 동물이야기에 나타나는 "인간화 기계" ─ 『변신』과 『학술원에 드리는 보고』를 중심으로」, 『카프카연구』 28(2012) 47~72면 참조.

아닌 구체, 고립이 아닌 관계, 관념이 아닌 현실, 영구불변의 진리가 아닌 상황적 진리를 지향한다는 의미에서 '리얼리즘 정신'을 구현한다고 할 수 있다. 이런 차원에서는 협소한 의미의 리얼리즘과 그에 대응하는 모더니즘, 포스트모더니즘의 구별은 별 의미가 없을 것이다. 아울러 '삶 자체'와 '삶 속에 박혀 있음'을 구별하는 코스텔로의 논리가 남아공 시절의 쿳시에게 가해진 비판에 대한 응답의 성격을 띠고 있음을 상기할 필요가 있겠다. 주지하듯이 쿳시는 충분히 재현적이지 않고 리얼리즘적이지 않다는, 그래서 충분히 정치적이지 않다는 비판에 시달려왔다. '삶 속에 박혀 있음'은 문학이 정치로 함몰되지 않고 탈정치로 내닫지도 않으면서 정치와 윤리 사이의 그 비좁고도 풍요로운 지대에서 번성할 수 있고 번성해야 함을 지시하는 말이 아닐까.

첫번째 이야기의 서술 양식은 이 책의 다른 어느 곳과도 같지 않다. 리얼리즘의 '말-거울'이 깨져서 조각났음을 감각적으로 보여주겠다는 듯이 서술자는 이야기 사이사이에 "건너뛴다"(we skip)고 말하는가 하면 이런 '수행'(퍼포먼스)이나 스토리텔링에 대해 사설을 늘어놓기도 한다. 쿳시의 소설에서 이런 메타픽션의 요소는 낯설지 않다. 그러나 어느 작품에서도 포스트모더니즘적인 자기지시성이 서사를 압도하고 독자를 삶에서 빼내오는 법은 없다.

'아프리카에서의 소설'은 쿳시의 1998년 강연 제목인데, 「아프리카에서의 소설」에서 그것은 코스텔로가 아니라 나이지리아 출신 작가 이매뉴얼 에구두의 강연 제목으로 등장한다. 코스텔로와 에구두는 오래전에 잠시 잠자리를 같이한 사이로, 크루즈선에서 부자들에게 제공되는 강연에 연사로 참여한 코스텔로는 아예 직업적으로 강연을 하고 다니는 에구두와 재회한다. 자신의 강연에서 그녀는 '소설의 미래'라는 주제로 상투적인 말을 늘어놓지만 그 자신도, 청중도 별 감흥이 없다. 에구두가 들려주는 것은 아프리카의 구비전승과 "탈체화(disembodiment)의 길"을 따라 나아간 서구 소설을 대비시키고 이에 곁들여 아프리카 작가들의 경제적 곤궁을 환기시키는, 역시 상투적인 내용이다. 하지만 이번에는 청중이 큰 박수로 화답한다. 그의 주장에 코스텔로는 속으로 반발하고 저녁 술자리에서 그를 대놓고 비판하는데, 능청스러운 에구두의 반응에 더욱 부아가 돋는다. 매쿼리섬 관광에 나선 코스텔로는 커다랗고 하얀 앨버트로스 한마리와 어미의 품에서 사람을 경계하고 있는 새끼를 발견한다.

코스텔로의 불만은 구비전승 자체를 향한다기보다는 구비전승의 관념에 기댄 아프리카 소설가(그리고 아프리카 출신의 강연자)와 서구 문학시장(그리고 서구 강연시장)의 공모를 향한다. 에구두는 아프리카 소설이 "몸과의 접촉을 잃지 않"은 체화된 소설임을 강조한다. 이에 대한 코스텔로의 생각은 "이국풍과 그것의 유혹"이라는 말에 압축되어 있다. 아프리카 소설가들은 "글을 쓰는 내내 자기들 책을 읽어줄 외국인을 어깨 너머로 힐끔거리고"(71면) 있다는 것, 다시 말해 그들은 아프리카인을 위해 쓰지 않고 서구 독자를 위해 쓰며, 이국적인 것을 상품화해서 서구인의 눈앞에 전시하는 데 목매고 있다는 것, 그러나 그 결과는 형편없는 문학의 양산이라는 것 — 이것이 코스텔로가 에구두와 그가 칭송하는 아프리카 소설에 가하는 일침이다.

코스텔로의 문제제기는 정당하다. 이국풍의 추종 혹은 다문화주의적인 장사는 결국 백인의 시선의 권력을 확인해주고 서구의 사이비 보편주의를 강화할 뿐이다. 문제는 코스텔로 같은 백인 작가와 달리 아프리카인의 언어로 작업하는 아프리카 작가는 좀처럼 자신의 고유한 문학시장에 의존해서 활동을 지속하기가 어렵다는 점이다. 아프리카 작가는 아프리카적인 것에만 매달릴 수 없다. 그렇다고 아프리카적인 것을 버릴 수도 없는 것이, 서구 문학시장에서 서구적인 것을 가지고 서구 작가와 경쟁하기는 어렵기 때문이다. 결국 많은 아프리카 작가는 코스텔로의 표현대로 서구인을 위해 "아프리카성(Africanness)을 연기(演技)"하는(72면) 길로 들어서게 된다. 그러므로 다문화주의적인 장사, 또는 '정체성 장사'라고 표현해도 좋을 에구두의 강연과 그가 언급하는 아프리카 소설에 대한 코스텔로의 정당한 문제제기가 문제의 해결책까지 고민한 결과라고는 보기 어렵다. 전형적인 서구 휴머니즘에 입각한 그녀 자신의 강연 '소설의 미래'가 아프리카 소설의 미래에 대해 빛을 던져주는 바가 별로 없음은 물론이다.

더 눈여겨보아야 하는 것은 에구두와 쿳시, 또 에구두와 코스텔로 사이의 거리가 보기보다 멀지 않을 가능성이다. 어떤 평자는 에구두를 "쿳시 자신의 검은 판박이(dark double)"라고 칭한다.[9] 둘다 자기 땅에서 물리적·문화적으로 '뿌리 뽑힌' 측면이 있다는 뜻이다. 쿳시가 아프리카를 떠난 것은 「아프리카에서의 소설」을 쓴 이후지만, 아프리카 원주민의 말을 쓰지 않는 백인으로서 그는 늘 자기가 태어난 땅 아프리카에 대해 양가적 감정을 느꼈을 테고, 문학의 길로 들어서려 할 때 다른 아프리카 작가와 마찬가지로 유럽이나 미국의 독자를 염두에 두지 않을 수 없었을 것이다. 이미

---

9 Michael S. Kochin, "Literature and Salvation in 'Elizabeth Costello' or How to Refuse to be an Author in Eight or Nine Lessons," *English in Africa* 34.1 (2007) 85면.

1960년대에 미국에 가서 박사학위를 받고 잠깐이나마 그곳 대학에서 강의를 한 이력도 그의 이중적 정체성에 대해 암시하는 바가 있다. 에구두와 쿳시가, 그리고 이번에는 코스텔로까지 한층 더 깊이 통하는 점은 이들 모두가 '체화'를 가치판단의 중요한 준거로 삼는다는 사실이다. 『엘리자베스 코스텔로』 전반에 걸쳐 우리는 관념주의에 대한 경계와 혐오를 발견한다. 「리얼리즘」의 서술자는 관념을 불편해하는 리얼리즘에서 "체화 개념은 중추적"이라고 말한다. 「동물의 삶 1」에서 코스텔로는 동물을 "체화된 영혼"이라고 부르고 '충만함' '존재의 감각'과 더불어 '체화됨'(embodiedness)을 데까르뜨적인 생각이나 인지에 대립시킨다. 모두가 체화를 중시한다면 그들의 차이는 어디에 있을까? 에구두는 체화된 언어와 체화된 소설, 몸을 곧바로 경험하게 하는 말과 작품이 가능하고 실존한다고 주장한다. 코스텔로는 좀더 조심스럽다. 재규어를 묘사하는 테드 휴스의 시를 일종의 체화된 시로 설명하는 듯하다가 "플라토닉한" 면이 남아 있어 문제라는 식으로 말하는 것을 보면 몸이 언어로, 언어가 몸으로 전화되는 것의 어려움, 몸이나 사물의 감각과 언어적 의식 사이의 불가피한 긴장과 상호 배척을 코스텔로가 더 세심하게 이해하고 있다는 느낌을 받는다. 미리 말하자면 「후기」로 쓰인 가상의 편지에서 엘리자베스 챈도스가 언급하는 자신과 남편의 '고통'도 이 문제와 연관된다. 사물의 감각이 의미를 압도하면 언어가 붕괴되고 관념이 의미를 장악하면 감각이 사라진다. 코스텔로와 쿳시에게 체화된 언어, 신체적 의식은 모순적인 것들의 균형을 가리키는 말로, 그것의 안벽한 구현에 대한 주장은 언제나 의심에 부쳐져야 한다. 이렇게 볼 때 에구두는 코스텔로의 논적이라기보다 그녀 자신이, 그리고 쿳시가 빠질 수 있는 위험, 다시 말해 그들의 한가지 가능성의 표상이다. 새끼 앨버트로스처럼 코스텔로가 경계하는 것은 다름 아닌 자신의 그 가능성인 것이다.

이 책에서 가장 많은 주목을 받아온 「동물의 삶」 1, 2가 여기에 실린 경위에 대해서는 조금 자세한 설명이 필요하겠다. 쿳시는 1997년 10월 15일과 16일, 프린스턴 대학에서 태너 강연(Tanner Lectures)을 진행했다. 전체 주제는 '동물의 삶'이었고 첫날의 소주제가 '철학자와 동물', 둘째 날의 소주제가 '시인과 동물'이었다. 그가 이틀에 걸쳐 들려준 것은 물론 엘리자베스 코스텔로의 강연을 둘러싼 이야기였다. 쿳시의 '강연'에 전공이 제각각인 몇몇 학자의 논평이 뒤따랐는데, 논평은 대체로 코스텔로의 형상이 아니라 그녀의 말에, 그러니까 쿳시의 강연이 아닌 코스텔로의 강연에 주의를 집중했다. 『치욕』이 출간된 해이기도 한 1999년, 쿳시의 태너 강연은 네명의 논평과 함께 단행본 『동물의 삶』(The Lives of Animals)으로 출간되었다가 2003년에 논평을 덜어내고 진정한 소설 형식으로 이 책 『엘리자베스 코스텔로』의 3강과 4강으로 자리를 잡았다.

그 3강인 「철학자와 동물」은 애플턴 대학의 초청을 받은 엘리자베스 코스텔로가 그곳의 조교수인 아들 존 버나드의 집을 방문하는 장면으로 시작한다. 채식을 고집하는 코스텔로와 그녀를 감상적이라고 여기는 며느리 노마 사이의 신경전은 동물에 대한 강연과 이어지는 불편한 사태의 예고편 같은 것이다.('표준'이나 '규범'이라는 뜻을 가진 '노마'Norma라는 이름은 작가가 이 인물을 어떻게 활용할지 짐작게 한다.) 코스텔로의 이 강연에 문제의 도발적인 발언이 등장한다. 그녀는 '유대인들은 동물처럼 죽었다'는 통상적인 표현을 뒤집어, 사실상 '동물들은 유대인처럼 죽어간다'고 말하는 것이다. 이어 그녀는 인간과 짐승을 이성과 비이성의 대립구도 안에서 이해하는 일련의 철학자들에 맞서 자신을 카프카의 빨간 페터처럼 "상처 입은 동물"로(97면) 표상한다. 그녀는 볼프강 퀼러의 『유인원의 정신구조』에 나오는 유인원 술탄이 빨간 페터의 원형이라고 주장하는데, 그녀가 보기에 술탄은 그의 본성을 거스르는 도구적 이성을 강요당한다. 강연의 마지막 토막은 철학자 네이걸의 질문 '박쥐로 존재한다는 건 어떤 것인가?'로 촉발된, 동물에 대한 인간의 공감 가능성에 관한 사유로 채워진다.(이 질문에서 '존재한다는 것'이 'to exist'가 아니라 'to be'를 옮긴 것임은 따로 밝혀둘 필요가 있겠다. 그러니까 그것은 '박쥐임'은 어떤 것인지에 관한 질문이다.) 코스텔로는 "우리가 다른 이의 존재 속으로 생각해 들어갈 수 있는 범위는 무한"하며 "공감적 상상력에는 한계가 없"다고(108~09면) 주장한다.(다시 번역을 거론하지 않을 수 없는데, 이 대목에 수차례 등장하는 '생각해 들어가다'라는 다소 어색한 표현은 'think our(my) way into' 또는 'think ourselves(themselves) into'를 옮긴 것이다. 궁색하지만 더 알맞은 표현을 찾기 어려웠다.) 강연 다음에는 짧은 질의응답과 열기 가득한 만찬 장면이 이어진다.

4강 「시인과 동물」에서는 이성에 관한 존과 노마의 갑론을박과 코스텔로가 나치 수용소의 참상을 동물 문제에 '저급하게 이용'한다는 스턴의 쪽지가 소개되고 나서 릴케와 휴스의 시에 관한 코스텔로의 세미나 장면이 묘사된다. 코스텔로는 릴케보다 휴스의 시를 높게 평가하면서, 그의 시들은 우리가 새규어의 몸이 움직이는 방식 속으로 "상상해 들어가기를", 그리하여 "그 몸에 거하기를"(130면) 요청하고 있다고 주장한다. 그러나 그녀는 휴스의 시조차도 "종적인 재규어"(the jaguar), 즉 "재규어다움"을 다루고 있고 이런 "플라토닉한"(133면), 즉 관념적인 측면이 생태학에서도 발견된다고 꼬집는다. 오헌과 코스텔로의 정형화된 토론은 논리의 싸움이라기보다 사고방식의 싸움이자 용어의 대립으로 나타난다. 오헌이 인간의 능력을 기준으로 내세워 동물과 인간의 위계를 승인하는 전형적인 이성주의자의 모습을 보인다면, 코스텔로는 그 기준의 부적합성을 파고들긴 하지만 근본적으로 경험과 정서에 의존해서 반(反)인간중심주의적인 주장을 펼친다. 가령 이런 식이다. "동물한테는 우리한테보다 삶이 덜 중요하다고 말하는 사람은 살려고 몸부림치는 동물을 자기 두 손으로 감싸 안아본 적이 없는 사람이에요."(148면) 존이 느끼기에 토론은 "신랄함, 적개심, 반감"의 분위기 속에 마무리된다. 그뒤에 우리가 듣게 되는 것은 코스텔로는 듣지 못하는 노마의 힐난과 빈정거림, 그리고 아들에게 쏟아내는 코스텔로의 감정에 북받친 말들이다.

"논증은 어머니 전문이 아니다"라는(110면) 존의 생각처럼 코스텔로는 치밀한 논리로 청중의 마음을 얻는 데 실패하며, 토론과 대화의 과정에서 감정을 분출하는 모습도 종종 보인다. 하지만 어쨌거나 그녀는 자신이 신뢰하지 않고 잘 구사할 자신도 없는 "철학적인 언어"에 의존해서 강연을 펼친다. 사실 쿳시가 소설 텍스트로 강연하더라도 강연의 형식을 벗어날 수는 없듯이, 코스텔로는 데까르뜨나 칸트 같은 철학자를 비판하더라도 이성의 언어, 관념의 언어에서 아주 해방될 수는 없다. 문제는 그런 언어로 "체화된 존재" 같은 이성과 관념 너머의 어떤 것을 사람들에게 이해시켜야 한다는 점이다. 「시인과 동물」에서 시에 의존해 체화를 설명할 때도 마찬가지다. 결국 그녀는 시에 '대해서' 말하는 것이지, 시'로' 말하는 것이 아닌 것이다. 이런 딜레마는 시적인 것을 철학적으로 설명하는 데 따른 것만은 아니다. 철학자이자 평론가인 가이거가 적절히 지적하듯이 그것은 "문학과 철학 모두에 내재하는 계기"[10]다. 감각만으로 이루어진 시는 없고, 그런 소설은 더욱이 없다.

노마처럼 코스텔로를 감상적이라고 몰아붙이기는 쉽고, 주인공의 그런 취약한 면모는 아마도 쿳시 자신이 의도한 것일 터이다. 다른 한편 동물에 관한 코스텔로의 발언을 동물권 담론과 쉽게 등치하거나 인간과 동물을 무작정 동일시하는 입장으로만 받아들인다면 작가가 노마나 오헌에게 부여한 제한된 의식에 우리 자신을 가두는 꼴이 될 것이다. 생명권이든 동물권이든 아니면 인권이든, '권리'의 담론은 코스텔로의 관점을 서술하기에 부적합하다. 권리가 자율적 주체를 전제하는 한 동물권이란 인간을 인간으로 규정하는 범주 가운데 하나를 동물에게 확대한 개념이고, 이런 식의 인간중심주의야말로 코스텔로가 경계하는 것이다. 그녀가 보기에 인간과 동물이 연대할 수 있는 가능성은 둘 다 체화된 존재라는 사실에 있다. 이 체화된 존재는 데까르뜨가 파악하는 신체와 정신에서 정신을 떼어낸 것이 아니다. 오히려 체화는 신체와 정신을 뗄 수 없는 하나로 파악하는 발상인바, "체화된 영혼"은 "세계에 대해서 살아 있다는 감각", 즉 자신이 다른 살아 있는 신체들의 힘에 대해 열려 있고 그들과 언제나 이미 영향관계로 묶여 있다는 "극히 정동적인 감각"을(107면) 내포한다고 코스텔로는 주장한다. 체화된

---

10 Ido Geiger, "Writing the Lives of Animals," *J. M. Coetzee and Ethics: Philosophical Perspectives on Literature*, ed. Anton Leist and Peter Singer 152면. 철학의 경우에 정말 그런가 하는 의문이 있을 수 있는데, 적어도 현상학이나 하이데거, 들뢰즈 등의 사유가 그런 모순 위에서 전개됨을 부인할 수는 없을 것이다.

존재는 명쾌한 자기관계로 특징지어지는 데까르뜨의 코기토와 대조적으로 결코 자기완결적이지 않다. 타자는 내게 그저 객관적인 앎의 대상이 아니다. 타자는 이미 내 안에 들어와 있고 나는 타자의 안에 들어가 있어서 나와 타자는 서로를 움직인다. 앞서 언급한 '박혀 있음'의 개념도 이런 맥락에서 다시 이해해볼 수 있다. 코스텔로가 존에게 "네가 나에게, 내가 너에게 박혀 있"다고(48면) 말할 때 그녀는 체화된 존재로서의 둘의 관계를 환기하고 있는 것이다.

  그럼에도 코스텔로는 존이 아니고 존은 코스텔로가 아니다. 하물며 인간과 동물은, "박혀 있음의 관계"[11] 속에 있더라도, 결코 동일한 존재일 수 없다. "존재로 충만한" 두 존재가 서로를 이해할 수 있는 가능성은 그들의 직접적인 동일성에 있는 것이 아니다. 나 자신을 이해하면 곧바로 너를 이해할 수 있는 것이 아니라는 뜻이다. 그렇지 않다면 우리가 타자를 이해하기 위해 굳이 그의 존재 속으로 '생각해 들어가는' 수고를 할 필요가 있을까? 코스텔로는 긴 논의 끝에 "우리가 다른 이의 존재 속으로 생각해 들어갈 수 있는 범위는 무한합니다. 공감적 상상력에는 한계가 없습니다"라고(108~09면) 말한다. 우리가 이 말을 다른 종(種)과의 절대적 동일시가 가능하다는 뜻으로 받아들인다면, 인간과 동물의 공동체라는 개념의 유토피아적인 측면을 지적한 오헌의 말은 코스텔로에 대한 비판으로서 더할 나위 없이 적절할 것이다. 사실 소설에서 코스텔로가 유토피아주의의 혐의를 다 떨쳐내는지는 의문인데, 이는 작가가 그녀에게 허용한 "철학적인 언어"나 철학적인 의식이 사뭇 제한되어 있는 점과도 무관하지 않을 것이다. 하지만 그녀가 인간과 동물 사

---

11 같은 글 158면.

이의 거리 또는 동물의 타자성을 의식하고 있음은 분명하다. 휴스의 시가 우리에게 재규어의 "움직임의 방식 속으로 상상해 들어가기를, 그 몸에 거하기를" 요청하고 있다고 말하고 나서 그녀는 이렇게 말한다. "이런 종류의 시적 관여에서 특이한 점은, 그게 아무리 강렬하다고 해도 그 대상으로서는 전혀 무관심한 문제일 뿐이라는 거예요."(130면) 공감적 상상력은 무한히 뻗어나갈 수 있지만 그렇게 해서 얻는 느낌은 어디까지나 우리 자신의 것, 인간의 것이고, 특히나 말(이 경우에는 시어詩語)이 개입한 상상과 감정 생산은 "동물은 참여하지 않는 전적으로 인간적인 경제"에(같은 면) 속한다는 이야기다. 시는 인간을 동물에게로 이끌 수 있지만 인간과 동물을 간극 없이 이어주지는 못한다.

「아프리카에서의 인문학」은 쿳시가 2001년에 뮌헨의 지멘스 재단에서 낭독한 이야기를 보강해 내놓은 것이다. 그 속에 나오는 연설의 주체는 엘리자베스 코스텔로가 아니라 브리짓 수녀로 불리는 그녀의 언니 블란치 코스텔로다. 서양고전학을 전공하고 의료선교사 교육을 받은 뒤 아프리카 줄루란드로 와서 메리언힐 병원의 관리감독자가 된 그녀는 그곳의 한 대학에서 명예박사학위를 받고 대학 관계자들과 동생 엘리자베스가 청중으로 참석한 가운데 인문학과 인본주의에 관해 다소 장황한 이야기를 펼쳐놓는다. 그 요체는 신학과 구별되는 인간 연구(studia humanitatis), 더 협소하게는 텍스트학이 인문학의 기원인데, 애초에 인간을 구원할 '참된 말씀'을 찾고자 했던 인문학은 오백여년 전(르네상스 시대를 가리키는 것으로 보인다)에 길을 잃었고 그 자신이 권좌에 올린 이성이라는 '괴물'에 의해 죽을 운명에 처했다는 것이다. 이어지는 오찬에서 엘리자베스의 맞은편에 앉은 영문학 교수 고드윈은 주제넘게 들리는데다 반(反)근대적이고 반(反)인문적인 블란치의 연설을 신랄하게 비판한다. 엘리자베스는 언니를 옹호하는 맥락에서 자기 세대가 구원에 대한 열망을 가지고 영문학에 접근했고 거기에 실망하기도 했음을 밝히면서 인문학이 그런 열망에 부응해야 살아남을 수 있다고 말하지만, 인본주의에 대해 블란치와 다른 입장을 암시하기도 한다. 나중에 블란치는 헬레니즘과 인본주의의 파산에 관해 동생을 설득하려고 한다. 자매는 병원 부지의 헛간에서 똑같이 생긴 단순한 얼굴의 십자고상을 수도 없이 만들어온 조지프의 삶의 의미를 두고 충돌하고, 설전은 아프리카인과 그리스인의 관계에 대한 이야기로 옮아간다. 엘리자베스가 미사에서 잠시 의식을 잃었다가 깨어나는 에피소드에 작별의 장면이 이어지고, 그뒤로는 아예 다른 서사가 진행된다.(이 후반부는 쿳시가 『엘리자베스 코스텔로』를 내면서 새로 쓴 것으로 알려져 있다.[12])

새로운 서사의 내용은 엘리자베스가 블란치에게 보내는 편지 형식으로 써내려가는 글과 거기에 담지 못하는 후속 이야기다. 어머니의 남자친구로 그림 그리기를 좋아하는 노인 필립스가 후두절제술을 받고 낙담해 있을 때 어머니의 권유로 그의 모델이 돼준 마흔살의 엘리자베스는 나체를 그리고 싶다는, 쪽지로 전해온 그의 바람을 충족시켜주면서 르네상스 화가들이 그린 그리스 여신 같은 포즈를 취한다. 그녀는 이 상황을 반추하면서, 자신이 젖가슴을 드러낸 것은 "인간성의 행위를 수행"한 것이라고 말한다. 그런 행위로 노인에게 은혜를 베풀었다는 뜻이 아니라 "우리에게 복으로 주

---

12 Attridge, 앞의 책 195면.

어진 생명과 아름다움"을 (200면) 드러냈다는 뜻이다. 그녀는 그 '인간성'을 자신에게 가르쳐준 것은 인본주의자들이라고 말함으로써 블란치에 대해 뒤늦은 반격을 시도한다. 그녀가 언니에게 말하지 못하는 내용은 이 '인본주의적' 상황보다 더 '그로테스크'한 것이다. 토요일마다 필립스를 방문해서 나날이 죽음에 더 가까이 다가가는 그의 모습을 지켜보던 엘리자베스는 어느날 그에게 펠라티오를 해준다. 3인칭으로 돌아온, 하지만 여전히 엘리자베스의 의식에 머물고 있는 서술자의 목소리는 이 행위가 '에로스'나 '아가페'라는 그리스어로는 잘 표현되지 않는 어떤 것이고, 거기에 맞는 말은 기독교적 맥락의 '카리타스'일 거라고 말해준다.

줄루란드에서는 코스텔로 자매의 입을 통해 여러가지 담론이 흘러나온다. 여기서는 엘리자베스가 주인공이라기보다 블란치라는 다른 중심인물에게게서 말을 이끌어내고 그 말에 적절한 대척점을 제공하기 위한 수단으로 이용되는 인상이 짙다. 「동물의 삶」1, 2에서 두드러졌던 그녀의 문제적 면모는 여기서 뒤로 물러나고 서구 학계, 적어도 그 안의 인문적 전통의 표준적 담론이나 대중적 상식을 대변하는 것이 그녀의 주된 역할로 주어진다. 아프리카인 조지프에게 복제하도록 한 모델이 왜 "고딕적"인 것이어야 하느냐고, 왜 "살아 있는 그리스도가 아니라 몸을 비틀면서 죽어가는 그리스도"여야 (184면) 하느냐고 묻는 엘리자베스의 목소리는 아프리카의 현실 속에서 울림을 획득하지 못한 서구 인본주의자의 것이지만, 그래도 르네상스 이래 아직 소진되지 않은 인본주의의 활력을 어느 정도 반영하고 있다. 반면 18세기는 '이성의 시대'라든가, 셰익스피어는 자기 시대를 초월한다든가, 혹은 D. H. 로런스의 '검은 신'을 믿었다든가 하는 말을 영문학자 앞에서 아무렇지도 않게 내뱉는 엘리자베스의 짐짓 순진한 의식은 한층 통속적인 수준에 머물면서 이제는 거의 희화화된 그녀 세대의 담론을 재생하는 역할을 한다. 한편 처음부터 예견되는 청중으로부터의 소외를 아랑곳하지 않고 종교적인 언어로 인본주의와 인문학의 파탄을 단언하는 블란치의 목소리는 편협하다는 느낌은 줄지언정 허황되거나 공허한 것으로 들리지는 않는다. 인본주의의 임박한 죽음에 대한 단언은 엘리자베스가 기만적이거나 시효가 지난 것으로 여기는 로런스의 예언자적 메시지와 어느 면에서 상통한다. 그러나 이 점이 블란치의 주장을 더 의심스럽게 만드는 것은 아니다. 사실 이 책에서 로런스라는 이름이 지니는 의미는 단순하지 않다. 그 이름은 「리얼리즘」에도 등장한 바 있는데, 인터뷰 진행자 수전 모비어스가 여성 문제와 관련해서 로런스를 비판적으로 언급하는 대목이 있다. 「시인과 동물」에도 로런스가 등장하는데, 이 경우에는 '동물시'를 쓴 테드 휴스와 동일한 계열의 작가로 취급된다. 여기에 암시된 것처럼 엘리자베스 코스텔로가 그토록 중요시하는 '체화'는 사실 많은 면에서 로런스의 소설과 비평 담론을 연상시킨다. 로런스에 대한 긍정과 부정, 공감과 배척의 이중플레이는 어쩌면 주인공만이 아니라 작가 쿳시에게서 일어나는 일인지 모른다.

몸의 문제에 초점을 두고 보면 조지프의 작업을 두고 벌어진 자매의 설전과 나중에 나오는 필립스와 관련된 사건의 연관성이 더 잘 이해될 수 있다. 줄루란드에서의 설전은 아름다운 신체를 중시하는 그리스 인본주의와 신체의 고통을 통한 구원을 강조하는 기독교 신앙 사이의 진부한 대립을 재현하는 양상을 띤다. 여기서 작가가 어느 한편에 더 힘을 실어준다고는 생각되지 않는다. 그러나 작가는 서구 문명을 설명해온 두가지 원리의 팽팽한 대립이나 평

형상태로 이야기를 끝맺지 않는다. 이야기 속의 이야기, 미장아빔의 형식으로 서술되는 중년 여성 엘리자베스와 노인 남성 필립스의 이야기는 중간 지점에서 여성의 신체적 아름다움과 풍요로움을 찬미하는, 그리스적이지만 또한 그리스의 형식미 관념을 뛰어넘는 인본주의의 승리를 선언하고 끝나는 것처럼 보인다. 하지만 편지에 담지 못한 내용이 이어지면서 이야기는 예상치 못한 방향으로 내닫는다. 이제 생명력을 뿜어내는 아름다운 젖가슴에 대한 찬미 대신, 일그러지고 쭈그러든 두 신체의 그로테스크한 결합에 대한 잔인하도록 사실적인 묘사가 들어선다. "젖가슴을 덜렁거리며 뼈와 가죽만 남은 늙은이 위로 웅크리고서 거의 죽어버린 생식기를 가지고 애를 쓰고 있는 그 광경에 그리스인들은 어떤 명칭을 부여할까?"(204면) 이 대목에서 '에로스'와 '아가페'를 제치고 등장하는 '카리타스'는 그리스어도 아니려니와 아름다운 몸이나 생동하는 몸에 대한 사랑과는 아주 다른 사랑의 개념을 함축한다. 그것은 망가진 몸, 카프카의 원숭이처럼 상처 입은 몸을 자기의 동류로서 보듬고 아끼는 사랑이다. 에로틱할 수 있지만 에로스로 환원되지 않는 감정, 고통받는 몸을 외면하지도, 정신적 가치로 승화시키지도 않는 사랑의 감정. 자신의 감정을 카리타스로 이해함으로써 엘리자베스 코스텔로는, 블란치와 그 자신의 예전의 관점을 '종합'했다고 할 수는 없지만 두가지 관점 모두로부터 떠나왔다고 할 수는 있을 것이다. 카리타스 자체는 하나의 관점이나 입장이 아니라 사건이다. 카리타스의 정동적 사건, "예상치 못한, 계획에 없던, 자신과 안 어울리는"(205면) 사건이 이후의 삶에서 어떤 의미로 남을지, 어떤 힘을 발휘할지는 여전히 결정되지 않은 채이다.

제6강 「악의 문제」는 쿳시가 2002년 네덜란드에서 열린 '악'을 주제로 한 학회에서 읽은 전혀 다른 제목의 소설을 기초로 하고 있다. 이 소설은 한 매체에 '엘리자베스 코스텔로와 악의 문제'라는 제목으로 실렸다가 수정을 거쳐 여기에 수록되었다. 작품 속에서 코스텔로는 암스테르담에서 열리는 학회에서 '증언, 침묵, 검열'이라는 주제로 연설한다. 연설 장면 자체는 길지 않고, 그 앞뒤로 코스텔로의 고민과 의혹이 많은 지면을 채우고 있다. 동물들의 죽음을 유대인 학살에 비유한 지난 강연으로 곤욕을 치른 그녀가 다시 학회의 초청에 응한 이유는 당시에 읽고 있던 폴 웨스트(Paul West)의 소설 『폰 슈타우펜베르크 백작의 아주 풍요로운 시간』(*The Very Rich Hours of Count von Stauffenberg*) 때문이라고 나온다. 웨스트는 실존 작가이고 작품도 1980년에 실제로 출간된 것으로, 쿳시의 허구적 인물 코스텔로는 거기에 생생하게 묘사된 히틀러 암살 음모자들의 처형 장면을 읽은 느낌을 '외설적'이라고 표현한다. "그런 일은 일어나지 말아야 하기 때문에 외설적이고, 또 그런 일이 일어났을 때는, 우리가 미치지 않으려면, 그걸 훤히 드러낼 게 아니라 전세계의 도살장에서 진행되고 있는 일처럼 땅속에 영원히 묻어두고 보이지 않게 해야 하기 때문에 외설적이다."(209~10면) 소설의 화자가 친절하게 가르쳐주듯이 '외설적'의 영어 표현 'obscene'은 '무대 밖'(off-stage) 또는 '극장 밖'이라는 뜻을 함축한다. 무대에 올리면 안 되는 장면들, "환한 빛을 받아서는 안 되는 장면들"을(같은 면) 가리키는 표현인 것이다. 도살장에 대한 언급이 암시하듯이 코스텔로 자신도 '외설적'인 글을 써서 대중 앞에 내놓았었다. 하지만 이제 생각이 바뀌었다. 지독한 폭력이나 악의 거처, "영혼의 더 어두운 영역"(212면)을 탐색하러 들어가는 작가들이 멀쩡한 상태로 나올 수 있는지, 그런 장면의 묘사가 독자를 더 나은 삶으로 이끄는지 의구심이 드는 것이다. 그녀는 자신이 열아홉 살 때 당했던 성폭행의 기억을 떠올리면서, 악과 대면한 그런 시간은 가슴에 묻어두는 편이 낫다고 생각한다. 하지만 웨스트의 소설을 예로 들어 이런 취지의 연설을 하려던 코스텔로는 웨스트 자신이 학회에 온다는 사실을 알고 당황한다. 그의 이름이 나오지 않도록 원고를 고쳐보려 하지만 실패하고 만다. 연설 직전, 그녀는 웨스트에게 양해를 구하려 하나 그는 어떤 응답도 하지 않는다. 부분적으로 소개되는 연설의 내용은 우리 독자들이 이미 알고 있는 대로다. 어떤 곳이 금지된 데는 이유가 있고, 그곳으로 들어가는 예술가는 자신과 다른 이들을 위태롭게 한다는 것, 웨스트의 소설은 희생자들만의 것이어야 하는 그들의 마지막 순간에 대해 자기의 권리를 주장하는 오만을 보인다는 것이다. 묘사의 대상인 악이 작가와 독자에게 '감염'된다는 코스텔로의 주장에 의문을 제기하는 청중의 질문과 설득력이 떨어지는 그녀의 답변으로 그녀의 시간은 마무리된다. 화장실에 틀어박힌 그녀는 다시 자문자답의 길고도 괴로운 과정으로 자신을 몰아넣는다. 그녀의 질문은 작가의 본래 임무일지 모르고 자신도 늘 해온 재현 작업을 '외설적'이라고 문제삼는 것이 과연 옳은가 하는 것이다. 답은 끝내 주어지지 않는다.

여기 실린 다른 이야기들에 비해 「악의 문제」는 일반적 의미의 소설적 요소가 더 많은 작품이다. 또한 포스트모던 메타픽션과는 다른 의미로 '소설에 관한 소설' '작가에 관한 소설'로서의 면모가 두드러진 작품이다. 그것은 소설의 의미, 문학의 의미에 관해 묻는다. 코스텔로가 고민하는 것은 '악의 문제'라기보다 '악의 재현의 문제', 나아가 재현 자체의 윤리의 문제다. 오랜 작가의 삶을 살아온 그녀는 "더이상 스토리텔링이 그 자체로 좋은 일이라고 믿지 않는"(220면) 단계에 이르렀다. "스토리텔러가 병을 열면 지니가 세상에 풀려나고, 그를 다시 병 속에 집어넣으려면 엄청난 대가를 치러야 한다"는(같은 면) 것이다. 이는 코스텔로가 연설 제목에 포함시킨 '검열'의 문제와 닿아 있다. 이때의 검열은 자기검열이다. 그것도 폴 웨스트와의 대면을 앞두고 원고를 뜯어고치는 노력에 들어가 있는 (실패한, 실패해야 마땅한) 사회적 자기검열이 아니고, 작가가 세계를 탐색하러 들어갈 때, 그리고 부수적으로 독자가 작품을 선택할 때 작동할 만한 실존적 자기검열을 말한다. 대상이 나를 '감염'시킬 것인가, 그렇지 않은가? 내가 '감염'되어도 회복될 수 있는가, 그렇지 않은가? '감염'이 나를 더 건강하게 만들 것인가, 그렇지 않은가? 누군가에게는 이런 질문이 부질없게, 심지어 비윤리적으로 들릴 수 있다. 코스텔로는 그럼에도 그 질문이 필요하다고 생각하고, 동시에 그런 질문을 하는 자신의 모습에 괴로워한다. 폴 웨스트는 그녀의 문제제기에 어떤 대꾸도 하지 않음으로써 그것을 그녀 자신에게로 돌려보낸다. 그녀의 내적 발화에는 웨스트에 대한 문제제기 못지않게 그녀 자신에 대한 의혹이 가득하다. 연설에는 확언이 아닌 소극적인 표현, 가령 '~라고는 믿지 않는다'는 표현이 많이 등장한다. 코스텔로는 다른 이야기들에서도 확신의 부재에 시달리는 모습을 보이곤 하지만 여기서는 특히 그렇다. 작품은 그녀의 적이 아니지만 그녀의 편도 아니다. 그녀가 성폭행 사건을 받아들이는 태도는 연설에서의 주장이 사적인 경험에 의해 굴절된 것일지 모른다는 의구심을 불러일으킨다. 게다가 그 사건에 대한 서술자의 자세하고 생생한 묘사는 나치의 '백정'에 대한 묘사와 마찬가지로 그녀의 주장에 반하는 것처럼 보인다. 코스텔로가 제기하는 문제는 문학에 본질적인 것이다. 그것은 앞서 나왔던 '무한한 공감적 상상력'의 위험성과, 따라서 미메시스의 위험성과 연관되기 때문이다. 그러나 문제에 대한 답은 개별 작가가, 그리고 독자가 스스로 찾아야 할 테고, 궁극적인 '교훈'은 코스텔로나 쿳시에게서가 아니라 각자의 경험에서 얻어야 하리라.

소품인 제7강 「에로스」는 쿳시의 강연이나 낭송을 거치지 않은 작품이고 소설 안에도 강연 장면이 없다. 「악의 문제」처럼 이 작품도 허구의 이야기에 실존 인물을 끌어들이는데, 그 인물은 미국의 시인 로버트 덩컨(Robert Duncan)과 또다른 미국 시인 수전 미첼(Susan Mitchell)이다. 이야기가 시작되면서 엘리자베스 코스텔로가 덩컨에게 이성적으로 끌렸던 것, 이후에 미국인 친구에게서 받은 책에서 미첼의 시를 읽었던 것이 언급되지만, 이 대목은 두 시인이 공통적으로 다루는 에로스와 프시케의 이야기에서 시작해서 신적 존재와 인간의 "교접"에 관한 더 많은 이야기들로 나아가기 위한 출입구 역할에 머문다. 이 소설적 출입구를 지나면 소설과 에세이를 넘나드는 서사가 본격적으로 펼쳐진다. 여신 아프로디테와의 성교를 경험한 남자 안키세스에 관한 상상, 신과의 관계로 임신한 처녀 마리아와 그 친구들의 쑥덕거림에 관한 상상, 더이상 신들이 땅을 활보하지 않는 현대를 배경으로 "우리는 너무 늦게 왔다네"라고 말하는 프리드리히 횔덜린에 대한 논평, 서로를 필요로 하는 신과 인간에 대한 생각들, 그리고 마지막으로 우주론적 비전. 이 잡다한 이야기들 혹은 담론들에 어떤 플롯이 있다고 보기는 어렵다. 그러나 일관된 주제는 있다. 여러 에피소드와 사변이 다루는 것은 불멸의 존재인 신과 유한한 존재인 인간의 매우 감각적인, 매우 육체적인, 그리고 완전히 성적인 결합이다. 코스텔로 또는 그녀를 대변하는 화자는 신을, 따라서 인간과 신의 만남의 사건을 정신적이고 영적인 것으로 표상하는 근대적 관습을 거슬러 적어도 인간과 접촉하는 순간의 신을 감각적인 존재로, 그 접촉을 성적 흥분으로 충만한 경험으로 묘사한다. 이 묘사에는 의도적으로 비속화된 언어가 동원된다.

이 이상한 서사의 마지막 대목에 환기되는 코스텔로의 노쇠함("춤에 동참하기에는 몸이 너무 삐걱거리는 지경이 되어서야 그 패턴을 볼 수 있는 것일까?")은 맨 앞의 상황과 마찬가지로 그 서사에 소설적 의미를 부여하기에는 역부족이다. 그러나 신과 인간의 관계에 관한 앞선 서술이 그저 사변적인 것만은 아니었음을, 다시 말해 그것은 코스텔로가 지나온 시대를 반영하는 이야기였고 그렇게 의도되었음을 상기할 필요가 있다. "우리가 신의 존재를 파악할 수 있을 만큼, 그것의 **감을 잡을** 만큼 심오하게 신과 하나가 될 수 있는가? 이런 질문은 이제 어느 누구도 하지 않는 것 같고, 새로 알게 된 수전 미첼은 어느 정도 예외지만 그이도 철학자는 아니다. 그 질문은 그녀의 인생이 시작되기 얼마 전에 유행이 됐고, 그녀의 인생이 지나는 사이에 유행에서 멀어졌다."(246면) 문제는 우리가 더이상 찾지 않는 그 신의 정체다. 신과의 "교접"을 말로 표현하지 못하는 남자(로 상상된) 안키세스와, 역시 신의 아이를 가진 후 한마디만 던지고 "남은 생애 내내 말문이 막혀버린"(245면) 여자(로 상상된) 마리아가 코스텔로 같은 작가의 표상이라면, 신은 작가에게 말할 이유를 주면서도 그의 말에 담기지 않는 어떤 존재나 힘이 아닐까. 하지만 무엇으로 규정되는 순간 그것은 더이상 신이 아닐 것이다. 그러니 정말 중요한 것은 신이 무엇이냐가 아니라, 우리가 우리를 절대적으로 넘어서는 무엇을 향한 충동, 진정한 초월의 충동을 여전히 간직하고 있느냐 하는 점이다. 화자는 우리의 포옹이 신들도 부러워할 만큼 강렬한 이유가 우리가 신들의 것이라고 상상하는 삶, "(우리 언어에 그에 맞는 말이 없어) 저 너머(*the beyond*)라고 부르는 삶을 힐끗 볼 수 있기 때문"이라고(249면) 말한다. 감각의 세계 안에 머물면서(즉 내재적으로) "저 너머"와 아직도 관계할 수 있는 작가, 신을 이 세계로 불러들이고 이 세계에서 신에게로 나아가는 작가가 코스텔로가 그리는 자아상일 것이다. 다음 이야기 「문 앞에서」에서 그런 작가는 "보이지 않는 것의 서기"로 표현된다. 그러나 「에로스」에서 다시 쓰는 신화들이 작가의 삶에 관련해서만 의미를 지니는 것은 아니다. 존재의 다른 차원들, 혹은 다른 양태들인 신과 인간, 무한한 것과 유한한 것이 "우연의 바람"을 타고 서로에게로 끌리는 우주적인 운동 속에 그 어떤 유한한 것도, 아무리 작은 것도 바깥에 남겨지지 않고 전부 참여하고 있는 것, 이것이 코스텔로가 보는 우주적 "패턴"이다. 그녀 자신이 의혹의 대상으로 삼은 생태학처럼 이런 전망 역시 '플라토닉'한 것일 수 있지만 말이다.

이 책의 마지막 이야기 「문 앞에서」는 이쪽의 삶을 마치고 일종의 연옥 같은 장소에 도착한 코스텔로가 작가로서의 믿음에 관해 심문을 당하는 과정을 보여준다. 저쪽(아마도 구원의 장소)으로 통하는 문은 닫혀 있고, 경비는 그 문을 통과하려면 '믿음에 관한 진술서'를 써내야 한다고 말한다. 코스텔로는 선식 작가임을 내세워 진술의 면제를 요청한다. "제 직업은 그저 쓰는 거지, 믿는 게 아니에요. 그건 제 일이 아니라고요. 아리스토텔레스도 말했을 텐데, 저는 모방을 해요."(255면) 그녀의 구실은 통하지 않고, 그녀는 제3제국의 수용소를 닮은, "상투적인 것들을 조합해놓은"(259면) 기숙사에 들어간다. 첫번째 심리가 열리고, 남성만으로 구성된 재판부 또는 위원회 앞에서 그녀는 자신은 "보이지 않는 것의 서기"이고, 믿음은 자기 일에 방해가 되며, 자기도 믿음이 있지만 그것을 믿지는 않는다고 말한다. 태즈메이니아인들의 운명을 언급하는 판관에게 그녀는 작가로서 살인의 희생자뿐 아니라 살인자의 목소리도 대변하겠다고 말한다. 두번째 심리가 열리기 전, 기숙사에 소속된 폴란드 억양의 여자는 그녀에게 위원회 앞에서 믿음은 아니더라도 정열을 보여주라고 조언한다. 판관들의 구성이 바뀐 두번째 심리에서 코스텔로는 덜개넌 강가의 개구리들에 대해 이야기한다. 건기에 땅속에 숨었다가 비가 오면 땅 위로 올라와 기쁨에 찬 울음소리를 내지르는 개구리들은 알레고리가 아니라 물(物) 자체이고, 그들은 코스텔로가 믿거나 말거나 실재하기 때문에, 그녀에 대해 무관심하기 때문에 그녀는 그들을 믿는다고 말한다. 하지만 판관은 그녀가 개구리들이 "삶의 정신을 체현"하기(287면) 때문에 그들을 믿는 것이라 말하고, 처음에는 믿음을 거부하다 이제는 믿음에 기초한 이야기를 한다며 그녀의 비일관성을 지적한다. 결국 코스텔로는 위원회를 설득하는 데 실패하고 이 연옥 같은 장소에서 빠져나가지 못한다. 그녀는 마치 구원에 이른 듯이 문 저편에 누워 자고 있는 상처 입은 개의 환영과 더불어 GOD-DOG의 애너그램을 떠올리지만 그건 "너무 문학적"이라 신뢰할 수 없다고 생각한다.

카프카의 단편 「법 앞에서」(Vor dem Gesetz, 1919)의 모티프를 명시적으로 가져다 쓴 「문 앞에서」는 거리의 풍경에서부터 인물들까지 모든 것이 상투적인 "상투적인 것들의 연옥"을 코스텔로가 어쩌면 영원히 거해야 할 곳으로 제시한다. 그곳은 "그녀만큼이나 현실적이지 않지만 또 어쩌면 그녀만큼이나 현실적"인(255~56면) 곳이다. 여기서 그녀는 자기가 무엇을 믿는지 진술할 것을 요구받는다. 평자들은 "믿음이 없으면 우리는 인간이 아닙니다"라는 (263면), 그 역시 상투적인 말로 그녀를 압박하는 다소 우스꽝스러운 모습의 '위원회'가 남아프리카공화국의 '진실과화해위원회'를 연상시킨다고 말한다. 현실 반영의 차원에서 생각해보자면, 자기는 "보이지 않는 것의 서기"로서 피해자뿐 아니라 가해자의 목소리도 대변한다는 코스텔로의 말은 정치와 문학의 흐릿한 경계 위에서 선명한 정치적 당파성에 대한 요구와 탈정치화의 유혹을 모두 밀어내면서 자기 고유의 영역을 만들고 확장해온 쿳시 자신의 항변으로 해석될 여지가 있다. 코스텔로에 대한 심문은 쿳시에 대한 보이지 않는 심문의 반영이자 쿳시의 자기심문 과정의 형상화로 이해될 수 있는 것이다.

그러나 코스텔로에 대한 위원회의 심문은 앞선 이야기들의 주제와 더 직접적으로 연관된다. 믿음이나 확신은 이 책 전체에 걸쳐 탐구되는 문제다. 가령 동물의 삶에 관한 코스텔로의 강연과 대화는 동물과 인간의 차이에 대한 우리의 일반적 믿음을 문제 삼으면서 스스로도 어떤 강력한 믿음을 우리에게 전달하지만, 그 끝에는 다시 자신의 '믿음을 믿기를' 주저하는 불안한 내면이 모습을 드러낸다. 악의 문제와 관련된 이야기도 유사한 패턴을 따른다. 그런데 여기서 우리는 위원회가 코스텔로에게서 듣기를 원하는 믿음, 즉 인간의 필수적 요건으로 제시되는 믿음과 코스텔로나 쿳시가 작가로서 문학을 통해 전하는 믿음이 과연 같은 것인지를 물을 필요가 있다. 이 두가지 믿음을 어떻게 구별할 것인가는 모든 작가의 고민거리가 아닐까 싶다. 작가라도 코스텔로처럼 강연을 통해 자신의 '인간적인' 믿음을 사람들에게 알릴 수 있다. 한편 쿳시가 코스텔로를 등장시켜 강연을 하게 하는 것은 바로 그런 식의 말하기, 그렇게 자신의 '인간적인' 믿음을 직접 드러내기를 불편해하기 때문일 것이다. 그 소설적 요소는 '인간적인' 믿음을 감싸는 '코팅'이 아니라 그런 믿음을 다른 종류의 믿음, 진정으로 소설적인 믿음으로 바꾸는 장치다. 「문 앞에서」에서 이 두가지 믿음의 차이는 일단 부정적인 형태로 암시된다. 코스텔로는 자신이 "믿음 없는 자"(unbeliever)가 아니라 "믿지 않는 자"(disbeliever)라고 말한다. "믿음 없는 자"가 무신론자처럼 믿음 없음을 '믿는' 자, 믿음 없음의 '입장'을 가진 자라면, "믿지 않는 자"는 그런 믿음을 포함한 일체의 믿음에 대해 회의하는 자이다. 작가가 믿음을 믿지 않는 이유는 믿음은 실재가 아니고 실재야말로 작가의 관심사이기 때문이 아닐까. 아이러니가 중요한 이유도 마찬가지다. 쿳시는 아이러니의 대가인데, 아이러니는 냉소와 다르다. 『치욕』은 아이러니로 가득하지만 결코 냉소적인 소설이 아니다.

한 인간으로서 지니는, 지닐 수밖에 없는 믿음과 작가로서 작품을 통해 전하는 믿음의 차이는 코스텔로의 일관되지 않은 모습으로도 나타난다. 코스텔로가 "직업상의 이유에서" 믿음에 대한 진술을 거부할 때의 그 믿음은 그 자신도 한 인간으로서 지니고 있는 이런저런 믿음이다. 물론 그녀가 거부하는 것은 정확히 말해서 그런 믿음의 절대성, 그것의 진리에 대한 권리주장이다. 덜개년 강가의 개구리들을 그녀가 '믿는다'고 말할 때의 믿음은 어떨까? 그것은 무엇을 믿는다는 말일까? 판관의 말처럼 개구리로 상징되는 '삶'을 믿는다는 말일까? 그렇다면 코스텔로에게 '삶'은 플라토닉한 것이고 개구리 이야기는 알레고리가 될 텐데, 그녀는 그것이 알레고리라는 것을 극구 부인한다. 개구리가 자신의 믿음에 무관심하기에 개구리를 믿는다는 말은 개구리가 어딘가에 살아 있음을 믿는다는 것도 아니고, 개구리의 존재가 가리키는 생태적 질서를 믿는다는 것도 아니다. 그 믿음은 작은 존재나 큰 존재의 '있고 없음'에 관한 믿음이 아니고, 어떤 명제에 대한 믿음은 더더욱 아니다. 그 믿음은 개구리의 실재성을 향한 믿음 혹은 신뢰일 것이고, 작가로서 그 어떤 관념도 아닌 실재에 자신을 의탁하려는 마음일 것이다. 코스텔로는 믿음에 대한 진술을 거부하는 자신과 개구리에 대한 믿음을 표명하는 자신에 대해 "양쪽 다 진짜"라고 말한다. 두가지 양태의 엘리자베스 코스텔로는 같은 존재다. "믿지 않는 자"는 실재를 믿는 자이다. 하지만 작가가 지닌 '인간적인' 믿음은 이 실재와 관련해서 아무 의미도 없는 것일까? 우리의 동물성에 대한 믿음에 동물 자신은 관심이 없을지 모르지만, 이것이 실재로서의 동물에 대한 우리의 관계에 그 믿음이 아무 의미도 없음을 뜻하지는 않을 것이다. 다만 '인간의 동물성'이라는 관념(믿음)과 시나 소설을 통해 전해지는 동물성의 느낌은 또 다를 것이다.

실재에 대한 문학적인 믿음은 문학을 통해서만 존재하고 전해지는 믿음이다. 코스텔로는 판관들 앞에서 개구리의 실재성을 환기하는 데 그 자신의 표현대로 "유감스럽게도 문학적인"(286면) 언어를 사용한다. 그런데 "유감스럽게도"라는 말은 왜 나왔을까? 유사 법정의 분위기를 의식한 탓일까? 그것만은 아닐 것이다. 흥미롭게도 이 작품에는 문학성을 경계하는 듯한 발언이 여기저기 등장한다. 코스텔로 자신이 처박힌 도시의 풍경이 지나치게 "카프카적"이라는 말도 그렇고, GOD-DOG의 애너그램이 "너무 문학적"이라는 말도 그렇다. 여기서 코스텔로가 불편해하는 것은 언어의 상투화이기도 하지만 근본적으로는 실재에 대한 언어의 과잉이다.(상투화 자체도 그러한 과잉이거나 아니면 부족이다.) 문학의 최대의 적은 어쩌면 문학이 아닐까.

'후기'(Postscript)라는 이름으로 이 소설에 편입된 엘리자베스 챈도스의 편지는 방금 언급한 실재와 언어의 불일치 문제를 앞에서와는 반대 방향에서 다룬다. 여기서는 언어의 과잉이 아니라 실재적 감각의 과잉과 그에 따른 언어의 붕괴가 문제인 것이다. 이 편지에 앞서 오스트리아의 실존 작가 후고 폰 호프만슈탈(Hugo von Hofmannsthal)이 쓴 「베이컨 경에게 보내는 챈도스 경의 편지」(Letter of Lord Chandos to Lord Bacon) 일부가 소개된다. 이 편지는 1902년 한 독일어 신문에 'Ein Brief'(편지)라는 제목으로 실린 것으로, '베이컨 경'은 영국 경험론의 대부로 알려진 바로 그 프랜시스 베이컨(Francis Bacon)이고, 뒤에 엘리자베스가 "저의 남편 필립"이라고 부르는 '챈도스 경'은 호프만슈탈이 만들어낸 허구의 인물이다. 호프만슈탈은 실존 인물과 허구의 인물을 수신자와 발신자로 엮어서 1603년에 쓰인 가상의 편지를 만들어낸 것인데, 그와 유사하게 「악의 문제」나 「에로스」에서 실제와 허구의 혼합을 시도해본 쿳시는 이제 챈도스 경의 부인으로 설정된 또다른 허구적 인물 엘리자베스 챈도스가 남편의 편지에 대한 '추신'(postscript) 격으로 베이컨 경에게 보내는 편지를 써서 필립 챈도스의 편지이자 호프만슈탈의 작품인 「편지」에 덧대어놓는다. 호프만슈탈의 가상의 편지에 의해 허구의 세계로 호출되었지만 실존한 것이 분명한 인물(베이컨)과 본래 허구에 속하는 인물(필립)이 쿳시의 가상의 편지에서 다시 허구의 인물(엘리자베스)과 하나의 세계를 형성하는 데 따른 효과는 무엇일까? 실존 인물의 허구화가 강화됨은 자명하다. 그보다 흥미로운 점은 허구였던 인물의 재허구화가 역설적으로 그의 '실제화'를 촉진한다는 사실이다. 마치 SF 작품이 이전 작품의 모티프를 차용함으로써 처음에는 생소했던 그 작품의 SF적 세계를 자연적인 것으로 만들어주는 것처럼 말이다.

사실과 허구를 서로에게로 침투시키는 이런 포스트모던 게임은, 그러나 작가가 엘리자베스 코스텔로의 강연과 작가적 삶을 다룬 소설의 끝에 엘리자베스 챈도스의 편지를 넣어놓은 의도를 다 설명하지 못한다. 그것은 그 의도의 중심에 있지도 않을 것이다. 우리는 쿳시가 호프만슈탈의 「편지」에 주목한 이유부터 살펴보아야 한다. 언어적 위기를 주제로 하는 「편지」는 본격 모더니즘의 기초를 놓은 텍스트로 언급되곤 한다. 거기서 필립 챈도스는 자신이 조리 있게 생각하거나 말하는 능력을 완전히 잃어버렸고 그래서 글쓰기를 포기했다고 하소연한다. 그러나 그는 또한 온갖 사물이 너무나도 충만하게 자신을 향해 밀려들어 "무한의 현존"에 전율케 되는 황홀한 순간들이 있음을 고백하는데, 쿳시의 책에 인용된 것이 바로 이 대목이다. 필립 챈도스가 느끼는 황홀함은 생각으로 승화되지 않는 무수한 사물의 감각, 무생물에게서조차 전해지는 충만한 존재의 감각에 의식과 언어가 압도된 상태를 가리킨다. 「아프리카에서의 소설」에서 에구두가 아프리카 소설의 특징으로 내세운 '체화된 언어'는 필립스에게는 존재하지 않고, 세상의 모든 아우성치는 몸들과 언어의 괴리가 그를 괴롭히고 또 선율케 한다. 환희만이 아니라 고통의 감각이 주체할 수 없이 밀려들고 언어는 뒤로 물러나는 경험, 충만함과 상실감이 동시에 일어나는 이 곤혹스러운 경험은 엘리자베스 코스텔로와 쿳시 자신의 것은 아니었을까?

엘리자베스 챈도스는 편지에서 여러번 "고통"이라는 말로 남편과 자신의 상태를 표현하면서 그 "고통"에서 자기들을 구해줄 것을 베이컨에게 간청한다. 그런데 왜 베이컨인가? 엘리자베스에 따르면 그것은 그가 "석공이 벽돌로 벽을 축조하듯이 말들을 고르고 배치해 판단을 축조하는 데서 누구보다 명성이 높은"(301면) 사람이기 때문이다. 다시 말하면 그가 감각을 경시하지도, 감각에 압도되지도 않고 감각에 조응하는 말을 골라 진실을 말할 줄 아는 사람이기 때문이다. 적어도 엘리자베스는 그렇게 믿는다. 하지만 작가도 그럴까? 그의 고민이 언어의 단순한 오작동에 있지 않다면, 그렇기는커녕 언어의 실패가 언어 자체의 속성에 기인하고, 그래서 어느 순간 작가는 어떻게 말할 것인가가 아니라 말을 할 것인가 말 것인가의 기로에 서게 된다면, 베이컨의 철학이 작가를 구해줄 것 같지는 않다.

엘리자베스의 편지가 주는 재미는 거기에 담긴 오래된 모더니즘적 명제에서 온다기보다 그 명제의 기발한 '퍼포먼스'에서 온다. 사물의 현현, 또는 "계시"를 감당하지 못하는 인간의 언어, 그래서 필립을 침묵 속에 남겨두고 사라져가는 언어는 그 "전염병"에 노출됐지만 아직은 간헐적으로만 "황홀경"을 경험하는 엘리자베스의 글에서 자기지시적 반복 속에 점점 더 부조리하게 망가져가는 모습으로 나타난다. 물론 의식의 흐름을 구현했다고 하는 모더니즘 텍스트에 익숙한 독자라면 이런 언어에도 별 감흥을 느끼지 않을지 모른다. 다만 우리의 텍스트는 일관되게 의식의 흐름을 따르는 것이 아니기 때문에 오히려 의미가 동요하는 지점을 더 잘 보여주는 면이 있고, 어쨌거나 언어적 능력의 소실을 상당히 조리 있는 언어로 전하는, 즉 퍼포먼스가 결여된 필립의 텍스트에 비해 핵심을 더 잘 전달한다고 할 수 있다.

그럼에도 이 텍스트가 소설이나 소설 속 강연들의 '결론'이 아닌 '후기'라는 점을 상기할 필요가 있다. 엘리자베스 코스텔로와 엘리자베스 챈도스의 이름을 두고 뭔가 의미를 찾으려는 시도들이 있고 어느 정도 두 사람의 고민이 통하는 것이 사실이지만, 소설가 코스텔로가 던지는 질문들은 레이디 챈도스의 그것과는 비교가 되지 않을 만큼 심오하고 광범위하다. 언어 문제만 해도, 인간의 언어를 아예 상실해버릴까 두려워하는 레이디 챈도스의 고민보다 인간의 언어가 동물과 사물을 어떻게 미메시스하는지, 그러면서도 어떻게 인간만의 세계를 구성하는지를 세심하게 살피려는 코스텔로의 문제의식이 한층 진전된 의미를 담고 있다고 하겠다.

『엘리자베스 코스텔로』는 후기 쿳시의 작품 가운데 단연 돋보이는 문제작이다. 소설을 구성하는 여덟개의 강과 후기는 각기 독창적이고 도발적인 방식으로 오늘날의 삶과 문학이 처한 곤경을 조명한다. 그 곤경의 한가운데에 작가의 삶이 있다. 코스텔로의 생각과 고민, 갈등, 항변, 그리고 (드물게 보이는) 눈물은 동물의 고통에 공감하는 채식주의자의 그것이기도 하지만 무엇보다 작가의 그것, '믿음을 믿지 않는' 작가의 그것이다. 이 작가 코스텔로의 삶에 자신을 이입하는, 소설의 표현을 빌리면 그 속으로 '생각해 들어가는' 독자는 분명 그 안쪽 어딘가에서 다시 자기 한계를 시험하고 있는 또다른 작가 쿳시를 발견할 수 있을 것이다.

김성호(서울여대 영문과 교수)

작가연보

1940년	2월 9일 영연방 소속 남아프리카연방 케이프타운 모브레이에서 아프리카너인 자카리아스 쿳시(Zacharias Coetzee)와 베라 웨마이어 쿳시(Vera Wehmeyer Coetzee)의 첫째 아이로 출생. 아버지는 17세기에 남아프리카로 이주한 네덜란드인의 후손으로 주업은 변호사였고, 어머니는 독일·폴란드계 이민자의 후손이자 아프리카너의 후손으로 초등학교 교사였음. 존 맥스웰 쿳시는 집과 학교에서는 주로 영어를, 친척들과는 아프리칸스어를 쓰면서 성장.
1941년	가족이 요하네스버그로 이주.
1942년	아버지가 남아프리카연방 국방군에 입대하여 1945년 세계대전이 끝날 때까지 북아프리카·중동·이딸리아 등지에서 전투에 참여.

1943년	동생 데이비드 쿳시(David Coetzee) 출생.
1945년	아버지가 가족들에게로 귀환.
1946년	가족이 귀향군인 정착지인 폴스무어로 이주하고 쿳시는 폴스무어 초등학교 입학. 아버지가 케이프주 행정청에 취직. 가족이 케이프타운 로즈뱅크로 이주하고 쿳시는 로즈뱅크 초등학교로 전학.
1948년	5월 26일 총선으로 아프리카너 민족주의를 신봉하는 민족당 집권. 아파르트헤이트 정책 시작. 정부 정책에 반대한 쿳시의 아버지가 주 행정청의 일자리를 잃고 가족과 함께 그의 연고지인 케이프타운 인근 우스터로 이주, 과일 가공 공장에 취직하고 양을 기름. 쿳시는 영어와 아프리칸스어로 수업을 진행하는 우스터 남자 초등학교로 전학.
1952년	아버지가 케이프타운에 변호사 사무실을 개업하나 사업 수완 부족으로 어려움에 직면. 쿳시는 마리아수도회에서 운영하는 세인트조지프 칼리지 입학.
1956년	쿳시의 시 「최초에는」(In the Beginning)이 케이프타운 아이스테드바드(경연대회)에서 최우수 이야기시로 선정됨.
1957년	케이프타운 대학교 입학. 가이 하워스 교수의 창작 수업에 참여하기 시작.
1958년	대학 졸업시까지 문학잡지 『문학선집』과 『그루트슈어』 등에 여러 편의 시 발표.
1960년	영문학 우등생 프로그램(honours program) 이수.
1961년	3월 22일 남아프리카연방이 영연방 탈퇴. 5월 31일 남아프리카공화국 발족. 쿳시는 수학 우등생 프로그램 이수. 모든 학부 과정을 마치고 12월에 배를 타고 영국 사우샘프턴으로 건너감.
1962년	영국 런던 IBM에 컴퓨터프로그래머로 취직. 케이프타운 대학교에

서 장학금을 받아 부재 석사과정(MA in absentia)에 등록. 영국도 서관을 들락거리며 일과 공부 병행. 컴퓨터 생성 시에 관해 실험.

1963년 IBM에서 퇴사. 케이프타운으로 돌아와 친구인 필리파 유버(Philippa Jubber)와 교제 재개. 교내 잡지 『사자와 임팔라』에 「컴퓨터 시」 (Computer Poem) 발표. 7월 11일 요하네스버그에서 필리파 유버 와 결혼. 11월 포드 매덕스 포드(Ford Madox Ford)의 소설에 관한 석사논문 제출. 12월 30일에 필리파와 함께 배를 타고 사우샘프 턴을 향해 출발.

1964년 교사직을 물색했으나 얻지 못하고 2월에 런던 중심부에서 60킬로 미터가량 떨어진 브랙넬의 ICT에 컴퓨터프로그래머로 취직.

1965년 미국 대학들의 박사과정에 지원. 풀브라이트 장학재단의 지원을 받아 미국 오스틴 텍사스 대학교의 언어학·문학 박사과정에 입학. 영국 사우샘프턴에서 배를 타고 뉴욕까지 가서 오스틴에 도착.

1966년 6월 9일 아들 니컬러스 쿳시(Nicolas Coetzee) 출생.

1968년 9월 미국 버펄로 뉴욕주립대학교 영문학과의 방문 조교수 (Visiting Assistant Professor)로 임용되어 1971년까지 문학 강의. 네 덜란드어로 쓰인 마르셀뤼스 에만츠(Marcellus Emants)의 『사후 의 고백』(*Een nagelaten bekentenis*) 번역 시작. 11월 10일 딸 기셀 라 쿳시(Gisela Coetzee) 출생.

1969년 오스틴 텍사스 대학교에서 사뮈엘 베께뜨(Samuel Beckett) 소설의 문체 분석 논문으로 박사학위 취득. 소설 창작 시작.

1970년 1월 1일 『어둠의 땅』(*Dusklands*) 제2부인 「야코부스 쿳시의 이야 기」 쓰기 시작. 3월 15일 베트남전쟁 반대 시위대를 제압하기 위 해 교내에 상주하는 대규모 경찰병력의 철수를 요구하며 교수 45인이 헤이스홀에 모여서 벌인 연좌농성에 가담했다가 다른 교수들과 함께 체포되어 '법에 대한 모욕과 불법침입'으로 기소됨. 10월『비평』지에 베께뜨의『머피』(*Murphy*)에 관한 평론 발표. 4월 2일 쿳시의 영주권 신청이 기각됨. 12월 필리파와 아이들이 남아공으로 귀국.

1971년 5월 비자 연장 실패로 남아공으로 귀국. 6월 뉴욕주 대법원에서 쿳시에 대한 기소 기각.

1972년 케이프타운 대학교 영문과 전임교수로 임용되고 30여 년 뒤 석좌교수로 은퇴할 때까지 여러 단계의 승진을 거침.『어둠의 땅』제 1부인「베트남 프로젝트」집필 시작. 이듬해까지 학술지에 베께뜨에 관한 여러 편의 논문을 발표하고 이후로도 지속적으로 다양한 주제의 학술논문 발표.

1974년 4월 18일『어둠의 땅』출간. 12월 1일『나라의 심장부에서』(*In the Heart of the Country*) 집필 시작.

1975년 번역서『사후의 고백』(*A Posthumous Confession*) 출간.

1977년 6월 13일 런던에서『나라의 심장부에서』출간. 7월 11일 남아공 세관이 케이프타운에 도착한『나라의 심장부에서』에 대해 금수조치를 했다가 해제.『나라의 심장부에서』가 남아공의 모폴로-플로머상 수상.『야만인을 기다리며』(*Waiting for the Barbarians*) 집필 시작.

1978년 『나라의 심장부에서』가 당대 남아공의 권위 있는 상인 CNA(중앙통신사) 문학상 수상.

1979년 오스틴 텍사스 대학교와 버클리 캘리포니아 대학교에서 안식년을 보내며『야만인을 기다리며』완성.『나라의 심장부에서』를 영화로 만들 생각으로 대본 초안 작성.

1980년 필리파 유버와 이혼. 4월 23일『야만인을 기다리며』가 CNA 문학상 수상. 수상 연설문 「남아프리카 작가들은 겸손을 배워야 한다」가 잡지에 실림. 『마이클 K의 삶과 시대』(*Life & Times of Michael K*) 집필 시작. 10월 16일 런던과 요하네스버그에서 『야만인을 기다리며』 출간. 아프리칸스어 작가협회 가입. 케이프타운 대학교 영문과 전임교수로 임용될 예정이던 도로시 드라이버(Dorothy Driver)와 교제 시작.

1981년   카프카(Franz Kafka)의 단편 「굴」(Der Bau)에 관한 논문 발표. 『야만인을 기다리며』가 영국의 가장 오래된 문학상인 제임스 테이트 블랙 기념상과 제프리 페이버 기념상 수상.

1982년   벨기에 감독 마리옹 한셀(Marion Hänsel)과 『나라의 심장부에서』의 각색 문제 의논. 토머스 프링글 문학평론상 수상.

1983년   아프리칸스어로 글을 쓰는 남아공 작가 윌마 스토켄스트롬(Wilma Stockenström)의 『바오밥나무로의 여행』(*The Expedition to the Baobab Tree*)을 영어로 번역해 출간. 『포』(*Foe*) 집필 시작. 런던과 요하네스버그에서 『마이클 K의 삶과 시대』 출간. 이 작품으로 부커상 수상. 케이프타운에서 『마이클 K의 삶과 시대』에 대한 금수 조치가 내려졌다 해제됨.

1984년   1~6월 버펄로 뉴욕주립대학교 영문과 방문교수. 4월 26일 『마이클 K의 삶과 시대』가 CNA 문학상 수상. 수상 연설문 「위대한 남아프리카 소설」이 잡지에 실림. 10월 3일 정교수 취임식에서 '자서전 속의 진실'이라는 제목으로 강연.

1985년   『마이클 K의 삶과 시대』가 프랑스의 외국인 페미나상 수상. 3월 6일 어머니 베라 쿳시 사망. 4월 스코틀랜드 글래스고의 스트래스클라이드 대학교에서 명예박사학위 받음. 8월 『나라의 심장부에서』를 각색한 마리옹 한셀의 영화 「먼지」(Dust)가 베네찌아영화제에서 상영됨.

1986년   존스홉킨스 대학교와 버펄로 뉴욕주립대학교 방문교수. 『철의 시
         대』(*Age of Iron*) 집필 시작. 9월 런던과 요하네스버그에서 『포』
         출간.

1987년   허구적 자서전 『소년 시절』(*Boyhood: Scenes from Provincial Life*)
         집필을 시작했다가 중단. 4월 9일 『포』로 예루살렘상 수상. 수상
         연설에서 식민주의와 아파르트헤이트 비판.

1988년   데이비드 애트웰(David Attwell) 교수와 함께 『관점을 이중화하
         기: 에세이와 인터뷰』(*Doubling the Point: Essays and Interviews*)의
         집필 작업 시작. 4월 예일 대학교 출판부에서 『백색 글쓰기: 남아
         프리카에서의 문필문화에 대하여』(*White Writing: On the Culture
         of Letters in South Africa*) 출간. 6월 30일 아버지 자카리아스 쿳
         시 사망. 1987년에 『위클리 메일』 주관으로 열린 독서주간 행사
         에서 행한 연설 '오늘날의 소설'을 남아공 잡지 『업스트림』 여름
         호에 게재. 로런스(D. H. Lawrence)의 『채털리 부인의 연인』(*Lady
         Chatterley's Lover*)과 포르노그래피에 관한 글을 학술지에 게재.

1989년   1월 존스홉킨스 대학교 방문교수. 4월 21일 아들 니컬러스 쿳시
         가 아파트 발코니에서 떨어져 사망.

1990년   학술지에 「남아프리카에서의 검열」(Censorship in South Africa)
         게재. 7월 13일 전처 필리파 사망. 런던에서 『철의 시대』 출간.

1991년   2월 21일 『뻬쩨르부르그의 대가』(*The Master of Petersburg*) 집필
         시작. 오스트리아 그라츠에서 '고전이란 무엇인가'의 주제로 강
         연. 8월 퀸즐랜드 대학교의 상주작가(writer in residence) 자격으로
         호주 방문.

1992년   데이비드 애트웰 편집의 『관점을 이중화하기: 에세이와 인터뷰』

출간.

1993년 케이프타운 대학교 창작 우등생 과정 개설.

1994년 11월 『뻬쩨르부르그의 대가』 출간.

1995년 오스틴 텍사스 대학교 작가센터에서 방문교수 자격으로 강의. 3월 호주 이민에 관해 문의. 8월 19일 『치욕』(*Disgrace*) 집필 시작. 12월 암스테르담에서 '리얼리즘이란 무엇인가?'의 주제로 연설. 잡지 『그랜타』에 「고기의 나라」(Meat Country) 발표. 『뻬쩨르부르그의 대가』로 아일랜드 타임스 국제소설상 수상.

1996년 시카고에서 『감정 해치기: 검열에 관한 에세이』(*Giving Offense: Essays on Censorship*) 출간. 시카고 대학교 사회사상위원회에 방문교수로 참여. 3월 애들레이드 작가주간(Writers' Week)에 초대되어 애들레이드를 처음 방문. 3월 영국 극단 떼아뜨르 드 꽁쁠리시떼가 『포』를 각색한 연극을 무대에 올림. 10월 11일 『청년 시절』(*Youth: Scenes from Provincial Life II*) 집필 시작. 11월 미국 베닝턴 대학교에서 '리얼리즘이란 무엇인가?'로 연설.

1997년 런던에서 『소년 시절: 시골 생활의 풍경』 출간. 10월 15~16일 프린스턴 대학교에서 열린 '인간 가치에 관한 태너 강연'에서 '동물의 삶'을 주제로 연설.

1998년 『치욕』 탈고. 노스웨스턴 대학교에서 『포』의 각색 연극이 무대에 오름. 11월 11일 버클리 캘리포니아 대학교의 도린 B. 타운센드 인문학센터에서 '아프리카에서의 소설'로 연설.

1999년 케이프타운 대학교 인문학부 석좌교수로 임명됨. 『동물의 삶』 출간. 7월 런던에서 『치욕』 출간. 『치욕』이 부커상, 영연방 작가상, M-Net 문학상 수상. 『야만인을 기다리며』가 펭귄출판사가 선정한 '20세기 명저' 20권에 포함됨.

2000년	4월 아프리카국민회의(ANC)가 미디어 내 인종주의에 관한 남아프리카공화국 인권위원회 청문회에 쿳시의 『치욕』이 인종차별적이라는 의견을 제출함.
2001년	2월 2일 호주 이민비자 취득. 런던에서 평론집 『더 낯선 기슭: 1986~1999년 평론』(*Stranger Shores: Essays 1986-1999*) 출간. 12월 케이프타운 대학교에서 은퇴.
2002년	도로시 드라이버와 함께 호주로 이주, 애들레이드에 정착. 애들레이드 대학교 영문과 명예 방문연구교수(Honorary Visiting Research Fellow) 자격으로 창작 전공 대학원생 지원. 런던에서 『청년 시절』 출간. 영연방 작가상 수상. 암스테르담에서 『스페인의 집』(*Een huis in Spanje*) 출간.
2003년	7월 시카고 대학교 석좌교수로 임명됨. 7월 런던에서 『엘리자베스 코스텔로』(*Elizabeth Costello*) 출간. 12월 7일 노벨 문학상 수상. 수상 연설로 '그와 그의 사람' 발표. 시카고 대학교 교수직에서 사임.
2004년	『느린 남자』(*Slow Man*) 집필. 네덜란드 시인들의 작품을 영어로 번역한 『노 젓는 사람들이 있는 풍경: 네덜란드의 시편들』(*Landscape with Rowers: Poetry from the Netherlands*) 출간. 4~5월 스탠퍼드 대학교 방문교수. 동물보호단체 '보이스리스' 가입.
2005년	『서머타임』(*Summertime*) 집필 시작. 런던에서 『느린 남자』 출간. 9월 10일 『야만인을 기다리며』를 각색한 오페라가 독일 에르푸르트에서 초연됨. 9월 27일 타보 음베키(Thabo Mbeki) 남아프리카공화국 대통령에게서 마풍구브웨 훈장을 받음.
2006년	3월 6일 호주 시민권 취득.
2007년	2월 22일 시드니 셔먼 갤러리의 동물 관련 전시회에서 전시회 제목인 '보이스리스: 나는 느낀다 고로 존재한다'로 개막 연설. 『내

면의 작동: 2000~2005년 평론』(*Inner Workings: Literary Essays 2000-2005*) 출간. 9월 런던에서『어느 운 나쁜 해의 일기』(*Diary of a Bad Year*) 출간.

2008년   폴 오스터(Paul Auster)와 서신 교환 시작. 6월『어느 운 나쁜 해의 일기』가 M-Net 문학상 수상. 9월 6일 토론토 국제영화제에서『치욕』의 각색 영화 최초 상영.

2009년   9월 런던에서『서머타임』출간.

2010년   1월 19일 반(反)아파르트헤이트 진영의 뛰어난 언론인이었던 동생 데이비드가 미국 워싱턴에서 폐암으로 사망. 5월 13~16일 암스테르담 드 발리 문화센터에서 쿳시의 70회 생일 축하연이 열림. 네덜란드 사자 훈장을 받음. 아라벨라 커츠(Arabella Kurtz)와의 이메일 대화를 담은「그래도 저는 까라마조프 형제들에 공감해요: 2008년 5~12월 이메일 서신」("Nevertheless, My Sympathies Are With The Karamazovs," An Email Correspondence: May-December 2008)이 계간지『샐머건디』에 실림.

2011년   『예수의 유년 시절』(*The Childhood of Jesus*) 집필 시작.

2012년   애들레이드 대학교에 'J. M. 쿳시 창작 실습 센터' 발족.

2013년   3월 폴 오스터와 교환한 서신을 담은『지금, 여기: 2008~2011년 편지들』(*Here and Now: Letters, 2008-2011*) 출간. 3월 런던에서『예수의 유년 시절』출간.

2014년   1월 쿳시 자신이 각색해서 만든『두편의 대본(*Two Screenplays*): 「야만인을 기다리며」와「나라의 심장부에서」』를 케이프타운 대학교 출판부에서 출간. 10월 멜버른에서『세편의 이야기』(*Three Stories*) 출간. 10월 24일『느린 남자』를 각색한 오페라가 폴란드 포즈난의 말타 축제에서 초연됨.

2015년	9월 런던에서 아라벨라 커츠와의 공저 『좋은 이야기: 진실, 허구, 심리치료에 관한 대화』(*The Good Story: Exchanges on Truth, Fiction and Psychotherapy*) 출간.
2016년	10월 런던과 멜버른에서 『예수의 학창 시절』(*The Schooldays of Jesus*) 출간.
2018년	1월 런던에서 『후기 평론: 2006~2017년』(*Late Essays: 2006-2017*) 출간.
2019년	9월 6일 『야만인을 기다리며』의 각색 영화 개봉. 10월 멜버른에서 『예수의 죽음』(*The Death of Jesus*) 출간.

고전의 새로운 기준, 창비세계문학

오늘날 우리는 인간의 존엄과 개성이 매몰되어가는 시대를 살고 있다. 물질만능과 승자독식을 강요하는 자본주의가 전지구적으로 확산되면서 현대사회는 더 황폐해지고 삶의 질은 크게 훼손되었다. 경제성장만이 최고의 선으로 인정되고 상업주의에 물든 문화소비가 삶을 지배할수록 문학은 점점 더 변방으로 밀려나고 있다. 삶의 본질을 성찰하는 문학의 자리가 위축되는 세계에서는 가진 자와 못 가진 자 할 것 없이 모두가 불행할 수밖에 없다.

이 시대야말로 인간답게 산다는 것의 의미가 무엇인지 근본적인 화두를 다시 던지고 사유의 모험을 떠나야 할 때다. 우리는 그 여정에 반드시 필요한 벗과 스승이 다름 아닌 세계문학의 고전이라는 점을 강조한다. 고전에는 다양한 전통과 문화를 쌓아올린 공동체의 경험이 녹아들어 있고, 세계와 존재에 대한 탁월한 개인들의 치열한 탐색이 기록되어 있으며, 새로운 세상을 꿈꾸는 아름다운 도전과 눈물이 아로새겨 있기 때문이다. 이 무궁무진한 상상력의 보고이자 살아 있는 문화유산을 되새길 때만 개인의 일상에서 참다운 인간적 가치를 실현하고 근대적 삶의 의미와 한계를 성찰하는 지혜를 얻을 수 있을 것이다.

'창비세계문학'은 이러한 문제의식에서 출발한다. 세계문학의 참의미를 되새겨 '지금 여기'의 관점으로 우리의 정전을 재구성해야 할 필요성이 그 어느 때보다 절실하다. '정전'이란 본디 고정된 목록으로 존재하는 것이 아니라 그때그때 주어진 처소에서 새롭게 재구성됨으로써 생명을 이어가는 것이다. 우리는 먼저 전세계 문학들의 다양성과 차이를 존중하면서 국가와 민족, 언어의 경계를 넘어 보편적 가치에 기여할 수 있는 가능성에 주목하고자 한다. 근대를 깊이 성찰한 서양문학뿐 아니라 아시아와 라틴아메리카, 중동과 아프리카 등 비서구권 문학의 성취를 발굴하고 재평가하는 것 역시 세계문학의 지형도를 다시 그리려는 창비의 필수적인 작업이 될 것이다.

여러 전집들이 나와 있는 세계문학 시장에서 '창비세계문학'은 세계문학 독서의 새로운 기준이 되고자 한다. 참신하고 폭넓으면서도 엄정한 기획, 원작의 의도와 문체를 살려내는 적확하고 충실한 번역, 그리고 완성도 높은 책의 품질이 그 기초이다. 독서시장을 왜곡하는 값싼 유행과 상업주의에 맞서 문학정신을 굳건히 세우며, 안팎의 조언과 비판에 귀 기울이고 독자들과 꾸준히 소통하면서 진정 이 시대가 요구하는 세계문학이 무엇인지 되묻고 갱신해 나갈 것이다.

　1966년 계간 『창작과비평』을 창간한 이래 한국문학을 풍성하게 하고 민족문학과 세계문학 담론을 주도해온 창비가 오직 좋은 책으로 독자와 함께해왔듯, '창비세계문학' 역시 그러한 항심을 지켜 나갈 것이다. '창비세계문학'이 다른 시공간에서 우리와 닮은 삶을 만나게 해주고, 가보지 못한 길을 걷게 하며, 그 길 끝에서 새로운 길을 열어주기를 소망한다. 또한 무한경쟁에 내몰린 젊은이와 청소년 들에게 삶의 소중함과 기쁨을 일깨워주기를 바란다. 목록을 쌓아갈수록 '창비세계문학'이 독자들의 사랑으로 무르익고 그 감동이 세대를 넘나들며 이어진다면 더없는 보람이겠다.

2012년 가을
창비세계문학 기획위원회
김현균 서은혜 석영중 이욱연 임홍배 정혜용 한기욱

창비세계문학 90

엘리자베스 코스텔로

초판 1쇄 발행 / 2022년 5월 20일

지은이 / J. M. 쿳시
옮긴이 / 김성호
펴낸이 / 강일우
책임편집 / 정편집실 양재화
조판 / 한향림
펴낸곳 / (주)창비
등록 / 1986년 8월 5일 제85호
주소 / 10881 경기도 파주시 회동길 184
전화 / 031-955-3333
팩시밀리 / 영업 031-955-3399 편집 031-955-3400
홈페이지 / www.changbi.com
전자우편 / lit@changbi.com

한국어판 ⓒ (주)창비 2022
ISBN 978-89-364-6489-9 03840